国家社科基金
GUOJIA SHEKE JIJIN HOUQI ZIZHU XIANGMU
后期资助项目

20 世纪
西方反乌托邦小说研究

Dark Worlds: The Anti-Utopian Fiction in the Twentieth-Century Western Literature

王一平 著

高等教育出版社·北京

图书在版编目（C I P）数据

20 世纪西方反乌托邦小说研究 / 王一平著 . -- 北京 : 高等教育出版社 , 2019.10
ISBN 978-7-04-053001-8

Ⅰ . ① 2… Ⅱ . ①王… Ⅲ . ①小说研究 – 西方国家 – 现代 Ⅳ . ① I106.4

中国版本图书馆 CIP 数据核字 (2019) 第 253799 号

20 世纪西方反乌托邦小说研究
20 SHIJI XIFANG FAN WUTUOBANG XIAOSHUO YANJIU

策划编辑 张 岩　　责任编辑 张 岩　　封面设计 李小璐
版式设计 王艳红　　责任校对 李大鹏　　责任印制 尤 静

出版发行 高等教育出版社
社　　址 北京市西城区德外大街 4 号
邮政编码 100120
印　　刷 北京鑫丰华彩印有限公司

开　　本 787mm × 1092mm 1/16
印　　张 18.25
字　　数 310千字
购书热线 010-58581118

咨询电话 400-810-0598
网　　址 http://www.hep.edu.cn
http://www.hep.com.cn
网上订购 http://www.hepmall.com.cn
http://www.hepmall.com
http://www.hepmall.cn
版　　次 2019 年 10 月第 1 版
印　　次 2019 年 10 月第 1 次印刷
定　　价 68.00 元

物 料 号 53001-00

国家社科基金后期资助项目
出版说明

后期资助项目是国家社科基金设立的一类重要项目，旨在鼓励广大社科研究者潜心治学，支持基础研究多出优秀成果。它是经过严格评审，从接近完成的科研成果中遴选立项的。为扩大后期资助项目的影响，更好地推动学术发展，促进成果转化，全国哲学社会科学工作办公室按照“统一设计、统一标识、统一版式、形成系列”的总体要求，组织出版国家社科基金后期资助项目成果。

全国哲学社会科学工作办公室

目　　录

导　言

第一节　本书题解

19世纪晚期，英国作家王尔德（Oscar Wilde，1854—1900）曾说："一幅不包括乌托邦在内的世界地图根本就不值得一顾，因为它舍弃了一个人类所向往的国度。"①（1891）20世纪上半叶，英国小说家赫胥黎（Aldous Huxley，1894—1963）则在他的反乌托邦小说《美丽新世界》（*Brave New World*，1932）篇首引用了别尔嘉耶夫（Nicolas Berdyaev，1874—1948）的话作为题词："一个新的世纪也许可能开始，那时知识分子和有教养的阶层会梦想以种种方式逃避乌托邦，返回非乌托邦的社会。"②而到20世纪末，美国学者雅各比（Russell Jacoby，1945—　）开始哀叹乌托邦传统的失落，当他让美国加利福尼亚州立大学的学生草拟自己的乌托邦时，学生们的想法虽然包括了全面的医疗体系、免费的高等教育、注重生态的交通系统等有价值的构想，但"其中绝少有超出普通者。即使他们最大胆的梦想也能够在一个全面福利的国家里得以实现"③。亦即，此时的"乌托邦"愿景已经折损了德裔美籍神学家蒂利希（Paul Tillich，1886—1965，又译作蒂里希）所称的可以对人的存在进行评判的超验之维，而向具有现实可能性的具体规划回落。确实，在21世纪回望历史，自16世纪莫尔（Thomas More，1478—1535）的《乌托邦》（*Utopia*，1516）一书奠定了近代乌托邦小说的基石以来，"乌托邦"渐成大观，成为散布与深嵌于人类思想、文化、文学脉络中的一个独特题阈，乌托邦小说也在19世纪达致繁盛。然而自进入20世纪以来，关于此种全盘重构的、一元的、凝定的、社会工程模式（social engineering）的乌托邦已风光不再，它随时代大潮的奔涌开始朝向反乌托邦小说嬗变。20世纪中叶以来，乌托邦小说几乎完

① Pamela Neville Sington and David Sington, *Paradise Dreamed: How Utopian Thinkers Have Changed the Modern World*, London: Bloomsbury Publishing Ltd., 1993, epigraph.

② Aldous Huxley, *Brave New World*, New York: Bantam Books, 1966, epigraph.

③〔美〕拉塞尔·雅各比：《不完美的图像：反乌托邦时代的乌托邦思想》，姚建彬等译，北京，新星出版社，2007年，"前言"第7页。

全被抗拒乌托邦的反乌托邦文学代替。

几乎取代了乌托邦小说的20世纪西方“反乌托邦小说”（anti-utopian fiction）乃是一种独特的叙事文学，它以乌托邦创作或实践为潜文本（subtext），即借助乌托邦隐含的前提与预设，通过推演、戏拟，描绘乌托邦进入社会历史实践之后可能带来的黑暗，呈现与完美社会截然相反的地狱般的社会图景。反乌托邦小说通过对这种或维护极权专制、或人类沦为科技的奴隶、或人性被扭曲同一的世界的描写，表达了人们对静态、均一的乌托邦噩梦的拒绝。反乌托邦小说之所以集中出现在20世纪，与20世纪现代社会出现的一系列现实问题紧密相关。德国哲学家阿多诺（Theodor Adorno，1903—1969，又译作阿多尔诺、阿道尔诺）说：“世界史根本没有从野蛮走向人道主义，而是从弹弓走向了百万吨级的核弹。”[①]20世纪经济的动荡、两次世界大战、法西斯的极权统治 等，无不侵蚀着人类进步观念的基石。英国学者库玛（Krishan Kumar，1942—　，又译作库马尔）指出，反乌托邦源于乌托邦主义带给人类的挫折感。“反乌托邦主要是人们对自己那深沉而热烈的乌托邦追求的黑暗对立面加以描绘的产物。无论是整个世界还是个人生活都没有出现他们在乌托邦中所努力渴求的景象。反乌托邦是他们对自己的愚蠢幻想的恶意报复，是对高贵却又虚幻的乌托邦期望的间接讽刺。”[②]即是说，反乌托邦认为乌托邦理想是建立在对人类的理性、科技等的盲目崇信之上的，但这种乐观信仰造就的乌托邦“在场化”的实践，不仅没有兑现关于完美天堂的许诺，反而产生了人类沦为奴隶、人间沦为地狱的景象。人对解放的渴望与追求却讽刺般地使自身遭遇到了前所未有的挫折，反乌托邦小说在某种程度上正是这种挫败感的产物。当然，“乌托邦与反乌托邦的竞争对双方都有好处。回应随着挑战而生，（于是回应）本身也变成需要深入回应的新挑战”[③]。

本书所探讨的即这一充满挫败感和警示意味的20世纪西方反乌托邦小说。所谓“西方”（the West），按常规定义，主要包括欧洲（西欧为主）、北美洲、大洋洲等区域。细察之则不难发现，反乌托邦小说的作者大部分为英国、美国、加拿大即英语国家人士，其中尤以英国作者为重中

---

① 〔德〕特奥多·阿多尔诺：《否定的辩证法》，张峰译，重庆，重庆出版社，1993年，第318页。

② Krishan Kumar, *Utopia and Anti-Utopia in Modern Times*, London: Basil Blackwell, 1987, p.104.

③ 〔英〕克里斯安·库马尔：《西方乌托邦传统的诸方面》，见〔德〕约恩·吕森主编《思考乌托邦》，张文涛等译，济南，山东大学出版社，2010年，第25页。

之重，美国作者次之，二者之和约占所有作者的八成；当然，这些作者也包括由欧洲大陆加入英美国籍的作家。这一现象引人深思，或许在某种意义上确实反映了英美的思想、文化、文学界的传统特色，以及他们对欧洲大陆（理性主义、激进的）哲学、文化等的保守态度。与此同时，在对反乌托邦小说进行梳理与研究之前，必须正视的是学界对"反乌托邦"（anti-utopia）、"恶托邦"（dystopia）等基本词汇的译介、使用的不当状况。Dystopia与anti-utopia作为纯粹的舶来词，植根于西方文化与文学的土壤之中，因此汉语学者在译介、使用两词时，常常出现有意无意的误读。有的学者已经认识到，"'反乌托邦'与'反面乌托邦'或是'恶托邦'常常被学者们不加区分地错误地互换使用，这种误用对其原有的内涵、功能和意义造成了歪曲。"[①]某些译法给读者带来了不准确甚至是错误的信息。针对此种状况，本书将在梳理反乌托邦文学历程之后，对一系列的相关词汇如dystopia、anti-utopia及其汉语译名"恶托邦""反面乌托邦"（或"反乌托邦"）等加以厘定。简言之，"anti-utopia"对应"反乌托邦"，"dystopia"对应"恶托邦"。二者的关键区别在于："反乌托邦小说"（anti-utopian fiction）是以乌托邦为前提与预设，以虚构形式描绘的由乌托邦实践造就的梦魇般的世界，着力表现的是对一元化、静态的乌托邦及其精神原则的否定与批判；"恶托邦小说"（dystopian fiction）同样描绘一个黑暗世界，但它可能并不针对乌托邦思想或图景进行扩展、戏拟，而是单纯描写一个糟糕的社会。恶托邦小说的意涵更为宽泛，它基本涵括了反乌托邦小说，可以说是反乌托邦小说的上级概念。本书所论述的"反乌托邦小说"是指"anti-utopian fiction"。其中，"反乌托邦"由表示"相反的"的前缀"anti-"和"乌托邦"（utopia）合成，由此强调了反乌托邦与乌托邦的对位性与内在的密切关联。

此外，库玛指出，乌托邦内在的虚构性，其对具象社会的展示、描述使得"乌托邦更接近于小说，实际上它就是小说"[②]。中国学者姚建斌也认为："一般而言，乌托邦文学主要是指乌托邦小说。尽管在其他的文类，如诗歌、散文之中也存在着乌托邦因子，但是中外文学研究者一般都不把诗歌、散文等视为乌托邦文学。而且，从中外既有的乌托邦文学研究成果

---

① 于云玲：《文学乌托邦定义探讨》，《学习与探索》2010年第2期。

② Krishan Kumar, *Utopia and Anti-Utopia in Modern Times*, London: Basil Blackwell, 1987, p.25.

来看，也基本上集中在乌托邦或反乌托邦小说领域。”[①]学界所认为的乌托邦文学（包括反乌托邦文学）主要集中在小说领域，符合乌托邦文学创作与学界研究的实际情况；而与乌托邦文学有着内在逻辑关联、同样描绘具体社会图景与人、事、物的反乌托邦文学，亦以小说为主导性的表现形式。[②]基于前述基本状况，本书以20世纪西方反乌托邦小说为研究对象，力图较为充分地探查此种文学类型的内在意蕴，又尽力避免过于宽泛的定义去耗散该命题的基本意涵。因此，本书在将视野扩展到许多尚未为中国学界所充分认识的反乌托邦小说时，也坚持一种相对严格的“反乌托邦小说”定义，未将一些仅描绘某些具体史实而并未进入乌托邦本体性反思层面的小说纳入考察范围，以此防止丧失研究的针对性、有效性。

20世纪西方反乌托邦小说并非无本之木，其所“反”者，自有独特的靶心。反乌托邦小说反叛的乃是现代乌托邦构想与实践。如：英国小说家威尔斯（Herbert George Wells，1866—1946）的“世界国家”（World State）性的科技乌托邦便是反乌托邦小说重要的灵感源泉；与威尔斯相呼应，美国心理学家斯金纳（Burrhus Frederic Skinner，1904—1990）也在第二次世界大战后的社会重建设计中，依靠其心理学行为主义（behaviorism）理论进行了乌托邦文本实验。实际上，早期反乌托邦经典多以工业化、高科技的世界性乌托邦为预设，并反其道而行之，由此设定后世反乌托邦小说的核心命题，基本奠定了反乌托邦小说在20世纪西方文学史上的地位。此后，反乌托邦小说则呈现出绵延时间长、题材跨度大、内容多元化的特点。同处在反乌托邦的大框架之下，反乌托邦小说的作者从各自的立足点出发来表达对乌托邦问题的省思。众多反乌托邦小说或表现出对以科技为助力，诱导人类进入“科技乐园”的科技主义乌托邦的批判，或预言了“拟消费乌托邦”“景观乌托邦”对人的束缚与异化，或以乌托邦实践中的原罪与悖论、权力与历史叙述的关系等进行渲染，或对利他主义、集体化、均质化的乌托邦理念进行形象化展示，或对乌托邦中人类的“自由意志”、道德责任及由此引发的社会动荡进行反思，或以

---

① 姚建斌：《乌托邦小说：作为研究存在的艺术》，《北京师范大学学报》（社会科学版）2003年第2期。李小青不赞同这一看法，并在《永恒的追求与探索：英国乌托邦文学的嬗变》（成都，四川大学博士学位论文，2006年）中试图将乌托邦文学的文类研讨范围加以拓展。但实际上，该文除引入了14世纪的英国民谣《乐土科凯恩》（*The Land of Cokaygne*）、威廉·布莱克的诗歌《耶路撒冷》（“Jerusalem”，1820）等个别作品外，绝大多数研究对象仍是小说作品。

② 叙事类型的反乌托邦戏剧或影视作品也不乏其例，尤其是20世纪末21世纪初的科幻电影作品在大众文化中彰显了影响力，但其数量较少，且多由小说作品改编而成。本书在附录中列出了一些相关作品。

人类面对现代“风险社会”时的恐惧为线索，描述人类退回宗教原教旨主义乌托邦中的后果，或对世纪末的“他者们”颠覆传统人文主义的“后人类”乌托邦与恶托邦进行展望，探索乌托邦思想与实践进程中可能产生的诸种问题。

总的来说，这些在内容上看似各异其趣的反乌托邦小说作品，共同指向了对乌托邦的批驳，也一起造就了反乌托邦小说源流绵长的多样化繁盛景象。本书循此脉络展开对20世纪西方反乌托邦小说的研究。反乌托邦小说自产生以来，便承载着对现代社会中个体生存境况的思考，表现出对人类社会发展前景的忧思。反乌托邦小说对人类生存前景表达出某些悲观看法，但这种悲观更意味着审慎而非虚无，反乌托邦真正抗拒的乃是本体思维、理性主义、科技主义、代价论、社会工程等乌托邦思想原则及其政治实践，而绝非坠向没有前路的虚无。

第二节　研 究 背 景

20世纪以来，乌托邦小说朝向反乌托邦小说发展的流变是考察西方文学和西方思想史极为重要的资源。学界对反乌托邦已有不少研究成果，尤其是与反乌托邦小说研究有重要关联的反乌托邦思想研究领域，更是硕果累累。若以乌托邦研究为源头，则甚至可以追溯到亚里士多德（Aristotle，公元前384—前322）的《政治学》（*Politics*）。亚里士多德在《政治学》中即对柏拉图（Plato，公元前427—前347）“理想国”的政治设计提出了疑议，当然他并未舍弃城邦至善的理念。因此，“从政治思想史的角度看，亚里士多德是最早的乌托邦研究者，而他也将乌托邦研究的困境带入了思想史”①。此后，近世真正的乌托邦文学诞生；至现代世界，随着人类自身不断全面解放以及理性和科技鼓动产生的自信心膨胀，人类开始热衷于乌托邦的创造，对乌托邦本身则较少进行反思。1840年，法国学者雷勃（Louis Reybaud）在《论改革者或现代社会主义者》（*Études sur les réformateurs ou socialistes modernes*）中提出了“乌托邦社会”（utopies sociales）的概念；摩尔（Robert von Mohl，1799—1875）则梳理了柏拉图以降的25种乌托邦，主要采用政治学的方法加以研究；恩格斯（Friedrich Engels，1820—1895）的《反杜林论》（*Herrn Eugen Dührings Umwälzung*

① 陈周旺：《正义之善——论乌托邦的政治意义》，天津，天津人民出版社，2003年，第2页。

der Wissenschaft，1878）超越了早期的乌托邦思想，指出了乌托邦的“空想性”：乌托邦是过时的幻想，无法进入人类社会历史进程。①

此后，20世纪以来的人类社会现实与理论反思，使西方乌托邦设计相对衰落，但乌托邦研究逐渐走向成熟。布洛赫（Ernst Bloch，1885—1977）的《乌托邦精神》（*The Spirit of Utopia*，1918）、赫茨勒（Joyce Oramel Hertzler，1895—1975）的《乌托邦思想史》（*The History of Utopian Thought*，1923）、曼海姆（Karl Mannheim，1893—1947）的《意识形态与乌托邦》（*Ideology and Utopia*，1929）等，引起了学界对乌托邦问题的广泛兴趣。第二次世界大战后，乌托邦研究蓬勃开展，出现了众多对乌托邦正面价值立场有异议的代表作，如哈耶克（Friedrich Hayek，1899—1992）的《通往奴役之路》（*The Road to Serfdom*，1944）、波普尔（Karl Popper，1902—1994）的《开放社会及其敌人》（*The Open Society and Its Enemies*，1945）、阿伦特（Hannah Arendt，1906—1975）的《极权主义的起源》（*The Origins of Totalitarianism*，1951）、塔尔蒙（Jacob Leib Talmon，1916—1980）的《极权主义民主的起源》（*The Origins of Totalitarian Democracy*，1952）、伯林（Isaiah Berlin，1909—1997）的《自由四论》（*Four Essays on Liberty*，1969）等论著。20世纪50年代之后，鲁耶（Raymond Ruyer）、沙维尔（Jean Servier）、拉斯基（Melvin J. Lasky）等学者还将心理学、社会学、政治学等视角结合起来探讨乌托邦。②自70年代以来，相关研究中的反乌托邦探讨更明显，乌托邦研讨与反乌托邦探索的结合更加密切。代表论著有美国政治理论家凯特布（George Kateb，1931—　）的《乌托邦及其敌人》（*Utopia and Its Enemies*，1963）、曼纽尔夫妇（Frank E. Manuel，1910—2003; Fritzie P. Manuel，1914—2012）的《西方世界的乌托邦思想》（*Utopian Thought in the Western World*，1979）、库玛的《现代乌托邦与反乌托邦》（*Utopia and Anti-Utopia in Modern Times*，1987）、费瑟斯通（Mark Featherstone，1946—　）的《托克维尔的病毒：西方社会政治思想中的乌托邦与恶托邦》（*Tocqueville's Virus: Utopia and Dystopia in Western Social and Political Thought*，2008）等。

在对乌托邦思想的研究中，学者们对乌托邦抱有极为不同乃至对立的观点。在反乌托邦思想家中，最具影响力的学者有哈耶克、波普

① 参见Frank E. Manuel and Fritzie P. Manuel, *Utopian Thought in the Western World*, Oxford: Basil Blackwell, 1979, p.10。

② 参见陈周旺《正义之善——论乌托邦的政治意义》，天津，天津人民出版社，2003年，第3页。

尔、伯林等。较有代表性的成果有：哈耶克对造就了乌托邦的“建构论理性主义”（constructive rationalism）的批评、波普尔对“乌托邦社会工程”的批驳、伯林对乌托邦“一元论”（monism）的批判、阿伦特对“极权主义”（totalitarianism）的剖析、塔尔蒙对“极权主义民主”（totalitarian democracy）的探讨、奥克肖特（Michael Oakeshott，1901—1990）对“信仰政治”（politics of faith）的批评等。

同时，在反乌托邦思想之外，西方反乌托邦小说研究亦有丰硕的成果，较为集中、丰富的研究成果源于20世纪60年代，大体上可分为三类。

第一类为一般性的文学导读类著作。这是目前反乌托邦小说研究中具有影响力与参考价值的成果。如：哈斯恰克（Paul Haschak）的《乌托邦/恶托邦文学：文学批评参考文献》（*Utopian/Dystopian Literature：A Bibliography of Literary Criticism*，1994），涵括了20世纪以来西方众多乌托邦、反乌托邦的研究资料。斯诺德格拉斯（Mary Ellen Snodgrass，1944—　）主编的《乌托邦文学百科全书》（*Encyclopedia of Utopian Literature*，1995）则将反乌托邦小说纳入乌托邦研究范围，将经典的反乌托邦作家、作品、小说人物、主题、作品关键词等列为词条，但该书将反乌托邦小说视为乌托邦小说的一部分，且偏重全景扫描式的概览，导致反乌托邦词条收录得不全面，释义内容亦相对粗疏。布克尔（M. Keith Booker）的《恶托邦文学理论与研究导引》（*Dystopian Literature: A Theory and Research Guide*，1994）介绍了与恶托邦文学相关的文化研究理论和乌托邦作品，主体部分简要述评了80余部恶托邦小说、戏剧、电影作品，该书以“恶托邦文学”为主题，囊括了众多反乌托邦小说。该书对“恶托邦”定义宽泛，以其是否具有社会批判功能为衡量标准，涵括非常广泛，但该书是少有的较为全面地介绍、阐析恶托邦文学（包括反乌托邦小说）的著作，具有重要的参考价值。

此外，亦有仅从某一角度审视反乌托邦小说的论著。如莫兰（Tom Moylan）的《追求不可能：科幻小说与乌托邦想象》（*Demand the Impossible: Science Fiction and the Utopian Imagination*，1986），以及巴科利尼（Raffaella Baccolini）和莫兰主编的《黑暗的地平线：科幻小说与恶托邦想象》（*Dark Horizons: Science Fiction and the Dystopian Imagination*，2003），这类著作从科幻小说这一独特类型及与反乌托邦小说的交集入手进行选编、研究。这一特殊视角在研究界也有一定的影响，连美国著名学者杰姆逊（Fredric Jameson，1934—　）也曾出版《未来考古学：乌托邦欲求及其他科幻小说》（*Archaeologies of the Future: The Desire Called Utopia and Other Science Fictions*，2005）。另外，部分著作以乌托邦为名，但实际包含了反乌托邦研究内容，如亚历山大（Peter Alexander）和吉尔（Roger Gill）主编的《乌托邦论文集》（*Utopias*，1984）等。相对于全面的导读式著作，此类研究对反乌托邦的某些特性挖掘较为深入，但总体上成果相对分散、有限。

第二类是关于反乌托邦小说及思想的总览式专著。沃尔什（Chad Walsh，1914—1991）的《从乌托邦到梦魇》（*From Utopia to Nightmare*，1962）启发了如库玛等后来的研究者。库玛的《现代乌托邦与反乌托邦》强调了乌托邦与反乌托邦的"对位"（contrapuntal），即二者相反相依的特性，并细致分析了现代乌托邦小说《回顾》（*Looking Backward*，1988）、《现代乌托邦》（*A Modern Utopia*，1905）、《瓦尔登湖二号》（*Walden Two*，1948）和经典反乌托邦小说《美丽新世界》《一九八四》（*Nineteen Eighty-Four*，1949）等。该书从政治学、哲学的角度分析文学作品，旁征博引又条理清晰，论证严密，乃是目前反乌托邦小说研究专著中独具分量的一部，中国学者张隆溪曾以《乌托邦：观念与实践》为题在《读书》杂志上专门介绍该书。[①]克拉埃斯（Gregory Claeys）主要关注19世纪以来的社会与政治思想史，其《恶托邦自然史：现代专制主义及其因果与文学差异研究》（*Dystopia: A Natural History: A Study of Modern Despotism, Its Antecedents, and Its Literary Diffractions*，2017）探讨了恶托邦的历史原型、思想与心理渊源，以及极权主义、集体主义两大政治思想及其历史，并以史论结合的方式分析了《美丽新世界》《一九八四》等文学作品，也简要梳理了包括当代科幻小说在内的部分反乌托邦小说。

而布克尔的《现代文学的恶托邦冲动：作为社会批评的小说》（*The Dystopian Impulse in Modern Literature: Fictions as Social Criticism*，1994）与《恶托邦文学理论与研究导引》有交叉之处。该书主要运用文化批评的方法，以第二次世界大战为大致时间分界，对战前的三大经典反乌托邦小说和战后涌现的恶托邦作品进行分析，肯定了恶托邦文学的社会批判功能。《明澈天空的碎片：科幻小说、乌托邦与恶托邦》（*Scraps of the Untainted Sky: Science Fiction, Utopia, Dystopia*，2000）与莫兰前作相似，在反乌托邦研究中注入了文学类型的视角，并较多关涉了当代女性作家在文学中的自我表达。戈特利布（Erika Gottlieb）的《东西方的恶托邦小说：恐怖与审判的世界》（*Dystopian Fiction East and West : Universe of Terror and*

① 参见张隆溪《乌托邦：观念与实践》，《读书》1998年第12期。

Trial，2001）则以或警示未来或批判当下的预言为标准划分了西方/东方不同模式的恶托邦文学作品，分别探讨了"西方恶托邦小说"和苏联及东欧相关小说。在西方恶托邦小说中，戈特利布探索了所谓"面具后的独裁者"［如《我们》（*We*，1921）、《一九八四》］与"无面具的独裁"［如《华氏451度》（*Fahrenheit 451*，1953）、《使女的故事》（*The Handmaid's Tale*，1985）］式的恶托邦小说。总的来说，该书探讨恶托邦时涵括范围较为广泛，但其"西/东方"的划分方式与乌托邦模式本身的思维方式有所出入。米尔纳（Andrew Milner）选编的雷蒙·威廉姆斯（Raymond Williams，1921—1988）评论集《想象的时态：雷蒙·威廉姆斯论科幻小说——乌托邦和恶托邦》（*Tenses of Imagination: Raymond Williams on Science Fiction, Utopia and Dystopia*，2009）则尝试从当代左翼视角进行综合论述。格伯（Richard Gerber）的《乌托邦幻想：19世纪末以来的英国乌托邦小说研究》（*Utopian Fantasy: A Study of English Utopian Fiction since the End of the Nineteenth Century*，1955）名为乌托邦研究，但实际上是以19世纪末以来的乌托邦与反乌托邦小说为研究对象，如对科技乌托邦与反科技主义乌托邦的研究等。这类在乌托邦研究中包含反乌托邦研究的成果亦具有一定的参考价值。

同时，还有部分专著以反乌托邦（或恶托邦）为题，但其实际上只涉及某位作家的反乌托邦小说或个别反乌托邦作品。如希莱加斯（Mark R. Hillegas）的《未来的噩梦：威尔斯与反乌托邦主义者》（*The Future as Nightmare: H. G. Wells and the Anti-Utopians*，1967），以论述威尔斯与反乌托邦小说的关系为主；E. J.布朗（E. J. Brown）的小书《反乌托邦简论：〈美丽新世界〉〈一九八四〉和〈我们〉》（*Brave New World, 1984, and We: An Essay on Anti-Utopia*，1976）以三大经典反乌托邦小说为研究背景，但主要分析了扎米亚京（Yevgeny Zamyatin，1884—1937）的反乌托邦小说《我们》。此类编著类著作还有伊佐（David Garrett Izzo）和科克帕特里克（Kim Kirkpatrick）主编的《赫胥黎〈美丽新世界〉评论集》（*Huxley's Brave New World: Essays*，2008）等。

另外，还有以研究某重要作家为主［如威尔斯、赫胥黎、奥威尔（George Orwell，1903—1950）、安·兰德（Ayn Rand，1905—1982）、伯吉斯（Anthony Burgess，1917—1993）等］，并涉及该作家的反乌托邦作品的论著，其数目庞大，难以尽数。在本书的视阈范围内，此类著作以对奥威尔及其反乌托邦名作（《一九八四》《动物庄园》等）的研究成果最为丰硕，堪称显学。在奥威尔研究中，如迈耶斯（Jeffrey Meyers）主编的《乔治·奥威尔：批评遗产》(*George Orwell: the Critical Heritage*，1975)、布鲁姆（Harold Bloom，1930—　）所编的《乔治·奥威尔的〈一九八四〉》(*George Orwell's 1984*，1987)、纽辛格（John Newsinger）的《乔治·奥威尔的政治学》(*George Orwell's Politics*，1999)、英格（Stephen Ingle）的《乔治·奥威尔的社会与政治思想》(*The Social and Political Thought of George Orwell*，2006)、罗登（John Rodden）主编的《剑桥乔治·奥威尔指南》(*The Cambridge Companion to George Orwell*，2007）等，无不涉及对奥威尔的反乌托邦小说的分析。其余重要作家如赫胥黎及其作品的研究情况与之类似，如谢恩（Alex M. Shane）的《扎米亚京其人其作》(*The Life and Works of Evgenij Zamjatin*，1968)、鲍林（Peter Bowering）的《阿道斯·赫胥黎重要小说研究》(*Aldous Huxley: A Study of the Major Novels*，1968)、杨金斯（Edward W. Younkins）等编辑的《安·兰德〈阿特拉斯耸耸肩〉之哲学与文学指南》(*Ayn Rand's* Atlas Shrugged*: A Philosophical and Literary Companion*，2007）等。当然，少数作家虽为名家，却并不因创作反乌托邦小说而闻名，如创作《机器停转》(*The Machine Stops*，1909）的福斯特（Edward Morgan Forster，1879—1970）等，因此其反乌托邦小说的研究不彰，通常被纳入作家自身的封闭阐析系统。总之，此类成果数量较大，但较为零散，其分析指向以作家为主，与反乌托邦小说研究视角有所偏差。当然，这些成果仍不失为后来者进行反乌托邦研究可资借鉴的资源。

第三类则以学术期刊论文、学位论文等为主。长期发表相关论文的知名国际期刊主要包括《乌托邦研究》(*Utopian Studies*)、《科幻小说研究》(*Science Fiction Studies*）等。萨金特（Lyman Sargent）的名篇《重探乌托邦主义的三面性》("The Three Faces of Utopianism Revisited"，1994）即发表在《乌托邦研究》上，该文虽然以乌托邦为题，但同样深入涉及对“反乌托邦”的基本认定。此外，有些论文从总体上研究反乌托邦小说，如斯戴维克（Philip Stevick）的《反乌托邦的局限》("The Limits of Anti-Utopia"，1964)，唐纳德·达维（Donald Bruce Dawe）的《现代英国反乌托邦小说》(*The Modern English Anti-Utopian Novel*，昆士兰大学硕士学位论文，1975)，二者均将反乌托邦小说作为一个整体对象进行探讨。另外，亦有论文以具体的作家、作品作为切入点来研究反乌托邦小说，如斯坦斯基（Peter Stansky）的《乌托邦与反乌托邦：威廉·莫里斯与乔治·奥威尔》("Utopia and Anti-Utopia：William Morris and George Orwell"，1983)、麦克吉弗伦（Rafeeq O. McGiveron）的《赫胥黎的〈美丽新世界〉》("Huxley's

BRAVE NEW WORLD", 1998)、英格索尔(Earl Ingersoll)的《伯吉斯的〈发条橙〉》("Burgess's A CLOCKWORK ORANGE", 1986)等，此类成果同样较多，在此不一一列举。另外，还有从某一独特而具体的视角进入反乌托邦小说研究的，如比彻姆(Gorman Beauchamp)的《恶托邦小说中的技术》("Technology in the Dystopian Novel", 1986)、塞斯(Mary Elizabeth Theis)的《20世纪乌托邦与反乌托邦文学中的母性角色》(*The Maternal Role in Twentieth Century Utopian and Anti-Utopian Literature*，伊利诺伊大学博士学位论文，1983)等，对"技术"等反乌托邦小说中的显性特征加以探析，亦为反乌托邦研究中具有启发性的有益成果。

在诸多研究中值得重点关注的是如下成果：赫茨勒的《乌托邦思想史》围绕"社会乌托邦"展开，明晰简练；曼纽尔夫妇近900页的《西方世界的乌托邦思想》全面、细致而深透地梳理了西方乌托邦思想(及部分文学作品)的历程；库玛的《现代乌托邦与反乌托邦》特别强调了反乌托邦的现代性特征、反乌托邦与乌托邦的对位性；斯诺德格拉斯的《乌托邦文学百科全书》、布克尔的《恶托邦文学理论与研究导引》都以条目的形式广泛地涵括了反乌托邦文学的作品篇目；莫兰的《明澈天空的碎片：科幻小说、乌托邦与恶托邦》则从类型文学的视角出发介入反乌托邦研究——这些研究成果都成为后来者无法回避的重要参考资料，在相当程度上影响了研究者的视野和思路。

国内学界的反乌托邦小说研究起步较晚、成果较少，多以乌托邦文学研究为依托，将反乌托邦文学作为其附属部分加以探讨，尚无相关专著出版。而在文学领域之外，在乌托邦与反乌托邦思想领域的研究中，国内学者从不同的研究角度切入，近年来较为突出的有贺来的《现实生活世界——乌托邦精神的真实根基》(1998)、陈周旺的《正义之善——论乌托邦的政治意义》(2003)、邬晓燕的《科学乌托邦主义的建构与解构》(2013)等，都以对乌托邦的探讨为主，并涉及对反乌托邦思想的述评；谢江平的《反乌托邦思想的哲学研究》(2007)是目前国内唯一以"反乌托邦哲学思想"(非文学)研究为主题的学术专著，其关注点主要在理念之思的抽象交锋，而非文学作品对反乌托邦思想的非观念化演绎。

综上所述，西方学界的反乌托邦小说研究中，指南式的编著具有较广的覆盖面和重要的指引作用，从政治学、社会学或文学类型学维度总体勘探反乌托邦小说的研究成果数量不多，却以其理论透视的深度而一枝独秀。零散地研究某位作家或某些反乌托邦小说作品的著作、论文较多，切入角度亦多样化。总的来说，将20世纪西方反乌托邦小说作为一个独立的研究对象（而非乌托邦研究的附属部分）进行系统性学术探讨的成果仍较为稀缺，因此，对反乌托邦小说进行总体性的梳理与阐析乃是一项有意义的工作。本书力求在现有研究成果的基础上多视角地深入研讨反乌托邦小说，既对前人的成果有所把握与吸收，又尽力将一些自出心裁的思考融入其中。

第三节　研 究 思 路

西方反乌托邦小说源远流长、内涵丰富，思想密度极大。作为乌托邦的对立面，反乌托邦的出现和潮流化与20世纪的人类社会历史语境密切相关，是人类在“乌托邦冲动”走向实践、遭遇挫败之后对其加以反思的产物，同时也是时代思想文化迁延流变的一种具体显现。尽管众多反乌托邦小说风格迥异，有不同的出发点和侧重点，但它们都表现出了对乌托邦模式的深刻反思、讽喻与批判，并承载着对20世纪人类的生存情境和社会发展前景的重新思考。本书不仅着眼于反乌托邦小说所构想的具体的反乌托邦世界图景，也力图透过文本的迷雾深入探查其后的思想意蕴。

乌托邦思想中包含了丰富复杂的意涵，而反乌托邦对乌托邦最关注的内容包含了乌托邦思想中的本体论、一元论、目的论、理性主义、社会工程、科技主义、集体主义，以及科技专制、积极优生学、行为主义工程、总体性社会计划等具体实践。从反乌托邦小说自身的特质来看，它与现代反乌托邦思想理论有着内在的相通性——反乌托邦小说往往是将前述的某些乌托邦思想原则推演到极致，显示其问题所在，进而揭示出此类原则的荒谬性，并由此完成对乌托邦的反叛。因此，本书力图结合反乌托邦哲学、政治学、社会学等理论，在对小说作品进行文本细读的基础上，运用综合性的研究范式对20世纪西方反乌托邦小说进行理论透视。如伯林对乌托邦的根本性打击在于他对一元论所进行的批判。从西方本体论（ontology）出发，人们试图找到变幻莫测运动和纷繁复杂的事物中恒定的基质，即从“多”中寻求本质性的“一”，本体论“在希腊世界表现为本体一元论，在犹太基督教世界则表现为神学一元论。在乌托邦思想中，一元论观念主要表现为真理一元论和价值一元论”[①]。伯林认为理性主义一元论是建立在几个假设之上的：第一，对于任何真正的问题，应该存在一个且唯一一个正确答案，而其他答案都是错误的，不可能同时有两个不同而

① 谢江平：《反乌托邦思想的哲学研究》，北京，中国社会科学出版社，2007年，第165页。

且正确的答案；第二，所有真理从原则上说都是能够被理性的思想家发现的，并且能够被清楚地证明，即答案在原则上是可知的；第三，至关重要的是，一个问题的理性解决不会与另一个问题的同样真正的解决相冲突，无论是事实还是假设的问题，其答案不可能相互矛盾，即这些理性解决方案必定（至少）是能够彼此相容的，并最终形成和谐的整体。①伯林认为这些预设都是以一元论为旨归的，然而，在人类意见分歧最大的、“最折磨人、最关键的”的政治、宗教、文化、道德以及终极价值领域，却不存在唯一的正确答案。如果裁决不同答案间的真理与谬误，刻意追求一元式的解答与和谐，其结果不免造成强制与霸权②，运用强力来达成乌托邦成为唯一的路径。在反乌托邦小说的描绘中，尽管“大恩主”、元首穆斯塔法·蒙德、“亲爱的独裁者”等看似有着某种悲悯的救世情怀，背后却都隐含着此种难以消除的内在强制色彩。

而波普尔对乌托邦的批驳则集中在对“乌托邦社会工程”的批判上。波普尔认为一种理性主义推导出来的乌托邦进程并不可靠。他指出，人类不能预告知识增长，也不能预告自身的未来行程③；历史变化有行进趋势，但它并非绝对的“规律”，人类难以借此而动。④而“乌托邦社会工程”与波普尔所主张的“渐进”技术（piecemeal technology，或译“零星技术”）发展方式相反，波普尔指出，乌托邦社会工程追求的是整体主义的改造，具有“总体论”⑤的气质，并呼吁一种人事介入的“行动主义”。这种改造行动无意于进行零敲碎打的试错、改良，它的主要方式是“按照一种确定的计划或蓝图重新塑造‘社会整体’”，“‘掌握关键的位置’，并扩大‘国家的权力……直到国家几乎变得等同于社会’”——波普尔认为这清楚地表达出了“极权主义”的直观性。此外，乌托邦工程还必须“从那些‘关键的位置上’来掌控在塑造发展中社会的未来的各种历史势力，或者是

① 参见〔英〕以赛亚·伯林《自由论》，胡传胜译，南京，译林出版社，2003年，第216页；〔英〕以赛亚·伯林《扭曲的人性之材》，岳秀坤译，南京，译林出版社，2009年，第28页。

② 参见谢江平《反乌托邦思想的哲学研究》，北京，中国社会科学出版社，2007年，第186页。

③ 参见〔英〕卡尔·波普尔《历史主义贫困论》，何林、赵平等译，北京，中国社会科学出版社，1998年，第2页。

④ 参见〔英〕卡尔·波普尔《历史主义贫困论》，何林、赵平等译，北京，中国社会科学出版社，1998年，第101页。

⑤〔英〕卡尔·波普尔：《历史主义贫困论》，何林、赵平等译，北京，中国社会科学出版社，1998年，第18页。

通过遏阻这种发展，或者是通过预见到它的进程并对准它而调整社会”[①]。但波普尔认为进行“社会整体”的全面改造是不可能的。首先，全体意义上的社会“整体”（即“一个事物的全部性质或方面的总和，尤其它那各个组成部分之间的全部关系的总和”[②]）本身就不可能成为人所认识的对象——人们的观察、研究都是有一定角度、有所选择的。其次，“整体”不仅在认识上不可能，整体主义作为一种变革方法也难以施行。在变革实践中，想要真正控制全部的社会关系是不可能的，每种新的控制都将造就更多有待控制的新关系。各种不可预知的意外与变化实际上会迫使乌托邦工程师采用各种权宜之计去实行原本计划之外的计划，但乌托邦工程师早已认定全面改造、彻底重建的可能性与必然性，因此便缺少渐进工程的审慎、自我批评和应对意外的灵活开放的态度。乌托邦工程师为了消除一切潜在的意外变化所可能造成的破坏，必须对社会实行全面的操控，乌托邦极权主义由此产生。[③]如，乌托邦可能要求个人调整自身的价值体系，使其符合行将到来的变化。[④]最终，乌托邦不再是为人而建造的新社会，而是成了改造人、对人进行“组织化”，使人削足适履地适应乌托邦计划的虚妄工程。对这种乌托邦工程思维的反驳正是反乌托邦小说的基本理念，无论是探寻“上帝的造人之方”的莫罗博士制造兽人的计划、“大恩主”为芸芸大众提供“数学般精确的幸福”的“大一统”王国、将人异化为“消费”的助推器的安逸的“美丽新世界”等，无不带有对这种乌托邦工程化的描绘与渲染。

与之相似，哈耶克对造就了乌托邦的“建构论理性主义”提出了批评。建构论理性主义和哈耶克所主张的“进化论的理性主义”（evolutionary rationalism）相对。哈耶克认为，智力并非文化进化的向导，而是它的产物，它以模仿而非见识和理性为基础，建构论理性主义抛弃传统，认为仅仅凭借理性就能够建立新世界、新道德、新法律、新语言[⑤]，这便是一种“致命的（理性主义）自负”。进化论的理性主义认为人类社

① 〔英〕卡尔·波普尔:《历史主义贫困论》，何林、赵平等译，北京，中国社会科学出版社，1998年，第60页。

② 〔英〕卡尔·波普尔:《历史主义贫困论》，何林、赵平等译，北京，中国社会科学出版社，1998年，第68页。

③ 参见谢江平《反乌托邦思想的哲学研究》，北京，中国社会科学出版社，2007年，第106页。

④ 参见〔英〕卡尔·波普尔《历史主义贫困论》，何林、赵平等译，北京，中国社会科学出版社，1998年，第48页。

⑤ 参见〔英〕F. A. 哈耶克《致命的自负》，冯克利、胡晋华译，北京，中国社会科学出版社，2000年，第19页，第52页。

会秩序是自我生成演化（self-generating）或自生自发的（spontaneous），而建构论理性主义认为“所有社会制度都是而且应当是刻意设计的产物”①，进化论和建构论理性主义的分野主要在于对理性的有限性与无限性的认识不同。前者承认理性的有限性，认为“人的理性和抱负不是万能的，知识也不可能是完全的，而是分散在独立的个体之间，不可能为某一个人或机构来垄断或操纵；并认为文明是历史不断演进、知识不断积累的产物，而不是依靠人的智慧和理性一下子就可以设计和构建出来的，制度和结构也不是随意可以变更的”②。显然，进化论理性主义具有渐进的、有机的发展思路，人类固然可以进行思想实验，但它与乌托邦所追求“全盘重构”“一劳永逸”达到至善境界的取向相对；乌托邦主义者所依托的建构论理性主义忽视了“自生自发的社会制度和社会秩序虽然是人们作为的结果，但却不是人们意志的产物。社会制度和社会秩序在很多情况下是‘自然生长’的结果”③。这种理性主义将人类的理性奉上神坛，将其视为自足的、无限的、全知全能的、能够洞悉一切因果关系的，因此借助理性，“人类的进程是可以通过智慧来规划的，文明是可以通过智者的深思熟虑来设计和创造的”④。建构论理性主义迷信绝对化的理性，并相信完全可以依靠人力重新合理地建构出完美的秩序和制度，但事实上这种对社会进程全面规划的方式不仅难以真正实现，更有可能沦为极权主义者施行压迫、取消自由的借口，这便有可能使乌托邦的实践成为“通往奴役之路”。

此外，20世纪乌托邦观念中的优生学理念也遭遇了反乌托邦的强烈质疑。对“优生”的追求在乌托邦设计中早有传统，而至19世纪，优生学作为系统性新科学被大力引入乌托邦建设之中。完美的世界需要身心完美的成员——人为的“优胜劣汰”干预成了一种基本原则，并已深入基因层面。优生学的发展解决了乌托邦中的人口（人性）难题，其中的人口数量、性别、种族、身体和智力状况都能按照需求和总体规划进行设计与控制。对这类计划有明确呈现的作品有威尔斯的《现代乌托邦》、斯金纳的《瓦尔登湖二号》和赫胥黎的《美丽新世界》、洛利（Lois Lowry，1937—　）的《传授者》（*The Giver*，1993）等。优生学的广泛实践在反

---

① 〔英〕弗里德利希·冯·哈耶克：《法律、立法与自由》（第一卷），邓正来译，北京，中国大百科全书出版社，2000年，导论第8页。

② 胡春妮：《进化理性主义与建构理性主义之辨》，《海南大学学报》（人文社会科学版）2006年第4期。

③ 谢江平：《反乌托邦思想的哲学研究》，北京，中国社会科学出版社，2007年，第118页。

④ 胡春妮：《进化理性主义与建构理性主义之辨》，《海南大学学报》（人文社会科学版）2006年第4期。

乌托邦小说中往往代表着“科技主义”治下的集大成者，展现了并无明显意识形态意味和价值承载而让人难以抗拒的科技之力，象征着人类最易沉沦其中而不自知的噩梦。

因此，在这样的研究背景下，本书以“20世纪西方反乌托邦小说”为独立、完整的研究对象，基本思路是：第一，改变现有的主流研究范式。目前，研究者往往过于注重反乌托邦小说对乌托邦小说在外在形式上的承续性，并有将反乌托邦小说整合入乌托邦小说的倾向，因此反乌托邦研究也时常以乌托邦研究的附属部分形式出现。但将新变归入传统、将反乌托邦视为乌托邦附庸的研究范式极有可能会泯灭反乌托邦小说的独特价值，因此本书力求通过对反乌托邦小说的单独开掘，把握其与乌托邦的异质性，实现对“乌托邦化”的研究范式的突破。第二，本书将反乌托邦小说作为一个整体，从反乌托邦小说本体的层面对其加以观照，考察反乌托邦小说作为一种文学类型或潮流所具有的独特性：反乌托邦小说表现出了对“乌托邦思维”的拒斥与反叛，它是以小说的形式表达出的对完美乌托邦的根本性抗拒。

本书在对反乌托邦小说进行历时性的简要梳理之后，主要从横向角度把握其共同的批判精神，突出了在20世纪这一长时间跨度和纷繁的背景之中，反乌托邦小说在题材内容上呈现的多样化特性。从历时性角度来看，从乌托邦到反乌托邦的500年间，从莫尔、培根（Francis Bacon，1561—1626）、威尔斯、斯金纳到扎米亚京、赫胥黎、奥威尔、安·兰德，再到伯吉斯、阿特伍德（Margret Atwood，1939—　）、皮尔斯（Marge Piercy，1936—　）、勒古恩（Ursula K. Le Guin，1929—　）等，乌托邦文学在20世纪脱出原轨向反乌托邦文学嬗变，其中涉及的作家众多，且多在极为不同的历史与文学语境之下进行思考和创作。从共时性角度看，反乌托邦小说作为20世纪人类历史、文化语境变迁的见证者与参与者，以乌托邦为潜文本，通过对乌托邦（文学或思想原则、社会实践）的推演，以虚构的叙事文学的形式，描绘出一个个形似乌托邦的黑暗社会。反乌托邦小说因对乌托邦“靶心”批判的侧重点不同，而以多元化的形式共同表达了对乌托邦的否定与拒绝，演化出了自身的模式和体系。本书大体按照反乌托邦小说的发表年代安排章节，主要以“重要作品/问题（群）”的形式构造各个章节，在章节内部提示和串联起其中的历史线索，如对威尔斯—扎米亚京—赫胥黎—奥威尔—阿特伍德等作家的文学关联和影响等的简要说明。库玛的《现代乌托邦与反乌托邦》在“反乌托邦”部分主要基于《美丽新世界》和《一九八四》两部小说展开辐射性阐述；布克尔的

《现代文学的恶托邦冲动》则分为三大反乌托邦经典、“二战”后中产阶级恶托邦（bourgeois dystopia）小说、后现代恶托邦小说等章节，而事实上，20世纪的反乌托邦小说流脉并未显现出明显的阶段性分期，其重大变化在世纪末才微露曙光，不同时期的作品反而可能具有更明显的共通之维。本书主要把握了众多反乌托邦小说在题材选择、批评重心上各不相同的特点，以分章节阐析的方式分别加以总结，以丰富和深化相关研究。本书的第一至第三章主要呈现了20世纪前中期的乌托邦经典及其向反乌托邦的转变；第四至第七章则以经典的反乌托邦小说为主要研究对象，阐析了其对所谓“理性主义”“科技主义”“消费主义”“极权主义”等的抗拒；第八、第九章则考察了经典反乌托邦主题在世纪中后期的延续，尤其是它对“利他主义”和“均等主义”的反驳；第十至第十二章则主要展现了反乌托邦小说在世纪晚期的发展新趋向，分析了它对“社会工程”“风险社会”及“后人类”境况下乌托邦与反乌托邦新理念的呈现。

总之，反乌托邦小说乃是一种抗拒全盘重构的、一元的、静态的、工程化的乌托邦构想与实践的小说，是反思性地阐释现代人类存在境况的独特的文学样式。在反乌托邦兴起的时代，“统一、恒定、和谐的世界景观也不复存在；存续了上千年的伦理道德体系也随之倾塌。欧洲人在信仰大厦倾倒之后的一片瓦砾中步入20世纪。他们面临着价值混乱、价值颠倒、价值毁灭的历史现实。原先的绝对真理、绝对价值对现代欧洲人而言失去了有效性”[①]。也正是乌托邦的失效使反乌托邦有了勃兴的契机。当然，从某种角度来看，反乌托邦小说对乌托邦式噩梦的拒斥，在某种程度上也延续与强化了乌托邦的批判活力，保持了相关类型文学在当代文学中的生命力。

---

① 张芸、程茜：《反讽与创作主体意识》，《东方论坛》2007年第1期。

第一章　嬗变：从乌托邦到反乌托邦

“反乌托邦”以及与其渊源极深的“乌托邦”都并非静态的、不言自明的术语，而是在时空中迁延流变、蕴意极广的概念。在此过程中，众多作家、学者或思想流派都以自己的方式进行对乌托邦的核心意蕴的建构。“反乌托邦”是以“乌托邦”为潜文本，以对“乌托邦”的“反”作为立足之基的，因此在进行反乌托邦研究时，理解乌托邦的意涵便不可忽视。本书将在梳理乌托邦小说与反乌托邦小说简史以及从乌托邦小说到反乌托邦小说嬗变的基础上，尝试厘清反乌托邦小说的基本意涵。

第一节　乌托邦之历史与意涵

一、乌托邦简史

16世纪的英国政治家托马斯·莫尔通过具有开创性的小说《乌托邦》创造了一个与现实相对立但并非绝对不可通达的完美世界。莫尔以其文学实践创造的Utopia（乌托邦）一词由希腊文中代表“没有”的“ou”与代表“美好”的“eu”相结合，加上表示“地方”的“topos”，组成“不存在的乐土福地”，也为后世开创了西方文学史上的乌托邦小说这一独特文类。从此以后，“乌托邦”便开始在时间与空间的双重维度上不断延伸、拓展，被添加、改造、重述，成为文化史、思想史上耀人眼目而令人迷惑的术语。

赫茨勒在《乌托邦思想史》中认为乌托邦的发展历经早期希伯来先知的伦理—宗教乌托邦、柏拉图的《理想国》(*The Republic*，约公元前380）到早期现代乌托邦、空想社会主义，即从公元前8世纪以色列先知的著述中“对幸福安宁的未来乌托邦投以短暂的一瞥”[①]到18世纪欧文等具有社团性质的乌托邦。而此后从19世纪末到20世纪初的乌托邦则被赫茨勒称

---

① 〔美〕乔·奥·赫茨勒:《乌托邦思想史》，张兆麟等译，北京，商务印书馆，1990年，第14页。

为“拟乌托邦”，认为其致力于一种更为现实化的改革而非乌托邦理念。与之相对，库玛对乌托邦执行了更为严格的定义，他认为在近代文艺复兴之前并不存在真正的乌托邦。

在文学性的作品中，对乌托邦因素的追溯可以回到公元前8世纪古希腊赫西俄德（Hesiod）的《工作与时日》（*Works and Days*）。赫西俄德把人类的历史分为五个阶段，首先是欢乐安详的黄金时代即乌托邦，在这个时代中，“人们像神灵那样生活着，没有内心的悲伤，没有劳累和忧愁”①，但随后人类经历了从黄金时代到白银时代、青铜时代、英雄时代、黑铁时代的一系列后退，人的罪恶与苦痛愈加深重。赫西俄德认为自己正处在最为困苦的黑铁时代，其心向往之的乌托邦便是早已逝去的过去——黄金时代，那才是人类最美好的生活状态。然而，赫西俄德的黄金时代实际上是逆时间之流而指向远古的，它存在于人们无法企及的过去世界，这种退化史观使得人类现实的历史进程与乌托邦之间难以通达。实际上，史诗《奥德赛》（*Odyssey*）亦曾追述神话似的“福地”（Elysium）。如在史诗中，海神安慰斯巴达国王墨奈劳斯（Menelaus）道，神明不打算让墨奈劳斯死去，而“将把你送往厄鲁西亚平原（Elysian plain），……凡人的生活啊，在那里最为安闲，既无飞雪，也没有寒冬和雨水，只有不断的徐风，拂自俄开阿诺斯的浪卷，轻捷的西风吹送，悦爽人的情怀”②，这是一个气候宜人、人神共居的欢乐安详之地。其后抒情诗人品达（Pindar，约公元前518—前438）在他的挽歌残篇中同样描绘了美妙的福地：“太阳不分昼夜照耀着大地，草地上布满了红红的玫瑰。城前香树成荫，挂满了金色的果实……这里盛开的幸福之花与人们为伴。”③这类具有田园牧歌色彩的“福地”想象被视为古希腊文学为后世乌托邦构想提供的素材，是某些非城市化或非工业化的乌托邦设计的渊源。

此外，赫茨勒还特别关注了与希腊乌托邦理想时期相近的以色列先知的乌托邦思想，指出它代表了乌托邦思想的发展，即“救世主国家”的发展。④如活跃于公元前740年至前700年的以赛亚设想了“第一个真正适宜的、按救世主方式统治”的乌托邦：相信耶和华意味着争取建立一个公正的政府、治理完善的国家、符合上帝准则的国家。这样的国家由正直

---

① 〔古希腊〕赫西俄德：《工作与时日·神谱》，张竹明、蒋平译，北京，商务印书馆，1991年，第4～5页。

② 〔古希腊〕荷马：《奥德赛》，陈中梅译，南京，译林出版社，2003年，第121页。

③ 转引自杨巨平《古希腊乌托邦思想的起源与演变》，《世界历史》2003年第6期。

④ 参见〔美〕乔·奥·赫茨勒《乌托邦思想史》，张兆麟等译，北京，商务印书馆，1990年，第9页。

的国王治理，人类不再遭受困难，在道德和智慧上都有进步，自然平静而繁茂，“干裂的土地将变成池塘”，“狮子将和牛一样吃草”，“刀剑铸成犁头”，“无尽的欢乐将降临到他们的头上”[①]，这样的理想田园世界既是道德完善的，也是物质生活美满的。

此后，维吉尔（Virgil，公元前70—前19）的《牧歌》（*Eclogue*，公元前43—前37）之四预言一个田园式的美好社会将要回归，“在他生时，黑铁时代就已经终停，在整个世界又出现黄金的新人”，大地物产丰裕，人们不必再辛劳耕作而安居乐业，“那枯木的船艘将不再运货，土地将供应一切东西”。[②]而奥维德（Ovid）在《变形记》（*The Metamorphoses*，8）中说，在最初的黄金时代，“人民生活安全，享受着舒适的清福。大地无需强迫、无需用锄犁去耕耘，便自动地生出各种需要的物品。……溪中流的是乳汁和甘美的限露，青葱的橡树上淌出黄蜡般的蜂蜜”[③]。不过，与《工作与时日》相似，《牧歌》《变形记》等带有神话传奇色彩的“前乌托邦”设想都具有循环或退化的时间意识，或者各居其一，或者两者相勾连，“黄金时代”要么存在于难以寄托希冀的过去，要么处于不断退化的循环而衰竭，其结果便是乌托邦失去进入人们的实践活动的可能。

值得注意的是，与古希腊社会带有幻想色彩的文学作品相比，柏拉图的政治哲学著作《理想国》则有依“理念”（idea）而设计政治制度的意味。《理想国》的希腊原文“πολιτεία”既可专指共和政体，亦可泛指城邦政治制度。[④]作为早期具有乌托邦因素的代表作，《理想国》设计了等级严格、秩序井然的城邦，由哲人王进行统治，其构想已经基本涵括了古典乌托邦理想的大多数内容，涉及婚姻、家庭、生育、政治、宗教、道德、文艺、教育等多个方面。《理想国》的影响至为深远，甚至让库玛感慨：过去两千五百多年的所有乌托邦都不过是《理想国》注脚的看法乃是一种老生常谈。[⑤]赫茨勒则指出，柏拉图从未有过完全实现“理想国”的念头，“进步”的思想是现代社会的产物，“不断进步”并不符合古代社会

---

① 〔美〕乔·奥·赫茨勒《乌托邦思想史》，张兆麟等译，北京，商务印书馆，1990年，第25～27页。

② 〔英〕莎士比亚等：《外国诗歌经典100篇》，屠岸等译，北京，人民文学出版社，2003年，第5～7页。

③ 〔古罗马〕奥维德：《变形记》，杨周翰译，北京，人民文学出版社，1984年，第3～4页。

④ 参见〔古希腊〕亚里士多德《政治学》，吴彭寿译，北京，商务印书馆，1965年，第44页。

⑤ 参见Krishan Kumar, *Utopia and Anti-Utopia in Modern Times*, London: Basil Blackwell, 1987, p.2。

的历史观念。[①]柏拉图的理念论也隐含了退化论的观点。理念论认为现实世界是理念世界退化的产物，理念是万物的本源、模型、目标和动因，现实是一种堕落了的退化形式。“理想国”的模子在“天上”，那才是真正本质性的。柏拉图的思想对后世乌托邦设计者们的深刻影响在于，它让人们认识到“只有乌托邦中的生活才是真正的属人的生活，乌托邦就是要以本质的、真实的生活取代现存的、虚幻的生活”[②]，并由此对近代乌托邦进入人类社会实践产生了重要的影响。

但总的来说，古希腊世界的乌托邦，无论是诱人的田园乌托邦幻想还是“理想国”的政治设计，都不能成为真正的乌托邦。由于受到退化观念的影响，古希腊的乌托邦关于完美世界的设想缺乏向前的时间向度，“人们认为‘本质’是属于起始时间的，相信人的本质或存在的本质在‘太初之时’已经实现，后来却丧失了”[③]，由此不得不停留在一种单一维度的“空间”乌托邦状态。古典文学中的乐土福地更多地被人们视为全然的“虚幻”。

之后，基督教世界中开始出现更多与近代乌托邦相亲和的因素。希腊世界与基督教世界对天堂（heaven）的想象颇不相同。在《圣经》中，完美世界不仅存在于过去——曾经的伊甸园，更诉之于未来，那就是《启示录》中基督教的千年王国、末日审判后的新天新地。据《马可福音》《马太福音》等可知，天国既存在于当今，也存在于未来，即使罪孽深重的人也将进入这个王国。人们或许难以估算具体的时间，但这个王国安静并坚定地成长着，如种子发芽结出谷粒。[④]与希腊世界相比，“犹太基督世界的末世论乌托邦具有强烈的时间意识。它们把新天新地置于未来，并且坚信在未来的某一时刻历史将实现这种创造性的转化”[⑤]。不难理解，乌托邦正是借助基督教的线性历史观（即一种直线向前、不可重复的历史时间意识），才许给人们一个建立人间天国美好未来的诺言，由此产生了强大的现实感召力。蒂利希甚至认为，千禧年（millenium）是基督教历史上的重要观念，“千年”作为象征性数字，标志着在历史的某些时刻，人类的期

① 参见〔美〕乔·奥·赫茨勒《乌托邦思想史》，张兆麟等译，北京，商务印书馆，1990年，第101页。

② 谢江平：《反乌托邦思想的哲学研究》，北京，中国社会科学出版社，2007年，第24页。

③〔德〕保罗·蒂里希：《政治期望》，徐钧尧译，成都，四川人民出版社，1989年，第173页。

④ 参见〔美〕乔·奥·赫茨勒《乌托邦思想史》，张兆麟等译，北京，商务印书馆，1990年，第72～73页。

⑤ 谢江平：《反乌托邦思想的哲学研究》，北京，中国社会科学出版社，2007年，第28页。

望将得以实现，而现代西方一切的乌托邦都源于这一观念。[①]

然而，虽然有了向前的时间意识，基督教和乌托邦仍有着重大分歧（伯林即指出了乌托邦思想在中世纪的消退）。这种分歧主要体现在基督教对彼岸世界的关注和对现实世界的不同认知，以及原罪观与对原罪的拒斥上。乌托邦的兴趣在于此生此世，而宗教则主要关注另一个世界。4世纪古罗马神学家奥古斯丁（Aurelius Augustinus，354—430）在《上帝之城》（*The City of God*，412—426）中区分了“人间之城”和“上帝之城”。二者的区别在于它们是被两种爱创造的：“一种是属地之爱，从自爱一直延伸到轻视上帝；一种是属天之爱，从爱上帝一直延伸到轻视自我。”[②]在这属地与属天、追求肉欲与追求精神的不同群体中，“人间之城”是充满了纷争、不完美、不可能恒久的，“它的胜利只能是短命的”；而“上帝之城”则相反，是真正恒久、完满的，“在那里胜利将确保永久的欢乐和最高的和平”[③]。而在最终的末日审判之后，“人间之城”将归结于“上帝之城”，人将在“上帝之城”中得救。在此意义上，乌托邦是与基督教相对立的：人类在现世之中乃是朝圣的客旅，是“远离天上的家乡而暂居异乡的人”[④]；而在“上帝之城”之外在此世建立一个完美的世界是多余而愚妄的。此外，原罪观同样使乌托邦思想难以立足，原罪源于早期基督教，经由奥古斯丁的充分发挥成为基督教的正统观点。所谓原罪（Original Sin）之“罪”，并不是实际的罪愆，而是指人不像上帝一样全知全能，而只是一种有限的、短暂的存在。人在任何意义上都不可能如上帝一般完全（perfect）：“从形而上学的原因看，人类所能达到的完全只是有限的、短暂的生命的完全，……而从道德上的原因看，尽管人被赋予了上帝的荣光，但却由于亚当的过错而堕落，因此甚至连人类的形而上的本性原本能够达成的那种道德完善度都无法达到。”[⑤]正是由于人类的局限性，所以人没有能力完成自我救赎，无法建立尘世的乐园，而必须依靠上帝的拯救才能升入天国。尽管有贝拉基主义（Pelagianism）这样反原罪、主张自由意志的观点存在，但最终这种观点成了异端。因此，从主流来看，“基督教或许确实频繁地激起了乌托邦冲动，但它也有力地窒息了

① 参见〔德〕保罗·蒂里希《政治期望》，徐钧尧译，成都，四川人民出版社，1989年，第178页。

② 〔古罗马〕奥古斯丁：《上帝之城》，王晓朝译，北京，人民出版社，2006年，第631页。

③ 〔古罗马〕奥古斯丁：《上帝之城》，王晓朝译，北京，人民出版社，2006年，第637页。

④ 参见夏洞奇《“上帝之城”与“地上之城”：奥古斯丁思想中的两分倾向》，《现代哲学》2005年第3期。

⑤ Krishan Kumar, *Utopia and Anti-Utopia in Modern Times*, London: Basil Blackwell, 1987, p.12.

它们，可以确信，只要它保持为占统治地位的意识形态，乌托邦的传统就无法建立”[①]。

需要补充的是，在《乌托邦》之前，14世纪时英国就出现了关于《乐土科凯恩》的民谣。在这首歌谣中，作者描绘了一个极为富足、欢乐且可以不劳而获的世界，“乐土科凯恩”比一般乌托邦更具有奇异的幻想色彩，如美味的炖云雀会自动落入人的口中。《乐土科凯恩》开篇就表达了天堂并不胜似科凯恩，科凯恩更能满足人们的物质享乐的看法。作为中世纪广泛流传的民间乌托邦，《乐土科凯恩》关于人欲得到全面满足的描绘，蕴含了乌托邦追求绝对和谐的思想以及对“地上乐园”的向往。

概言之，乌托邦因素源远流长，但按库玛的理解，真正的乌托邦文学是在近代社会之后才出现的。如此划分并不仅仅因为近代之前的所谓乌托邦文学尚零散、不成熟，更为根本的原因在于其缺乏近代乌托邦的精神内核。希腊文学中的乌托邦没有明确向前的时间意识，而基督教忽视现世并坚持认为人不可能像上帝一样完全的原罪观，它们缺少向近世乌托邦升腾的动力，从而难以完成由社会理想、宗教理想向属人的、完美的乌托邦乐园的过渡。[②]

其后，欧洲近代社会以出现大航海时代、文艺复兴、宗教改革等为开端。此前数百年间的重大事件如11世纪到13世纪的十字军东征，14世纪的黑死病爆发，15世纪的君士坦丁堡陷落、印刷术引入等对近代社会产生了深刻的影响。而在此期间，科学和理性共同促生历史进步观念，也为乌托邦的正式生成提供了有效的动力机制。曼纽尔夫妇指出，乌托邦是犹太–基督教的天堂和希腊世界的乐土（Judeo-Christian and Hellenic）的结合[③]，“乌托邦中的希腊因素赋予犹太基督教传统以世俗化、理性化的面目，而犹太基督传统则赋予了希腊因素以一种不断前进的历史意识。同时，犹太基督的神学决定论演变成了一种世俗的动力机制驱动下的非神学的决定意识”[④]。（这种决定意识在后来的启蒙运动中演化为历史进步论。）而这原本矛盾的二者经融合，使人的“完全”和人间天国的建立成为可能。莫尔的《乌托邦》便是在此背景下应运而生的。《乌托邦》全名

① Krishan Kumar, *Utopia and Anti-Utopia in Modern Times*, London: Basil Blackwell, 1987, p.22.

② 参见Krishan Kumar, *Utopia and Anti-Utopia in Modern Times*, London: Basil Blackwell, 1987, pp.12–18。

③ 参见Frank E. Manuel and Fritzie P. Manuel, *Utopian Thought in the Western World*, Oxford: Basil Blackwell, 1979, p.33。

④ 谢江平：《反乌托邦思想的哲学研究》，北京，中国社会科学出版社，2007年，第33页。

为《关于最完美的国家制度和乌托邦新岛的既有益又有趣的金书》（*De Optimo Reipublicae Statu Deque Nova Insula Utopia Libellus Vere Aureus*）。乌托邦体现了建立地上天国的渴望、向前的时间意识、对原罪的拒斥，更有具体详尽的理想蓝图规划——在财产公有基础上建立起来的集权的和谐社会，由此而描绘了一个各种价值观按照序列安然共存的完美世界，终于开启了近代人类的乌托邦想象。尽管《乌托邦》没有明示乌托邦是依靠什么建立起来的，但近代以来的乌托邦思想家显然确信人类可以通过理性手段如科技技术、社会规划等，在今生今世实现至善的乌托邦。

除《乌托邦》之外，从文艺复兴到17世纪还涌现了大批乌托邦式的文学作品，如康帕内拉（Tommaso Campanella，1569—1638）的《太阳城》（*The City of the Sun*，1623）、安德里亚（J. V. Andreae，1586—1654）的《基督城》（*Christianopolis*，1619）、培根的《新大西岛》（*The New Atlantis*，1627）、费奈隆（François Fénelon，1651—1715）的《忒勒马科斯历险记》（*Les Aventures de Télémaque*，1699），以及如哈林顿（James Harrington，1611—1677）的《大洋国》（*The Commonwealth of Oceana*，1656）那样"一旦删去这部书的寓言似的词句，它就不过是一部夸大其词的成文宪法"[①]的类乌托邦作品，对乌托邦的正面书写也渐具规模。而在乌托邦得以建立的手段上，吕克·拉西纳（Luc Racine，1943—　）指出它与黄金时代、基督教天堂的区别："在关于天堂和黄金社会的描述中，理想社会并不存在于世俗的时间和空间里，不能靠普通的人的手段来达到，与乌托邦正好相反；乌托邦是一种纯粹靠人的手段就可以达到的理想社会。"[②]

而在众多乌托邦小说中，17世纪《新大西岛》中的科学乌托邦可谓独树一帜。毫无疑问它深刻地影响了后世的乌托邦文学构想。"对于来自关于天堂的空想的那些观念来说，从现实社会到理想社会的过渡是通过象征性的手段和宗教仪式来实现的，而乌托邦思想则是通过物质手段来实现的。"[③]正是由于理性代替了宗教，科学实践代替了宗教仪式，乌托邦的实现不再依赖神的救恩，人类逐渐将救赎的主动权掌握在自己手中，乌托邦才有了实现的可能性。新大西岛最著名的机构，大型的科研机构"所罗门

---

① 〔美〕乔·奥·赫茨勒：《乌托邦思想史》，张兆麟等译，北京，商务印书馆，1990年，第165页。

② 〔法〕吕克·拉西纳：《天堂、黄金时代、太平盛世和乌托邦》，《第欧根尼》1985年第1期。

③ 〔法〕吕克·拉西纳：《天堂、黄金时代、太平盛世和乌托邦》，《第欧根尼》1985年第1期。

之宫”的目标，就是要“探讨事物的本原和它们运行的秘密，并扩大人类的知识领域，以使一切理想的实现成为可能”[①]。它代表了文艺复兴时代学者的信念：“他看到了人类舒适生活的理想境界，要求人们系统地运用知识并利用科学控制自然这一理想成为可能。他和他的同时代的人认为，靠科学的物质文明进步以提高人类社会的水平可以医治一切社会创伤，使之不再受忧虑和贫困的苦恼。”[②]这确实在某种意义上实现了。自启蒙时代之后，启蒙理性、科学技术作为乌托邦的原动力，开始在乌托邦构想中占有不可或缺的地位。

到了18世纪，《鲁滨逊漂流记》（*Robinson Crusoe*，1719）和《格列佛游记》（*Travels into Several Remote Nations of the World by Lemuel Gulliver*，1726）这类小说继承了《乌托邦》《新大西岛》等海外奇谈和冒险文学的外壳，并被视为早期乌托邦文学的延续。其中笛福（Daniel Defoe，1660—1731）的《鲁滨逊漂流记》极具象征性：“理性”的人在“自然状态”之下白手起家，以从头开始新建设的方式，借助知识与科技征服了自然，建立了荒岛“乌托邦”。这一时期，孔多塞（Marquis de Condorcet，1743—1794）的名作《人类精神进步史表纲要》（*Esquisse d'un tableau historique des progrès de l'esprit humain*，1795）高度张扬了理性和科学技术的作用，展现了对人类无限进步的遐想，代表了一种启蒙时代的“历史进步观”；孔德（August Comte，1798—1857）的“实证哲学”同样推崇理性进步思想；斯宾塞（Herbert Spencer，1820—1903）的社会进化论也以人类社会发展是服从生物学规律的持续进化进程为核心要义。前述具有乌托邦类型特色的作品不仅与时代思想相呼应，还为反乌托邦文学埋下了伏笔，如《新大西岛》对科技和理性的思考直接影响了现代科技乌托邦，并间接影响了20世纪的反科技主义反乌托邦小说；《格列佛游记》不仅对英国小说家巴特勒（Samuel Butler，1835—1902）的《埃瑞璜》（*Erewhon*，1872）有启示之功，它自身的讽刺色彩也已经含有乌托邦异端的味道。

此后，乌托邦文学发展到19世纪，其代表作主要有卡贝（Étienne Cabet，1788—1856）的《伊加利亚旅行记》（*Voyage et Aventures de Lord William Carisdall en Icarie*，1840）、贝拉米（Edward Bellamy，1850—1898）的《回顾》、莫里斯（William Morris，1834—1896）的《乌有乡消息》（*News from Nowhere*，1890）。同一时代，作为法国大革命的回响，则有

① 〔英〕弗·培根：《新大西岛》，何新译，北京，商务印书馆，1959年，第28页。

② 〔美〕乔·奥·赫茨勒：《乌托邦思想史》，张兆麟等译，北京，商务印书馆，1990年，第147页。

巴贝夫（Francois Noël Babeyf，1760—1797）、圣西门（Claude-Henri de Rouvroy，1760—1825）、傅立叶（Jean Baptiste Joseph Fourier，1768—1830）、欧文（Robert Owen，1771—1858）等人的具有结社性质的社团乌托邦理论与实践活动，“他们极为诚挚并下定决心要使这些梦想变成现实，向全世界宣讲这一福音，说明它的道理，直到人人可以接受”①。这些人各有文集传世，但缺少具有影响力的小说作品。20世纪初在乌托邦文学的流变中产生了威尔斯的《现代乌托邦》等关键性的作品。此外，美国女作家吉尔曼（Charlotte Perkins Gilman，1860—1935）创作了女性主义乌托邦小说《她乡》（*Herland*，1915），设想出仅由女性组成的理想社会，但该小说至20世纪中后期才获得群体性的呼应。西方乌托邦文学源远流长、独具特色，这一流脉直到20世纪开始向反乌托邦文学嬗变。

二、“乌托邦”的核心意蕴：想象的“完美”世界

通过以上对乌托邦思想史和乌托邦文学史的简要考察，我们不难发现，乌托邦在西方思想文化史上确实历史悠远，根基深厚，意蕴丰富。对此，斯诺德格拉斯对乌托邦世界类型进行了总结，列出了一些重要的乌托邦类型，主要包括：“自然乐境”（nature’s delight）——如梭罗（Henry David Thoreau，1817—1862）的“瓦尔登湖”；“正义之邦”（good will and altruism）——如莫尔的“乌托邦”；“工业良乡”（industrial refinements）——如贝拉米的“回顾之都”；“社会工程”（social engineering）、“空中楼阁”（fantasy）——如弗兰克·鲍姆（Lyman Frank Baum，1856—1919）的“奥芝仙境”；“宗教国度”（theocracy）——如奥古斯丁的“上帝之城”；“异域奇境”（otherworldliness）——如格列佛畅游之国；“无为之治”（peace by default）、“预言美景”（prophecy）——如莫里斯的“乌有乡”。当然，没有一种定义能够概括所有的完美世界。②

而为了从思想根基上来考察乌托邦概念，摩尔曾通过抽样调查的方式对其加以研究，而国内亦有论者考察了西方历史上各个时代近30种有代表性的乌托邦（思想）的定义，其中包括“乌托邦”在小说《乌托邦》和《牛津英语词典》等字典中的解释，在日常使用中的意义，以及自由

① 〔美〕乔·奥·赫茨勒：《乌托邦思想史》，张兆麟等译，北京，商务印书馆，1990年，第180页。

② 参见Mary Ellen Snodgrass, ed. *Encyclopedia of Utopian Literature*, Santa Barbara, California: ABC-CLIO, 1995, pp.523-524。

人文主义者、马克思主义者、反乌托邦的自由主义者、当代西方马克思主义者和蒂利希等当代乌托邦研究者的种种说法，并以语义分析的方式加以呈现。概言之，在内容上约2/3的被考察对象认为乌托邦指“国家/社会”，但到20世纪，如蒂利希、利维塔（Ruth Levitas，1949— ）等学者则不再强调乌托邦的时空性，而倾向于将乌托邦视为代表“可能性”和“期望”的精神力量；在形式上，绝大多数被考察对象将乌托邦视为“想象”和“完美”；对乌托邦功能的认识则较为多样，有的（学者/辞书/流派）视其为“批判现实”，有的则认为乌托邦导致“奴役”与“极权”，有的则将乌托邦归之“超越”；在感情色彩上，褒、贬、中性等倾向都不乏其人。尽管众说纷纭，但绝大部分论者对乌托邦的核心表述都是：“想象”的“完美”（世界）。①

想象与现实相疏离，它与现实之间的张力使人们能够突破有限的境界而跃入无限世界纵横驰骋。莫尔的乌托邦、康帕内拉的太阳城、安德里亚的基督城、培根的新大西岛、贝拉米的未来波士顿、威尔斯的现代乌托邦，以及历史上被称为“乌托邦”的其他构想，其社会理想的达成无不是一种富有道德激情的、热切的想象力的产物。在此，想象性的乌托邦也与虚构性的文学有了天然的契合。与此同时，“完美”是乌托邦的根本状态。完美（perfect）在牛津英语词典中的主要解释是“拥有所需的一切”（having everything needed），“完整”（complete）和“无缺陷”（without fault）②。《剑桥在线词典》（*Cambridge Dictionaries Online*）的表述与之类似，即“全面的完备与正确”（complete and correct in every way）和“无缺陷”（without fault）。此外，澳大利亚哲学家帕斯莫（John Passmore，1914—2004）的专著《人的可完善性》（*The Perfectibility of Man*，1970）考察了关于“完美”的几大基本意涵，其中也包括了“远离道德缺陷”（freedom from moral defect）、“内在和谐”（inner harmony）和“如神一般”（to be like a god）。③

实际上，乌托邦的“完备”“无缺陷”“如神一般”等都意味着一种静止、凝定的状态。在日常用语中，乌托邦常被误作“社会理想”的代称，

① 参见杨红伟《论乌托邦的概念及其政治意义》，武汉，武汉大学硕士学位论文，2004年，第21～24页。括号中的（世界）为本书所加，因为“乌托邦”的缘起、发展和现代实践毕竟和地理空间设定有直接的关系。

② 〔英〕霍恩比主编：《牛津高阶英汉双解词典》（第四版），李北达编译，北京，商务印书馆，伦敦，牛津大学出版社，1997年，第1090页。

③ 参见J. M.Cameron, “Critical Notice of John Passmore ‘The Perfectibility of Man’ ”, *Canadian Journal of Philosophy*, vol. VI, 1976, p.773。

但单纯的社会理想并不能体现乌托邦的特质。二者虽然都构筑了某种理想的社会图景，但有学者指出：社会理想是历史性的，它在不同的历史阶段可能会有不同的选择；同时并不指望社会理想能一劳永逸地解决一切社会问题，而在乌托邦的动人前景中，所有社会矛盾都得到了彻底的解决。“社会理想并不指望能够解决所有的社会问题，一个五年计划决不会指望一时之间解决所有的社会矛盾。社会理想并不具有终极的性质，而乌托邦却是一种最终的解决，它意味着历史的终结。”① 如赫茨勒所言，乌托邦思想家“认为没有什么进步事业能比他们所设计的国家更先进的了。我们发现早在柏拉图时期就萌发这种错误，因为他把他的国家描绘成一种不肯动摇、不会改变的、以最崇高正义为基础的秩序，一个无须改进，而且不可能进一步改进的国家。大多数其他乌托邦思想家也同样有这种错误的想法”②。乌托邦的“完善”还意味着“同时拥有一切价值”，而忽略或磨灭掉价值之间许多不可互通之处与彼此的冲突；“无缺陷”的乌托邦还表明其是将无缺陷的“应然世界”置于有缺陷的“实然世界”之上的，以保持乌托邦不被污染的纯粹性。

此外，从乌托邦思想史看，乌托邦尽管是想象的产物，但现代乌托邦发展出了时空上的“在场性”。一些现代思想家把乌托邦对现存状况的“超越”理解为“乌托邦精神”，以此来肯定乌托邦的价值，如布洛赫的“希望哲学”、蒂利希以人的“可能性”超越“有限性”。这些思想都有其深刻与合理之处，但若因此把乌托邦界定为人的某种超越精神而非现实设计，只是期望而非实践，就忽视了近代以来乌托邦“要求把未来的乌托邦推至当下加以实现，……引发对当前秩序的政治革命”③ 的时间之维，以及在某地（即u-topia 中的“topia”，意为“地方”）得以实现的空间性含义。尤其是进入现代之后，如威尔斯《现代乌托邦》等所设计的“给予人以即将取得成功的感觉”④ 的世界，乌托邦不断勃兴的现实冲动正是其时空维度现实性的典型显现。而乌托邦社会政治实践则表明乌托邦同样可能在乐观的进步信念上建成现实化的工程。由此，一方面，“超越性”的意涵过于宽泛，另一方面，在可能性与现实化的张力关系中，乌托邦显然并

① 谢江平：《反乌托邦思想的哲学研究》，北京，中国社会科学出版社，2007年，第22页。

② 〔美〕乔·奥·赫茨勒：《乌托邦思想史》，张兆麟等译，北京，商务印书馆，1990年，第294页。

③ 陈周旺：《正义之善——论乌托邦的政治意义》，天津，天津人民出版社，2003年，第103页。

④ 〔美〕乔·奥·赫茨勒：《乌托邦思想史》，张兆麟等译，北京，商务印书馆，1990年，第219页。

非仅指向空泛的“超越”，因此本书不以“超越精神”等作为乌托邦的核心意涵。

总之，从想象中的“完美”世界，我们便可以探查、还原乌托邦思想。它是西方哲学中早已有之的本体论思维的产物，从纷繁的事物中寻求万物共同的本源和本质的理论。它认为：实体或本体为“一”，是万物（“多”）构成的基石；实体“绝对同一，永恒在场”，是比万物更为真实、本质的存在；它是终极价值的源泉，因此人类应当追求向本质世界（“一”）的复归。而乌托邦，正是代表“一”、比现实世界更为本质的“完美”国度。[①]

事实上，本体论坚持一种二元对立的思维方式，强调一与多、本质与现象、目的与手段、应然世界与实然世界的区分和对立，同时认为其中一项凌驾于另一项之上。因此，一旦对立项发生冲突，本体论总会要求其中较低级的那项做出牺牲。这种二元对立的等级思维在进入乌托邦实践后，为了追求“一”——乌托邦工程的构建，不惜牺牲掉其他各种所谓的低级价值，由此便不可避免地导致了强制和压迫。[②]诚然，在许多乌托邦文学——从《乌托邦》《太阳城》到贝拉米的《回顾》和莫里斯《乌有乡消息》中，都未曾出现专制、极权的现象与个人反抗的事例，但乌托邦的强制性还是在20世纪的乌托邦政治实践中得到证实，并集中体现在反乌托邦小说之中。乌托邦这种想象中的完美之地、具有凝定性的大一统工程之梦，终于在20世纪逐渐被反乌托邦景象取代。因此，本书将乌托邦核心意蕴归结为由本体论思维方式造就的、想象中的静态“完美”之地，并由此进入对反乌托邦小说的探讨。

第二节　反乌托邦小说之历史与嬗变

前文简要考察了乌托邦思想和乌托邦文学的发展脉络与核心意蕴。不难发现，从16世纪到19世纪的400年间，西方文学界涌现了众多表面上大相异趣内里却殊途同归的乌托邦文学作品，这逐渐成为一个重要传统，并形成了一种相对模式化的创作类型。而在“诸神纷争”的20世纪，乌

---

① 参见贺来《现实生活世界——乌托邦精神的真实根基》，长春，吉林教育出版社，1998年，第101页；谢江平《反乌托邦思想的哲学研究》，北京，中国社会科学出版社，2007年，第3页。

② 参见贺来《现实生活世界——乌托邦精神的真实根基》，长春，吉林教育出版社，1998年，第103页。

托邦文学出现了与历史语境相因相契的幻灭色彩，并开始朝最亲密的敌人“反乌托邦小说”嬗变。

一、反乌托邦小说简史

当历史演进到20世纪，乌托邦的美梦逐渐褪去了暖色调的光晕，覆盖在乌托邦表面上的是呈现出多元面貌的反乌托邦文学景象。反乌托邦取代传统的正面的乌托邦设想，反乌托邦小说也成为乌托邦这一古老文学类型的叛逆者与代替者。事实上，反乌托邦作为光明的乌托邦世界的“影”，二者的关系正是对“如影随形”一词的极好诠释。人类对绝对超越性的、完美的世界的想象代代流传，而对苦难的描绘也相生相伴。

在早期的乌托邦萌芽之作赫西俄德的《工作与时日》中，与完美的黄金时代相对照的就是悲苦的黑铁时代（Iron Age）。“人们白天没完没了地劳累烦恼，夜晚不断地死去。……父亲和子女、子女和父亲关系不能融洽，主客之间不能相持以礼，朋友之间、兄弟之间也将不能如以前那样亲密友善。……这些罪恶遍身的人根本不知道畏惧神灵。……在他们看来，力量就是正义，虔诚不是美德。”[①]作者认为这一时代已经接近堕落的极致（“初生婴儿鬓发花白”），人类陷入深重的罪恶和悲哀之中，难以救赎。但作为一首道德劝谕诗，《工作与时日》没有陷入绝望，也没有把希望寄托于不可回归的“黄金时代”，而是呼唤人世间可能实现的正义，而这才是神灵送给人类的“最好的礼物”。

此后，先知之书《以赛亚书》（*Isaiah*）第一章便写到了罪孽深重的民族处处创伤，没有一处完好，城邑焚毁，田地荒凉，忠诚的城邦变成娼妓，银子变成渣滓，酒用水掺兑。[②]《圣经》的诸多篇章如《阿摩司书》（*Amos*）、《耶利米书》（*Jeremiah*）、《何西阿书》（*Hosea*）等同样描绘了苦难的历史。《耶利米书》第十四章写道：“犹大悲哀，城门衰败；众人披着黑衣坐在地上悲哀，耶路撒冷的哀声上扬。他们的贵胄打发家僮打水；他们来到水池，见没有水，就拿着空器皿，蒙羞惭愧，抱头而回。耕地的也蒙羞抱头；因为无雨降在地上，地就干裂。田野的母鹿，生下小鹿就撇弃，因为无草。野鹿站在光秃的高处，喘气好像野狗；因为无草，眼目失

---

① 〔古希腊〕赫西俄德：《工作与时日·神谱》，张竹明、蒋平译，北京，商务印书馆，1991年，第6～7页。

② 参见《圣经》恢复本（简体字版），美国加利福尼亚州安那翰，水流职事站，2003年，第832～833页。

明。”[①]《何西阿书》第四章亦写道，由于以色列人的罪，“这地悲哀，其中的一切居民、田野的兽、空中的鸟必都衰微，连海中的鱼也必除去”[②]。由此便可瞥见反乌托邦的暗影。然而正如古希腊、犹太世界的乌托邦并非真正意义上的乌托邦一样，早期的“悲惨世界”也只是反乌托邦的原始形式。它们可以被称为“恶托邦”，但并不是针对真正乌托邦的“反乌托邦”文学。乌托邦是建立在近代的科学、理性与乐观进步观等基础上的，作为与之相对的观念，反乌托邦对乌托邦的反驳同样需要在近代以后人们对其进行深入持久的反思方能显现出来。因此正如库玛所说：“正式的反乌托邦文学不得不等待正式乌托邦文学的确立。”[③]自乌托邦小说确立以来，反乌托邦小说也随之渐趋成熟。不过在19世纪之前，反乌托邦小说仍然和乌托邦小说处在同一文学框架之下，此时反乌托邦所具有的批判性质使它与乌托邦有着诸多相似而非相悖之处，许多作品都是“通过讽刺将否定（反乌托邦）和肯定（乌托邦）的因素聚合在一起，通过嘲笑和谩骂的手段批判时代，或含蓄或明确地指出生活中可作的变化与选择”[④]。其中具有代表性的如前文提到的《格列佛游记》等。

《格列佛游记》在展示了“小人国”“大人国”之后，在第三卷描绘了一个叫勒皮他（Laputa）的飞岛之国。这是一个在当时看来技术颇为先进的国家，人们利用磁石控制悬浮在空中的飞岛，居住在上边。勒皮他人对以天文学、数学等为代表的科技知识盲目崇拜。为了随时观测天文，他们的眼睛一只向里凹，另一只瞪着天顶；食用的菜肴、面包等都做成等边三角形、菱形等几何形状。勒皮他的裁缝用航海观测用的四分仪、尺和圆规为格列佛量体裁衣，测算如何缝制衣服，却由于弄错了一个数字，做出的衣服不成样子。这个国度中的主要城市都建立了科学院，科学院试图通过发明创造满足人类的各种欲望，但科学院的热情自信和一事无成无疑是作者对《新大西岛》“所罗门之宫”毫不留情的暗喻和讥讽。小说中的一些情节，如科学家试图创造出排字机，让最愚蠢的人都能运用机器创作出哲学、诗歌、政治学等，则带有象征意味。格列佛认为勒皮他人虽然“在纸

---

① 《圣经》恢复本（简体字版），美国加利福尼亚州安那翰，水流职事站，2003年，第921页。

② 《圣经》恢复本（简体字版），美国加利福尼亚州安那翰，水流职事站，2003年，第1079页。

③ Krishan Kumar, *Utopia and Anti-Utopia in Modern Times*, London: Basil Blackwell, 1987, p.100.

④ 尹霖：《20世纪二三十年代俄罗斯反乌托邦小说探析》，北京，中国社会科学院博士学位论文，2005年，第9页。

上使用规尺、铅笔和两脚规相当熟练精巧，但是就他们的一般活动和生活行动来说，我却没有见过比他们更笨拙、粗陋、而不灵活的人”[①]。显然，近代以来不断膨胀的工具理性引起了作者的怀疑与反思，而科技与乌托邦的联合真的能够克服早期乌托邦的虚幻性，成为乌托邦无懈可击的助力吗？斯威夫特的讽刺触角甚至触及科技的价值承载问题：如果科技是纯粹的工具与手段，为何热诚求索的科学家造就了全国遍地荒凉、房舍倾圮、人民无衣无食的景象？

事实上，随后的欧洲浪漫主义运动便蕴含了对启蒙的乌托邦愿景的怀疑。从卢梭（Jean-Jacques Rousseau，1712—1778）、施莱格尔兄弟（August Schlegel，1767—1845，Friedrich Schlegel，1772—1839）到华兹华斯（William Wordsworth，1770—1850）等，都显现了浪漫精神对理性主义的反抗。“理智和情感朝着不同方向造势，……一方面是乐观主义的启蒙神话和理性乌托邦；另一方面是浪漫的伤感和光明的阴影，对自由、平等、博爱的理性文明乌托邦的焦虑和反叛。”[②]不难发现，此后玛丽·雪莱（Mary Shelley，1797—1851）的《弗兰肯斯坦》（*Frankenstein*，1818），塞缪尔·巴特勒的《埃瑞璜》，威尔斯的《时间机器》（*The Time Machine*，1895）、《莫罗博士岛》（*The Island of Dr. Moreau*，1896）、《隐身人》（*The Invisible Man*，1897），福斯特的《机器停转》等，几乎都延续了对“所罗门之宫”主题的反思。威尔斯还说过：“我对斯威夫特早就感到钦佩，从我的作品中就可以看出这种钦佩的心情是深厚的，并且是毕生难忘的。”[③]而这些科幻小说的拓荒之作，也自一开始就渗透了对科技及其所允诺的与科技同步发展的道德完善产生的犹疑。其中，《弗兰肯斯坦》因成功塑造了代表“人—科技”的弗兰肯斯坦形象和代表“科技—毁灭”的“弗兰肯斯坦的怪物”（Frankenstein’s monster）形象，而被誉为“科幻小说之祖”。《弗兰肯斯坦》原本被构想为一个恐怖故事，因此具有后来科幻作品少有的哥特色彩，它从科技伦理的角度切入，直接启示了后世的反乌托邦小说。尽管后来不乏学者从女权角度出发，将《弗兰肯斯坦》解读为父权社会中女性主体性的丧失和女性的抗争，但从作者的创作意图来看，玛丽·雪莱曾明确表示，《弗兰肯斯坦》受到了她的丈夫英国著名诗人雪莱及其友人诗人拜伦关于

---

① 〔英〕斯威夫特：《格列佛游记》（第2版），张健译，北京，人民文学出版社，1979年，第143页。

② 邬晓燕：《科学乌托邦主义的建构与解构》，北京，中国社会科学出版社，2013年，第128页。

③ 转引自龚翰熊主编《欧洲小说史》，成都，四川大学出版社，1997年，第132页。

生命起源、达尔文博士实验的讨论的启发[①]，小说力图展现的是对于“任何嘲弄造物主伟大的造物机制的企图”[②]的反思，这种反思“为人的想象力提供了一个新的着眼点，而这一着眼点比现存事物的一般关系中的任何观察角度都能更为全面地、居高临下地描绘人类的激情”[③]。《弗兰肯斯坦》显然表现出了对科技与人类命运之关系的思考。

此后，创作横跨19世纪与20世纪的威尔斯乃是反乌托邦小说史上一位重要而特殊的人物。威尔斯的“科学罗曼司”（scientific romance）与同时代的法国科幻大家凡尔纳（Jules Verne，1828—1905）的作品形成了对照。在凡尔纳的代表作中，不论是《海底两万里》（*Vingt Mille Lieues Sous Les Mers*，1869）中尼莫船长脱离浊世的“鹦鹉螺号”，还是《神秘岛》（*L'lle Mystérieuse*，1874）中标准的“荒岛变乐园”模式，科技都是人类征服自然不可或缺的依傍。凡尔纳以其系统的科学知识和丰富乐观的想象，使虚构事物具有科学设计般的精准性，由此而描摹出“科技乐园”的前景。而威尔斯则指出了自己与凡尔纳的不同：“这位伟大的法国作家所预示的各种发明创造和我的这些离奇幻想在文学上并无相似之处。他的作品几乎总是描写具有现实可能性（的）技术改进和发明，并作出许多卓越的预言。他所引起的兴趣具有实践的性质，他动笔写作时就相信，并且也告诉读者：他的那些设想虽然尚未实现，但总有一天会变为现实。”[④]凡尔纳的小说建立在对科技发展的具体设想与热切期望的基础上，威尔斯的小说则通常以对某种科学原理的假说或臆测展开小说（如《隐身人》中关于隐身的光学原理），而不像凡尔纳那样去考察现实的可能性。二者最重要的区别并不在于他们对科学的想象是否有节制，也不在于小说中纯科学元素的多寡，而在于对科技的态度。凡尔纳的小说具有科技无误与至上的潜台词，而威尔斯的现代乌托邦虽然同样以科技为助力、以“世界国家”为形式完成对古老乌托邦的更新，并因此为后世反乌托邦小说批判，但威尔斯作为从乌托邦过渡到反乌托邦的关键人物，他对科技的态度又表现出矛

---

① 参见〔英〕玛丽·雪莱《弗兰肯斯坦》，刘新民译，上海，上海译文出版社，2007年，“作者导言”第5页。“达尔文博士”指伊拉兹马斯·达尔文（Erasmus Darwin，1731—1802），即英国著名的进化论创立者查尔斯·达尔文的祖父，“实验”指时人传言的达尔文博士将面条放入玻璃容器中，使其进行自发运动的实验。

② 〔英〕玛丽·雪莱：《弗兰肯斯坦》，刘新民译，上海，上海译文出版社，2007年，“作者导言”第6页。

③ 〔英〕玛丽·雪莱：《弗兰肯斯坦》，刘新民译，上海，上海译文出版社，2007年，“原序”第1页。

④ 转引自钟翔、劳旺《维多利亚文化精神与威尔斯小说概观》，《外国文学研究》1993年第3期。

盾色彩，后文将对此进行详细论述。

19世纪末至20世纪初，以威尔斯式乌托邦为代表的世界性、高科技乌托邦成为现代反乌托邦小说主要的模拟对象，此后如《瓦尔登湖二号》一样的新型乌托邦小说也展开了与反乌托邦的对话。20世纪的反乌托邦创作以早期的《我们》《机器停转》等为潮头，以中期的《美丽新世界》《正午的黑暗》（*Darkness at Noon*，1940）、《动物农场》《一九八四》《阿特拉斯耸耸肩》等为主流，以后半期的《华氏451度》《发条橙》《使女的故事》《传授者》《他，她和它》（*He, She and It*, 1991）、《羚羊与秧鸡》（*Oryx and Crake*，2003）等为余绪，共同汇成反乌托邦文学浪潮。当然，这种早中晚分期方式只是大致的线性时间划分，实际上反乌托邦小说流脉并未呈现出明显的时间分期特征。其基本特点乃是以几大类基本主题内容为归依，呈现出题材内容上的多元化特色，并从不同的方向朝着批判乌托邦的领域突进。

在20世纪经典的反乌托邦小说中，具有早期先锋地位的《我们》首先全方位地展开了对乌托邦模式的批判，开创、铺设了多个反乌托邦的重大命题，对后来反乌托邦小说主题的全面展开产生深远影响；威尔斯的《莫罗博士岛》等显然继承了传统的弗兰肯斯坦主题，对科技及其效用、伦理价值加以反思。此后从《机器停转》《美丽新世界》到大半个世纪后阿特伍德的《羚羊与秧鸡》等，呼应了横贯整个20世纪的人类对科技主义乌托邦的深刻质疑，以及避免科技风险、建立科技道德伦理规范的吁求。《美丽新世界》在反思科技乌托邦之外，还富于前瞻性地预见、模拟了建立在高科技基础上的“拟消费乌托邦”对人的异化，布雷德伯利（Ray Bradbury，1920—2012）的名作《华氏451度》也展现了当代人并不陌生的景观乌托邦梦魇，这是对20世纪后期西方逐渐进入丰裕社会的精妙预言。库斯勒（Arthur Koestler，1905—1983）的《正午的黑暗》、奥威尔的《动物农场》《一九八四》等奥威尔式（Orwellian）反乌托邦政治小说，则从恶与乌托邦相互制衡造成的历史原罪、权力与历史的纠结关系展现了乌托邦政治实践的后果，在20世纪的特殊政治环境中产生了巨大的影响。而安·兰德的《颂歌》（*Anthem*，1938）、《阿特拉斯耸耸肩》和哈特利（Leslie Poles Hartley，1895—1972）的《表面的公正》（*Facial Justice*，1960）、洛利的《传授者》等，则是个人主义、自由放任主义、利己主义与乌托邦集体化、均一化、利他主义理念冲突的形象化展示。伯吉斯的《发条橙》和《饥渴的种子》（*The Wanting Seed*，1962）对自由意志与决定论、乌托邦社会工程与社会震荡摆动进行了形象的表达与反思。《使女的故事》《他，她和它》虽然看似主要在叙述“女性”遭遇，但仍然分别反映和探索了20世纪80年代西方保守思想的回潮、90年代（信息）科技发展的未来可能性，呈现了当代人所关注的全球化的“风险社会”及“后人类”境况下反乌托邦的新思路和新理念。在这些具代表性的反乌托邦小说中，《美丽新世界》《一九八四》等皆可列入20世纪最负盛名的小说之列；也正是这些各异其趣却又有根本相通的文学作品共同汇成了现代反乌托邦小说的潮流。

二、从乌托邦到反乌托邦之嬗变因由

直到20世纪，反乌托邦的轮廓才被勾勒清晰。如库玛所言：“只有当乌托邦计划是一个单纯的、在道德层面具有启发性的工具，或是一个遥远的幻想时，乌托邦才与反乌托邦相融合。此时，否定、批判、讽刺的功能才与乌托邦的理想色彩相平衡。一旦乌托邦成为一种现实的可能性，一种有望实现的前景，这种平衡就被破坏了。”① 乌托邦小说的批判功能在20世纪转而由反乌托邦小说继承。实际上，从乌托邦小说向反乌托邦小说的嬗变极大地改变了人们对乌托邦世界的想象。对这一嬗变内在动因的探察能使我们更清楚地观察到变迁背后的思想、历史原因，进而深入理解乌托邦文学的内在诉求。在经历了两次工业革命之后的20世纪，物质更为丰裕，科技飞速发展，正在重新雕刻文明的面貌，然而经济危机、两次世界大战的破坏、战后重建的艰辛、消费社会的勃兴、冷战思维下的压抑、东欧社会主义实践的挫折、资源危机和经济萧条、科技文明对社会的全面影响等，使人们遭受了物质与精神上的双重创伤，陷入震惊、痛苦、彷徨和迷茫之中，这正是反乌托邦思想诞生的现实原因。

20世纪初的经济危机使昔日的繁华景象远逝，而两次世界大战不仅使大量物质财富化为青烟，更使人们震惊于自身的痼疾与缺陷，人性随着肉体的消逝而一度泯灭。凡此种种，都给现代人造成了难以愈合的心灵创伤，诚如阿多诺所言，在奥斯威辛集中营之后，任何漂亮的空话都失去了发声的权利，幸存下来的人唯有冷漠方能生存，同时将遭受内心的折磨：“梦到他不再生存了，在1944年就被送进毒气炉里了，他的整个存在是想象中的，是一个20年前就被杀掉的人的不正常的愿望的散射物。”② 与

① Krishan Kumar, *Utopia and Anti-Utopia in Modern Times*, London: Basil Blackwell, 1987, p.125.

② 〔德〕特奥多·阿多尔诺:《否定的辩证法》，张峰译，重庆，重庆出版社，1993年，第368、363页。

此同时，社会主义的崛起曾给人们带来了美好的期望，然而苏联斯大林的集体主义极权统治模式在一度焕发生命力之后，很快因其重大缺陷失去了吸引力，并进一步加深了人类对完美社会的幻灭感。①不仅如此，当现代社会逐渐显露出消费无度的征兆时，消费可能诱导人们进入一个无法再保持批判向度的消费乌托邦，使人们悄然窒息。自工业革命以来一直被视为“生产原料”的“自然”也向人类鸣响了警钟——它并非可以由人自由操控、取之不竭的资源，而是人类的家园；工业社会带来的物质改善并不必然是人间乐园的基石与阶梯，而同样可能造成人类的机械化和生命热度的消失。

如前文所述，在思想底色上，乌托邦具有本体论的思维模式。本体论坚持一与多、本质与现象、真理与谬误、目的与手段等的二元对立，并以其中一项为中心、源泉，另一项为边缘、衍生，在它们之间建立起等级秩序，形成真理观、价值观上的压迫式一元论。如，现实社会作为向理想、本质、终极社会过渡的手段，是有缺陷、虚假、低级的，因此用现实短暂的苦难引出将来永恒的至福是极为正确的选择。同时，乌托邦主义者坚持实体史观，认为历史是由超人的“实体”决定的，近代乌托邦思想家认为这个实体就是“历史规律”，同时对人类发现、掌握客观规律的能力抱有坚定的信仰。②而在20世纪，乌托邦终于真正进入人类的政治实践中，实践活动中那些触目惊心的恶行却深深震撼了人类的心灵。反乌托邦小说正是以这些“行动中的乌托邦”为参照，试图用文学方式对西方思想文化史上源远流长的本体论思维表达批判。

近代以来，西方社会经历了文艺复兴、启蒙运动、资产阶级政治革命，并受到几次工业革命的助推跃入工业社会时期，建立了一种理性主义进步论。这种进步论“建立在理性的根基上，人们相信人类理性的巨大力量，并以此取代上帝的权威，把理性作为推动社会进步的决定力量。人们相信通过科学技术发展可以征服自然、改造社会、完善人性以达到自由”③。这种进步观念对乌托邦式的人类前景充满必胜的信心，是一种崇尚理性主义的乐观思想。然而，从保守主义传统来看，改变当然是自然而不可避免的，但改变必须是渐进和自愿自发的，而这种理性主义进步观念

① 参见谢江平《反乌托邦思想的哲学研究》，北京，中国社会科学出版社，2007年，第71页。

② 参见谢江平《反乌托邦思想的哲学研究》，北京，中国社会科学出版社，2007年，第42～50页。

③ 谢江平：《反乌托邦思想的哲学研究》，北京，中国社会科学出版社，2007年，第68页。

则依据抽象的理论来再造社会，将人类置于极高之位，以至于一种完美之境，由此必然导致虚妄和幻灭。[①]因此，此种理性进步方案所允诺的金色未来往往成为人类遭受专制压迫的诱因。

理性进步论是以理性主义和科学进步为支柱的，后二者也是构建乌托邦的两大主要动力。而在20世纪的反乌托邦文学中，人们对理性和科学的迷信正是肇祸之源。人类对理性的盲目崇信在于，相信理性是自足的、不会犯错的、无所不能的，而看不到理性本身的局限；同时，科学技术高速发展，诱导人们构筑一个完全由人创造、受人控制的无限世界，人们却忽视了科技本身的不完善和不确定。而20世纪的反乌托邦思想家、文学家对科学、理性产生了深刻的忧虑，他们更多地着眼于科学、理性可能出现的蜕变上——乌托邦从理性设计出发，否定了人与社会无尽的自然律动，安排了终结性的静态国度；"民主成了专制，科学变成了野蛮，理性蜕变为非理性"[②]，这也正代表了反乌托邦文学家对理性进步论的焦虑，这种焦虑并非杞人忧天。可见，随着20世纪人类社会思想领域发生的重大变故与变革，人们重新审视被颂扬已久的"理性王国"，源自莫尔的完美"乌托邦"也发生了奇妙的颠倒，开始走向自身的影面——反乌托邦。乌托邦的奇妙想象在思想史上和社会实践中出现的种种问题使实用主义逻辑显现出某种合理性：最微小的实际益处也远胜过对于不可能之事的堂皇许诺。[③]反乌托邦面对人类理想无法承受的巨大幻灭，表现出对现代社会前景的尖锐反讽。乌托邦思想是建立在理性、科学、进步的观念之上的，是立足于对人的全面信任的，然而这一切在20世纪遭到了深刻的怀疑与反对。反乌托邦附着于乌托邦的外壳，却深入其机体，它对理性、科学、进步的质疑成为传统乌托邦强劲的对手。

第三节　反乌托邦小说之辨析与界定

在界定反乌托邦小说之前，必须首先正视目前中国学界在言说反乌托邦小说时，对最基本的概念dystopia、anti-utopia及其译名"恶托邦""反乌托邦"（或"反面乌托邦"）的译介、使用的混乱局面。在西方学界，

---

① 参见Krishan Kumar, *Utopia and Anti-Utopia in Modern Times*, London: Basil Blackwell, 1987, p.101。

② 谢江平：《反乌托邦思想的哲学研究》，北京，中国社会科学出版社，2007年，第70页。

③ 参见Krishan Kumar, *Utopia and Anti-Utopia in Modern Times*, London: Basil Blackwell, 1987, p.101。

dystopia与anti-utopia并行使用，前者使用频繁，覆盖面广，意义较为泛化，后者使用更谨慎，范围较小，针对性强，二者各有特色；在汉语语境中，dystopia应对应“恶托邦”，anti-utopia则对应“反乌托邦”，恶托邦文学可囊括反乌托邦文学。下面首先对译名与相关定义加以厘定。

一、英语学界的dystopia与anti-utopia

Dystopia一词由英文单词utopia改造而来。Dystopia由拉丁语词缀dys-和词根topia合成：dys-源于希腊语δυσ，意为“坏的”；topia源于希腊语τόπος，意为“地方”，二者相合，其意义正好与乌托邦的一重含义“乐土福地”（u-代表eu-，美好；topia，地方）相反。同时，u-还代表ou-（“没有”），因此u-topia（“不存在之所”）的反义词从字面上讲也可以说是topia，即“存在之地”，而dystopia没有u-这一词缀，“不存在”这一意义并不明显。但从习惯上来说，utopia的含义是“不存在的完美之所”，dystopia则意为“（想象中的）黑暗世界”；由于“乌托邦”本身的多重意蕴及内在张力，很难说某个词语是与其绝对相反的，但dystopia一般被认为是utopia的反义词。在《牛津英文词典》（*Oxford English Dictionary*）、《柯林斯英文词典》（*Collins English Dictionary*）、《朗文当代英文词典》（*Longman Dictionary of Contemporary English*）、《麦克米兰英文词典》（*Macmillan English Dictionary*）、《不列颠百科全书》（*Encyclopedia Britannica*）等具有代表性的工具书中，dystopia的出现频率等同于utopia，即只要收录utopia词条的词典都收录了dystopia，且反义词多标注为utopia。而在汉语中，参考已约定俗成的“乌托邦”一词的译法，将dystopia译为“恶托邦”最为恰当，本书所言“恶托邦”一词即指dystopia。

据《牛津英文词典》可知，最早使用名词dystopian的是英国著名哲学家、经济学家穆勒（John Stuart Mill，1806—1873）。1868年，他在英国下议院的一次演讲中谴责政府的爱尔兰政策时谈道：“也许称他们为乌托邦主义者实在太客气了，他们应该被称为恶托邦主义者（dystopians）。所谓乌托邦是指事物太好以致不可企及，而恶托邦则是太坏而令人难以置信。”[①]而帕特里克（J. Max Patrick）在他的《追寻乌托邦》（*The Quest for Utopia*，1952）中，则直接创造性地使用了dystopia一词。他认为霍尔（Joseph Hall）在《如此“新世界”》（*A New World, and yet the Same*，1605）

① “牛津在线英语词典”，2012年7月6日访问。

中虚构的世界是理想社会“优托邦”（eutopia，近于乌托邦）的对立面“恶托邦”（dystopia）[①]，因此赋予了其文体类型与体裁（小说）的意义。其后，“恶托邦”逐渐进入大众语汇，沃尔什（Chad Walsh）的《从乌托邦到梦魇》、1967年《倾听者》（*The Listener*）杂志论现代经典《美丽新世界》与《一九八四》以及1968年《新科学家》（*New Scientist*）杂志等中，都使用了“恶托邦”一词。如果说乌托邦是对一种理想中的完美社会的描绘，那么恶托邦则是对未来生活消极的、否定性的想象。事实上，英国小说名家金斯利·艾米斯（Kingsley Amis，1922—1995）研究（与乌托邦有联系的）科幻小说的《地狱新图》（*New Maps of Hell*，1960），似乎恰当地描述了越发清晰的恶托邦设想。所以，dystopia一词沿用至今，其核心意指“坏地方”业已确定。

与此同时，与恶托邦密切相关的anti-utopia，则由表示“相反、反对”的前缀“anti-”与“utopia”直接合成，汉语习惯上译为“反乌托邦”。在一般学术刊物中，anti-utopia并不鲜见，但在常用的英文词典中几乎无法查到。萨金特在其《重探乌托邦主义的三面性》中，把dystopia定义为“消极的乌托邦”，即“一个细节描绘详尽，通常时空兼备却不存在的社会。作者意在使同时代的读者看到一个比其所处的社会更糟糕的世界”；同时将anti-utopia的特点表述为：“对乌托邦主义或某种特定优托邦的批评”[②]。萨金特的定义受到了广泛的关注，获得众多研究者认可。此外，最受重视的成果还有库玛的《现代乌托邦与反乌托邦》。库玛指出：“乌托邦与反乌托邦（anti-utopia）也是相反相成的。它们是对立的概念，都从自身的对立面获得其含义。但两者的关系并不对等，反乌托邦因乌托邦而形成，并靠乌托邦思想获得养分，没有乌托邦就没有反乌托邦的存在。”[③]他认为，无论是整个世界还是个人生活都没有出现人们在乌托邦中渴求的景象。反乌托邦是人们对自己愚蠢幻想的报复，是对乌托邦期望的间接讽刺。[④]因此，从萨金特和库玛的分析中都不难看出，反乌托邦是独具针对性的。其特色在于其意义依附于乌托邦而存在，对乌托邦的不同理解，无

① Gleen Negley and J. Max Patrick, eds. *The Quest for Utopia: An Anthology of Imaginary Societies*, New York: Henry Schuman, 1952, p.298.

② Lyman Sargent, “The Three Faces of Utopianism Revisited” , *Utopian Studies*, no. 1, 1994, p.9.

③ Krishan Kumar, *Utopia and Anti-Utopia in Modern Times*, London: Basil Blackwell, 1987, p.100.

④ 参见Krishan Kumar, *Utopia and Anti-Utopia in Modern Times*, London: Basil Blackwell, 1987, p.104。

论是将其作为“整体主义的社会工程”（波普尔），还是解释为人类本体性的“希望精神”（布洛赫），都会影响对反乌托邦的认识。即是说，乌托邦思想与反乌托邦具有直接的关联，前者决定了后者的含义。从具体文学文本来看，反乌托邦文学一般通过想象描绘乌托邦思想进入政治实践之后所产生的社会面貌等，其描绘几乎都是黑色的、反面的，由此反映出作者对乌托邦的批判姿态。

当然，需要补充的是，反乌托邦是否就代表了与乌托邦的绝对对立，也是视具体情况而定的。库玛表示，当乌托邦是一个单纯的在道德层面具有启发性的工具或遥远的幻想时，其与反乌托邦相融合，此时反乌托邦中的批判、讽刺功能与乌托邦的理想色彩相平衡。①事实上，苏恩文（Darko Suvin）强调乌托邦的“基础是间离，间离源自一种拟换性（alternative）的历史假设”②，即批判现实，他所表达的也是类似理念。而美国学者詹明信（Fredric Jameson，1934—　，又译作弗雷德里克·詹姆逊）则在其《未来考古学》（*Archaeology of the Future*，2005）及相关演讲中阐述了对“乌托邦规划”与“乌托邦冲动”的区分。他认为“乌托邦规划”的目的是争取实现某种乌托邦，而“乌托邦冲动”则是人类内心普遍的恒久冲动，它“不是象征的而是寓言的，它既不符合乌托邦计划也不符合乌托邦实践，它表达乌托邦的欲望，并采取各种预想不到的、掩饰的、遮盖的、扭曲的方式”③。这种潜在的乌托邦冲动与布洛赫的“希望原则”相似，在此意义上，乌托邦便是所有文学中都自然蕴含的，甚至连反乌托邦也不例外。在文学实例方面，如美国女作家勒古恩的“含混的乌托邦”④等挑战了乌托邦，却又保留了乌托邦冲动。⑤

而在思想史背景之外，本书也考察了此类词汇在实际使用中的具体情况。在大型的数据库EBSCOhost中检索dystopia、anti-utopia以及相关短语

---

① 参见Krishan Kumar, *Utopia and Anti-Utopia in Modern Times*, London: Basil Blackwell, 1987, p.125。

② 〔加〕达科·苏恩文:《科幻小说面面观》，郝琳等译，合肥，安徽文艺出版社，2011年，第155页。

③ 〔美〕弗雷德里克·詹姆逊:《乌托邦作为方法或未来的用途》，王逢振译，《马克思主义与现实》2007年第5期。

④ 勒古恩最知名的（反）乌托邦小说便是《被剥夺者：一个含混的乌托邦》（*The Dispossessed: An Ambiguous Utopia*，1974）。小说将乌托邦阿纳瑞斯与非乌托邦乌拉斯各自的优劣进行对照，一方面批判了乌托邦的局限性，另一方面也反观了乌托邦之外现实社会的积弊。

⑤ 参见Tom Moylan, *Demand the Impossible: Science Fiction and the Utopian Imagination*, New York: Methuen, 1986, p.10。

dystopian literature/novel/fiction和anti-utopian literature/novel/fiction，所得到的论文与专著等数据如表1.1所示[①]：

表1.1 EBSCOhost数据库中dystopia与anti-utopia相关论文与专著数量统计表
（截至2016年9月，单位：篇/部）

术语	检索标题（相关性高）	检索摘要（相关性较高）	检索全文（相关性较低）	在全文检索中载于学术期刊的数量
dystopia	1 304	1 789	22 791	7 106
anti-utopia	55	55	5 394	1 370
dystopian literature/novel/fiction	68/28/67	112/409/264	872/4 484/5 732	480/895/1 061
anti-utopian literature/novel/fiction	2/3/2	5/18/7	49/135/72	39/92/53

显然，此二者的数据并不均衡：不论是在日常用语还是在学术探讨中，dystopia的使用频率都是anti-utopia的数倍乃至数十倍，这个词使用频繁，意义宽泛。如《新媒体：数字恶托邦》（“New Media：Digital Dystopia”，1998）、《90年代以来的巴西城市：新都市恶托邦与乌托邦》（“Brazilian Cities in the Nineties and Beyond：New Urban Dystopias and Utopias”，2001）、《乌托邦、恶托邦和电影〈灰姑娘〉与格林兄弟的〈白雪公主〉中的文化之争》（“Utopia，Dystopia, and Cultural Controversy in *Ever After* and The Grimm Brothers’ *Snow White*”，2002）等，都只采用了dystopia的“糟糕的地方或情况”这一基本含义，与本书所探讨的反乌托邦文学并无直接关联。相比之下，学者对anti-utopia的使用更谨慎，该词所指范围更小，针对性也更强，如《乌托邦与反乌托邦：威廉·莫里斯与乔治·奥威尔》《意识形态与反乌托邦》（“Ideology and Anti-Utopia”，2006）等，多是在文学或哲学范畴内针对乌托邦问题进行的探讨。

总的来说，dystopia与anti-utopia在英语语境中并行使用，又各自有其特色，无论是从词源上看，还是从都拥有与乌托邦相反的含义，都描绘一个极端糟糕的社会的角度来看，二者都具有共通与关联之处。

---

① 据笔者在较长时期内的多次观察统计，各词汇的相对比例并无明显变化。参见“EBSCOhost数据库”，2018年6月9日访问。

二、国内学界的“反乌托邦”与“恶托邦”

anti-utopia与dystopia这两个术语植根于西方文化和文学的土壤之中，中国学界在译介、使用两词时，常常出现无意的误读、误用或有意的文化过滤。正如有学者认识到的，“‘反乌托邦’与‘反面乌托邦’或是‘恶托邦’常常被学者们不加区分的错误的互换使用，这种误用对其原有的内涵、功能和意义造成了歪曲”①，某些译法“一方面反映了译者的误读，另一方面，其字面意义又给其他读者或使用者以误导”②。

虽然有不少学者意识到了对此类词汇不加辨析、界定乃至随意换用的译介、研究现状，然而在对译名的廓清上，学界并未达成共识。有学者在论反乌托邦思想时指出，“反乌托邦也可以区分为两种，其一，与具体的乌托邦构想相对应，我们称之为反面乌托邦；其二，与乌托邦赖以建立的那些根本的思想原则或者哲学基础相对应，我们称之为反乌托邦思想，简称为反乌托邦。”③此种论点实际上只是把恶托邦与反乌托邦分别视为（文学的）“具体构想”与（哲学的）“思想原则”的体现，而并未真正区分二者。

亦有学者认为dystopia对应恶托邦，anti-utopia对应反乌托邦，但反乌托邦“有时它似乎是包括了恶托邦、讽刺的乌托邦等其他亚类的一个笼统说法，有时，则仅指与乌托邦思想对立、对现实持妥协姿态的悲观主义写作”，并引述西学观点认为恶托邦“语义狭窄”，而反乌托邦“范围宽泛”④，是一个更大的概念。将“悲观主义写作”视为反乌托邦创作并不合理，正如有学者批评的，某种似乎丧失了理想追求、意义追问的悲观写作与反乌托邦或恶托邦小说没有必然联系，反而有着内在的分歧⑤；同时，将反乌托邦视作恶托邦的上级概念并不符合二者在具体文本中的相互关系——其实情况正好相反，恶托邦小说（dystopian fiction）表现“想象中的恶世界”一般包含了反乌托邦小说（anti-utopian fiction）。参照前文所列数据库中的论文可知，人们使用“反乌托邦文学”（anti-utopian literature）

① 于云玲：《文学乌托邦定义探讨》，《学习与探索》2010年第2期。

② 李小青：《永恒的追求与探索：英国乌托邦文学的嬗变》，成都，四川大学博士学位论文，2006年，第171页。

③ 谢江平：《反乌托邦思想的哲学研究》，北京，中国社会科学出版社，2007年，第62页。

④ 参见David W. Sisk, *Transformations of Language in Modern Dystopias*, Westport, Connecticut: Greenwood Press, 1997, p.7；欧翔英《乌托邦、反乌托邦、恶托邦及科幻小说》，《世界文学评论》2009年第2期。

⑤ 参见李小青《永恒的追求与探索：英国乌托邦文学的嬗变》，成都，四川大学博士学位论文，2006年，第171页。

一词时，一般指称《我们》《美丽新世界》《一九八四》等描绘极权、均一化、凝定的特定恶社会的小说，“恶托邦小说”囊括了“反乌托邦小说”，并可能代替“反乌托邦文学”指称上述文本。而在二者的交集范围内，二者在实践中也确实常被相互换用；而在交集之外，恶托邦文学还包含那些并不具针对性地批评、揭露乌托邦主义的作品。

事实上，术语译名及其内涵问题之所以如此纠结，原因有三：一方面原词在发展中已凝缩了漫长的历史过程，因此难以界定；另一方面，作为人类思想史、文学史上极为重要的成果，同时又是具有活力仍然不断演变的概念，“反乌托邦”“恶托邦”及“反面乌托邦”这一系列词汇时常被各思想流派借用阐释自身的理念，造成了一言难尽的难题；除此之外，要跨越语言及其背后的文化鸿沟增加了译介的难度。若从汉语角度对三个术语加以比较，则其主要区别如下。“反乌托邦”与anti-utopia相似，从字面上直接提示其意为“反对、批判”乌托邦。“反乌托邦”面对的潜文本是乌托邦，描述的是乌托邦主义进入人类社会的政治实践之后，这个本应完美的世界如何沦为人间地狱；而“反面乌托邦”可以指称乌托邦的反面，即“想象中的完美世界”的对立面“想象中极坏的世界”，意义上更近于“恶托邦”。但从理解上来说，“反面乌托邦”不如同为偏正短语的“乌托邦的反面”语义明晰，然而迫于汉语表达习惯，不得不将“乌托邦”置于中心位置，便可能产生歧义。相比之下，“恶托邦”一语并不像“反乌托邦”那样直接带有抗拒乌托邦的意味，而是用“恶”泛指坏的、罪恶、邪恶等意思，与dystopia相应，同时音义结合的译名模拟了乌托邦一词的翻译方式，既表现出与乌托邦的勾连关系，也符合大众的理解习惯。[①]虽然“恶托邦”之名无法直接体现出与“反乌托邦”的关联，但dystopia与anti-utopia的关系本就如此。因此相较之下，“恶托邦”可以说是对dystopia最为直观、准确的翻译，而“反乌托邦”则与anti-utopia相应。

简言之，anti-utopia对应“反乌托邦”，dystopia对应“恶托邦”。二者的关键区别在于：“反乌托邦”（anti-utopia）由表示“相反的”的前缀“anti-”和“乌托邦”（utopia）合成，其以“乌托邦”为前提、预设或潜台词，强调了反乌托邦与乌托邦的对位性与内在关联，“反乌托邦”指称的是以虚构形式描绘的由乌托邦实践造就的梦魇般的世界。而“恶托邦”同样描绘一个黑暗世界，但可能并不针对乌托邦思想或图景进行扩展、戏

① 亦有研究者根据发音将dystopia译为“敌托邦”，但“敌”一字含“敌对”之意，偏向于“反”乌托邦之意，又增加了产生混淆的可能性。因此虽有音译之便，本书认为“敌托邦”并不较“恶托邦”为佳。

拟，只是单纯描写一个糟糕的社会。然而，20世纪之后人类对“恶世界”的描绘如此集中，以至于成为人类关于未来幻想的主流——人类理想难以承受的幻灭之重，玫瑰色未来变成了黑色恶托邦。因此不难理解，描绘（未来、新型）“地狱”的恶托邦小说唤起了强烈而广泛的共鸣，意涵也相当宽泛，自然，它也基本上涵括了传统乌托邦的对手反乌托邦小说，可以说是反乌托邦小说的上级概念。总的来说，从对实际情况的考察可以发现，在西方学界，dystopia与anti-utopia并行使用，前者使用频繁，覆盖面广，意义较为泛化，后者使用更谨慎，范围较小，针对性强。

三、反乌托邦小说、恶托邦小说之意涵

在译名梳理的基础上，下面再从反乌托邦的上级概念恶托邦开始，对恶托邦小说、反乌托邦小说加以厘清。

美国学者斯诺德格拉斯主编的《乌托邦文学百科全书》收录了数百条关于乌托邦和恶托邦文学的主要作家、作品、背景、主题、人物、风格等的词条，是一本相对简洁但富有导引性的百科全书。该书在定义恶托邦时认为：

> （恶托邦）是一种文学的及/或哲学的“坏世界”、反乌托邦（anti-utopia）或者人间地狱。恶托邦与完美世界相对立，它是由于原则或理论的误用，或邪恶的暴政、权力争斗、暴力行为以及对人权的践踏而堕落的天堂。尽管恶托邦文学的作者试图设计出一个世外桃源，使人们从厌世或高压统治中逃离出来，或者期待一种涅槃后超脱尘世的美妙世界，如塞缪尔·约翰逊的《拉塞拉斯》（1759）中的幸福谷那样，但完美的大厦最终仍然崩塌成了空虚、绝望、暴政、失落、幻灭与混乱混沌。因此，恶托邦文学的风格很少是白描式的，而是如斯威夫特的《格列佛游记》（1726）、布雷德伯利的《细雨将至》（1950）、戈尔丁的《蝇王》（1954）、莱辛的《幸存者回忆录》（1974）以及洛伊丝·洛利的《传授者》（1993）所展示出的那样，多使用戏拟、寓言、幻想或讽刺的手法。
>
> 在英语文学中最具影响力的恶托邦作品当数赫胥黎的《美丽新世界》（1932）、希尔顿的《消失的地平线》（1933）、安·兰德的《颂歌》（1938）以及奥威尔的《动物农场》（1945）和《一九八四》（1949）。恶托邦思想是冷酷的极权主义政治下的自然产物。从“一战”至“二战”后，这种极权主义几乎陷欧洲于死地，其破坏力

还波及非洲及南太平洋地区。随着纳粹主义、法西斯主义和斯大林主义的失败，读者们进一步接受了恶托邦文学，这体现出了人们对集体主义、自由被剥夺、核战争感到恐怖的普遍而强烈的不满情绪。除此以外，19世纪及20世纪的恶托邦文学还涵盖了许多不同的作品，如扎米亚京的《我们》(1921)、麦尔维尔的《泰比》(1846)、巴特勒的《埃瑞璜》(1872)、布雷德伯利的《华氏451度》(1953)、伯吉斯的《发条橙》(1962)、皮尔斯的《时间边缘的女子》(1976)、阿特伍德的《使女的故事》(1985)，以及P. D. 詹姆斯的《人类之子》(1992)等。①

不难看出，编者对从乌托邦文学到恶托邦文学的“堕落”原因的认识集中于其社会、政治层面，指出恶托邦产生、发展的背景是“极权主义政治”及“纳粹主义、法西斯主义和斯大林主义”，即认为正是人类的历史实践造成了现代人的心灵重创，才产生现代恶托邦文学。因此，编者对恶托邦文学的认定集中在恶托邦与反乌托邦文学的交集范围内：恶托邦/反乌托邦文学以文学的形式描绘上述思想造成的恶果，进而表达了对乌托邦主义的质疑与批判。因此该百科全书对恶托邦文学的选择范围较狭窄，主要涵盖的其实是反乌托邦小说。

维基百科中dystopia词条（2012）的解释亦与此相似：

(恶托邦)亦可称为暴政国(cacotopia)、反乌托邦。文学上的恶托邦通常是一个伪装成乌托邦，而实际上业已堕落、充满高压与暴政的黑暗社会。恶托邦文学用谨慎的暗示性语气告诫人们，如果我们继续如此生活，那么恶托邦就是我们的结局。恶托邦被认为是与乌托邦相对立的、受独裁或极权政府控制的社会，它拥有各种不同的高压统治系统，在其控制之下，个人缺少乃至全无表达意愿等的自由，人们更饱受战火或暴力的侵袭。恶托邦文学还经常探讨所谓科技“走得太远”的情况，以及个人和大众是如何运用科技的。此外，它还常常描绘恶托邦世界中大众生活的困苦，并展现其中军队式的强大的警察机关。②

① Mary Ellen Snodgrass, ed. *Encyclopedia of Utopian Literature*, Santa Barbara, California: ABC-CLIO, 1995, p.179.

② “维基百科”，2012年3月9日访问。

与《乌托邦文学百科全书》相比，维基百科敏锐地指出了在恶托邦文学场景中，人们往往被说服（或被迫）承认他们所在的黑暗世界是一个美好的乌托邦社会，这样的世界常披着乌托邦的外衣。此外，该定义强调了恶托邦文学对科技问题的关注、批判与反思，科技的前路曾经被当作人类走向乌托邦的通衢大道，但随着人们对科技发展走向的忧虑加深，探讨科技的负面效应的作品也成了恶托邦文学的重要一脉，这主要体现在《我们》《美丽新世界》等富于科幻色彩的反乌托邦小说中。

布克尔的《恶托邦文学理论与研究导引》则分门别类地列出了数十部恶托邦小说、戏剧、电影作品，并对其进行简要的述评。作者指出：

> 简而言之，恶托邦文学是一种明确将自己置于乌托邦思想对立面的文学作品，它警示人们注意极端的乌托邦主义可能带来的恶果。同时，恶托邦文学也通常包含了一种对社会现状或政治体系的批评。它或者批评、拷问这种恶劣状况及体系之所以形成的乌托邦前提，或者通过想象将这种糟糕的状况置于其他特定环境中，以便更好地揭示出其缺陷与内在矛盾。①

由此，布克尔表示恶托邦文学应该包括这样的作品：

> 它们将与乌托邦理想主义进行对话作为其社会批评中的一个重要环节。进而，我认为恶托邦文学的首要手法是陌生化——将其对社会的批评置于一个想象中的遥远时空。人们常因为习以为常而对一些有害的社会、政治活动视若无睹，或者认为那是不可避免的，而恶托邦文学则迫使我们从一个新的视角来审视这样的社会、政治实践。②

和前二者的不同之处在于，《恶托邦文学理论与研究导引》特别强调恶托邦文学的社会功能：它代表了一种对人类生存境况的关怀，体现出文学批判现实的功能。由于该定义强调恶托邦的社会批判性，在该书的名录中，法朗士（Anatole France，1844—1924）的《企鹅岛》（*Penguin Island*，

---

① M. Keith Booker, *Dystopian Literature: A Theory and Research Guide*, Westport, Connecticut: Greenwood Press, 1994, p.3.

② M. Keith Booker, *Dystopian Literature: A Theory and Research Guide*, Westport, Connecticut: Greenwood Press, 1994, p.3.

1908)、乔伊斯(James Joyce,1882—1941)的《都柏林人》(*Dubliners*,1914)和卡夫卡(Franz Kafka,1883—1924)的《城堡》(*Das Schloss*,1926)等都被纳入恶托邦文学范畴。

公元前8世纪古希腊赫西俄德的《工作与时日》中便出现苦涩困顿的“黑铁时代”,此后《圣经》则描绘了以色列的苦难史。近代以来,《格列佛游记》描写了飞岛之国勒皮他,表现了科学家造成国家衰败的后果。此后从《弗兰肯斯坦》《埃瑞璜》《时间机器》等到前述20世纪幻想性文学作品,都表达了对“恶世界”的想象与抗拒,但这些风格或滑稽或凝重的“悲惨世界”故事并不完全是直接针对乌托邦的反乌托邦文学,称之为恶托邦文学更为合理。

与此同时,在对反乌托邦的探讨中,《未来的梦魇:威尔斯和反乌托邦》(*The Future as Nightmare: H. G. Wells and the Anti-utopians*,1967)指出:

> 众所周知,在我们这个充满焦虑感的时代里,最具启发性的潮流风向标便是以扎米亚京的《我们》、赫胥黎的《美丽新世界》及奥威尔的《一九八四》为代表的一类作品。这些作品具有惊人的一致性。它们都描绘了在噩梦般的国度中,人们被迫屈从于乌托邦政权,自由被消除,个性被碾碎,历史遭到有计划的全面破坏,人与自然相隔绝,科技不再使人过得富足,反而成为当局监控被奴役者的帮凶。这样的世界虽然有时会被称为恶托邦(dystopias)或暴政国(cacotopias),但是最普遍的称呼是反乌托邦(anti-utopias)。因为乌托邦的美梦在柏拉图的《理想国》、莫尔的《乌托邦》、安德里亚的《基督城》和贝拉米的《回顾》中是如此高尚,反乌托邦便像是哀伤的、对人类长久以来规划出的完美理想社会的最后告别。近年来,作家们已经看到了乌托邦的现实前景,而这种实现是以独裁政权、福利国家、计划经济和各种形式的官僚主义的方式来践行的,作家们由此醒悟了。因此,反乌托邦所描绘的世界恐怕不会早于希特勒、斯大林或者罗斯福政权,它们看起来正像是我们当代社会的景象。①

① Mark R. Hillegas, *The Future as Nightmare: H. G. Wells and the Anti-utopians,* New York: Oxford University Press, 1967, pp.3–4.

该书以威尔斯为研究主题，指出了反乌托邦小说成为潮流的时间起点及其在批判乌托邦方面的共通之处，明确将《我们》《美丽新世界》等作品归入反乌托邦名下。事实上，如果梳理反乌托邦小说的发展史可以看到，正是以威尔斯式乌托邦为代表的世界性、高科技现代乌托邦成了后世反乌托邦小说的主要模拟对象和批判目标。

在20世纪经典的反乌托邦小说中，早期的先锋之作《我们》首先全方位地展开了对乌托邦模式的批判，开创了多个反乌托邦的重大命题。此后，反乌托邦小说呈现出题材内容上的多元化，众多作品从不同的方面共同反拨乌托邦思想和文学，造就了反乌托邦小说多样化的繁荣景象。

总之，通过对恶托邦与反乌托邦、恶托邦小说与反乌托邦小说交集与区分的梳理，以及对20世纪反乌托邦小说多元化呈现的简述，本书方能剖析反乌托邦小说的内涵。如前文所述，库玛确定了反乌托邦最为重要的特性，即与乌托邦的对位性：

> 乌托邦与反乌托邦也是相反相成的。它们是对立的概念，都从自身的对立面获得其含义。但两者的关系并不对等，反乌托邦因乌托邦而形成，并靠乌托邦思想获得养分，没有乌托邦就没有反乌托邦的存在。……乌托邦提供正面的内容，反乌托邦则做出否定性的回应。反乌托邦从乌托邦中撷取原材料，并且以一种乌托邦肯定什么它就否定什么的方式重组这些材料，它是乌托邦的镜像——是却是一种扭曲的、从哈哈镜中看到的形象。①

反乌托邦的基质乃是与乌托邦对立而生。乌托邦的特点在于“完备”“无缺陷”，并处于一种凝定的状态。乌托邦的前景中蕴含着一种最终的解决方案，所有矛盾都能得到一劳永逸的彻底解决，因此反乌托邦对乌托邦的抗拒是对一元、完美、静态世界的反叛。一个应然的、无需改进也不可能改进的乌托邦是反乌托邦的前提与预设，借助这一框架结构，反乌托邦用构建乌托邦世界的素材重新组合构建出一个与乌托邦“人间天国”画面相反的新世界图景。

从表1.2中可以看出恶托邦小说与反乌托邦小说几点主要区别。

① Krishan Kumar, *Utopia and Anti-Utopia in Modern Times*, London: Basil Blackwell, 1987, p.100.

表1.2　恶托邦小说与反乌托邦小说比较

	描绘对象	对象基调	小说功能	关涉范围	与乌托邦的关系
恶托邦小说	（想象的）地方/生活/社会/国家	糟糕的/次于现实或次于作者理想的	批判现实/思潮（如乌托邦）等	与（广义的）“社会理想小说”范围相对应	基于对现实/思潮等的批判，而非只针对乌托邦
反乌托邦小说	（主要是想象的）社会/国家	糟糕的	批判乌托邦	与（狭义的）“乌托邦小说”范围相对应	以乌托邦为潜文本，与乌托邦思想、实践等对立

虽然反乌托邦小说以及与之相关的概念、术语仍然处在发展和流变之中，但在参考小说文本、综合学界的主流定义并与恶托邦文学相比较的基础上，可以发现反乌托邦小说有几个层次的要素可供识别。

（1）通过想象、虚构对某种社会制度、生活场景等进行消极的、否定性描绘。

（2）反乌托邦的产生主要源于对人类能够建立一个超过一般可能性的完美社会（乌托邦）的怀疑，以及对人类前景怀有的强烈的忧患意识。

（3）反乌托邦因乌托邦而生，与乌托邦相对立。反乌托邦往往将对乌托邦的反思作为立足点，以乌托邦创作或实践为其潜文本，通过推演、戏拟，按照乌托邦的模式构建一个看似和谐完满的美好世界，以揭示其实际上却是乌托邦统治之下的黑暗地狱，即以小说的形式展现乌托邦可能带来的恶果。

（4）反乌托邦小说往往表现出对绝对理性主义、科技发展等乌托邦政治理念及实践的忧思，带有警世意味与悲观色彩，表达了人们对乌托邦噩梦的抗拒。

（5）反乌托邦小说与恶托邦小说关系紧密，但恶托邦小说可能并不对乌托邦思想、图景进行戏拟，而是单纯描写一个极其糟糕的黑暗世界。

第二章 “现代乌托邦”：反乌托邦嬗变之机杼

啊，爱哟！我与你如能串通“他”时，
把这不幸的“物汇规模”和盘攫取，
  怕你我不会把它捣成粉碎——
从新又照着心愿抟拟！

——俄默·伽亚谟：《鲁拜集》第99小节①

反乌托邦小说的基质即与乌托邦对立而生，要理解现代反乌托邦小说，则必须先了解其对立面、讨伐对象——现代乌托邦小说。20世纪从乌托邦小说到反乌托邦小说创作的机杼为何？早期反乌托邦小说所“反”的乌托邦“靶心”在何处？反乌托邦小说最基本的命题是如何开创的？这都是直接关涉到反乌托邦小说研究的至关重要的因素。其中，威尔斯式的现代乌托邦的理念、价值与困境，是完整、准确地认识20世纪西方反乌托邦小说所必须加以探讨的。

第一节 “动态乌托邦”的悖论

反乌托邦小说承接了乌托邦小说的思想、文学流脉，因此绝非无根之木、无源之水。现代反乌托邦小说的作者们往往并不溯古，而是取法今

---

① 〔波斯〕莪默·伽亚谟：《鲁拜集》，〔英〕费慈吉拉德英译，〔法〕埃德蒙·杜拉克绘，郭沫若汉译，长春，吉林出版集团有限责任公司，2009年，第113页。该诗首句因版本不同而略有差异。其中“sorry Scheme of Things entire”译为“全部事理的糟糕设计”或更合理。英译文见下：

99
Ah Love! Could you and I with Him conspire
To grasp this sorry Scheme of Things entire,
  Would not we shatter it to bits—and then
Re-mould it nearer to the Heart's Desire!

人，威尔斯的“威尔斯式科幻小说”（Wellsian scientific romances）便是反乌托邦小说重要的灵感源泉。威尔斯式的现代乌托邦以科技为武装，以“世界国家”为形式，实现了对古老乌托邦理想的现代化更新。甚至可以说，若无威尔斯乌托邦的承前启后之功，今日反乌托邦小说的图景必定会有所不同。

尽管威尔斯的乌托邦已被赫茨勒称为“拟乌托邦”而非典型乌托邦，将“不在场”的乌托邦带入人类社会历史进程中，却是深具人道主义者底色的威尔斯的创作轴心与社会活动题旨所在。但在学界，威尔斯创作中的乌托邦因素多少被忽视了。事实上，威尔斯主要生活在英国维多利亚时代晚期，站在繁荣与稳定结束的历史拐点，他试图为人类规划永恒家园的蓝图。威尔斯不仅贡献想象力，更试图提供价值观，他那令人称奇的科学幻想从根本上都是为此种乌托邦设计而服务的。威尔斯出身于贫寒之家，通过自学成才，后进入南肯辛顿科学师范学校（Normal School of Science in South Kensington，今属伦敦帝国理工学院）学习生物学等，成为《进化论与伦理学》（即《天演论》，*Evolution and Ethics*，1893）作者T. H. 赫胥黎（Thomas Henry Huxley，1825—1895）的学生，并受到后者观念的影响。威尔斯获得伦敦大学的学士学位，加入了“费边社”（Fabian Society）①，并积极参与国际联盟（League of Nations）②的活动。他的代表作有《时间机器》《莫罗博士岛》《隐形人》《星际战争》（*The War of the Worlds*，1898）、《迷睡者醒来》（*When The Sleeper Wakes*，1899）、《最先登月球的人》（*The First Men in the Moon*，1901）、《预期》（*Anticipations*，1901）、《基普斯》（*Kipps*，1905）、《托诺-邦盖》（*Tono-Bungay*，1909）、《世界史纲》（*Outline of History*，1920）等。威尔斯与法国作家凡尔纳和美国编辑、作家根斯巴克（Hugo Gernsback，1884—1967）对后世科幻文学产生了深远的影响。

当然，第一次世界大战后，威尔斯曾经显赫的文学声誉下降了，原因不仅在于他与伍尔夫（Adeline Virgina Woolf，1882—1941）、乔伊斯等的文学理想相左，亦缘于在战后兴起的一波反乌托邦思潮中，人们对威尔斯极力推崇的科技乌托邦产生怀疑、感到失望。然而在文学创作上，此后所有著名的反乌托邦小说，不论是《机器停转》《我们》还是《美丽新

---

① 费边社是创建于20世纪初的英国改良主义社团。费边社倡导渐进主义和改良主义，主张进行务实的社会建设，其早期成员包括众多英国名人，如萧伯纳（George Bernard Shaw，1856—1950）、威尔斯等，其理念至今仍在英国政坛有重要影响。

② 国际联盟简称“国联”，于第一次世界大战后的1920年创建，是第一个以“维护世界和平”为宗旨的国际组织。国联拥有58个成员国，并协助调解国际事务和争端。第二次世界大战结束后，国联组织由联合国（United Nations）接替，并持续至今。

世界》《一九八四》，甚至大半个世纪后的《被剥夺者》（*The Dispossessed*，1974），都不可能绕过威尔斯而行世。从某种意义上说，反乌托邦文学继承了（威尔斯式）乌托邦的基因，它是从乌托邦文学内部分裂出的叛逆者。

19世纪，随着达尔文的自然选择论及斯宾塞的社会进化论的影响加深，人们相信人类的发展是向前的，发展框架是动态的。在此时的欧洲思想界，许多“重大理论都以各种不同的方式假定了事物从低级到高级的上升发展”①，并往往拥有“历史站在我们一边”的信念，因此都宣称“以往的历史时代都指向他们所尊奉的事业，即一个漫长的逐渐展开的故事的最后结局”②。对威尔斯而言，人类故事的最后结局正是他通过对新技术的想象而造就的全球性科技乌托邦。没有威尔斯天才的想象力，以及用笔尖发起的对人类“不朽”的不懈追求，乌托邦/反乌托邦构想便难以从《乌托邦》《回顾》的古典乌托邦飞跃到《我们》《美丽新世界》的世界性科技反乌托邦。威尔斯的科技乌托邦构想具体体现在《预期》《制造人类》（*Mankind in the Making*，1903）、《现代乌托邦》《旧世界焕新颜》（*New Worlds for Old*，1908）、《自由世界》（*The World Set Free*，1914）、《像神一样的人》（*Men Like Gods*，1923）、《未来事物的面貌》（*The Shape of Things to Come*，1933）等小说中。尤其是在获得亨利·詹姆斯（Henry James，1843—1916）和康拉德（Joseph Conard，1857—1924）好评的《现代乌托邦》中，威尔斯虚构了20世纪初的两位英国人在现代乌托邦的经历。小说在批评传统乌托邦的同时，凸显了作者对现代乌托邦应然模式的创造性构思。

如果以钟表来比喻人类社会，表盘的轴心象征完美的乌托邦，12个数字刻度点代表人类的历史发展进程，那么，无论钟表的指针以何种速度运行，数字刻度点和轴心始终保持着同等的距离，即真实的人类社会与“虚构的乌托邦”在现实时间中永远无法合一。这种无法合一的张力正是后世许多学者放弃乌托邦实践转而追求的“尚未”意识、超越性维度。然而，在乌托邦世界里，钟表的指针消失了，表盘上只剩下轴心，即不再前进的心理时间和静止的“永恒的完美”状态。这是历来所有已然乌托邦的唯一状态。威尔斯的与众不同之处在于，他对人类种族从静态转向衰亡的可能

① 〔美〕罗兰·斯特龙伯格：《西方现代思想史》，刘北成、赵国新译，北京，中央编译出版社，2005年，第311页。

② 〔美〕罗兰·斯特龙伯格：《西方现代思想史》，刘北成、赵国新译，北京，中央编译出版社，2005年，第309页。

性极为敏感，他在第一部小说《时间机器》中就指出，在静止的、"绝对舒适和安全"的、"丧失躁动不安的精力"的社会中，人类的脑力和体力都将无所适从，最终灭亡。在《现代乌托邦》中，他更是开宗明义说出现代乌托邦与传统乌托邦的本质区别即在于前者是"动态的"（kinetic）。威尔斯批判传统乌托邦"枯燥无味，生命的活力、温暖和真实性通通缺失；其中没有个体，只有笼统的群体"[①]，同时他也认识到，"对古典乌托邦主义者而言，自由相对来说并不重要，美德和幸福是与自由是完全分离的"，而"忽视差异"与"忽视个性""是迄今为止所有乌托邦的共同罪恶"[②]。由此，威尔斯怀着对新型乌托邦的热情，对传统乌托邦的重大缺陷进行了冷静的批判，意在对历代以来的乌托邦规划加以修正完善。当然，威尔斯的小说却也非其所愿地启示了反乌托邦创作。被称为20世纪经典反乌托邦小说的作者扎米亚京、赫胥黎和奥威尔，无不受到威尔斯的影响。赫胥黎称自己的《美丽新世界》是由对威尔斯的《像神一样的人》的讽刺而来；奥威尔评论《美丽新世界》是反机械的，是对威尔斯的回应，并指出了《美丽新世界》与《我们》的共同点（其原因之一显然是它们背后都有威尔斯式乌托邦的影子）[③]；而仅在英国居住了18个月的俄国人扎米亚京甚至出版了一本评论威尔斯的小书《威尔斯》（*Herbert Wells*，1922）。可以说，支持抑或反对乌托邦者实际上都是在威尔斯开拓的道路上前行或重新选择方向。

正如赫茨勒所说，威尔斯将他的乌托邦建立在自由的必要性这一明确的概念上[④]，然而理想虽然如此，但威尔斯所宣称的动态的、尊重个体与自由的、宽容的乌托邦真的可能吗？这一系列形容词是否已经跃出了"乌托邦"的界限，以致在自相矛盾中仅仅成为形式上的限定词而丧失实际意义呢？威尔斯对传统乌托邦提出挑战，但他只能抽象地指出乌托邦应该是动态的——因为唯有如此，人类种族才可能延续下去——但他又无法具体说明"动态—发展"在乌托邦这样"完美—静止"的体系内是如何实现的。而且，如果乌托邦不是一劳永逸的解放，也没有终极合法性的保证，那么它和一个普通的不断改良的社会又有何区别？

同时，威尔斯间接批评了莫里斯的"乌有乡"过于虚幻，并指出现代

① H. G. Wells, *A Modern Utopia*, London: Thomas Nelson and Sons Ltd., undated, p.20.

② H. G. Wells, *A Modern Utopia*, London: Thomas Nelson and Sons Ltd., undated, p.41, p.45.

③ Mark R. Hillegas, *The Future as Nightmare: H. G. Wells and the Anti-utopians,* New York: Oxford University Press, 1967, p.129.

④ 参见〔美〕乔·奥·赫茨勒《乌托邦思想史》，张兆麟等译，北京，商务印书馆，1990年，第238页。

乌托邦必须承认人类的有限性，乌托邦设计应该建立在更实际的基础上，它却又激进地声称要把人类“彻底从传统、习俗和法律的束缚，以及更隐蔽的由财富造成的奴役状态中解放出来”①，乌托邦所要战胜的“不再是某种具体的无序，而是整个人性的弱点”②，乌托邦的历程便是人类不断接近上帝的旅程。威尔斯一方面认为柏拉图那种具体的、特定的理想是与真理相悖的，“只有空想家才认为事物都是恒久、精确和确定的”，另一方面却仍然对现代乌托邦的政治制度、经济政策、人口管理、婚姻法规、公共卫生措施等做出详尽的规定，甚至杜撰出乌托邦的统治者武士（Samurai）所必须严格遵守的“圣经”——《武士之书》。《武士之书》的内容上至乌托邦的秩序原则、理念，下至武士吃喝、睡眠乃至禁酒、禁文身、禁表演和歌唱等日常守则，记述得巨细无遗，在这种总体性、一体化的规范下，所谓“人类心灵深处的神秘的存在特性——不可避免的不精确性”③再无容身之处。威尔斯还提出，现代乌托邦是尊重自由、富于包容性的，它可能会有许多明确的禁令，但都是为人类的福祉而设，除此之外并无任何间接的强制，然而这种保证却由于作者对自由和民主的厌弃而蒙上了阴影。在一个缺少制衡的等级制社会中，“自律”真的能够确保统治阶层“不会从个人的自由之海中取走哪怕一小桶水”④吗？极权主义不正是由此而生的吗？

诚然，威尔斯的“现代乌托邦”倡导尊重女性权益、反对种族歧视等，具有20世纪的思想特色，但归根结底，它仍然是美国学者诺齐克（Robert Nozick，1938—2002，亦译作诺奇克）在《无政府、国家和乌托邦》（*Anarchy, State, and Utopia*，1974）中所谓的“帝王式的乌托邦”，它事实上“主张强迫所有人都进入某一种样式的共同体之中”⑤。威尔斯表示应当保留多元，追求开放与变化，但又始终用乌托邦的既定原则对社会的各个方面加以约束，从而抹杀了任何替代性选择的可能，其强制性是不言而喻的。威尔斯的确对传统乌托邦有所批评，但并未抛弃乌托邦的内核。上述种种悖论的存在，正说明他的乌托邦实际上并未脱离也无法脱离乌托邦的“一元—至善”模式的窠臼。亦是因此，最终威尔斯的现代乌托邦理念仍与西方乌托邦传统一道成为反乌托邦挞伐的目标。

---

① H. G. Wells, *A Modern Utopia*, London: Thomas Nelson and Sons Ltd., undated, p.19.

② H. G. Wells, *A Modern Utopia*, London: Thomas Nelson and Sons Ltd., undated, p.254, p.298.

③ H. G. Wells, *A Modern Utopia*, London: Thomas Nelson and Sons Ltd., undated, p.30.

④ H. G. Wells, *A Modern Utopia*, London: Thomas Nelson and Sons Ltd., undated, p.43.

⑤〔美〕罗伯特·诺奇克：《无政府、国家和乌托邦》，姚大志译，北京，中国社会科学出版社，2008年，第383页。

第二节 “科技乌托邦”的创造

从文学创作的角度看，上承19世纪乌托邦、下启20世纪反乌托邦的关键者仍是威尔斯的现代科技乌托邦。它以科技作为通达于乌托邦的助力，将工业文明的新元素注入乌托邦的旧模子中，也给了20世纪反乌托邦文学想象——尤其是反科技主义乌托邦小说以直接的启示。威尔斯在《现代乌托邦》中总结道：柏拉图的理想国中没有机器，莫里斯的田园乌托邦循其首例，亦复如此；培根的《新大西岛》中虽然出现了机械化的先兆，但直到19世纪人们已经清楚地认识到社会发展不再依赖人的劳动力之后，机械乌托邦方才出现，卡贝特和贝拉米可算是先驱。[①]到20世纪初，威尔斯的现代乌托邦中才终于有了类似今日工业社会的飞行工具，快速便捷的庞大交通系统，仅用数个开关便可完成取暖、通风等各项功能的房屋，以及能够通过人口数据库和指纹识别来监控全人类的追踪系统，等等。在《像神一样的人》中，意在改造人种的“优生优育”（eugenic control）也得以实现，通过科技，先天的痴傻与缺陷已被消灭，人类都是生而健全的。[②]当然，此种设想在后来的反乌托邦小说《美丽新世界》中遭到了讽刺，高超的繁育技术不仅没有使人类身心得到优化，反而被政府用来刻意制造有缺陷的人种，使其生下来就成为低下的等级，甘于服从更高等级的控制。当代恶托邦电影《黑客帝国》（*The Matrix*，1999—2003）亦对此种造人方式有所回应与抨击。

威尔斯认为，“科学是一个最能干的仆人，他在那争执不休、缺乏教养的主人们身后，为他们提供资源、设备和解救之道，而他愚蠢的主人们对此却不会加以利用”，而在现代乌托邦中，“人们必须对这些上天赐予的礼物善加使用，以此来彻底解除人类的劳役之苦，消除人被奴役或被当作贱民的最后根基”[③]。可以说，百年前威尔斯的追求已经基本代表了现代科技乌托邦的理念，即“以现代科技为根本依托对未来社会进行理想设计，主张以科技理性为范式主导和规约人类未来，相信科学技术必定可以实现物质丰裕、秩序合理、自由正义与社会和谐的人类梦想”[④]。当代读者环顾四周，发现威尔斯当初所希冀的高科技事物已然件件成真，人们的生活也

---

① 参见H. G. Wells, *A Modern Utopia*, London: Thomas Nelson and Sons Ltd., undated, pp.103–104。

② 参见H. G. Wells, *Men Like Gods*, London: Sphere Book Ltd., 1976, p.64。

③ H. G. Wells, *A Modern Utopia*, London: Thomas Nelson and Sons Ltd., undated, p.106.

④ 邬晓燕：《科学乌托邦主义的多维解构及其启示》，《中国人民大学学报》2007年第6期。

的确变得比较轻松了，科技的发展仍然在飞速向前，然而科技乌托邦的许诺并没有实现，关于科技发展与人类苦难消除、获得幸福绝对呈正相关关系的设想是失败的，而且这种由现代文化与科技造就的乌托邦反而成为人类难以逃避的梦魇：“当一个社会按照它自己的组织方式，似乎越来越能满足个人的需要时，独立思考、意志自由和政治反对权的基本的批评功能就逐渐被剥夺。”[①]正如马尔库塞在批判科技意识形态化时指出的，发达工业社会是一个不自由的社会，却是使人安然自得的不自由社会，批判精神的丧失令人恐惧。

事实上，近代以来，从浪漫主义、生态文学、反科技乌托邦等文学创作到卢德主义工人运动、现象学和存在主义对科技的哲学反思，再到波普尔等的反乌托邦理论、法兰克福学派的社会批判等，人们对科技的负面效应的思考已经相当深入。经过如此全方位的反思，当代人或许会嗤笑当年威尔斯对科技的无限信任。然而，威尔斯的基本信念与马尔库塞的思考前提其实亦有相合之处，那就是“人类生活是值得过的，或者可能是应当值得过的”，“在一个既定的社会中，存在着种种改善人类生活的特殊可能性以及实现这些可能性的特殊方式和手段。……在组织和利用那些可用资源的各种可能方式和实际方式中间，哪些为最佳发展提供着最大的机会呢？”[②]正是出于对“最佳发展的最大机会”的关注，威尔斯才对人类的可能性境况“乌托邦主题”情有独钟。20世纪初的时代印记显示在威尔斯的创作中，便是威尔斯一方面受科技蓬勃发展产生的辉煌成果鼓舞，另一方面和“理性”的现代人一样，相信自然是“纯粹客体性”的，由于现代性的“主体的觉醒”将“权力”确认为“一切关系的原则”[③]，人与自然之间便被认为存在着一种权力—征服关系。同时，深受T. H. 赫胥黎悲观论影响的威尔斯认为，自然是“无目的和盲目的。……她可能爱护也可能毁灭她的孩子们（人类），可能宠爱他们，也可能让他们挨饿或忍受折磨，而这一切都是没有规律和道理可言的。……（自然）带有……无尽的邪恶”[④]，“我们要在一个天有不测风云、人有旦夕祸福，充满与人为敌的

① 〔美〕赫伯特·马尔库塞：《单向度的人》，刘继译，上海，上海译文出版社，1989年，第3～4页。

② 〔美〕赫伯特·马尔库塞：《单向度的人》，刘继译，上海，上海译文出版社，1989年，导言第2～3页。

③ 〔德〕马克斯·霍克海默、〔德〕西奥多·阿道尔诺：《启蒙辩证法》，渠敬东、曹卫东译，上海，上海人民出版社，2006年，第6页。

④ H. G. Wells, *Men Like Gods*, London: Sphere Book Ltd., 1976, p.82.

病痛、猛兽和害虫的世界上建立我们的乌托邦”①。既然自然是冷酷的、非理性的，而且它只是具有实用价值的对象，那么人类便必须奋起征服自然。这种征服则要依靠知识来完成，具体地说是科技知识。构想科技乌托邦的先驱培根早已告诉人们知识就是力量（power），“它在认识的道路上畅通无阻：既不听从造物主的奴役，也不对世界统治者逆来顺受”②。知识革新带来的工业革命也激起了“人类历史上第一次有目的的变革而引起的兴奋”③，在这样的时代主潮中，威尔斯在其目力范围内搜寻，便极有可能认为“知识—科技”这一看似中性的强大工具正是人类发掘潜能、征服自然、通往乌托邦的最佳助手。

威尔斯的科技乌托邦建立的核心步骤便是组成以科学家为首的专制机构，威尔斯在评论《新大西岛》时称“（新大西岛）对柏拉图的乌托邦中的‘哲人王’进行了补充，它用科学哲学（scientific philosophy）取代了哲学家进行统治”④。这其实也正是威尔斯的构想，“科学哲学为王”具体体现在科学家建立专制机构、用高科技掌控世界上。然而，不论是《现代乌托邦》中自律甚严的“高贵的志愿者”武士，还是奋力重建世界的科学独裁者，其统治的专治主义色彩必定会受到20世纪经历了政治风暴和战争浩劫的人们的诟病。此后如《美丽新世界》便对此有直接的讽刺，其重点刻画的新世界专制统治者之一蒙德便是一位物理学家。不难意料的是，到了“一战”后的20年代，知识分子们几乎都转而反对威尔斯，也正是在这一时期出现了反乌托邦浪潮：反乌托邦小说家们开始深入威尔斯的乌托邦领地安营扎寨，并设想威尔斯式乌托邦可能出现的负面景象，对其攻击挞伐。而在这一潮流中，无处不显现出“威尔斯的幽灵”的存在，无论是被当作正面的楷模，如《瓦尔登湖二号》的行为工程学乌托邦对其的呼应，还是作为讽刺的蓝本，如《我们》《美丽新世界》中对以毁灭性战争来建立乌托邦的戏拟，威尔斯式科技乌托邦都显现出直接或间接的巨大影响力。

---

① H. G. Wells, *A Modern Utopia*, London: Thomas Nelson and Sons Ltd., undated, p.18.

② 〔德〕马克斯·霍克海默、〔德〕西奥多·阿道尔诺：《启蒙辩证法》，渠敬东、曹卫东译，上海，上海人民出版社，2006年，第2页。

③ 〔美〕罗兰·斯特龙伯格：《西方现代思想史》，刘北成、赵国新译，北京，中央编译出版社，2005年，第313页。

④ H. G. Wells, “Utopias（1939）”, *Science-Fiction Studies*, vol. 9, 1982, p.120. 转引自 Krishan Kumar, *Utopia and Anti-Utopia in Modern Times*, London: Basil Blackwell, 1987, p.198。

第三节 “世界乌托邦”的建立

威尔斯富有前瞻性地改造了传统乌托邦，建立了世界性的乌托邦。具有国际视野的威尔斯在《现代乌托邦》中指出，无论是理想国、乌托邦、新大西岛还是埃瑞璜，其封闭性已经与现代思潮格格不入。现代社会中，任何国家都不再可能独善其身，战争和侵略的发生将是迅速的，连天堑也将在翱翔于高空的飞机面前失去作用。现代乌托邦的世界性正是过去所有封闭疏离的岛国乌托邦所没有的新质。威尔斯1905年所设想的“世界国家”可以说是百年来人类交往越加频密的象征性结果，以及迟至20世纪60年代才出现的“地球村”（global village）概念的先声。曾有学者在总结乌托邦时认为：“就空间观念而言，乌托邦小说中描述的故事都设定在一个与世隔绝、远离现世、不为人知的神秘之地。”[①]这样的认识主要仍是基于对20世纪前乌托邦文学的考察，而忽略了现代乌托邦链条中重要的一环——“世界乌托邦”的出现。实际上，20世纪的乌托邦除了“二战”后萧条之际斯金纳设计的“瓦尔登湖二号”实验社区，很少再以小国寡民的封闭形式出现，而是随着现代国家间交流的加深，逐渐呈现出世界联为一体的景象。这从后来的反乌托邦小说《美丽新世界》《一九八四》《饥渴的种子》等所模拟的各大世界性超级大国中可见一斑。

威尔斯的世界性乌托邦主要在科技的扶持下，才能够强大到走出一隅孤岛进而统治全人类。但现代乌托邦并不是人类文明的顺产儿，它是在大毁灭中才找到世界一体的必然趋势的。与当代文明中某种（近在眼前的）毁灭情结不同，威尔斯的悲观始终没有压倒其带有维多利亚时代气息的对未来的憧憬。当代文明对自身遭受重创乃至毁灭的可能性有诸多演绎，甚至竟成为大众流行文化的热门话题［如电影《独立日》（*Independence Day*，1996）、《2012》（*2012*，2009）］。与反乌托邦以毁灭为终结（如《机器停转》）不同，对威尔斯的世界国家而言，世界毁灭正是新生的前提，是建立乌托邦必经的阶段。

库玛将威尔斯的乌托邦故事串联起来，整理出其乌托邦建立的四个阶段：第一阶段是崩溃失序期。世界充满了混乱与不满、荒芜与不公正。威尔斯宣称，人类文明必然先经历一个较长的发展阶段，然后进入突然的收缩期——崩溃失序期，而现代社会正处在这一时期。此时去改革效果甚微，亦太迟缓，世界型规模的灾难已经不可避免。第二阶段是幻灭净化

① 姚建斌：《乌托邦文学论纲》，《文艺理论与批评》2004年第2期。

期。由于自然灾变、外星人入侵或是地球上敌对各国之间的世界大战（空战、原子战）等，世界几乎瓦解了。在威尔斯看来，这种毁灭是一个必经的炼狱阶段，唯有经历此番遭际之后，人们方能变得明智。我们只能“以战止战”（a war to end war）。第三阶段是过渡期。世界被战争弄得筋疲力尽，疾病与瘟疫疯狂肆虐，更原始的经济与社会生活方式在回归。城市衰落，中央权威崩塌，各种地方势力崛起。在一些偏远的角落或半废弃的城市中，硕果仅存的科学家和哲学家过着一种准修士般的生活，并伺机而动。第四阶段是获得拯救期。经过一个或长或短的时期，经济慢慢恢复，科学家们掌权了，并通过建立某种世界性组织（如“空中独裁”）来重建世界。新世界如凤凰涅槃般从旧世界的灰烬里升起。人类的重建以“世界国家”的创立为标志而完成，它“公正、伟大又富有成效”，由此开创了世界历史的新纪元——一个以和平与丰裕为特征的不断进步的时期。这便是乌托邦的形成。[①]

不难看出，世界乌托邦的建立要求与过去彻底决裂，其潜台词便是对人类的历史之轨进行修修补补已无意义，乌托邦需要用理性完全地重构社会。壮士断腕并不是为了有所保全，而是为了斩断与过去的一切联系，如此方有可能新生。事实上，这正是哈耶克所批判的“建构论理性主义”的表现。建构论理性主义相信人类有理性的全知全能与自足性，相信人类能够运用理性发现历史运行的根本规律，最终实现乌托邦的美梦。在哈耶克看来，“这种从笛卡尔那儿传给现代的理性主义，不但抛弃传统，甚至声称不需要任何这样的媒介，单纯的理性就可以直接为我们的欲望效力，它仅凭自己的力量，就能够建立一个新世界、一种新道德、新法律，甚至能建立一种全新的纯洁语言”[②]。同时，凡是不是由理性的根据明确前提所做的逻辑推演而设计出的制度和惯例，都被视作“阻碍着理性、完美、真正的自由和公正制度的旧秩序，以及断定为顽固不化的不合理状态”[③]，要被清扫出通往乌托邦的大道。现代乌托邦的建立之所以首先要将世界全部毁灭，是因为现代乌托邦已经把世界作为一个整体纳入视域，要求对世界进行彻底的理性重构，以期达到一蹴而就的、对全社会的根本性重建。

当然，这种蔑视传统、习俗与历史的激进乌托邦主义并不是威尔斯

---

① 参见Krishan Kumar, *Utopia and Anti-Utopia in Modern Times*, London: Basil Blackwell, 1987, pp.221–222。

② 〔英〕F. A. 哈耶克：《致命的自负》，冯克利、胡晋华译，北京，中国社会科学出版社，2000年，第52页。

③ 〔英〕F. A. 哈耶克：《致命的自负》，冯克利、胡晋华译，北京，中国社会科学出版社，2000年，第75页。

的独创，基督教的“千年王国”梦想便是如此。然而，完美社会的建立是要经历火湖的挣扎、战争的洗礼，或者付出千万人沦为奴隶乃至死亡的代价的。塔尔蒙在《极权主义民主的起源》（*The Origins of Totalitarian Democracy*，1952）中指出，左翼的极权主义从绝对理性和救世主义立场出发，在推行强制手段时，比保守的右翼极权主义更乐观，更相信高压与强制是为了加快人类奔向乌托邦的步伐，尽快达到至善至美的境界的正当方式。[①]当然，人们付出的代价将是有偿的，在乌托邦主义者的心目中，人类以此种相对较小的付出换取更大的、长久的幸福，以低级价值换取高级价值——正如波普尔所揭示的，所谓的“代价结构”是合理的[②]——它认定暂时的牺牲在永恒的“乌托邦工程”建设中必不可少，而拒绝考虑其以自由、平等、解放等响亮的口号实行奴役和压制的可能性[③]，其后的反乌托邦小说《正午的黑暗》所提出的“历史”“规律”等问题，其根源便在于此。实际上，以毁灭换取新生的思想影响之广，甚至并不限于乌托邦主义者，比如在第一次世界大战之初，战争竟特别受到作家和知识分子的欢迎。斯特龙伯格（Roland N. Stromberg，1916—2004）指出，其原因之一便是拥有一种启示录式的心态，“即把始料未及的大灾变看成对一个衰亡文明的可怕审判，但同时也看成复兴的必要前奏，看成一场‘炼狱之火’或大洪水”[④]。但对“毁灭—新生”的理想化必定招致深重的幻灭，西方在遭受第一次世界大战这种死亡上千万人、无数物质财富灰飞烟灭的巨大灾难后，思潮开始转向，进步神话破灭，“进步（progress）甚至成了一个贬义词”[⑤]。此后，连威尔斯自己都无法去相信他在1914年8月间发表的那些文字，以及后来具有讽刺意味的那个书名《以战止战》（*The War That Will End War*，1914）。

总体来说，威尔斯从多个方面承接和延续了乌托邦文学脉络。威尔斯在乌托邦文学的创作手法上并未创新，如扎米亚京在《威尔斯》一书中指出的：“乌托邦总是静态的，乌托邦（文学）总是说明性的，它不包含

① 参见〔以色列〕J. L. 塔尔蒙《极权主义民主的起源》，孙传钊译，长春，吉林人民出版社，2004年，“绪论”第8～9页。

② 参见谢江平《反乌托邦思想的哲学研究》，北京，中国社会科学出版社，2007年，第94页。

③ 参见谢江平《反乌托邦思想的哲学研究》，北京，中国社会科学出版社，2007年，第95页。

④〔美〕罗兰·斯特龙伯格：《西方现代思想史》，刘北成、赵国新译，北京，中央编译出版社，2005年，第430页。

⑤ Mark R. Hillegas, *The Future as Nightmare: H. G. Wells and the Anti-utopians,* New York: Oxford University Press, 1967, p. 83.

或几乎不包含生动的情节。”[①]威尔斯虽然试图抗拒乌托邦形式的单一枯燥（如说明体、对话体），但乌托邦文学始终是对一个简化模型——乌托邦的展示或说明，而这种“说明”体现的又是已经“祛魅”了的启蒙精神。“各式各样的形式被简化为状态和序列，历史被简化为事实，事物被简化为物质。”[②]因此在叙述形式或构思模式上，并非现代作家如威尔斯不能脱俗，而是乌托邦将纷繁的人世约化为抽象的应然模式，本身就决定了乌托邦创作形式的局限性。因此，即使威尔斯费劲心力地渲染乌托邦的人、事、物，结果仍是难以在乌托邦小说中塑造出生动的情节和坚实的人物形象，亦无法完成对乌托邦文学表现手法的革新。

但威尔斯的现代乌托邦的价值不可抹杀。如前文所述，他对乌托邦的贡献主要在于其小说内容上的现代化、科技化、全球化，这使现代乌托邦/反乌托邦小说视野的扩大迈出了关键的一步。正是经由威尔斯，反乌托邦小说家才开始娴熟地运用“科幻”小说这一形式，并一直延续至当代。这不能不说是威尔斯对乌托邦/反乌托邦小说的重要贡献。以威尔斯为师，“反乌托邦小说家们学会了使用科学幻想这一创作手法”，“后世许多反乌托邦想象，从细节到核心意象，都得自威尔斯早期的科幻作品”[③]。

威尔斯的朋友、英国著名哲学家罗素（Bertrand Russell，1872—1970）如此评价威尔斯：“威尔斯的重要性主要体现在他对思想和想象力的解放上。他能够虚构出或好或坏的社会图景，使年轻人能够去正视这些他们自己想不到的可能性。有时他的创作极具启示性。……威尔斯各式各样的乌托邦也许并不牢靠，但却可能引发思考，带来成果。……在当今世界上，威尔斯总体的乐观主义虽然很难保持，但比起那些变得极为寻常的、懒惰的悲观主义，却可能带来好结果。”[④]的确，从乌托邦文学到反乌托邦文学的大脉络来看，只有理解了威尔斯所代表的19世纪的时代激情、对工业文明前景的热情和希望，才能理解20世纪反乌托邦所品尝的幻灭的苦涩。从现代乌托邦中，我们看到的并不仅是人类历史上不值一顾的痴愚之梦和给人类戴上上帝之冠的僭妄，而依然是乌托邦打破平庸，想要把“秩序

---

① 转引自Mark R. Hillegas, *The Future as Nightmare: H. G. Wells and the Anti-utopians,* New York: Oxford University Press, 1967, p.103。

② 〔德〕马克斯·霍克海默、〔德〕西奥多·阿道尔诺：《启蒙辩证法》，渠敬东、曹卫东译，上海，上海人民出版社，2006年，第4页。

③ Mark R. Hillegas, *The Future as Nightmare: H. G. Wells and the Anti-utopians,* New York: Oxford University Press, 1967, p.103.

④ J. R. Hammond, ed. *H. G. Wells Interviews and Recollections*, London: The Macmillan Press Ltd., 1980, p.55.

和美带给人类”的诚意（如威尔斯对费边社、国际联盟的参与和建设等）。通过威尔斯，读者也在20世纪初感受到了后世难再得到的人类对和谐完美社会的乐观呼唤。

此外，同样不应忽略的是，威尔斯虽然相信进步是人类社会发展的必然趋势，却也并不完全是盲目乐观进步理论的拥护者。威尔斯对人与自然的关系怀有焦虑感，他的成名作《时间机器》便是一部以人类退化、地球走向末日为主题的小说。这部小说对世界的描绘是如此撼动人心：行将死亡的地球上那墨黑的天空、猩红的太阳，叫声凄厉的巨大白色蝴蝶，萧萧寒风、缤纷雪花、混沌低语的大海，以及一切构成我们生活背景却全部消失的骚动声。他笔下的这些图景被称为“英国文学中最令人难忘的段落之一”[①]。类似的焦虑情绪也同样体现在他的《莫罗博士岛》《隐形人》《星际战争》《迷睡者醒来》等小说中。正是这种对“客体—自然”的拒斥与不信任和对“人造物—科技”的希望与热情之间的张力关系，使威尔斯的创作在乌托邦的乐观和恶托邦的忧郁之间摇摆，这大概也代表了成长于维多利亚中后期、在“一战”前后成为社会中坚的那代知识精英内心挣扎的状态。这也使威尔斯的小说创作与反乌托邦小说有了直接的亲和性，后文将对此进一步加以探讨。

---

① Krishan Kumar, *Utopia and Anti-Utopia in Modern Times*, London: Basil Blackwell, 1987, p.183.

第三章 “瓦尔登湖二号”：乌托邦与反乌托邦的对话

使我们失去视觉的一种光明，对于我们是黑暗。只有这样的一天的天亮了，我们才睁开眼睛醒过来。天亮的日子更多呢。太阳不过是一个晓星。

——亨利·戴维·梭罗①

威尔斯的科幻方案能解决20世纪的现实问题吗？许多世纪初的反乌托邦小说对此给予否定的回应。美国行为主义心理学派的著名学者斯金纳对此也加以否认，他认为：“这个世界现在面临的问题，……物理和生物学会有所助益，我们也许能找到新能源，对旧能源做更佳的利用，生产营养价值更高的粮食并替代肉食，也可能找到更可靠的避孕方式稳定人口，有更强大的国防以阻遏核战争的爆发，但这一切的前提是：人类的行为必须改变。”②基于此，斯金纳放弃了威尔斯的乌托邦设想，提出自己的实践方案，并展开了与20世纪早期反乌托邦小说的对话。如果说威尔斯是经典反乌托邦小说的启迪者，斯金纳的作品与理念便是反乌托邦小说在建立自身传统与体系过程中遭遇的乌托邦的反击与观念角逐。

斯金纳就读和任教于哈佛大学，是极为知名的行为主义心理学家，其代表作包括《有机体的行为：一种实验分析》（*The Behavior of Organisms: An Experimental Analysis*，1938）、《科学与人类行为》（*Science and Human Behavior*，1953）等。斯金纳在大学曾主修英国文学，但他自述：“我当不了作家，因为我当时没有什么重要的事情可讲。……一位作家可能准确

---

① 〔美〕亨利·戴维·梭罗：《瓦尔登湖》，徐迟译，上海，上海译文出版社，1982年，第307页。原文：“The light which puts out our eyes is darkness to us. Only that day dawns to which we are awake. There is more day to dawn. The sun is but a morning star.”（Henry D. Thoreau, *Walden*, J. Lyndon Shanley, ed. Princeton: Princeton University Press, 1971, p.333.

② B. F. Skinner, “Walden Two Revisited”, *Walden Two*, Indianapolis: Hackett Publishing Company, Inc., 1976, p. vii.

地描绘人类行为，但是他并不因此就能理解人类的行为。我还是保持对人类行为的兴趣，但文学描写的方式却使我感到失望；我宁可转用科学的方法。……‘科学是20世纪的艺术。’心理学恰好就是他所说的那种科学。”[①] 因此斯金纳转攻心理学。有意思的是，斯金纳出版于20世纪40年代的小说《瓦尔登湖二号》却成为他本人最为知名和畅销的作品，堪称20世纪中叶最重要的乌托邦文学作品。

毫无疑问，《瓦尔登湖二号》的直接潜文本是美国自然主义文学代表作、梭罗的《瓦尔登湖》（*Walden*，1854）。但小说中的瓦尔登湖二号作为一个实验性社区，与瓦尔登湖相比其相似之处主要在于田园牧歌式的社区风格，两者的关键联系乃是前者借用后者作为美国本土乌托邦的象征符号，彰显其自身的乌托邦性。不难想象，由此而来的瓦尔登湖二号与威尔斯以高科技、全球性的工业社会面貌来吸引人的现代乌托邦颇为不同，它是一种小规模的集体化社群，呈现出天然简朴的风貌。这既受限于斯金纳所处的“二战”后现实的国际环境、社会状况，也与斯金纳主张的“行为工程”（behavioral engineering）追求实证性、要求通过实验来论证其理论的理念相吻合。构建瓦尔登湖二号社区乃是斯金纳在以心理学方法解决重大社会问题的“心理社会化”理想中，依其行为工程而展开的另一种乌托邦文本实验，这种构建承前启后，在乌托邦文学与反乌托邦文学之间形成了独特的互动。

第一节 “行为主义”乌托邦

一、作为乌托邦的“瓦尔登湖二号”

斯金纳是20世纪美国新行为主义心理学的代表人物，1958年曾获得美国心理学会颁发的杰出科学贡献奖，1968年获美国政府的最高科学奖励国家科学奖。1990年，在去世之前，他凭借在心理学领域的重要贡献，获得了美国心理学会的心理学终身贡献奖。作为一位出色的心理学家，斯金纳是如何进入一部乌托邦小说的创作的呢？对此，在《瓦尔登湖二号》的再版前言中有所介绍。《瓦尔登湖二号》在1948年初版时销量不佳，到十多年后的60年代却开始受到欢迎。斯金纳认为，当他创作《瓦尔登湖二号》时，西方文明世界并不感到日子过得糟糕：30年代的经济恐慌被

① 转引自乐国安《从行为研究到社会改造——斯金纳的新行为主义》，武汉，湖北教育出版社，1999年，第31页。

遗忘，希特勒的残暴政体即将被消灭，苏联在战争中显示出是可以信赖的友邦；人们还没有开始为全球性的环境问题担忧，而工业革命的成果使马尔萨斯（Thomas Robert Malthus，1766—1834）的人口论难以引起足够的重视。然而到了60年代，当资源消耗、环境污染、人口过剩、核威胁等成为世界面临的巨大现实问题时，越来越多的人开始认可行为科学可能带来的实际成效。关于其创作，斯金纳自述，在1945年创作《瓦尔登湖二号》时，他几乎每个月都和哲学家、批评家聚会，“人类行为的控制结果”是中心议题。这些交流人员包括费格尔（Herbert Feigl，1902—1988）、卡斯特（Alburey Castell,1904—1987）等。[①]费格尔是提倡逻辑实证主义的“维也纳学派”成员，他每周都听斯金纳朗读新创作的《瓦尔登湖二号》的内容；卡斯特则是小说主人公之一卡斯尔（Castle）的原型。[②]斯金纳显然希望通过行为科学理论的应用来解决美国的社会问题，但不可否认的是，对现实境况的思考是其乌托邦情结的催化剂。对行为主义理论的信心使斯金纳觉得在科学技术之外找到了为人类实现乌托邦之梦的现实方案。尽管在《瓦尔登湖二号》出版的40年代，赫胥黎的《美丽新世界》等重要的反乌托邦作品已经发表并产生影响，《瓦尔登湖二号》却逆流而上，成为20世纪中期相当罕见的文学乌托邦特例。它承续了古典乌托邦传统，吸收了现代乌托邦因素，并试图借由心理学理论的实践，创制一个与“美丽新世界”相似却是正向的乌托邦。

斯金纳大学主修的专业是英国文学，并研读过文艺复兴时期的乔叟、莎士比亚等人的作品[③]，对莫尔的乌托邦文学传统也非常熟悉。除《乌托邦》之外，培根的《新大西岛》也对《瓦尔登湖二号》的创作影响深刻。《新大西岛》倡导借助科技让人们过上幸福生活，而斯金纳在论及培根小说时认为：“一个更好的世界是可能的，但它不会偶然出现。它一定需要计划、建造，以及科学的帮助。行为的实验分析，通过其特有的本性，产生一种技术，因为它说明了可以通过变化条件来改变行为，我在我的《新亚特兰蒂斯》(《新大西岛》)——《瓦尔登湖第二》中，也说了同样的话。”[④]

---

① 参见B. F. Skinner, “Walden Two Revisited”, *Walden Two*, Indianapolis: Hackett Publishing Company, Inc., 1976, pp. iii – vii。

② 参见郭本禹《心理学史视域中的斯金纳乌托邦思想——以〈瓦尔登湖第二〉为例》，《南京师范大学学报》(社会科学版）2016年第1期。

③ 参见乐国安《从行为研究到社会改造——斯金纳的新行为主义》，武汉，湖北教育出版社，1999年，第25页。

④ 转引自郭本禹《心理学史视域中的斯金纳乌托邦思想——以〈瓦尔登湖第二〉为例》，《南京师范大学学报》(社会科学版）2016年第1期。

那么,《瓦尔登湖二号》借助其认为最有前景的行为主义理论设计出的是怎样的社区呢?它正是一个明确标榜的乌托邦或新大西岛。小说在第一章引出瓦尔登湖二号社区时就提到如何理解乌托邦的问题,社区的创建者和实际控制者、小说的核心人物弗雷泽(Frazier)表示:(美国)政府无法创造一个“黄金时代”(Golden Age),“我们的文明如同受惊的野马,它放蹄疾奔,汗流浃背,气喘吁吁,但跑得越快越慌乱。让你们那些所谓的政客、教授、作家们尽展所学,发挥才干,也驾驭不了这匹惊惶的野马”①。然而,“现在许多优秀的男女心怀理想,正努力建设一个更好的世界。……现在是新世界的黎明,一个‘黄金时代’的开端”②。显然,“黄金时代”蕴含的便是对原始乌托邦的追慕,对20世纪乌托邦的渴望。

大体来看,瓦尔登湖二号社区对辖区内的社会生活进行了全面的设计与规定:社区距离美国某州最大的城市30英里,由约1 000户人家组成,区域内有农田、河流、树林、池塘等,自然环境宁静恬淡。社区实行公有制,人们没有私产,也不进行金钱交易,每人每天工作4小时,每年必须完成1 200劳动积分(labor-credit),其中包括必需的体力劳动。工作时间的价值有所不同,如从事收垃圾等工作所获的劳动积分比从事愉快的工作更多。与成员们付出劳动相应,社区满足成员们的基本生活需求,如餐饮、住宿、服装、医疗、教育、社会保险等。在瓦尔登湖二号,因为工作时间短、福利全面,成员有一定的闲暇进行艺术创作、技能训练等,弗雷泽因此夸耀社区的“艺术气息非常浓厚”。

与绝大部分乌托邦一样,瓦尔登湖二号社区拒绝血缘上的家族或核心家庭。居民住在集体公寓里,在社区餐厅共同用餐。社区尤其注重对婴儿的培育,为了尽量消除环境等因素造成的差异,儿童由专业人士进行集中培育,父母只可探望。儿童最初住在育婴所,13岁左右搬进成人居住的公寓。为了优生优育,社区将婚姻与生育分开,人们可以相对自由地恋爱结婚,但生育则须遵照基因计划执行,主要采用人工授精法。社区将阻止不匹配的伴侣结婚,更不允许不健康(unfit)的人生育。③社区认为这种方式不仅能制造出最高质量的婴孩,还能帮助女性从家庭与养育子女的束缚中解脱出来,像男性一样充分发展自身潜能。

瓦尔登湖二号虽然号称是用非政治手段创造出的新天新地,有一定

① B. F. Skinner, *Walden Two*, Indianapolis: Hackett Publishing Company, Inc., 1976, p.81.

② B. F. Skinner, *Walden Two*, Indianapolis: Hackett Publishing Company, Inc., 1976, pp.81–83.

③ 参见B. F. Skinner, *Walden Two*, Indianapolis: Hackett Publishing Company, Inc., 1976, pp.126–133。

的无政府主义色彩，但仍然有明确的政府组织与架构。社区的权力中枢是“规划委员会”（Board of Planners），由三男三女组成，他们制定政策，行使裁判权。“规划委员”不由全民投票产生，而是由其下辖的各行业管理专家理事（managers）提名产生。理事们管理着各个行业与职能部门，包括食品业、医疗业、娱乐业、艺术学会、牙医工会、乳酪业，以及供给部、劳动部、护理部、高教部等。理事负责征调、协调与分配劳动力，普通社员便是其管理的劳动者。与理事同等职位的还有科学家，其主要研究任务包括动植物培育、婴儿行为控制、教育控制等，但社区并不支持纯粹学术性的科研探索。[①]创建者弗雷泽似乎是一个哲人王，他像基督一样隐于万事万物之后，却永远只为社区的福祉服务，而不会成为独裁者。小说中的瓦尔登湖二号社区运行良好，成员们的生活非常自由、愉悦、幸福。《瓦尔登湖二号》中的乌托邦面貌由前往参观的小团体成员为读者展开，最终只有大学教授卡斯尔对社区十分抗拒，而他的同事、叙述者“我”——巴瑞斯教授和一对青年男女都签署了合同，决定从此留在社区开始新生活。小说以瓦尔登湖二号的向外拓展（如帮助建设瓦尔登湖六号社区）和乐观的展望为结尾。

二、瓦尔登湖二号与行为主义

初看之下，瓦尔登湖二号与20世纪之前的乌托邦颇为相似，除工具、服饰等物品的局部工业化外，其理念并未出现重大变化。那么，如果莫尔的乌托邦并未实现，威尔斯的乌托邦也备受质疑，斯金纳的乌托邦又如何可行呢？像瓦尔登湖二号这样并无家庭烦恼和经济顾虑，没有嫉妒、挫折、罪恶、监狱、战争，充满快乐、和平，人们尽力追求自我发展的社区是何以生存的？小说作者斯金纳给出的答案，便是他毕生所投入的“行为主义”科学事业。

“行为主义”（behaviorism）是20世纪具有重要影响的心理学理论，是一种人类行为的环境决定论。行为主义在方法上反对弗洛伊德学派的神秘性，要求对可以观察的客观材料进行研究，强调心理学研究的实证性与自然科学化。自美国心理学家华生（John Watson，1878—1958）在20世纪初正式提出行为主义理论之后，古典行为主义历经发展，形成了机能主义。1918年，伍德沃斯（R. S. Woodworth，1869—1962）提出公式S—O—R，即有机体（O）在刺激（S）之下做出反应（R）。这启发了新行为主义者，

① 参见B. F. Skinner, *Walden Two*, Indianapolis: Hackett Publishing Company, Inc., 1976, p.48。

并在此基础上增加了中介变量，形成了新公式W—S—Ow—R—W，即有机体在外在环境（W）的刺激作用下，对环境进行调节而产生定势或定向（Ow），然后做出反应并最终适应环境（W）。这样的机能主义观点认为："心理是有机体适应环境的机能，而环境适应乃是一种学习过程，……着力研究学习过程，只有这样才能把握人类学习的规律，并最终达到预测和控制人类行为的目的。"[①]此种理论极大地影响了斯金纳等新行为主义者。

作为新行为主义的代表，斯金纳所提倡的"操作行为主义"认为意识并非一个独立的领域，否认人的内部心理过程即所谓的"内省"，并在方法上强调"通过操作性定义，可以将意识、驱力、情感等理论术语转化为经验事件，去掉其形而上学内涵，……把心理学建立在客观操作的基础上"[②]。在理论上，斯金纳突出环境对人的决定作用，认为人在环境中是被动的，环境产生人的行为，即人做出某种行为后，如果行为得到了鼓励和强化，该种行为的出现频次会增加，如果行为受到惩罚，该行为的出现频次就会减少，即人类行为具有后天习得性。可以表示为函数关系R=F（S，A），其中R代表"反应"，S代表"刺激"，A代表"影响反应强度的条件等"。[③]根据此种理论，人们便可以通过了解和控制环境来预测、调控人类的行为。

因此，斯金纳主张人与环境之间的"相倚性联系"（contingency），即"决定有机体行为的各种相互关联的因素系列。它包括有机体所处的现存环境和过去经历过的历史环境，有机体对刺激做出的反应（即行为）和反应产生的结果，有机体所属物种的遗传环境等"[④]。所以，斯金纳认为所谓人的"本能"——先天行为可以用"生存相倚性"来解释："生存可以被认为是依行动方式而定。例如，如果生物的成员不交配、不照顾它们的后代，或者不保护自身免于毁灭，它们便不能生存。"[⑤]"选择是一种特殊的因果性。如果行为更利于个体的生存与喂养，并且如果生存相倚联系长期

① 郭本禹、修巧燕：《行为的调控——行为主义心理学》（上），济南，山东教育出版社，2009年，第186页。

② 郭本禹、修巧燕：《行为的调控——行为主义心理学》（上），济南，山东教育出版社，2009年，第185页。

③ 参见乐国安《从行为研究到社会改造——斯金纳的新行为主义》，武汉，湖北教育出版社，1999年，第38页。

④ 乐国安：《从行为研究到社会改造——斯金纳的新行为主义》，武汉，湖北教育出版社，1999年，第73页。

⑤ B. F. Skinner, *About Behaviorism*, New York: Alfred A. Knof, Inc., 1974, pp.36–37. 转引自乐国安《从行为研究到社会改造——斯金纳的新行为主义》，武汉，湖北教育出版社，1999年，第205页。

占有优势，那么就容易设想它会选择这一行为。于是这种反应就可能固定下来成为人们叫做先天行为的那些行为了。”[①]简言之，环境作为相倚性联系的一部分决定了人的行为。

当然，即使我们承认“环境决定人的行为”这一有争议的假设，也不能忽视以下几方面。首先，人类的行为是由自然环境、遗传因素、历史情状等复杂的综合环境因素决定的。其次，按照简化的决定论逻辑来看，过去行为与现在行为的关联度强，过去世界与现在世界的相似度高，那么《瓦尔登湖二号》中如“惊惶的野马”的西方文明又如何可能孕育出乌托邦呢？从瓦尔登湖二号的实践来看，想要创造“新世界”，最可能的方法就是大规模地运用心理学方法，在“自然选择”之外，对人类行为进行“强化”（reinforcement），促进其“模仿”。强化分为正强化和负强化，实验证明，经过强化作用的行为会持续出现或被消灭。然而“强化只能对因变异而生或自然存在的行为加以强化，无法导致新行为的产生”，因此还需要模仿，人们可以通过模仿产生第一次的新行为，这第一次的行为经由强化及塑造，渐渐成为有机体自身的一部分。[②]斯金纳曾进行一个非常著名的实验：通过强化手段来训练鸽子打乒乓球。这一实验至今仍广为流传。其基本方式是将饥饿的鸽子和乒乓球放在乒乓球台上，鸽子可能会偶然用嘴啄或挑起乒乓球，一旦它把球挑过了网，便立即给鸽子喂食，多次重复之后，只要把鸽子放在球台上，它便会出现用嘴“打”乒乓球的行为。鸽子打乒乓球的实验虽然并不复杂，却是斯金纳的操作行为主义理论的典型应用。

需要指出的是，斯金纳分辨了“条件反射”和“强化”：“在巴甫洛夫学派的实验中，强化物是与刺激联系在一起的；而在操作性行为中，强化物是伴随着反应而出现的。因此，操作性强化是一个独立的过程，……在操作性条件反射中，我们加强的是操作，旨在使做出某一反应的可能性增加，实际上是说，使某一反应更为经常。在巴甫洛夫条件反射和应答性条件反射中，我们只是增加了由条件刺激所诱发的反应的强度，缩短刺激与反应之间的时间。在鸽子实验中，食物是强化物，动物做出反应后就呈现食物是强化。”[③]也就是说，通过操作强化，斯金纳增强实验对象的某种反

---

① 乐国安：《从行为研究到社会改造——斯金纳的新行为主义》，武汉，湖北教育出版社，1999年，第205页。

② 参见苏元良《译序》，见〔美〕史基纳《桃源二村》，苏元良译，台北，张老师文化事业股份有限公司，1992年，第18页。

③ 〔美〕B. F. 斯金纳：《科学与人类行为》，谭力海、王翠翔、王工斌译，北京，华夏出版社，1989年，第62页。

应，直至该反应成为一种内在的行为。显然，斯金纳并不承认所谓的“心灵主义”，他认为人的行为是一组操作，人为了适应环境而行为，“不是人的意识对行动起作用”，而是适应环境的被动行为和行为的后果对下一步的行为起作用。[①]斯金纳表示：“人有意图地活动，并不意味着他拥有意图，然后将其引出体外，而是意味着他的行为由后果所强化。”[②]斯金纳的最终目标就是通过上述强化手段，引导人类行为与社会迅速朝向乌托邦演进，《瓦尔登湖二号》就是斯金纳通过文学文本进行的“思想实验”。

值得注意的是，斯金纳不仅对正面的乌托邦文学传统非常熟悉，同时也对20世纪前期的《美丽新世界》等反乌托邦小说相当了解。在《瓦尔登湖二号》中，斯金纳借不同立场的人物之口——弗雷泽代表乌托邦立场，卡斯尔教授代表反乌托邦立场，巴瑞斯教授代表普通大众——直接或间接地对二者进行了评论。《瓦尔登湖二号》也因此表现出与乌托邦文学、反乌托邦文学进行对话、交锋的独特性。一方面，《瓦尔登湖二号》对乌托邦传统的传承主要在于构想出了一个当代化、本土化（美国化）的乌托邦世界，并用另一种看似触手可及的方式突入乌托邦世界；另一方面，小说与反乌托邦的关系主要在于《瓦尔登湖二号》与20世纪早期各界对乌托邦的批评进行直接交锋，形成了一种颇具特色的多声对话的形式。最终，《瓦尔登湖二号》宣传了一种实证性的实验操作手段，以及运用心理学社会化的方式构建乌托邦的道路。

第二节　《瓦尔登湖二号》与反乌托邦小说

一、《瓦尔登湖二号》与《美丽新世界》

在《瓦尔登湖二号》中，卡斯尔曾感慨，瓦尔登湖二号社区乃是“货真价实的美丽新世界！”（“O brave new world，indeed！”）[③]小说多次提及的“美丽新世界”即源自1932年出版的《美丽新世界》。在这部奇妙的反乌托邦小说中，“新世界”是一个单纯快乐的世界，依靠“条件与设置中心”的孵化器和流水线生产人类，用集中育婴的方式构建“文明社会”。如在培育中，婴儿们原本对花朵充满好奇，但在碰触花朵时会被电击，如

---

① 参见乐国安《从行为研究到社会改造——斯金纳的新行为主义》，武汉，湖北教育出版社，1999年，第82页。

② B. F. Skinner, *Beyond Freedom and Dignity*, New York: Alfred A.Knopf, Inc., 1971, p.108. 转引自乐国安《从行为研究到社会改造——斯金纳的新行为主义》，武汉，湖北教育出版社，1999年，第83页。

③ B. F. Skinner, *Walden Two*, Indianapolis: Hackett Publishing Company, Inc., 1976, p.217.

此反复之后，抗拒这类事物成了他们的本能。正如斯金纳的行为主义理念展示的，“我们总是不停地影响着环境，许多行为结果都起着强化作用。通过操作性条件反射，我们在周围环境中形成了基本的生活技能，……环境的变化……可能是我们始料不及的，但是我们的行为通常能够做出迅速的调整，打破旧的反应，让新的反应取而代之”[①]。而引导对环境的态度、形成新行为，最佳的实践对象显然就是《美丽新世界》中展示的婴孩与儿童，瓦尔登湖二号强化教育的对象同样集中于6岁以下的儿童。儿童因害怕缺失关爱而产生的不安、为获得更多关爱而进行的哭闹等，包括“挫折”“焦虑”“嫉妒”等情绪被认为是无用的，应该被消灭掉。于是社区通过控制环境、行为矫正使儿童产生自我约束（self-control），从而形成对事件的新反应。

这类行为工程的典型案例便是《瓦尔登湖二号》中的“禁汤”实验。在实验中，第一阶段，一群儿童在长途跋涉之后饥渴交加，期待立即就餐，实验操控者却刻意训练他们进行自我约束，儿童们必须在香浓的热汤前等待五分钟再进餐，任何哼哈或抱怨都被视为错误的反应，进餐时间也将延迟。儿童们很快就学会了设法降低在这段延宕时间内的不愉快感：有人会开开玩笑，有人会假装将汤倒入口中，有人会吟几行诗消磨时间。在第一阶段，儿童还能通过谈笑来缓解其挫折、沮丧与愤怒，在第二阶段，行为操作者将解除儿童所有的社交助力，没有歌声、欢笑的辅助，孩子们只能沉默自省，从自身寻求力量克服困难。操作者会观察每个儿童，如果他们没有表现出自觉的顺从，实验步骤就会后退并重新开始，直到实验对象表现出操作者期望的反应。在实验的第三阶段，在漫长的等待终于结束本应开始进餐时，操作者会将儿童分为两组，并以丢硬币的方式确定某一组可以立即进餐，而另一组则需要再等待五分钟。[②]经过多次的重复矫正，如果儿童都不再因为面对美味不得食而困扰，且与可以立即就餐的“幸运儿”同桌也不再嫉妒，实验便告成功——如弗雷泽所言，负面情绪被消灭了。显然，这一实验与鸽子打乒乓球的实验有异曲同工之处：借助有机体自身的力量，通过重复性的强化操作来矫正行为。

由此，斯金纳设想的理想实验效果是：经过瓦尔登湖二号社区培养的孩童“除非生病，否则从来不哭”，他们明白在面对挫折时哭泣是一种

① 〔美〕B. F. 斯金纳：《科学与人类行为》，谭力海、王翠翔、王工斌译，北京，华夏出版社，1989年，第62页。

② 参见B. F. Skinner, *Walden Two*, Indianapolis: Hackett Publishing Company, Inc., 1976, pp.99–101。

错误反应。而在成长期，社区会以由弱到强的方式逐步安排儿童进一步面对、忍受挫折，形成社区所期待的、符合乌托邦要求的人格。按照斯金纳的理论，“自我或人格充其量是行为的总体，而行为的总体是由一套有组织的相倚给予的”①，人格不过是行为模式，依行为主义方式培育出的社区成员不会有社区否弃的“感谢”“嫉妒”等情感。如，在育婴室工作的纳什夫人12岁时才加入社区，此时要消除早期生活经验已经很困难，但是在社区的操作下，纳什夫人同样消除了“嫉妒”等负面情绪，当听到参观团中的卡斯尔教授追问社区如何满足儿童对母爱的需求及由此造成的“嫉妒”时，她无法理解，如坠云雾。②卡斯尔遭到了弗雷泽嘲笑，卡斯尔称他关心的是“母亲所给予婴儿的爱，如亲吻、爱抚等”，而弗雷泽表示，爱并不一定来自有血缘关系的母亲，专业育婴师的培育体现出一种精心设计的爱，这样的培育不会因父母的疲惫、暴躁或疏忽而造成不利后果。不难理解，集中育婴的养育方式继续发展，最终走向的便是“新世界”依靠流水线造人，“母亲”“父亲”“生育”等成为卑污的名词的终点。

需要思考的是，在现实之中，斯金纳的这种操作实验作用于动物身上会产生较为显著的效果——如鸽子打乒乓球，因为“动物的行为总是要以直接适合其（个体或种族的）生存为前提的。如果行为的后果能直接满足动物的生理性需要，那么它便构成强化作用，使这种行动倾向于再次发生。反之，则直接构成惩罚作用，使这种行为倾向于不再发生”③。但是以此理论推断人类活动，显然容易陷入一种还原论，把人类复杂的行为和动机简单化。当然，斯金纳并不如此认为，在《瓦尔登湖二号》中，弗雷泽认为纳什夫人是“瓦尔登湖二号的典型产物”（Walden Two product），她的良好表现正是社区的成功之处。

在《瓦尔登湖二号》中，弗雷泽表示社区与美丽新世界不一样，但小说并非反对新世界的构想，而是认为新世界实现乌托邦的科幻手段并不可靠，要在现实中真正建构乌托邦，必须依靠他所主张的行为工程。新世界的居民尚需时常提醒自己“不钟情于一人，需泛爱众人”，“享受感官之乐”，但在瓦尔登湖二号社区中，“一切都按照计划进行，虽然在每个阶段人们看起来都是自己在做抉择、下决心，……每个成员都能选择他所想

---

① 乐国安：《从行为研究到社会改造——斯金纳的新行为主义》，武汉，湖北教育出版社，1999年，第187页。

② 参见B. F. Skinner, *Walden Two*, Indianapolis: Hackett Publishing Company, Inc., 1976, pp.91–92。

③ 乐国安：《从行为研究到社会改造——斯金纳的新行为主义》，武汉，湖北教育出版社，1999年，第83页。

要的——自主选择，但在我们（弗雷泽等）看来，他们所选择的一定是最有利于自己和社区的。虽然人们感觉其选择是自由的，但其实行为早已被确定了。"[①]社区的居民如同上帝圈养的羔羊，这样的社会是《美丽新世界》厌弃的噩梦，却是《瓦尔登湖二号》梦寐以求的天堂。这令读者很容易联想到萧伯纳的戏剧《皮格马利翁》(*Pygmalion*，1912)：语言学教授希金斯与人打赌，通过矫正，终于把粗俗的卖花女伊丽莎改造成了谈吐得体、举止优雅的闺秀。但与好莱坞改编的电影《窈窕淑女》(*My Fair Lady*，1964)完满的结局不同，萧伯纳笔下的伊丽莎最终不满于希金斯的控制，离开他去追求自己的自由和幸福。与之相似，在《美丽新世界》等反乌托邦小说中，瓦尔登湖二号社区中人们"从来不哭"的心理状态与行为方式，并不具有正面价值。

在《美丽新世界》中，在新世界之外还有一些零散的"蛮族保留区"(Savage Reservation)。小说主人公、年轻的约翰成长于保留区，他在精神上是古老的印第安文明与莎士比亚人文思想的结合体。由于偶然的原因，约翰母子被带回新世界。然而新世界以消费为发展原动力，以感官享乐为唯一价值导向的生活令约翰窒息，母亲滥用药物造成的痛苦死亡、爱人列宁娜的情欲放纵令约翰的价值观产生冲突，他试图隐居，虔诚苦修，却沦为新世界人追逐猎奇的玩物。最终，约翰以自杀完成了对新世界的终极拒绝。在小说接近尾声处，约翰向元首发出了摆脱操控、回归自然的呼喊："我不需要舒服。我需要上帝，需要诗，需要真正的危险，需要自由，需要善，需要罪恶。……我现在就要求受苦受难的权利。"[②]这是《美丽新世界》向乌托邦发出的最深层的抗议。在反乌托邦作家看来，不论是"电击"还是"操作实验"，不论是生理控制还是行为操纵，都不应施加于毫无选择权的大众。斯金纳却认为这正是打开乌托邦大门的钥匙：通过行为工程的大规模实施塑造人与社会，如瓦尔登湖社区从二号至六号那样不断生长，扩张至更广大的地区，夺取权力，实施"行为主义工程"，便能逐步实现乌托邦的美梦。

二、《瓦尔登湖二号》与《颂歌》

俄裔美国作家安·兰德创作于1938年的《颂歌》(又译作《一个人》)是一部寓言小说，故事背景是一个实行平均主义的乌托邦世界。在这里，

---

① B. F. Skinner, *Walden Two*, Indianapolis: Hackett Publishing Company, Inc., 1976, p.279.

② 〔英〕阿·勒·赫胥黎：《美妙的新世界》，孙法理译，南京，译林出版社，2000年，第190页。

个体只能以集体中一员的身份存在。个人没有姓名，只被分配一个编号。人们并不知道曾有过单数“我”（I）一词，而用复数“我们”（we）来指称自己。与《颂歌》相似，《瓦尔登湖二号》也致力于消除个体特异性、成就感。弗雷泽表明，瓦尔登湖二号社区所有的职业设置与分配都以社区利益为标准，且绝不鼓励人与人之间的竞争、对抗，社区不需要英雄，也力求消灭超越于普通人之上的天才优越感。他指出：瓦尔登湖二号中看不到那种聪明而不稳重的（brilliant but unstable）天才。事实上，除了行为工程设计等之外的科学研究也不被认可，科学家每天必须从事体力劳动，其深层原因并非劳动力不足，而是科学家如果不从事体力劳动，便可能形成一个自视甚高的精英群体，这有违社区人人均一的理念。当然，《瓦尔登湖二号》所追求的正是反乌托邦小说《颂歌》所抗拒的。在《颂歌》中，主人公“平等7–2521”才能出众，因此遭到职业联合会极力压制。他秘密从事科研活动，并重新发明了电灯，却被职业委员会质问：“怎么敢认为自己拥有比你们同志们更了不起的聪明智慧？！”[①]正是因为所有人都必须保持整齐划一的状态，社会出现了停滞与倒退，越来越原始、落后。在《瓦尔登湖二号》中，社区的规划委员会与《颂歌》的职业联合会行使的是几乎完全相同的职责。一直与弗雷泽相对的卡斯尔的态度则与安·兰德相似，卡斯尔表示他不相信在社区的极权控制之下还能产生自发的精神。[②]在稍后的访问活动中，弗雷泽指出，个人的偏私爱憎之情在文化（行为）工程的操控之下早已荡然无存[③]，言下之意，这本就是乌托邦的追求，瓦尔登湖二号表明自主精神仍然存在，倒退并不会发生。

那么，运用行为工程控制的社区是否具有合理性？走向乌托邦的道路又依赖于何种理念？有学者认为，弗雷泽借助行为科学来操控社区成员的行为会使人的本性荡然无存，人成为由社会决定的机器，瓦尔登湖二号社区是“可耻的乌托邦”：“由于（《瓦尔登湖第二》）没有人的本性，无法反抗假定存在的任何事物，那么一些其他的实验者——可能被条件作用为纳粹集中营指挥官之子——可能决定发展出一种以使人受难为乐的种族，并建立一个名为瓦尔登湖三的殖民地。”[④]这一说法有一定的道理，但斯金纳的本意显然并非塑造一个邪恶世界，相反，小说声明，正是为了防止行为

① 〔美〕安·兰德：《一个人》，童音译，北京，华夏出版社，2007年，第53页。
② 参见B. F. Skinner, *Walden Two*, Indianapolis: Hackett Publishing Company, Inc., 1976, p.118。
③ 参见B. F. Skinner, *Walden Two*, Indianapolis: Hackett Publishing Company, Inc., 1976, p.220。
④ D. W. Bjork, *B. F. Skinner: A Life*, New York: Basic Books, 1993, p.158. 转引自郭本禹《心理学史视域中的斯金纳乌托邦思想——以〈瓦尔登湖第二〉为例》,《南京师范大学学报》(社会科学版) 2016年第1期。

控制技术被欲望熏天、野心勃勃的人利用，瓦尔登湖二号社区才追求扩张。其实，究其根本，瓦尔登湖二号的问题并不在于其根据何种设计来规范具体的情绪、个性，而是如此一来，“人”成了一种均一、不变的事物。乌托邦始终试图使人性达到完满，价值观达成同一，瓦尔登湖二号社区执行的便是这种单一抽象的“人性”要求，以造就社区中均质的个人。规划委员会和职业联合会中的弗雷泽们如何确定“人性”何为——哪些情绪应该被保留而另一些则应排除？其潜在假设便是确定一个“理想王国”，设计一种理想“人性”。如《瓦尔登湖二号》表述的，去掉某些负面情绪，或者按照操作者希望的方式建构人性，这是乌托邦应有之义。反乌托邦思想研究者认为，在传统哲学中，“神”是历史的本体，而它的目的是要消除自身内在的差别与矛盾，实现自身的同一。但随着近代人类主体意识的觉醒，人取代上帝而成为历史的主体，乌托邦不再属于神，而是人造、人治、人享的，因此在理想设计中，乌托邦便需要把人提高到神的地位，而后方能自我建设，乌托邦把人认定为与神一样的单一实体，方能在理论上完成人间天堂的建立。在乌托邦主义者看来，尽管人们的具体需求会有所不同，终极的人性却是单一的、均质化的。乌托邦就是建立在这样一种消灭人的差异性、矛盾性，主张均一人性论、一元价值观的基础上的。①基于此，《瓦尔登湖二号》和《颂歌》虽然对乌托邦的态度截然不同，但它们对乌托邦的认知是一致的。实际上，乌托邦所蕴藏的这种人性论预设，对从莫尔的乌托邦构想直到20世纪中期瓦尔登湖二号这样的现代乌托邦社区的设计，都具有思想奠基的作用。

三、《瓦尔登湖二号》与《发条橙》

如果说《瓦尔登湖二号》主动追求与反乌托邦小说的对话，那么晚于《瓦尔登湖二号》、恰逢60年代“行为主义”兴起时期出版的《发条橙》则表现出对行为工程的回应。《发条橙》的故事主线乃是政府利用实验技术对罪犯进行行为矫正，使其对暴力、恶行等形成条件反射式的排斥，以此来消灭猖獗的犯罪活动。小说主人公亚历克斯作为实验对象，经历了作恶—（条件控制）无法作恶—（条件消除）重新作恶的历程。小说最受关注的一点便是通过条件控制、行为矫正使亚历克斯无力作恶这种方式是否合理，以这样的方式来改善社会是否可取？这其实也是《瓦尔登湖二号》

① 参见谢江平《反乌托邦思想的哲学研究》，北京，中国社会科学出版社，2007年，第52页。

中最具争议的乌托邦的“自由”问题。

在《发条橙》中，亚历克斯通过“条件控制”而不作恶甚至忍受他人殴打的情节引起了巨大的反响。斯金纳曾举例，在追求自由的人看来，政府强迫囚犯做药物实验应该受到反对，因为这使囚犯感到不自由，但如果政府采用另一种控制方式，即用减刑作为正强化物来刺激囚犯，则让许多人觉得无须反对，因为此时囚犯没有感到不自由。斯金纳强调，重要的不是人们受到正强化时是否感到自由，而是此时人们不倾向于逃避或反击。①然而，药物控制与减刑诱惑并不能相提并论，两者在对个人自由意志的体现上有本质区别。正如在《瓦尔登湖二号》中，卡斯尔追问社区的创建者弗雷泽：“孩子何时才觉得自己是自由的个体？在这个计划下何谓自由？”②弗雷泽称社区中人的行为并未受到任何强制，他们是自由的。但对于弗雷泽所称的“自由”，批评者杰瑟普（Jessup）指出，那不过是“巴甫洛夫的狗们的自由，当‘就餐’的铃声为它们引来不愿回应的食物时，它们能够自由地在嘴里吐泡沫”，这背离了斯金纳所模拟的梭罗《瓦尔登湖》中的自由精神：“诸如《瓦尔登湖二号》之类的书，是对一个名称的诋毁，一种冲动的堕落。”③

当然，弗雷泽最终还是从环境决定论角度否认了深层自由的存在：“我完全否认自由的存在。我必须否定它，否则我的计划便是荒谬无稽的了。”④他指出：“一切都自有其规律，你根本无从选择。决定性因素（deciding factor）出现得晚，而且人不可能一开始就预见结果，所以人似乎并未明确倾向于哪种行动，因此就自认为是自由的。”⑤弗雷泽显然认为，虽然达成结果的因素可能多种多样，但结果依然是被决定了的，这与作者斯金纳的观点相呼应：主张自由意志的哲学家们鼓吹了数百年的自由不过是一个幻象而已。⑥而关于《发条橙》对这一自由问题的思考与回应，后文将以专章详论。

---

① 参见乐国安《从行为研究到社会改造——斯金纳的新行为主义》，武汉，湖北教育出版社，1999年，第257页。

② B. F. Skinner, *Walden Two*, Indianapolis: Hackett Publishing Company, Inc., 1976, p.118.

③ D. W. Bjork, *B. F. Skinner: A Life,* New York: Basic Books , 1993, p.154, p.155.转引自郭本禹《心理学史视域中的斯金纳乌托邦思想——以〈瓦尔登湖第二〉为例》，《南京师范大学学报》（社会科学版）2016年第1期。

④ B. F. Skinner, *Walden Two*, Indianapolis: Hackett Publishing Company, Inc., 1976, pp.241–242.

⑤ B. F. Skinner, *Walden Two*, Indianapolis: Hackett Publishing Company, Inc., 1976, p.242.

⑥ 参见 Robert Kane, *A Contemporary Introduction to Free Will*, New York: Oxford University Press, 2005, p.4。

在此问题上，20世纪中后期另一重要的心理学流派——人本主义心理学也与斯金纳进行了交锋。《瓦尔登湖二号》认为，社区采用行为工程中的正强化控制人们，在某种程度上保留了自由的感觉：一个精心的文化设计不单控制外在行为，还控制行为倾向如动机、欲望、期盼等，人们做他想做的事情，而不是被迫去做不想做的事，无所谓压抑和反抗，因此根本不会有人提出自由问题——"我们采用最精巧的计划，最熟练的技巧，增加了人们的自由感（the feeling of freedom）"①，社区中的人似乎仍感到生活在一个自由的世界中。对这种隐形控制，人本主义心理学家罗杰斯（Carl Rogers，1902—1987）持明确的反对态度："行为科学也成了当代世界的恶魔之一。斯金纳的《沃尔登第二》(《瓦尔登湖第二》) 中，对行为科学应用于社会后的发展趋势最真实、最直白的描述已经或正在引起大量令人担心的关注。"②1956年，罗杰斯与斯金纳曾进行了一场有名的辩论。斯金纳认为："人类可以明智且人道地运用强化理论来指导个体和社会的发展进程……在任何情况下自由与选择都不过是幻想；决定我们当前行为的完全是过去的强化。"罗杰斯则回应："自由与选择并不是虚幻而是真实现象，使个体丧失人性并试图仅仅依靠外在强化来控制人类发展的科学是在为那些暴君和独裁者服务，是将社会残酷地推向极权主义的未来。"③罗杰斯认为，除遗传和环境因素外，人的自我实现、人的创造力是决定人的行为的关键因素，而"在废墟上涌现的将是新人，高度觉醒的、自我指导的、一位对内部空间或许比外部空间更为注意的探索者，蔑视对习俗惯例和权威、教条的尊奉。他不相信可以在行为上被塑造或塑造别人的行为"④。此外，罗杰斯也同样敏锐地指出斯金纳混淆了影响和控制，所谓"影响"是建立在当事人自主选择的基础上的，而"控制"则显然对当事人的主体性置之不理。⑤

通过《瓦尔登湖二号》中乌托邦与反乌托邦的对话，心理学家斯金纳抛弃了当时美国的主流政治模式，自信地声称可以通过非政治手段实现乌

---

① B. F. Skinner, *Walden Two*, Indianapolis: Hackett Publishing Company, Inc., 1976, p.248.

② 〔美〕卡尔·罗杰斯：《罗杰斯著作精粹》，刘毅、钟华译，北京，中国人民大学出版社，2006年，第226页。

③ 〔美〕卡尔·罗杰斯：《罗杰斯著作精粹》，刘毅、钟华译，北京，中国人民大学出版社，2006年，第224页。

④ C. R. Rogers, "In Retrospect: Forty-six Years", *American Psychologist*, no. 2, 1974，p.122.转引自乐国安《从行为研究到社会改造——斯金纳的新行为主义》，武汉，湖北教育出版社，1999年，第302页。

⑤ 参见郭本禹《心理学史视域中的斯金纳乌托邦思想——以〈瓦尔登湖第二〉为例》，《南京师范大学学报》(社会科学版) 2016年第1期。

托邦。斯金纳认为一般的政治改革并不可靠，即使不同的政客上台，也如大卫迎战歌利亚（Goliath）一样，权欲使他们也都想成为歌利亚①，因此在乌托邦的文学实验中，斯金纳在现行体制外另起炉灶，借助行为心理科学技术，建构出一种“小即美”（small is beautiful）的社群。在现实生活中，所谓的社群（intentional society）一般指来自不止一个核心家庭、成员超过5人的成年人及其子女的团体，社群成员选择生活在一起，以便加强、实现他们共同的价值观或目标。在20世纪60年代，群居是一种流行时尚，但只有现代的、经个体选择而形成的同居人群才是社群。社群必须具有共同的运转项目、目标、愿景等。②20世纪70年代早期，美国有许多社群逐渐建立起来，其中不乏受到《瓦尔登湖二号》影响的社群，如“亚特兰大的‘瓦尔登池’，华盛顿的‘瓦尔登屋’，斯金纳在哈佛大学的一个学生建立的瓦尔登三（Walden Three），密苏里州的‘东风’（East End）、向日葵屋、湖村，加拿大的蒲公英社区，以及西密歇根大学的激进行为主义者建立的‘实验社区二’和‘学习村’”③，等等。其中，1967年建立于弗吉尼亚州的双橡树（Twin Oaks）社群最为知名，8位创建者中有3位是行为主义者。这个百人规模的小型社群至今仍然存在，社群财产公有，并实行《瓦尔登湖二号》中的劳动积分制，但许多规则难以实践，如积分制容易为懒惰者所利用，积分序列也很难排列——没有所有人都认可的最（不）受欢迎的工作等，因此不得不进行改良。然而这种仍能维持运转的社群只是一种景观式的存在，它接受主流社会的参观，却不存在任何可以推而广之的趋势与可能性。

总之，随着社会科学的发展，面对两次世界大战的残酷现实，在战后对世界的设计构想中，心理学家提出了实现乌托邦的新路径，祭出了其操作行为主义实践方案。《瓦尔登湖二号》借“我”——巴瑞斯教授之口表白：“时下有几百万年轻人，痛恨这个社会却又不得不生存其间。……人类历史上一场重要的变革、恒久的功业已经通过非暴力的方式展开了。它将通过教育、说服和示范来实现。弗雷泽的项目本质上是一种宗教运动，但却扬弃神秘主义，决心建造人间天堂。谁人能说他不会成功？”④斯金纳认为主动控制人的行为对发展社会、解决难题有不可替代的功用，认为

① 参见B. F. Skinner, *Walden Two*, Indianapolis: Hackett Publishing Company, Inc., 1976, p.181。

② 参见Lyman Sargent, “The Three Faces of Utopianism Revisited”, *Utopian Studies*, no. 1, 1994, p.15。

③ 郭本禹：《心理学史视域中的斯金纳乌托邦思想——以〈瓦尔登湖第二〉为例》，《南京师范大学学报》（社会科学版）2016年第1期。

④ B. F. Skinner, *Walden Two*, Indianapolis: Hackett Publishing Company, Inc., 1976, p.289.

人类不能为了保存“多元性”而倒退到“偶然性”的世界中。因此其方案中同样包括了对政府、法律、宗教、经济、教育、心理控制等的全面设计。如弗雷泽所言：“这是大多数人的公意，虽说是专制（despotism），但为了大家的利益，为了建设出更好的政府，我们必须暂时实行这样的方式。”[①]然而，乌托邦社群作为人人共赴共享的事业，如乌托邦文学研究者所指出的，善良的初衷并不足以界定其创造的世界美好。布克尔指出，尽管斯金纳意在创造乌托邦，但仍有众多读者认为那“桃源”就是一个恶托邦世界。[②]研究者当然知道贝拉米、赫胥黎、斯金纳等人的基本创作意图，但也明白必定有读者认为贝拉米或斯金纳创造的是恶托邦，而赫胥黎创造的则是乌托邦。[③]显然，在许多读者心目中，瓦尔登湖二号社区远非一个全新的世外桃源，无论它如何隐藏其运行模式，这仍然是一个无自由、非人道的社区，操作与强化并不足以济乌托邦之“穷”。

---

① B. F. Skinner. *Walden Two*, Indianapolis: Hackett Publishing Company, Inc., 1976, p.217.

② 参见 M. Keith Booker, *Dystopian Literature: A Theory and Research Guide*, Westport, Connecticut: Greenwood Press, 1994, pp.246–247。

③ 参见 Lyman Sargent, “The Three Faces of Utopianism Revisited”, *Utopian Studies*, no. 1, 1994, p.6。

第四章　反乌托邦小说核心命题的开创

有人说这世界将毁于火，
有人说它会毁于冰。
据我品尝欲望的结果，
我赞成把它烧成灰烬。
如果世界要毁灭两次，
我想我也完全熟悉仇恨，
要说用来摧毁，
冰也有巨大的威力，
完全可以胜任。

——罗伯特·弗罗斯特：《火与冰》①

20世纪，乌托邦构想的机械实践在人类的社会实践中结出了恶果，反乌托邦文学的登场表达了对乌托邦理念与实践的否定。在世界文学舞台上，俄罗斯文学“白银时代”的异端人物、流亡作家扎米亚京拥有工程师和作家的双重身份，并深受20世纪初期英国工业文明与文学的影响。其最重要的贡献或许不在于他本人极力强调的文学风格创新，而在于他上承威尔斯的“现代乌托邦”，下启《美丽新世界》《一九八四》等作品，创作

① 杜承南、罗义蕴译：《英美名诗选读》（英汉对照），重庆，重庆出版社，1990年，第286～287页。原文：

Some say the world will end in fire,
Some say in ice.
From what I've tasted of desire
I hold with those who favor fire.
But if it had to perish twice,
I think I know enough of hate
To say that for destruction ice
Is also great
And would suffice.

了一部反乌托邦小说经典《我们》。《我们》写作于1921年，1924年首先出版英文版，并由此开创了20世纪反乌托邦小说的多个重大命题。①

1902年至1908年，年轻的扎米亚京在彼得堡工学院（St. Petersburg Polytechnical Institute）船舶制造系学习，加入了布尔什维克党，曾被沙皇政府逮捕、流放，后留校任教，在从事工程制造专业的同时发表文学作品。1916年至1917年，扎米亚京被派往英国监造"亚历山大·涅夫斯基"号破冰船（后改名为"列宁"号）。20年代，扎米亚京成为苏联文坛的批判者。1931年，扎米亚京上书斯大林要求流放法国，在高尔基的协调下最终获得批准。扎米亚京自称曾两次坐牢、三次流放。②1937年，扎米亚京在贫困中病逝于巴黎。《我们》是扎米亚京唯一完成的长篇小说，其风格刻意求新，如其本人所表达的："现实主义以普通的视觉看世界，通过世界的表层骨骼向象征主义闪现，于是象征主义背离了世界。"③这种"新现实主义"（neo-realist）风格多少显现出高尔基批评的"斧凿之光"。在主题上，扎米亚京宣称："革命需要无所畏惧的作家，就像革命对任何事情无所畏惧一样。"④其小说与散文（包括《我们》）多是对现实的映射：既源于作者对现代工业文明与西欧生活方式（尤其是机械刻板一面）的观察与抗拒，亦出自对十月革命后布尔什维克政权的批判。扎米亚京担忧，如果一种缺乏批判精神的文学在流行，俄罗斯文学的未来就会回到"它的过去"⑤。因此其作品显示出强烈的批判意味。

小说《我们》选择了（反）乌托邦这一古老的主题模式——大一统王国的基本社会结构，以《理想国》《乌托邦》《太阳城》等古典乌托邦

① 本书主要探讨20世纪西方反乌托邦小说，学界在理解西方（欧美）时可能将俄罗斯单独列出。但《我们》有其特殊情况，戈特利布的名作《东西方的恶托邦小说：恐怖与审判的世界》便将《我们》列入"西方恶托邦小说"。实际上，作者扎米亚京有在英法长期生活工作的经历，《我们》主要受英国文学（尤其是威尔斯作品）的影响，其内容指向工业化的英国。《我们》首先以英文出版，且为公认的20世纪经典反乌托邦小说之一，对西方反乌托邦文学产生了重要而直接的影响。如果不将《我们》纳入研讨范围，便无法充分解释此后西方反乌托邦小说的走向，故本书将其列入了重点考察对象之中。

② 参见〔俄〕叶·伊·扎米亚京《自传》，见〔俄〕叶·伊·扎米亚京《明天——扎米亚京文学随笔》，阎洪波译，北京，东方出版社，2000年，第11页。

③〔俄〕叶·伊·扎米亚京：《论综合》，见〔俄〕叶·伊·扎米亚京《明天——扎米亚京文学随笔》，阎洪波译，北京，东方出版社，2000年，第110页。

④〔俄〕叶·伊·扎米亚京：《目的》，见〔俄〕叶·伊·扎米亚京《明天——扎米亚京文学随笔》，阎洪波译，北京，东方出版社，2000年，第54页。

⑤〔俄〕叶·伊·扎米亚京：《我担心》，见〔俄〕叶·伊·扎米亚京《明天——扎米亚京文学随笔》，阎洪波译，北京，东方出版社，2000年，第64页。

为参照，具体的社会场景设想则主要得益于扎米亚京专门加以研究并译介的威尔斯的《现代乌托邦》。19世纪以来的乌托邦思想家与十七八世纪的某些原始浪漫主义理想者不同，工业文明的崛起使他们对乌托邦的构想与时俱进，变得“更城市化、工业化，更为大型，通常是世界性的，并由一个强有力的中央集权国家控制”①。工业化、高科技化的世界性联合体正是威尔斯的乌托邦理想。当然，《我们》也受到一些俄罗斯文学作品的影响。在历史现实与文学传统的双重启发下，扎米亚京的反乌托邦小说从多个角度向高科技极权主义乌托邦发起了挑战。《我们》意涵丰富，扎米亚京的主要思想流溢其中。它在几个方面开创了反乌托邦文学的主要命题：（1）涉及了乌托邦的“原罪”问题；（2）考察了集体化极权社会与个体的关系；（3）描绘了非理性、激情等与理性主义之间的对抗；（4）蕴含了某种“无限革命”的悖论。小说对第二、第三个方面问题的思考几乎成为反乌托邦小说共有的核心主题，甚至成为判断是否为反乌托邦文学的重要依据，对后世反乌托邦小说产生了不可磨灭的影响。

第一节　乌托邦“原罪”主题

在西方文学史上，乌托邦文学自产生以来，一直以其丰富的想象力和超越意识成为文学史上富有生命力的重要创作类型。时至20世纪，乌托邦构想在进入社会实践之后，却结出令人意外的恶果。曾经代表人类终极理想的美好蓝图为何竟会在实践中走向邪恶？对此，一些文学作品从（非宗教意义上的）“原初罪恶”角度探讨了乌托邦的堕落。一般来说，许多着意于呈现乌托邦之“恶”的反乌托邦小说很少对乌托邦的原罪进行渲染，通常只是用回顾的方式略述。在《我们》中，叙述者Д-503在日记中透露了大一统国崛起的历史：这个国家建立于“两百年战争”后，其立国之基是借发明“石油食品”克服饥饿，用《性法典》战胜爱情，由此造就了一个便于管理的集体化均质社会。

我们的祖先付出了巨大的代价最后才征服了饥饿，我指的是**伟大的两百年战争**，也即城市和乡村的战争。……的确，地球上只有十分之二的人活下来，但因此地球表面倒清除了千年垃圾而变得光

① Christopher Collins, *Evgenij Zamjatin: An Interpretive Study*, The Hague: Mouton & Co. N. V., 1973, p.49.

> 洁明亮了，而这十分之二的人在**大一统王国**的琼楼玉宇里过上了好日子。[①]

在《我们》之后，多数反乌托邦小说对乌托邦的建立过程往往不加以细描。究其原因，大概既有实际创作方面的考虑——对漫长的创建过程难以在有限篇幅内详加描述，亦不乏受威尔斯以来乌托邦传统的影响——在威尔斯的现代乌托邦中，科技至上、极权统治等本来就是建立乌托邦所必要的恶，而此二者将随着乌托邦的完善而最终消失：威尔斯设想的是科技独裁者们主动解除权力，归还人民自由；在斯金纳的行为主义桃花源中，创建者虽然以操作和控制来维持社区运转，却不会专权作恶，只会为社员谋福利默默奉献。或许正是由于许多设计者已经对乌托邦建立前的毁灭状态进行了预测，并对其合法性给予了论证，乌托邦生命力有多长久这类问题的重要性便似乎退居其次了。

然而，这样的纯粹假想就是对“原罪”问题的终极解决吗？对此，尽管《我们》并未加以展开，扎米亚京却在其随后的短篇小说《上帝的教堂》[②]中进行了极具象征意味的探讨，亦可算作对《我们》中“两百年战争”的补充。小说中，虔诚的伊凡想为上帝建造一所教堂，而为了筹集建教堂所需的财物，他劫杀了一名富商和车夫。此后，壮观的教堂终于在恶行的基础上建立起来了，但来参加礼拜的主教等人渐渐无法忍受腐烂的尸体所发出的恶臭，纷纷离开，最后只剩下伊凡独自留在了他所建造的神圣教堂里。不言而喻，教堂（乌托邦）在建立时所采用的非道德手段埋葬了其目的崇高的一面，道德“原罪”让神圣沦为堕落。正如别尔嘉耶夫所反思的：“能不能把当下的时间看作未来时间的手段？能不能把当代人看作未来人的手段？”[③]如果人可以被当作手段，那么以某种未来的、更高的价值凌驾其上（如某种永恒的福祉），岂不是可以要求人们做出任何牺牲，如忍受奴役、死亡和无尽的苦难？手段所造成的（道德及其他）原罪不可避免、无法追究，不义是乌托邦得以达成的桥梁，手段的合理性将在目的达成时得到最有力的证明。因此，在诸多（反）乌托邦小说中，读者都会看到一场人类大规模死亡、为“建立教堂”——大一统王国的琼楼玉宇而

---

① 〔俄〕叶·伊·扎米亚京：《我们》，顾亚玲、邓属平、刁绍华译，北京，作家出版社，1998年，第22页。引文中字体不同处乃原文如此。

② 参见 Yevgeny Zamyatin, *The Dragon: Fifteen Stories*, Mirra Ginsburg, ed. and trans. London: Victor Gollancz Ltd., 1972, pp.83–85。

③ 〔俄〕H. A. 别尔嘉耶夫：《精神王国与恺撒王国》，安启念、周靖波译，杭州，浙江人民出版社，2000年，第37页。

发动的战争。

但问题在于，正如被鲜血与尸体所污染了的神圣教堂一样，残酷、暴行、毁灭都不仅仅是琼楼玉宇建成之前无关紧要的阶段性问题。按照别尔嘉耶夫的说法，依靠恶与权力相互制衡将产生没有出口的死循环，因为“为恶的权力的统治设立了界限的那个权力本身又成为恶的”①，即一旦以恶获取权力，又会以权力播种恶，它们向对方的转化将不会停止。由此看来，历史有其惯性与“路径依赖”（path dependence），在自我强化中，“原初罪恶”将成为永久的印记。而对手段的考量则不可依凭天真的理想主义，因为“一旦运用了恶的与目的相对立的手段，那么目的就永远也不可能达到，一切都为手段所取代，人们就忘记了目的或者目的就变成了纯粹的宣传伎俩”②。由此所建立起来的便只可能是腐朽空虚的圣堂，是大一统王国、美丽新世界、联合会王国与大洋国等众反乌托邦小说中的邪恶国度。因此，从大一统王国建立时的艰难求生开始，当用消灭“嫉妒”、篡改人性的方法把“幸福”的结果变成无穷大时，就已经不可能走向预想的“以恶达善”的轨道了。在大一统王国，不会出现威尔斯理想中自动放下权力的统治者、终获自由安乐的民众，也不会出现斯金纳所设想的散发着“如基督般”光辉的弗雷泽，而只会产生高高在上的专制统治者大恩主，与享有数学般精确的幸福的“号码”们。对扎米亚京所开启的对“原罪”问题的思考，在20年后以苏联社会为背景的《正午的黑暗》中得到了更深入的探索，其所列举的生动事例展示出反乌托邦小说对该主题的回应与开掘。

第二节 集体化极权主义乌托邦主题

20世纪小说中乌托邦的建立与维持主要是通过科技乌托邦的形式实现的，因此尽管其中混杂着古典的田园牧歌式的伊甸园、宗教性的天堂等各类因素，但除了《颂歌》等少数描写退化的原始恶托邦的小说，反乌托邦小说主要描绘的是现代工业社会模式的科技乌托邦，《我们》的故事便发生在毁灭性大战后建立的高科技王国中。作者通过日记体、限制视角、象征性的双重人格冲突来展开故事。

① 〔俄〕H. A. 别尔嘉耶夫：《精神王国与恺撒王国》，安启念、周靖波译，杭州，浙江人民出版社，2000年，第49～50页。

② 〔俄〕H. A. 别尔嘉耶夫：《精神王国与恺撒王国》，安启念、周靖波译，杭州，浙江人民出版社，2000年，第53页。

《我们》由主人公Д-503（简称Д）的40篇日记组成，Д-503写日记的初衷是为响应号召，撰文赞美自己所居的最伟大的乌托邦大一统国。这一国度最美妙的事实便是人类都生活在坚固透明、与外隔绝的玻璃制绿色大墙里，王国中的建筑物都是透明的，人与人之间并无隐私可言，唯有在性活动时可以暂时放下窗帘。这个数字王国的圣经是一份叫做《守时戒律表》的规则，依靠它，几百万人才能活动得像机器一样精准、稳固，才能做到在同一秒把饭勺放进嘴里，整齐地按大一统王国进行曲的节奏散步，去演讲厅、泰勒训练大厅①，再回家按时睡觉。而人们的偶像便是为现代工业管理做出了杰出贡献的美国发明家泰勒（此后在《美丽新世界》中则化身为美国汽车大王福特）。《现代乌托邦》声称有轨电车轨道是美的，其设计者是艺术家，不认可“只不过是人类暂时的愚蠢”②的认识，而大一统王国更是将机械运转奉为美的典范：舞蹈的意义在于它是非自由的运动，最美的诗歌是猩红得瘆人的《法庭判决书集萃》，不朽的悲剧则是《上班迟到的人》——其中包含了“绝对的审美服从”“理想的非自由状态”③。人们在大恩主的统治下生活，都佩戴着消灭个性化倾向的号码作为身份符号，正如基里洛夫的诗歌《铁的救世主》所描绘的：“在这威权的领导下，……人和物有节奏地行进，……他们每个人都戴着号码和通行证。”④此外，还有护卫局的护卫天使负责监控人们：“像玫瑰花刺一般保护着娇嫩的国家之花，以防人们粗野的触摸。”⑤王国中没有家庭，获得性伙伴要通过测定激素含量并提交个人申请。

叙述者Д-503是“一统”号飞船的青年设计师，与作者扎米亚京一样，他兼具工程师与创作者的身份与气质。Д-503原本瞧不起“古代国家”未能对性生活等建立严格管制的体系，后来却爱上了神秘的女性I-330（简称I），并放弃了和女性O-90（简称O）、男诗人R-13（简称R）之间稳定的三角关系。随着交往的加深，Д陷入对I的热恋中无法自拔，情欲使得原本受

① 泰勒（Frederick Taylor，1856—1915），美国著名的发明家和古典管理学家，被称为“科学管理之父”。小说中的“泰勒训练大厅”以其命名，乃是（工具）理性占据了统治地位的象征。

② H. G. Wells, *A Modern Utopia*, London: Thomas Nelson and Sons Ltd., undated, p.114.

③ 〔俄〕叶·伊·扎米亚京：《我们》，顾亚玲、邓属平、刁绍华译，北京，作家出版社，1998年，第6页。

④ 转引自谭得伶、吴泽霖《解冻文学和回归文学》，北京，北京师范大学出版社，2001年，第210页。

⑤ 〔俄〕叶·伊·扎米亚京：《我们》，顾亚玲、邓属平、刁绍华译，北京，作家出版社，1998年，第67页。显然，“护卫天使”继承自柏拉图的护卫者、基督教的守护天使，亦为《一九八四》中思想警察的前身。

理性控制的他产生了极大的心灵震动，一个毛茸茸的新“我”（本能—非理性）从旧“我”中破壳而出。同时，深爱着Д的O–90尽管达不到王国里的母亲标准，却仍非法地怀上了Д的孩子。在为了显示万众一心而设的“一致同意节”（选举），几千个号码对大恩主投了反对票，引起骚乱，护卫局开始追捕，Д帮助投了反对票的I乘乱逃脱。随着对“无限革命”思想探讨的深入，在绿墙内的古宅、卫生局乃至墙外的活动中，Д得知I乃是反抗大恩主的革命者“靡菲”（魔鬼靡菲斯特的简称），她接近Д是为了获得“一统”号的控制权。不久后，大恩主在王国里实施了脑部手术“幻想摘除术”。I说服Д帮助她劫持“一统”号，这一壮举却因为告密而失败，但两人的身份并未败露。此后，Д作为“一统”号的设计师见到了大恩主，后者用《卡拉马佐夫兄弟》（*The Brothers Karamazov*, 1880）中宗教大法官的庄严语气对Д晓之以理。I等靡菲们炸塌了象征永恒凝固的绿色大墙，王国开始混乱。Д却在对I有其他情人的嫉妒以及逃避自由思想的作祟下，向护卫局告密，并接受了“幻想摘除术”。最终，Д和大恩主旁观了I接受酷刑，她将与许多靡菲一起被处决。大墙也被修复，Д终于回归信仰的怀抱：“胜利属于我们，因为理性必胜。”①

不难发现，大一统王国的意识形态导向是指向集体的“我们”的，个体与集体的关系在任何情况下都是绝对的不平等。为了完成“共同的伟业”，王国中几百万个体与集体的关系不是一比几百万，而是几百万分之一比一，不是量的差距，而是质的差距。王国数百年来苦心经营的“大一统”，就是要求全体成员都成为均质化的个体，这些个体之间没有真正的内在联系，唯一的共同原则便是臣服于高踞在他们之上的抽象的“集体”——一个没有主体意识、“不能感受痛苦和欢乐”（别尔嘉耶夫语）的虚假存在。别尔嘉耶夫认为政治、经济生活的集体化造成了“良心的外化”，即“把良心从作为精神性生命物的人的深处外移到拥有专制机构的集体身上”②。大恩主全权接收与控制了个体的精神性活动，个人不应有任何独立的价值准则与判断、选择。当然，人们之所以愿意交付出自己的“良心”，一方面是由于随着现代科技的进步，极权者“通过知识与机器树立起了核心权威，将人们都引入了同一欲望模式”③，另一方面则在于

① 〔俄〕叶·伊·扎米亚京：《我们》，顾亚玲、邓属平、刁绍华译，北京，作家出版社，1998年，第223页。

② 〔俄〕H. A. 别尔嘉耶夫：《精神王国与恺撒王国》，安启念、周靖波译，杭州，浙江人民出版社，2000年，第76页。

③ D. J. Richard, *Zamyatin: A Soviet Heretic*, London: Bowes & Bowes, 1962, p.68.

人类对安全、秩序与稳定的深刻需要。良心若不外化于群体，人便会进入现代社会那种充满“孤独与无力感”（弗洛姆语）的自由状态，每个人也必须为自己的行为承担全部责任。奥克肖特指出，一些个体——“反个人”，为了“避免不成为一个个人的焦虑”，希望在分离主义的共同体中寻求解脱以消除个人的道德压力，并通过数量上的优势将自己确认为“大众人”。“大众人”是“只允许其他人与他自己完全一样，将一式一样的信仰和行为强加给所有人，不给选择的痛苦或快乐留下余地”的“反个人”[①]。这样的“反个人”需要被告知如何思考，处在需要领袖与“共同体”的社会模式中。因此，唯有《岛民》（*Islanders*，1918）中裘利副主教的“强制救世法”、《我们》中的《守时戒律表》《性法典》才是他们所能接受的道德领袖与社会法则。在《卡拉马佐夫兄弟》中的伊凡的宗教大法官传奇里，即使耶稣本人在世，他也无法为“反个人”提供比宗教大法官所控制的“地上的面包”（物质福利）、盲目崇信、毁灭异端更有效的救世思想与技术。实际上，对这种难以承受的“个体之重”的争论，是反乌托邦小说中的一大经典命题。在《我们》中大恩主和Д有一番对话，前者质问后者：

> “我问您个问题：人生下来就开始祈祷，幻想，折磨自己。他乞求什么呢？他所希望的，就是能有个人来告诉他一个永恒的真理：什么是幸福，并用锁链把他和幸福拴在一起。我们现在做的不就是这件事吗？古人曾幻想进天堂……您回忆一下吧，在天堂任何人都不知道什么是愿望，什么是怜悯，什么是爱。天堂里的天使是幸福的，他们被摘除了幻想（正因为如此他们才幸福），是上帝的奴隶……”[②]

显然，乌托邦的拯救方式在于，在精英意识的指导下，依靠全知全能的神性/理性将个人用“锁链”（强制）和某种设定好的“幸福”（一元）绑定起来，以达成人间天堂。而此种救世主义的均一化、强制性乌托邦，或许是追求同一化的“反个人”渴望的，却也正是反乌托邦主义者所极力抗拒的。此后，《美丽新世界》中元首穆斯塔法与“野蛮人”约翰的对

---

① 〔英〕迈克尔·欧克肖特：《政治中的理性主义》，张汝伦译，上海，上海译文出版社，2004年，第94～95页。

② 〔俄〕叶·伊·扎米亚京：《我们》，顾亚玲、邓属平、刁绍华译，北京，作家出版社，1998年，第205页。

话，《一九八四》中的奥布莱恩和温斯顿的对话，《正午的黑暗》中伊凡诺夫、格列金与鲁巴肖夫的对话，《华氏451度》中毕缇队长与蒙泰戈的对话，《表面的公正》中的“亲爱的独裁者”与吉尔97等的对话，成为贯穿众多反乌托邦小说的经典画面，它们所表现的正是乌托邦与反乌托邦之间的论争。

然而，尽管有独裁者与“反个人”的存在，大一统王国却也无法一劳永逸地进行专制、极权统治。即使在一个管束极广、极严的极权社会，无论统治者如何试图消灭异端，完成对人群的集体化、均质化处理，都无力完成对全体思想的操控、对异己者的全面镇压——对绝对控制的文学想象，迟至生物科技和网络技术更加发达的20世纪晚期才发展到更骇人听闻的程度。集体化极权国家无法使个体达到绝对臣服，将个体之间的差异性完全抹杀，不屈服是人类的天性，源自不可避免的差异性与对自由的向往、对选择的渴望。只要人类不遭遇生理性的摧毁，那么不论过去、现在或将来，反抗者都会存在。Д的背叛是真实的，恐惧让他主动向“安全”的“幻想摘除术”屈服，最终成为无生命的“发条橙”；《一九八四》中温斯顿的背叛却是虚假的，他承认极权者“老大哥”的理论为唯一真理，乃是出于自我保护的本能而非自由选择的结果，也正因此，才会有道洛什·久尔吉（Dalos György，1943—　）在《1985》（*1985*，1981）中对温斯顿等的故事的续写。[①]《美丽新世界》中的约翰虽然最终自杀，却做出了消极的抗争，更不用说《颂歌》中希望拯救世人的积极反抗者“平等7-2521”了。总之，即使再包罗万象的集体化极权之网，其内部都存在分裂与被颠覆的风险，不可能成为人类社会的常态。

第三节　反抗理性与科技主题

乌托邦主义者对人类认识、掌握真理和构建乌托邦的能力满怀信心，而这种信心的前提之一便是人类“理性”无所不包、无所不能的无误性。

① 参见〔匈牙利〕道洛什·久尔吉《1985》，余泽民译，上海，上海人民出版社，2012年。《1985》是匈牙利作家久尔吉根据奥威尔的《一九八四》所作的续篇，描绘了大洋国统治者“老大哥”病逝后国内各派展开的激烈的政治斗争。小说以“历史学家语”的框架展开，虚构了历史学家在2035年汇编并评注的1985年大洋国政治变革中的关键人物温斯顿·史密斯、奥布莱恩、茱莉亚等的相关史料；其中一度显现出希望，后处于无政府状态，最终遭欧亚国入侵而失败的“伦敦之春”（London Spring），影射了苏联军队对匈牙利的入侵（1956）以及以失败告终的捷克斯洛伐克的“布拉格之春”（Prague Spring，1968）。

如《瓦尔登湖二号》提出，人能够筛选出自身需要的“合理”情感，通过（正、负）强化，对人性进行精准操控。然而在20世纪的历史沧桑和风云变幻中，人们真正体验到了理性本身的局限性，因此对理性主义不再完全信任。与此相应，反乌托邦文学对绝对的理性主义、天真的技术至上思想进行了深刻的反思，如《我们》便从“理性”与“非理性”（灵感、激情等）的二元对立角度来探讨这一问题。从象征角度来看，大一统王国的绿色大墙内外力量的冲突、Д-530激烈的内心挣扎显然都标示着人类理性与非理性、（工业）机械化与本能的斗争。[①]在《我们》中，四则算数—大恩主—理性霸权（崇拜科技）是一个象征序列，无理数—靡菲—非理性（面向自然）则是另一序列，后者代表潜流奔涌、不可或缺的内在生命力本身，二者的隔绝与对立造成了大墙内人性的畸形与大墙外反叛者的疯狂。

一个经常产生的误解是，《我们》完全是针对十月革命后的布尔什维克政权的。确实，到了20世纪20年代末，这本1921年就完成的小说在当局眼中越来越像是对斯大林政权的讽刺，但事实上，《我们》的创作显然针对的是整个现代工业文明的弊病。1916年至1917年，扎米亚京作为工程师为监造俄国的破冰船来到英国。在纽卡斯尔他观察、接触到了这个先进的工业化国家的泰勒制、蓝制服及其整齐划一、僵化保守的管理，这成了他所谓“反英国小说”如《岛民》等的灵感源泉。这类作品改编成戏剧后，在列宁格勒的剧院中很受欢迎，按照学者柯林斯（Christopher Collins）的说法，原因在于观众们很高兴能有机会嘲笑那些“喜怒不形于色的英国绅士”[②]。而《岛民》中的《强制性救世法》、裘利副主教那机器式的刻板生活、英国国会关于人们表情应有“恒定性”和鼻子的长度必须相等的提案，以及坎贝尔、迪迪和奥凯莱的情爱冲突，已经预示了后来《我们》中关于强制幸福、理性与非理性的对抗等主题。1932年，扎米亚京谈道：“目光近视的批评家在这部作品中只看到政治讽刺，这当然是不对的。这部小说是一个关于危险性的信号。预告人和人类会受到无论是机器还是国家的过大权利的威胁。几年前美国人在谈到我的小说的纽约版

---

① 当然，各类反乌托邦小说出于对“理性”的不同理解及在文本中的不同运用，对“理性”的态度上亦颇有差异。在《我们》中，二乘二等于四是死亡的开端，是绝对理性控制人类、人性机械化的象征；在《一九八四》中，二加二等于四是人们确认真实的基本公式，是可望而不可即的自由生活的表征；在安·兰德的作品中，理性则是世界的创造者战胜掠夺自己的寄生者的精神武器。

② Christopher Collins, *Evgenij Zamjatin: An Interpretive Study*, The Hague: Mouton & Co. N. V., 1973, p.27.

时，并非毫无缘由地从这面镜子中看到了他们自己的福特体制。”[①]因此，尽管《我们》确实对十月革命后的政策进行了猛烈抨击，与集体化、极权主义有着关系，但同样突出的还有作者在西欧工业文明中看到的“人的机械化”——在一种科技飞速进步的情况下发生的“理性与非理性的冲突”。这种冲突并非在集体化极权社会才出现的特例，而是人们在反思整个“现代性”问题时发现的困扰。这种对“人成为机器”的恐惧贯穿在后世的反乌托邦小说之中：

> 火箭发动机口下面，有十来个飞船站工作人员站在那儿——他们太粗心大意了。当响起第一声轰鸣时，他们立即化为乌有，只剩下一些渣子和黑焦炭。此刻，不无骄傲地指出：我们的工作并没有因此而有分秒的停顿，没有一个人为此感到震惊。我们和我们的机器继续着自己（的）直线和圆周运动，没有些微的偏差，好像什么事也不曾发生。[②]

福柯（Michel Foucault, 1926—1984）的《疯癫与文明：理性时代的疯癫史》（*Madness and Civilization: A History of Insanity in the Age of Reason*, 1965）考察“疯癫”的起点，正是理性与非理性的分裂：“造成理性与非理性相互疏离的断裂，理性对非理性的征服，即理性强行使非理性不再成为疯癫、犯罪或疾病的真理。”[③]对疯癫与非理性，肯·克西（Ken Kesey, 1935—2001）那部著名的《飞越疯人院》（*One Flew Over the Cuckoo's Nest*, 1963）给出了极好的诠释。小说中，精力旺盛的麦克墨菲为了脱离教养院而佯装疯傻，被送到精神病医院，他带领其他病人一起反抗不人道的医院规章与治疗方式，获得病友们的拥护，所谓的精神病人们也由此重新体会到人生的乐趣，然而麦克墨菲最终被迫接受了与“幻想摘除术”相似的额叶切除术，成了温顺的白痴。在《我们》的大一统王国的精神囚笼中，Д认定自身的情感状态是非理性的，如同患了羊角风，变得像“无理数”，像“毛茸茸的野兽”：这一疯癫的起点是对I的狂热爱恋，进而发展为对大恩主的背叛，而高潮则是他手持活塞杆，准备打死告密者Ю。这

---

① 转引自薛君智《回归——苏联开禁作家五论》，北京，社会科学文献出版社，1989年，第142页。

② 〔俄〕叶·伊·扎米亚京：《我们》，顾亚玲、邓属平、刁绍华译，北京，作家出版社，1998年，第103～104页。

③ 〔法〕米歇尔·福柯：《疯癫与文明：理性时代的疯癫史》，刘北成、杨远婴译，北京，生活·读书·新知三联书店，1999年，“前言”第2页。

场谋杀因为Ю的误会而未遂：她以为Д终于回到了理性的怀抱能同她做爱。由于Ю的荒唐误会，Д在自嘲中放弃了行动；但不久后，他又在嫉妒与理性的双重引导下准备去揭发I。在这一系列“疯癫”之后，Д终于主动接受了与麦克墨菲相似的手术，切除了非理性的毒瘤，重新获得了数字诗歌中“二乘二”的永恒幸福[①]。在最后一篇日记中，他自认为“很健康，十分健康，绝对健康”，“头脑很轻松，空空荡荡”，而对于过去那些莫名其妙的思想、情感，唯一的解释是“因为过去我有病（有灵魂）”[②]。文学的想象并非随意虚设，额叶切除术这类今日看来极不人道的“治疗”，确实曾被广泛用于治疗不服管教的精神病患者。其发明者莫尼斯（Egas Moniz，1874—1955）因发现对某些精神病患者进行前脑叶白质切除手术的治疗价值，获得了1949年的诺贝尔医学奖。[③]

然而，非理性真的是必须革除的毒瘤吗？在残酷战争后崛起的大一统王国中，理性借助“生存与效率”的旗号将非理性驱逐出境，自身也变得冷酷与机械，演变成了工具理性，非理性试图抵制抽象的总体性，却在原本的共同空间中被排斥直至消失——最终，“人是工程师手中的机器”成了准确的概括。I曾告诉Д，大墙外的靡菲们（非理性）是“我们失去的一半，H_2和O，为了要获得水、小溪、大海、瀑布、浪涛和暴风雨，这两个一半必须合起来成为H_2O……”[④]显然，人类的生命之泉不可能只顺着其中任何一脉流淌下去。可以说，靡菲是后现代“他者们”的预演，后现代“他者们”的“主体内部流淌着的是差异的血液，它们构成诸力的冲突嬉戏；主体都潜藏着疯狂性，欲望英雄总是那些精神分裂症患者”[⑤]，靡菲的反抗是对“乌托邦”王冠上的宝石“理性”的艺术反思。

柯林斯认为，《我们》中的“一统”号火箭飞船与Д、O等人的状态具有同构性。从扎米亚京追求的象征性文学风格来看，这样的看法有其合

---

① 参见〔俄〕叶·伊·扎米亚京《我们》，顾亚玲、邓属平、刁绍华译，北京，作家出版社，1998年，第65页。

② 〔俄〕叶·伊·扎米亚京：《我们》，顾亚玲、邓属平、刁绍华译，北京，作家出版社，1998年，第222～223页。

③ 前脑叶白质切除手术（lobotomy）一度被认为是治疗精神分裂症的良策，但随后被发现可能产生非常严重的后遗症，使病人变得呆滞、麻木、迟钝等，并对人格造成不可逆的伤害，被滥用后更是危害甚广。到20世纪70年代，绝大多数国家已经立法禁止该手术。

④ 〔俄〕叶·伊·扎米亚京：《我们》，顾亚玲、邓属平、刁绍华译，北京，作家出版社，1998年，第155页。

⑤ 汪民安、陈永国、马海良主编：《后现代性的哲学话语：从福柯到赛义德》，杭州，浙江人民出版社，2000年，前言第8页。

理性。在Д的世界中，在“自我”之外，由内到外层层包裹了制服、时间表、与O的关系、绿色大墙、（人造）蓝天、有限的宇宙等物。一开始的Д如同大一统国母体内的婴孩，亦如内充燃料随时可能冲破束缚的火箭，而与I的性爱关系使得Д潜在的非理性跃跃欲出——小说对Д脱去制服的描绘显然具有象征意味。此后，Д开始不断违背守时戒律表，放弃与O的关系，走到绿墙外，忘掉了人造蓝天，甚至准备背叛大恩主。但同时，Д的非理性活动也受到理性的镇压，二者的矛盾使他处于一种极不稳定的状态之中。而原本驯顺的O也与Д相似，在对Д的爱以及强大的母性本能之下，冲破了外在戒律的包围。①理性与非理性在Д与O等“套中人”的心灵斗兽场中角逐，最后外化为在死水一般的大一统国中掀起的狂澜。尽管结局是Д再次被包裹起来，重新回到家长制的“母体”怀抱中，但母性的意象却也不完全代表毁灭：Д表示希望像“古代人”一样有自己的母亲；O怀着Д的孩子逃到大墙之外，加入了靡菲，成为未来可能反抗大一统王国的力量——看似原始的母性本能意味着孕育新生的可能性。

在反乌托邦小说《我们》看来，理性通过非常手段（极权政治与发达科技）获得的胜利或许能够暂时将Д、靡菲、麦克墨菲们拉入理性的疆域，但人有自己独特的身心需求，一个人类心灵枯萎、残缺的社会不可能持久，即使Д背叛、I牺牲，但仍有潜伏在护卫局内的靡菲S、逃到大墙外的O以及无数渴望自由表达、恢复自我的人。非理性的激情、直觉、幻觉、灵感等成了可能消解现代社会中理性与技术对人的绝对压抑的重要力量。当然，与后现代理路不同，《我们》反抗理性专制，其试图重新寻回的乃是与自身的另一半“和解”，表达的是追寻一种传统式的平衡状态，二者的和谐关系也是众多反乌托邦小说所共同追求的目标。

第四节　无限革命的自由悖论主题

乌托邦与反乌托邦文学作品的共性在于，它们往往都依靠提供智性思索的愉悦来获取文学声誉，因此《我们》的哲理化倾向在乌托邦/反乌托邦小说中并不突兀——这一特点更明显地体现在俄裔流亡作家安·兰德的作品中。从批判性、否定性（或“革命”）的角度来看，乌托邦对现实制度与秩序的激进批判与反乌托邦对乌托邦的否定极为不同：乌托邦在批判

① 参见Christopher Collins, *Evgenij Zamjatin: An Interpretive Study*, The Hague: Mouton & Co. N. V., 1973, p.63。

现实之后体现出终结性，而不论反乌托邦的反抗是否成功，人类的历史都远未终结。在这一思想探索之中，《我们》和扎米亚京的许多批评散文显现出互文性，如《明天》《我担心》(1921)、《论文学，革命与熵》(1923)等。在《明天》中，作者宣称："今天注定要灭亡，因为昨天已逝去，因为明天要来临。这是一个多么残酷、明哲的规律。之所以残酷，是因为这一规律引发了今天已见到明日之巅者的不满；之所以明哲，是因为只有永不满足才能永远向前发展。"[①]而在《我们》中，大一统国最严重的错误不是操控或谋杀了某些（或大批）个体，而是对可怕的静态与凝固的维护。"革命本体论"是扎米亚京最基本的理念："革命"是永不满足、指向一个绝对化"明天"的，是"与钙化、硬化、硬壳、青苔、静止进行斗争的工具"[②]。在此意义上，扎米亚京或许可以被称为最激进的反乌托邦主义者。如他所言，"异端……是医治人类思想之熵惟一的苦口良药"[③]，而"于1797年被公正地砍下了头，……跳过了150年"[④]后才是正确的。法国人巴贝夫（Francois Noël Babeuf, 1760—1797）是他的精神前辈——扎米亚京被迫长期流亡法国，其作品在他去世半个多世纪后才在祖国解禁，他那不断批判既定教条、克服僵化的思想与作品，或许在任何政权之下都会成为异端。

然而，学界对于"革命本体论"的考察多止于其反对教条化的表象，而忽视了它与乌托邦的微妙关联以及由此造成的悖论。实际上，《我们》对于终极性问题的态度主要是通过靡菲领导、放荡不羁的I来表现的。与扎米亚京一样，I追求的革命是"火红的、炽热的、致命的"[⑤]，在她的救赎方案中，"痛快地杀掉几个人比让许多人自我毁灭和堕落等等，要英明些。这样做是正确的，正确到不顾体面的地步"[⑥]。I对破坏与新生的偏好表明，她和"两百年战争"的制造者一样，是白手起家的"新人"，是对一切传统肆无忌惮的破坏者。这种面向未来全盘重构的思路与乌托邦主义

① 〔俄〕叶·伊·扎米亚京：《明天》，见〔俄〕叶·伊·扎米亚京《明天——扎米亚京文学随笔》，阎洪波译，北京，东方出版社，2000年，第50页。

② 〔俄〕叶·伊·扎米亚京：《论文学，革命和熵》，见〔俄〕叶·伊·扎米亚京《明天——扎米亚京文学随笔》，阎洪波译，北京，东方出版社，2000年，第122页。

③ 〔俄〕叶·伊·扎米亚京：《论文学，革命和熵》，见〔俄〕叶·伊·扎米亚京《明天——扎米亚京文学随笔》，阎洪波译，北京，东方出版社，2000年，第120页。

④ 〔俄〕叶·伊·扎米亚京：《论文学，革命和熵》，见〔俄〕叶·伊·扎米亚京《明天——扎米亚京文学随笔》，阎洪波译，北京，东方出版社，2000年，第121页。

⑤ 〔俄〕叶·伊·扎米亚京：《论文学，革命和熵》，见〔俄〕叶·伊·扎米亚京《明天——扎米亚京文学随笔》，阎洪波译，北京，东方出版社，2000年，第120页。

⑥ 〔俄〕叶·伊·扎米亚京：《我们》，顾亚玲、邓属平、刁绍华译，北京，作家出版社，1998年，第54页。

者相通。扎米亚京表示："我们的倡议也不是为了那些对今天不抱希望的人，我们的倡议是为那些预见到未来，为了明天，为了人类，评判今天的人。"①这种认为生命"既不是按昨天的钟点，也不是按今天的钟点，而是按照明天的时间存在"②的倡议，将"明天"与根本性的"希望"嫁接，体现出功利主义绝对的时间偏好，极有可能向一种"牺牲"模式转变。

与此同时，扎米亚京所追求的自由正是伯林所谓的"积极自由"。从I身上透露出的扩张意志、狂热色彩可以看出，扎米亚京希求的自由并不是为多样的"人"找到保留地，不是在群体与个体之间划分明确界限，不是让他们在各自领域内自由发展，而是要走向时间上无限、空间上无尽的绝对自由（扩张）。《我们》最核心的观点是："革命无处不有，无所不在；它是无穷尽的，最后的革命是没有的，最后的数字是不存在的。"③从表层看，这是对更美好世界的无限向往，却更体现出对绝对的自我掌控、自我实现的追求，这不是"为了获得独立而采取的自我克制的态度"，而是"为了获得完全相同的目的而采取的自我实现或完全认同于某个特定原则或理想"④（扎米亚京的特定原则显然便是"革命"）。这种自我实现必定要求不断清除障碍，自然也包括"其他人的对立的意志或行为等等的抵抗"⑤。由此，在克服"他者"阻碍的时候，反抗者I不可避免地借用大恩主的逻辑来武装自己：革命精英们比庸众更明智，庸众应该为了自身的利益服从精英。

"但是，I，你应该理解，我们祖先在二百年大战期间正是这么做的……"

"噢，所以他们是正确的，一千个正确。他们唯一的错误是，后来他们竟认定自己是最后的数，……"⑥

由此，伟大的"明天"理论便从"个人责任与个人完善的伦理学

---

① 〔俄〕叶·伊·扎米亚京：《明天》，见〔俄〕叶·伊·扎米亚京《明天——扎米亚京文学随笔》，阎洪波译，北京，东方出版社，2000年，第51页。

② 〔俄〕叶·伊·扎米亚京：《论文学，革命和熵》，见〔俄〕叶·伊·扎米亚京《明天——扎米亚京文学随笔》，阎洪波译，北京，东方出版社，2000年，第122页。

③ 〔俄〕叶·伊·扎米亚京：《论文学，革命和熵》，见〔俄〕叶·伊·扎米亚京《明天——扎米亚京文学随笔》，阎洪波译，北京，东方出版社，2000年，第120页。

④ 〔英〕以赛亚·伯林：《自由论》，胡传胜译，南京，译林出版社，2003年，第204页。

⑤ 〔英〕以赛亚·伯林：《自由论》，胡传胜译，南京，译林出版社，2003年，第217页。

⑥ 〔俄〕叶·伊·扎米亚京：《我们》，顾亚玲、邓属平、刁绍华译，北京，作家出版社，1998年，第166页。

说，转变为一种服从柏拉图式的守卫精英指导的极权国家理论”[①]。最终，“革命”将不免重蹈“两百年战争”的覆辙，回到大一统的旧路。这便是《我们》中“无限革命”深刻的内在矛盾。而如I这类“自我导向”（self-direction）的英雄，在此后的反乌托邦小说中，除与安·兰德笔下的“普罗米修斯”（《颂歌》）、约翰·高尔特（《阿特拉斯耸耸肩》）相同之外，非常少见。众多受到英式自由主义传统影响的作家（尤以英国作家为主）所塑造的反抗者在奋斗理念上更倾向于消极自由，在形象上则更接近于“反英雄”，而非俄罗斯式的铁血“自由斗士”。因此，《我们》是诸多反乌托邦经典小说中最具原创性却也包含着深刻矛盾的一部作品。

在文学手法上，虽然扎米亚京对英国社会多有讽刺乃至做出严厉的批评，但其创作显然汲取了他曾客居的英国文学的营养，并反哺与丰富了20世纪的英国文学。由此出现了一个有趣的现象：英国反乌托邦小说潮流的先锋者却是一位俄国作家，这位作家又被勃洛克（Aleksandr Aleksandrovich Blok, 1880—1921）称为“来自莫斯科的英国人”——《我们》的英语版早于俄语版出版。《我们》是20世纪最早的反乌托邦经典，它对后世小说的启发是显著的。安·兰德的立场与扎米亚京差异极大，对“理性”的理解与态度更是截然不同，但《颂歌》几乎就是《我们》的微缩与翻版；《一九八四》不重在对科技与理性问题的探讨，而是重在对政治理念的思索，但奥威尔明确承认受到了《我们》的启示；赫胥黎否认扎米亚京对他的影响，但该说法受到了奥威尔的质疑——从文本上看，《美丽新世界》与《我们》的相似是全方位的。

《我们》创造了数个具有影响深远的反乌托邦命题：乌托邦“原罪”、集体化乌托邦、极权主义、理性与非理性、“无限革命”等，这些都与20世纪的社会历史语境密切相关，是人类经历了科技进步、经济危机、世界大战的挫折等后深刻反思的产物。面对体系庞大的乌托邦文学与思想，反乌托邦作为其对立面，本身也可能产生某些矛盾的思想，但总的来说，它表现出了对乌托邦思想的拒斥，是人类对理性、科学、进步等观念的深刻怀疑。《我们》所开创的数个反乌托邦重大命题几乎都为后代反乌托邦文学所继承和发扬。它的声名虽然逊于此后的数部反乌托邦名著，却实际上为反乌托邦文学确立了根本性的重大主题，并通过对乌托邦的集体至上、权力操控、绝对理性主义、科技进步主义等的批判，基本定义了反乌托邦小说，奠定了反乌托邦小说与乌托邦小说的对照关系，以及反乌托邦小说

① 〔英〕以赛亚·伯林：《自由论》，胡传胜译，南京，译林出版社，2003年，第224页。

在20世纪西方文学史上的定位。此后，在威尔斯、扎米亚京的作品的间接启发或直接激励之下，20世纪的西方文坛上逐步出现了以反科技主义乌托邦，反思集体化、极权化、机械化、同一化的乌托邦，反思乌托邦对自由和风险的逃避等为主题的各类反乌托邦小说，由此真正铺展开了一幅色彩晦暗而内蕴深邃的反乌托邦画卷。

第五章 反“科技主义乌托邦”的忧思

詹姆士·瓦特
是一个古板的苏格兰人：
他认为任何想入非非
纯粹是蒸汽的浪费。

——威斯坦·休·奥登：《詹姆士·瓦特》①

20世纪的众多反乌托邦小说，如《机器停转》（福斯特的短篇）、《我们》《美丽新世界》，及至“二战”之后的《华氏451度》《表面的公正》《发条橙》等，无不带有科幻色彩，并不同程度地隐含了对科技主义的反思。20世纪的科技发展重新勾画了世界文明的面貌，现代科技乌托邦文学便是以科技为依托，以技术理性来规划未来图景、引导人类进程的。人类开始试图借助“科技”解决乌托邦的永恒悖论——乌托邦的宏伟理想与乌托邦的非现实性之间的矛盾。而反科技主义乌托邦小说则借鉴科技乌托邦的科幻形式，对“科技天堂”可能引发的人类情感、价值、伦理等问题加以探讨。

耐人寻味的是，从乌托邦的角度看，高科技乌托邦似乎是在直面现实的苦难，试图借助科技来拯救人类，体现出它深刻的生存论视角；而其对立面反科技主义乌托邦文学，亦是在思考科技乌托邦可能遭遇的困境，未雨绸缪地探寻此种境遇下人类的救赎之路。科技主义乌托邦与反科技主义乌托邦小说的作者们（如威尔斯）不能以单纯的技术爱好者（technophile）或技术恐惧者（technophobe）加以二元划分。二者的根本分歧在于，科技

① 杜承南、罗义蕴译：《英美名诗选读》（英汉对照），重庆，重庆出版社，1990年，第348～349页。原文为：

James Watt
Was the hard-boiled kind of Scot:
He thought any dream
Sheer waste of steam.

主义乌托邦的建造者乐观、激进，自视为中立，具有典型的乌托邦主义理路，而反科技主义乌托邦者则不认为科技自身不存在任何价值承载，并明确表达对科技与人类之间关系的焦虑乃至忧患之情。

第一节　反思科技主义：反乌托邦小说的核心指向

在反科技主义乌托邦对乌托邦的反思中，最引人注目的便是对乌托邦得以建成的物质手段——科学技术及其可能带来的伦理问题等的思考。近世以来，科学技术一路高歌猛进，给人类带来了越来越丰富的物质财富；同时，这种巨大的物质力量在人们的精神、价值领域也产生了深远的影响：出于对科技的深刻信仰，人们开始把它当作一种解放自身的动力之源，视之为飞向美妙的乌托邦的翅膀。17世纪培根的《新大西岛》开始将科技作为建构乌托邦的动力：乌托邦新大西岛的核心组织便是科研机构所罗门之宫。科技实践开始代替此前空幻的田园牧歌以及象征性的宗教救赎，乌托邦的实现不再依赖于脱离现实时空的臆造或神灵的救恩，而是依赖现实的物质手段——科技。此后，18世纪的《鲁滨逊漂流记》和《格列佛游记》等看似是海外历险记，但其中同样蕴含着以理性与科技来构建乌托邦的内在指向，如《鲁滨逊漂流记》所隐喻的：理性的人借助科技征服了自然，建立了荒岛乌托邦。《格列佛游记》更为独特：在飞岛之国勒皮他，人们试图通过科学院的科技发明来满足自身的各种欲望，但科学家一事无成，这是对所罗门之宫的暗喻和讥讽，表明了对科技是乌托邦的根本助力的论断的质疑。

19世纪之后，科技、启蒙理性与乌托邦的关系在文学作品中进一步得到渲染。在卡贝的《伊加利亚旅行记》、贝拉米的《回顾》、莫里斯的《乌有乡消息》乃至20世纪初威尔斯的《现代乌托邦》等作品中，科技开始真正作为决定性力量进入乌托邦小说，高科技“克服了传统乌托邦中科技力量和物质生产水平低下的局限，寻找到了沟通人与自然、主体与客体的中介和手段，将人类消除贫困、创造巨大财富的主观愿设在实践中转变为客观的现实”[①]。科技为人类提供了如何有效把握自身力量、改造自然、建成乌托邦的具体而坚实的路径，并由此在人类的乌托邦构想中占据了不可或缺的地位。然而，这种对科技力量的盲目信仰和由此而来的绝对理性化思路，以及把自然视为无机的、供支配的客体的观念，在20世纪饱受

① 邬晓燕、纪磊：《科学乌托邦主义的历史合理性解读》，《科学技术与辩证》2008年第2期。

诟病，并引发了反乌托邦小说的深刻批判。

实际上，早在科技乌托邦蓬勃发展的19世纪，一批拓荒式的科幻小说便已经表现出了对科技及其所期许的与科技同步发展的完善道德的犹疑。其中，玛丽·雪莱的《弗兰肯斯坦》极具代表性。小说讲述了科学家弗兰肯斯坦在实验室中用尸体制造出了怪物，而怪物因不见容于社会而杀害人类，并最终与试图消灭它的弗兰肯斯坦同归于尽的故事。玛丽·雪莱表示小说力图表达的是对于“任何嘲弄造物主伟大的造物机制的企图”[①]的思考。确实，《弗兰肯斯坦》象征性地表现了对科技与人类命运关系的反思：弗兰肯斯坦试图代替造物主的激情与僭妄，可以代表在科技的帮助下整个“被解放了的人类”对自身力量的无限自信，而怪物对人类的伤害，则预示了后世科技乌托邦中人类试图借助科技走向绝对超越的乌托邦、却反而沦为工具之奴的悖论关系。

科技主义乌托邦的理念正在于相信依靠科学技术方能实现人类关于幸福和谐的梦想，并认定应以现代科技为依托，以科技理性为范式来主导社会生活。[②]在《新大西岛》《现代乌托邦》等科技乌托邦小说中，科技为人类提供了有效增强能量、把握自身、改造自然、建成乌托邦的具体途径。同时，科技不仅具有提高人类物质福利的功能，更被暗示为人类精神与道德进步的助推器。科技乌托邦向人们允诺了人类价值的全面实现，由此确立起科技的权威地位。但人们发现，在韦伯所说的持续不断的理性化基础上发展起来的科技既没能实现关于“进步”与“解放”的神话，也并非如20世纪二三十年代英国“科学与社会”运动（science and society movement）所认为的那样——世界大战、经济衰退和大量失业等问题不仅证明人们不应抗拒科技，反而证明了科技和科学家接管整个社会的必要性。[③]到了20世纪，人们发现尽管当初乌托邦所希冀的众多高科技事物与构想已然成真，但人类不仅没有得到真正的解放，反而可能陷入科技彀中。科技的迅猛发展使人类不断感受到这个“弗兰克斯坦的怪物”的魔力与危险。虽然从“文本实验室”的角度来看科技的确帮助乌托邦文学对完美社会的可能性进行了更充分的探索，但由现代文明与高科技造就的乌托邦逐渐成为人类试图逃避的梦魇世界。如前文所说，人类对科技的审视与反思已具有相

① 〔英〕玛丽·雪莱：《弗兰肯斯坦》，刘新民译，上海，上海译文出版社，2007年，“作者导言”第6页。

② 参见邬晓燕《科学乌托邦主义的多维解构及其启示》，《中国人民大学学报》2007年第6期。

③ 参见Krishan Kumar, *Utopia and Anti-Utopia in Modern Times*, London: Basil Blackwell, 1987, p.230。

当的规模与深度。而在文学领域，自19世纪末乌托邦小说向反乌托邦小说嬗变以来，从《埃瑞璜》《机器停转》到《我们》《美丽新世界》，再到21世纪的《羚羊与秧鸡》等，许多反科技乌托邦小说都可以说是这一危机意识的产物。“挤在我们和自然之间”的科技引发了人类对科技与生态、科技与人类生存前景关系的忧思，而可能落空的安全期望则进一步逼迫人类思考自救之方，对科技乌托邦进行深刻反思和强力批驳成为百年来反乌托邦小说核心的指向之一。

第二节　焦虑“机器停转”：科技中性论思考

从文学传统上看，小说《埃瑞璜》接近于《格列佛游记》的风格与体例，被称为世情讽刺小说亦不为过。但它更被公认为带有乌托邦/反乌托邦小说色彩——题目*Erewhon*即为nowhere（乌有乡）的颠倒，这是常见的文字游戏。作者巴特勒（Samuel Butler，1835—1902）出身于英国的宗教世家，毕业于剑桥大学，并受到进化论思想的影响。他的代表作《埃瑞璜》共29章，讲述了一位英国青年无意中来到世外之国埃瑞璜，在一番畅游之中，对其风俗、政治、经济、教育、宗教等各方面加以评述。埃瑞璜与当时的英国文明程度相当，却有许多奇风异俗。这其实正是维多利亚时代英国社会的扭曲镜像。如在埃瑞璜，人们向逝者亲人赠送假眼泪以示哀悼，根据亲疏远近不同，所赠眼泪滴数也不同，这便是对维多利亚时代社会虚伪风气的绝妙讽刺。虽然巴特勒在《重访埃瑞璜》（*Erewhon Revisited*，1901）中自谦《埃瑞璜》“缺乏情节性，人物也未被赋予生动的个性”①，这种松散的游记体结构却是小说进行多方位世相考察所需要的。

在《埃瑞璜》的数个主要论题中，科技发展问题占有举足轻重的地位。小说第7章，主人公“我”因为拥有一块手表而遭到埃瑞璜人的厌恶，手表亦被没收。这一情节在十数章之后引出了独占3章篇幅的《机器之书》（“The Book of the Machines”）。《机器之书》说明了埃瑞璜人为何要禁绝机器（机械物品）：相比人类的肉身，机器拥有不会疲劳、功能强大、胜任人类无法完成的艰巨任务的优势。机器会在不断的进化中产生自我意识，发展成独立的生命体。自然界中的低等生物通过斗争而存活，而机器则利用人类作为它们的晋身之阶，并终将进化成比人类更高级的种族取而代之。因此，《机器之书》大声疾呼，要求人们抛弃机器，奋力

---

① 转引自Unnamed, “Butler’s Erewhon”, *Academy*, no. 1536, vol. 61, 1901, p.332。

自救。最终埃瑞璜人响应其号召，痛下决心毁弃了300年来的一切科技成果，并禁止使用、发展任何机器（包括手表）。巴特勒在《埃瑞璜》第二版的前言中申明，《机器之书》并非如有的评论者所认为的那样，是对达尔文进化论思想的嘲讽；实际上巴特勒不仅赞同进化论，还是达尔文的朋友，在《埃瑞璜》出版的当年还曾两次造访达尔文。[①]虽然巴特勒并未言明其写作主旨，且《埃瑞璜》整体的讽刺格调使得小说显示出多重解读的可能性——有研究者认为这体现了他对技术的偏见[②]，有学者将《机器之书》解读为巴特勒对时人误读达尔文进化思想的讽刺[③]——但显而易见的是，其中更多流露的是作者对时代的危机感。这透露了19世纪末人类潜在的对机器及科技发展问题的忧惧。

《机器之书》这种当时看来更像是讽刺的机器进化论思想在当代的科幻界已被广泛接受——机器可能像人一样拥有不受人类控制的自我意识、情感体验吗？许多科幻文学早已承认了这种可能性，著名科幻小说家阿西莫夫（Isaac Asimov, 1920—1992）甚至早已设想了人类与机器人之间的伦理关系——“机器人三定律”。而在当代现实中，人工智能（Artificial Intelligence）的开发更早已成为许多科研项目探索的目标。当人类在象棋、围棋等智力竞赛中落败给机器时，社会时常掀起“人类会被机器取代吗？”的舆论浪潮。然而，禁绝“机器—科技”的方案毕竟过于天真，用德国人类学家阿尔诺德·格伦（Arnold Gehlen, 1904—1976）的话说：“人是一个有缺陷的生灵：为了幸存下来，而又能够保持人的特点，人不可避免地需要雅典娜的科学和赫菲斯托斯的技术。”[④]早在19世纪末，两次工业革命之后人与科技之间逐渐形成相生相伴的关系，全然放弃科技显得不切实际。《机器之书》所表达的更近似于一种时代情绪的宣泄，而非建设性的提议。同时，《埃瑞璜》在思考“人—科技（机器）”之间的单向关系后，未能将考察视角延伸到“人—科技—自然”之间的多方位动态关联，因此对这一问题的反思未见深入。但无论如何，百年前的《埃瑞璜》所提出的疑问在21世纪的读者心中依然引起了回响，科技所引领的人类前路问题仍是当代人亟须处理的现实问题。

---

① 参见Glenn O. Carey, “Samuel Butler’s Theory of Evolution: A Summary”, *English Literature in Transition（1880–1920）*, no. 4, 1964, p.230。

② 参见Mary Ellen Snodgrass, ed. *Encyclopedia of Utopian Literature*, Santa Barbara, California: ABC-CLIO, 1995, p.86。

③ 参见M. Keith Booker, *Dystopian Literature: A Theory and Research Guide*, Westport, Connecticut: Greenwood Press, 1994, p.104。

④〔德〕H. 波塞：《技术及其社会责任问题》，邓安庆译，《世界哲学》2003年第6期。

在19世纪的最后几个年头，《莫罗博士岛》和《隐身人》出版。这两部极具警示意味和反乌托邦倾向的小说与为科技乌托邦张目的《现代乌托邦》同出自威尔斯之手。威尔斯充分发挥了文学的想象力和创造性，富于远见地探索了人类社会发展的多种可能性。威尔斯的创作体现了他对蓬勃发展的新事物有矛盾之情，但从对科技的根本态度来看，小说展现出的是威尔斯的技术中性论思想。

在1897年的一次采访中，威尔斯称《莫罗博士岛》是他最好的作品，这令采访者感到吃惊。[①]《莫罗博士岛》在一般读者中的知名度虽然远不及《时间机器》，却也厕身科幻经典之列，它和《隐身人》一起承续发展了18世纪以来的“弗兰肯斯坦—怪物”主题。《莫罗博士岛》讲述了英国生物学家莫罗博士在南太平洋小岛上进行隐秘的造人实验的故事。莫罗博士试图通过肢体、器官移植与再造等高科技手段，大规模地将动物改造成与人相似、有智慧和劳动能力的兽人。然而，即使通过莫罗高明技术的改造，兽人在本质上依然是兽而非人，不会自主地按照人类的方式行动。而已然摆脱了一切道德约束的莫罗却不像反省自身、追悔莫及的弗兰克斯坦，莫罗制定了严酷的律法，采用铁腕统治，用鞭笞、烧烙、心理暗示等方式强迫兽人们遵循人性规则，并接受他的役使。然而违背自然规律与动物天性的暴政终不能持久，一只未改造成形的兽人打死了莫罗，整个岛上的秩序开始混乱，饱受摧残的兽人们挣脱了莫罗律法的束缚，重新回归自然，露出野兽的本来面目。

《莫罗博士岛》具有寓言故事常见的多义性。莫罗博士是代表上帝或自然吗？该书在出版之初就招来了“亵渎神明”的批评——莫罗博士那令人生畏的威力和通过身心操控、律法约束来控制兽人的方式不免使人想起威权的上帝。或者如评论家所言，深受进化论思想影响的威尔斯将矛头指向了冷酷的自然。“在不关心人类疾苦、没有道德感的自然面前，人类仍然有变得像上帝一样理性的可能。但对威尔斯而言，人类正像莫罗博士的兽人一样，始终保持着半人半兽的特性，显示出他那低等的动物性的起源。”[②]那么《莫罗博士岛》讲述的便是饱受自然折磨的人类始终处在本能与禁令之间的挣扎中，随时可能退回到非理性的兽的阶段。又或者，它是否如荒岛文学的先驱《暴风雨》（*The Tempest*, 1623）一样，可能引发当代

① 参见J. R. Hammond, ed. *H. G. Wells: Interviews and Recollections*, London: The Macmillan Press Ltd., 1980, pp.4–5。

② Krishan Kumar, *Utopia and Anti-Utopia in Modern Times*, London: Basil Blackwell, 1987, p.184.

后殖民批评的兴趣？

无论如何，《莫罗博士岛》中最为醒目的还是以科技为基点展开的反乌托邦想象。莫罗的乌托邦理想是一个“变兽为人”的奇异王国，但这一王国在血腥与专制中不可避免地为沦为乌托邦的影面。莫罗不仅是世俗性的独裁者，更代表了试图依靠科技终结一切的乌托邦追求者，他所寻求的“上帝的造人之方”象征着人类的绝对理性与终极价值，而为了追求把兽提升为人（亦即把人提升为神）的理想，莫罗利用科技残酷地扭曲兽人的本性，最终死于不堪禁令重负的兽人之手。这正如人类试图凭借科技的力量变得无所不能，进而无所不为，结果发现此种无原则、无责任感的发展方式带来的却是自身毁灭的阴影。

《隐身人》中的“莫罗博士”名叫格里芬。这个年轻而贫困的学院天才在艰苦的实验中发明了隐身术，并意识到它能给予一个人梦寐以求的东西——神秘、权力和自由，于是他通过实验将自己隐身，却因技术未完善而无法复原显形。格里芬在伪装之后，从伦敦躲到了偏远的小镇伊宾以完成实验，在利用隐身术行窃后被村民们发现、追捕。已经变得极其自私、狂暴的格里芬袭击了村民，控制流浪汉以供驱使，并找到昔日同窗开普医生寻求合作。他企图利用隐身术建立一个恐怖王国，但遭到了拒绝与反抗。滥杀无辜的隐身人一度造成了强烈的恐怖氛围，最终，在开普医生的带领下，焕发出勇气的群众合力杀死了隐身人。

小说中，格里芬为了筹集实验所需的资金，抢掠父亲的钱财，导致父亲死亡，从此他泯灭了一切感情与良知。间接弑父的格里芬和冷酷地改造兽人的莫罗都属于西方文学中典型的“科学狂人”（mad scientists）形象。这个形象系列在当代有所变化，“狂人”常常变形为癖嗜型的喜剧人物。但在主流反科技乌托邦小说中，这类形象如弗兰肯斯坦、化身博士、莫罗博士、格里芬等，往往都既是高科技的掌握者，亦为伦理道德的毁弃者。一方面，科学狂人们的欲望（不论是求知欲、权力欲，还是物欲等）受到科技进步的引导与鼓动，不断完善的科技（如莫罗的手术刀和催眠术，格里芬的隐身术）给了他们诱惑与信心：莫罗长年僻居孤岛而居之自得，相信科技总有一天能抹平人与上帝之间的鸿沟；格里芬一开始只希望依靠隐身术的巨大价值来改善自己境况，但随着技术威力的显现和与社会冲突的加剧，他转而追求建立一个通过科技控制人类的王国，这正是近代以来人类欲望与自信随着科技发展而全面膨胀的象征性表现。另一方面，科技“在体现技术判断的同时，也体现了更广泛的社会价值和那些设计和使用它的人的利益”[①]，科技的设计者、控制者都有其自身的利益，如法国技术哲学家埃吕尔（Jacques Ellul，1912—1994）所追问的，科学家如何能抵抗现实的压力，抵御金钱、成功、名誉、公众赞美的诱惑？在此情况下，威尔斯对科技的设计者和使用者的绝对信任还可能是可靠的吗？由此看来，尽管马尔库塞对科技从解放的力量转变成解放的桎梏这一论断遭到哈贝马斯批评，但仍引人深思。科技发展的方向体现出其设计者和使用者的利益。格里芬从最初对光学的单纯热情——发现关于色素和折射的重要原理，到预感可以利用这项知识获取非凡的权力与财富，再到最终选择将其实践为身体隐形术而作恶，这一过程清楚地体现出了科技发明与其设计者、与人欲是难以剥离的。在科技的众多发展可能性中，任何走向都将融入科技发展，成为科技本身的一部分，科技不可能是全然中立的。

因此值得注意的是，从较浅层面上看，小说表达了对科技的批判，但从更深层次上看，体现的是作者对流传颇广的技术中性论思想的赞同。正如威尔斯在《现代乌托邦》中所言，机器的丑恶不是机器的过错，而是它的不幸，因为那是由人类社会糟糕的组织结构和掠夺成风、不稳定的环境造成的。对积极倡导发展现代科技的威尔斯而言，《莫罗博士岛》和《隐身人》表现的都仅仅是作恶者利用清白无辜的科技造成悲剧。这种工具/使用的两分法自工业革命以来一直占据主流地位，它认为技术是一种探明或确定特定事实的方法，技术无所谓善恶，只是单纯的手段或工具，技术与其后果是截然分开的，由此便不难推导出“技术不会产生什么特殊的伦理与政治问题”[②]的观点。但随着现代科技的发展，人们对这种中性论调的缺陷开始有了清醒的认识，如哈耶克所言：“科学在相对简单的现象领域中（或在至少可以将其大体分离成相对简单的‘封闭系统’的领域中）所做的探究是十分成功的，但是在把它的理论适用于极为复杂的现象的过程中，科学也遭遇到了同样的障碍，即它在事实方面所存在的无知。在某些领域，科学已经确立了一些重要的理论，它们使我们洞见到了某些现象的一般特征，但是它们却永远不可能使我们拥有预见特定事件的能力，也不可能就特定事件给出一种充分的解释——这完全是由于我们决不可能知道所有的特定事实所致，而依照那些科学理论，我们只有知道所有的特定事实，才能够达致如此这般的具体结论或充分解释。”[③]

---

① 高亮华：《人文主义视野中的技术》，北京，中国社会科学出版社，1996年，第9页。
② 高亮华：《人文主义视野中的技术》，北京，中国社会科学出版社，1996年，第8页。
③〔英〕弗里德利希·冯·哈耶克：《法律、立法与自由》（第一卷），邓正来译，北京，中国大百科全书出版社，2000年，第13～14页。

技术中性论假设技术的设计者和使用者能够完全理解技术的目的与后果，因此人类是安全的，却忽略了技术的影响由于其多级式、长期性和广泛性而造成的难以预测性。不论是小说中虚构的造人术、隐身术还是在当代引起广泛争议的克隆人技术等，一旦进入人类生活，都必定会对人类生活、价值体系产生直接或间接的重要影响，但同时人类又根本无力准确、完整地预知这些技术的后果：其发展的疆界到底在何处？是否可能会脱轨而出而将创造者碾碎在轮下？在此意义上，《莫罗博士岛》和《隐身人》的内涵都超越了作者的意旨而折射出更深层次的时代之光：科技是具有独特价值承载的，它未必会成为乌托邦的入场券，而可能变成毁灭人类的力量。

此后，将《机器之书》《莫罗博士岛》的悲剧进一步渲染的，有十年后英国著名小说家福斯特的《机器停转》。尽管《机器停转》只是一篇短篇小说，后来因《看得见风景的房间》（*A Room with a View*，1908）、《霍华德庄园》（*Howards End*，1910）等而享誉文坛的福斯特也不以科幻创作著称，但《机器停转》在21世纪显现出深刻的前瞻性。故事设定在一个人类精神和体力都孱弱无力、依靠机器方能存活的年代。此时地球表面已无法生存，人们都生活在蚁穴般的地底世界，在相互隔绝的“按钮天堂”中通过按钮来寻求机器的服务，人与人之间只通过视频通讯器交流，几乎从不见面。人类的一切饮食起居都依赖全球性的、万能的大机器系统（the Machine），连子女都由机器抚养。女主人公瓦希提（Vashti）和芸芸众生一样，是机器的崇拜者，她和儿子库诺（Kuno）分别住在地球的两面。一次，库诺没有借助任何机器而偷渡到地表，感受到了真正的自然体验，并在地表发现了人类生存的踪迹，由此成为现状的怀疑者和反抗者。他把一切告诉了母亲，却被认为是疯狂而危险的。此后机器抓住了他，瓦希提回到原来的生活轨道中。地下世界的新政开始禁止人们到地面活动，并建立起机器崇拜的新宗教，人们对此都极为欢迎。但机器系统开始出现越来越严重的故障，库诺告诉瓦希提机器系统将要停止运转了，科技乌托邦已然走到了崩溃的临界点。库诺的预言成真，而人类已经丧失了修复机器的能力。最终，瓦希提、库诺与地底的人类和他们的仆人兼神灵——大机器系统一起毁灭了。

福斯特在1947年的《短篇故事选》（*Collected Short Stories*）的“前言”中称，《机器停转》是对威尔斯早期天堂设想的回应。确实，它庞大的地底世界让人想起《首先登月的人》（*The First Men in the Moon*, 1901）中月球的地下城市；仿佛脱离了原始、自然的低等文明的人类又使人想起《时间机器》中优雅的、任莫洛克宰割的埃洛伊；而便捷的交通、“按钮天堂”和大机器系统则是《现代乌托邦》中科技发达的“世界国家”的实现。[①]科技已经极大地改变了人类的生存境况，它“提供了更高的生活标准”，“提供了更多闲暇时间”，（在某种意义上）“增加了个体的选择自由”，“扩大了人与人之间的交往与联系”[②]，总之，小说实现了众多威尔斯式科技浪漫主义的美梦。《机器停转》中人们足不出户而交友满天下的情节预言了一个世纪之后网络时代的繁荣景象，令人惊异；而人类在人造智能体的全面协助—控制下生活，也在21世纪前期开始显现出某种现实性。然而这一切真的使人类的生活变得更美好了吗？福斯特给出否定的答案：“人类……堕落了。所谓进步，实际上是机器的进步。”[③]

除此之外，匈牙利知名作家恰佩克（Karel Čapek，1890—1938）的戏剧《万能机器人》（*R.U.R*，1920）、小说《鲵鱼之乱》（*War with the Newts*，1936）也表达了类似思考。资本对利益的狂热追逐、科技无伦理的畸形发展导致机器人、鲵鱼等对人类世界的侵占。《万能机器人》中的世界为大型机器人工厂（如“罗塞姆宇宙万能机器人工厂”，即R.U.R）所主导，其研制出的机器人占领了地球，大肆屠杀人类。后世用“robot”一词指代机器人即由该剧而来。在小说《鲵鱼之乱》中，人类将鲵鱼作为廉价劳动力加以培训，随着数量的扩张，鲵鱼通过收买贪婪的人类购置武器，并霸占了海洋与陆地。此外，在当代系列电影《终结者》（*Terminator*，1984—　）中，人类同觉醒了的庞大机器系统“天网”进行了长期而艰苦卓绝的战争，电影《猩球崛起》（*The Rise of the Planet of Apes*，2011）则讲述了贪婪的制药公司误造出的聪慧的猿类开始夺取地球控制权的故事。此类故事持续了百年，并且将作为人类对自身与科技（造物）关系的思考成果延续、深化下去。实际上，反科技乌托邦所描绘的对象，无论是弗兰肯斯坦的怪物、大机器系统、机器人，还是高科技造就的鲵鱼、智慧猿类，其背后的指向都是一致的，即人类对科技寄予厚望的同时，对其发展方向的疑惑恐惧。

对于这种较为悲观的科技观，埃吕尔给出了回应，认为科技不仅不是中性的，还发展成了一种自主性的力量。“技术自主论”认为：“技术作为

---

① 布克尔指出了扎米亚京的《我们》和《机器停转》的相似性，并表示，熟悉英国文学的扎米亚京应该读过《机器停转》；当然，他们的共同源泉无疑都是威尔斯的现代科技乌托邦想象。M. Keith Booker, *Dystopian Literature: A Theory and Research Guide*, Westport, Connecticut: Greenwood Press, 1994, pp.149–150.

② 高亮华：《人文主义视野中的技术》，北京，中国社会科学出版社，1996年，第11页。

③ E. M. Foster, *The Machine Stops*, London: Penguin Group, 2011, p.44.

一种自主性的力量，现在已经渗透到人类思维和日常生活的各个方面，以致于人类已经失去了他对自己命运的控制能力。"①在很长的历史时期内，由于技术发展缓慢（即使在繁荣时期亦如此），人类有足够的时间来接受、消化技术，使其人文化，人类自身的发展速度与技术的发展速度是匹配的，人类的道德发展与精神生活也并未受到负面影响。然而到了现在，由于技术迅猛发展，更新周期大大缩短，人类不断调整自身以适应技术；此外，技术活动还会"自动地消灭非技术性活动，或者把其变成技术性活动"②，其结果便是人类机械化、技术化，按照埃吕尔的看法，"在技术面前，个体面临着唯一的选择，要么按照技术规则所要求的去使用技术，要么完全不使用技术"③。因此，正如学者比彻姆（Gorman Beauchamp）所总结的，在"技术控"与"技术恐"之间，多数反乌托邦小说都凸显了技术的决定性力量，作者们往往都对技术怀有恐惧之心，认为它并不是一种被极权统治者滥用的中性化工具，而是未来的弗兰肯斯坦的怪物，代表了内化了的极权和控制。④20世纪初的反乌托邦小说《机器停转》所预言的图景便是如此：人类处于地下世界的技术环境中，表面上看是在主动享受科技乌托邦的安逸生活，但实际上这种生活方式是由技术发展模式规约的。人们被圈养在狭小的空间里，杜绝了第一手（通常是感性的）经验，从不真正相聚，更摒弃乃至仇视任何实际、直接的交流和体验。人类面对已经全方位主导其生活的科技系统，根本无法辨别应该使用或摒弃哪些技术，甚至对这种辨析都已不再感兴趣，因为科技已经内化于人，人们找不到科技进程与人类社会发展的关系的边界，也因为放弃科技确确实实意味着"无以家为"（homeless），人类面前已别无他途。

第三节　呼唤科技伦理：伦理建制的吁求

与早期的反科技主义乌托邦一脉相承的是扎米亚京的《我们》、赫胥黎的《美丽新世界》等经典的反乌托邦小说。在《我们》中，高科技的"大一统国"崇尚机械运转，王国中的几百万人的工作与生活节奏像六轮

① 高亮华：《人文主义视野中的技术》，北京，中国社会科学出版社，1996年，第10页。

② Jacques Ellul, *The Technological Society,* John Wilkinson, trans. London: Jonathan Cape, 1965, p.72, p.83.

③ Jacques Ellul, *The Technological Society,* John Wilkinson, trans. London: Jonathan Cape, 1965, p. 98.

④ 参见 Gorman Beauchamp, "Technology in the Dystopian Novel", *Modern Fiction Studies*, vol. 32, no. 1, 1986, pp.54–55。

机器一样精准、稳定，甚至能在同一秒把饭勺放进嘴里。在此，作者描绘了一幅夸张而典型的工业乌托邦设想图，其中的个人自由与权利近乎泯灭。此后，英国小说家赫胥黎所描绘的“美丽新世界”是一个主要由现代生物科技造就的人间乐园。创作者赫胥黎背景独特，其家族中科技与文艺界名人辈出：他的祖父是《进化论与伦理学》的作者、威尔斯的老师T. H. 赫胥黎，叔祖是著名诗人马修·阿诺德（Matthew Arnold，1822—1888），兄长朱利安·赫胥黎（Julian Huxley，1887—1975）是知名的进化生物学家、联合国教科文组织的首任总干事，其弟安德鲁·赫胥黎（Andrew Huxley，1917—2012）于1963年获得了诺贝尔生理学或医学奖。赫胥黎幼年时希望从医，后就读于牛津大学英国文学专业。他与劳伦斯（D. H. Lawrence，1885—1930）等作家颇有交往，受到威尔斯与劳伦斯等人影响；而在伊顿公学的短期教学期间，他的学生中就有未来的《一九八四》的作者乔治·奥威尔。正是在这样的家族环境与文学氛围之中，赫胥黎创作了代表作《美丽新世界》。在赫胥黎的“新世界”中，一切已经不再向未来展开，“原始的人”在生物技术和优生学（eugenics）放射出的科技之光照耀下灭亡并重生了：

> “波坎诺夫斯基程序（Bokanovsky's Progress）”，主任重复着，……“1个卵子，1个胚胎，长成1个成年人——这是常规。但波坎诺夫斯基程序化的卵子会萌芽、增生、分裂，形成从8个到96个胚芽，每个胚芽都可以成为完整的胚胎，每个胚胎都会成长为成人。从曾经的1个卵子生育1人变成生育96人，这就是程序带来的进步。”
>
> “在自然状态下，200个卵子成熟需要30年时间。……波茨纳普技术（Podsnap's Technique）则大大地加速了成熟的过程。他们可以确保在2年内生产至少250个成熟的卵子。卵子受精再‘波坎诺夫斯基化’——换句话说，翻72倍，在2年内将由150批孪生子生产出差不多11 000个兄弟姐妹，都是同样年纪。”①

在赫胥黎的新世界中，“人”已经成为予取予求的流水线产品，“人”也依靠科技力量从繁重的劳动、痛苦的疾病甚至衰老中解放了出来。人们依靠肉体享乐的条件反射、拟真的感官电影、“激情替代治疗”和使人迷醉的迷幻剂等多种生物技术手段来消除激情与痛苦，填补生命的空虚。新

① Aldous Huxley, *Brave New World*, New York: Bantam Books, 1966, pp.2–3, p.5.

世界是现代生物科技、基因工程等造就的科技乐园，与福斯特的《机器停转》中的地底世界一脉相承。

尽管彼时赫胥黎尚未直接构想出更加科幻的生存方式——虚拟体验机，但在新世界文明的诱导下，条件反射、感官电影、"激情替代治疗"和迷幻剂实际上发挥了虚拟体验机的作用。诺齐克认为，人们不会愿意进入体验机或效果机，因为，"它们的令人不安之处在于：它们在为我们而过着我们的生活。……也许我们想望的东西是在与实在的接触中过（一个主动的动词）我们自己的生活。（而这件事，机器无法为我们做。）"[①]诺齐克将体验与自由意志联系起来，显然他相信人类不会任由机器和科技发展来引导人生。而从另一个角度看，威尔斯的理论也使赫胥黎的预言显得似乎危言耸听，在《未来事物的面貌》中，威尔斯认为科技极权主义是必要的罪恶，它最终将随着人类文明进步而消失，在虚构的2059年默热沃（Mégève）会议中，科技统治者们解除自己的权力，废除管制，给予人们自由。[②]然而，人类科技的发展已经从"劳动机械""动力机械""系统技术"发展到了的"思维机械"，"不只是把有意识制造的东西与自然（作为已成的和前定的东西）相对照，而且取代了自然本身"[③]。如波塞尔（Hans Poser）所例举的，当人们保护自然时，往往不是想到去保护一个人类无法生活于其中的原始森林，而是去保护一个英国式理想的风景公园。这种技术思维方式的转变是根本性的，再加上现代科技的多级影响的不可预见性及其后果、附带后果的不确定性，所谓"文明的进步"，根本不可能自然而然地成为治愈一切的良药，它追问的是：未来人类有能力阻止《机器之书》所揶揄的情景发生吗？人类能够理解《机器停转》中封闭、庞大、复杂的科技网络并抗拒其控制吗？人类能够抵制"美丽新世界"那样一个满足消费和享乐的科技系统与无监狱极权体制相结合的诱惑吗？人类挣脱科技主义乌托邦的出路在哪里？

进入21世纪，加拿大著名女作家阿特伍德的小说《羚羊与秧鸡》再次渲染了"机器停转"的悲剧。阿特伍德显然对反乌托邦文学传统十分熟悉，她在为《美丽新世界》撰写的再版导言（2007）中指出，从当代西方社会的状况来看，《一九八四》与《美丽新世界》设想了两种不同的世界

---

① 〔美〕罗伯特·诺奇克：《无政府、国家和乌托邦》，姚大志译，北京，中国社会科学出版社，2008年，第54页。

② 参见Peter Bowering, *Aldous Huxley: A Study of the Major Novels,* London: The Athlone Press, 1968, p.98。

③ 〔德〕H. 波塞：《技术及其社会责任问题》，邓安庆译，《世界哲学》2003年第6期。

模板，而后者正在胜出。[1]阿特伍德的《羚羊与秧鸡》是“羚羊与秧鸡”三部曲的第一部，小说描绘了一个凭借高科技向乌托邦迈进而尚未进化到《美丽新世界》中“新世界”的过渡社会。(《羚羊与秧鸡》作为反乌托邦小说，可以窥见其类似于“新世界”的轮廓，但仍是未完成式。）在《羚羊与秧鸡》里，科技作为向乌托邦迈进的动力源已经非常发达，虽然造成了许多难以解决的问题，但按照乌托邦乐观进步主义观念来看，这只是进步中必有的曲折，而依靠科技的逐步完善，建成乌托邦社会仍是既定目标与囊中之物。然而，小说自第一章起就谈起了乌托邦的主人——人类的灭亡，发出了关于毁灭的大胆预言。在小说的未来世界中，如威尔斯所愿，科技精英集团成为人类社会的统治者，他们建造了各自的领地“大院”（Compound）[2]——一个个小型的独立王国，而下等人则生活在破败的杂市（Pleeblands）和乡村里。此时，所有的疾病在技术上都可以被消灭，高科技公司已经能够为人类提供最丰富的物品：长了6个肾的为人类提供器官移植材料的“器官猪”（pigoon），长了20份胸脯肉的“鸡”等：

> 他们看到一个大球状的物体，上面似乎覆盖着带小点的黄白色皮肤。大球向外伸出20个厚厚的肉管，每个肉管的末端又长有一个球状物。“这是什么鬼东西？”吉米问道。“这是鸡”，“秧鸡”说道：“鸡部件。这个是专门长鸡脯肉的。他们还有生产鸡腿肉的，每个生长单位长12条。”“可是它们没有头啊。”吉米说。……“头就长在中间”，那个女人说：“头上有个嘴开在顶上，营养饲料就从那儿倒进去。没有眼睛或者喙那些乱七八糟的东西。它们不需要这些。”[3]

而与这种“发达”的科技水平相应的则是一个暴力、色情、毒品泛滥道德沦丧的时代，高科技制药公司为了让人们能持续性地购买药品以赚取暴利，在药物中下毒并暗中传播；人文艺术在现实功利的压迫下空前衰落。小说两位主人公——大院少年吉米和好友秧鸡（Crake）就在这样的环境下长大。吉米的母亲逃离了大院并举起反抗的旗帜，秧鸡的父亲因为揭发大院公司散播毒药的秘密被谋杀。少年得志却已坠入虚无的科学天才秧鸡对

---

① 参见 Margaret Atwood, “Introduction by Margaret Atwood”, Aldous Huxley, *Brave New World*, London: Vintage Books, 2007, pp. vii-viii。

② 本书基本采用了韦清琦、袁霞对《羚羊与秧鸡》中各种新事物的译名，并参考了部分译文。参见〔加拿大〕玛格丽特·阿特伍德《羚羊与秧鸡》，韦清琦、袁霞译，南京，译林出版社，2004年。

③ Margaret Atwood, *Oryx and Crake*, London: Virago Press, 2003, pp.237–239.

世界发出了最强烈而无声的抗议——利用自己在大型生物科技公司研制的畅销药品在世界范围内投放极为强大的生化毒物，使人类遭受病毒瘟疫和骚乱而走向大灭绝——科学家、科研集团因此成为人类历史的终结者。作为偶然幸存下来的极少数人之一，吉米在世界的废墟上孤独地生活着。感性而具有人文思想的吉米的回忆代表了人类文明最后落寞的自我追忆。

在现代社会中，带给人类最多悲剧性想象的力量正是“科技”，在《羚羊与秧鸡》中，阿特伍德同样提出了科技终结人类的假设。科技是造就现代社会的重要力量，但在反乌托邦小说中为何被描绘成毁灭人类的梦魇？事实上，现代科技正是“现行的主导社会控制形式，……这种技术控制看起来似乎是有益于社会集团和全体利益的理性的真正体现”，但由于生产效率的增长与生活水平的提高，人们进行否定性思考、对现状进行批判的内心向度失落了①，而被压抑者对社会现实的反思、反抗已不可能，社会因此成了没有对立面的单向度社会。由此，技术成了一种新的控制形式，它湮灭了潜在的对抗力量，也磨灭了批判与进步本身。经典反乌托邦小说描绘的正是这样一个世界：无论是食欲还是性欲，高科技都能通过丰富的物产、神奇的药物和虚拟的精神乐园令其满足。人们都信奉生物集团公司的大院生活方式，在不知不觉间被操控，丧失了批判的能力。科技确实“可能会增强控制它的人的权力，允许一群人统治另一群人”，这种权力法则，使“曾经帮助人们统治自然的技术滥觞成统治一切的工具”②。

《羚羊与秧鸡》中，大院就是这样的精神奴役之所。大院的生活看似高人一等，利益团体却有条不紊地监控着人们的生活，通过无形的诱导将科技作为纯粹获取暴利的手段，并贬低一切人文艺术的价值，规定人们的取向，取消人们自由思考、选择的可能性。如法兰克福学派的著名论断“科学技术即意识形态”所言，科技完全有可能将人类推向极权，乃至推进毁灭的深渊。实际上，正是由于现代科技已经结出人类从未料想到的许多恶果，令人感到无措与恐惧，才产生了《羚羊与秧鸡》这样的反科技主义乌托邦作品。从19世纪末到21世纪初，这百年来的反乌托邦文学发展史体现了人文领域的工作者对科技发展的忧患之情，表现了他们对人类处境的反躬自问：“如果我们继续现在的道路往下走，那会怎么样？斜坡有多陡？我们还有什么弥补的希望？谁会有决心来阻止我们？”③

---

① 参见Herbert Marcuse, *One-Dimensional Man: Studies in the Ideology of Advanced Industrial Society*, London and New York: Routledge, 2002, pp.11–13。

② 高亮华：《人文主义视野中的技术》，北京，中国社会科学出版社，1996年，第11页。

③ 转引自傅俊《玛格丽特·阿特伍德研究》，南京，译林出版社，2003年，第427页。

相对于早期的反乌托邦作品，20世纪晚期的反乌托邦小说的特殊之处还在于，小说往往还思考了人类尚未进入科技恶托邦时代之前是否还能通过道德自律/他律扭转唯科技论的趋势。正是出于对现代科技急速发展中出现伦理道德失范的焦虑，《羚羊与秧鸡》才再次回顾古老的寓言《弗兰肯斯坦》，并呼唤人们加强对人文艺术、科技伦理与责任意识的重视。现代社会中，随着科技力量不断膨胀，其影响范围随之扩大，风险急剧增加，甚至威胁人类自身的安全，但对这样的新局面，人们缺乏相应的新的伦理准则与规范来应对。正如伦克所说，在科技全球化的时代，“如果按动一个按钮就能杀死成千上万人，或者伤害到上百万人甚至整个人类，那么，我们在社会生物进化过程中从面对面的社群条件下发展起来的传统的行为准则必然要走向衰落。真正决定我们未来的……显然还要包括在过去的几十年里被我们严重低估的社会、政治和伦理问题”[①]。然而，这种本应该与扩展的科技活动同期发展的道德规范与责任意识长期以来根本没有得到足够重视。

在《羚羊与秧鸡》中，奥根农场（OrganInc Farms）大院衡量人的存在价值的唯一标准是“数学—化学—应用生物学”，荷尔史威瑟（HelthWyzer）大院的神经再生项目被吉米的母亲控诉为“道德的污水池”：“你们在干涉构造生命的基础材料，这是不道德的。”[②]然而道德吁求并没有引起大院精英们的呼应，反而逼得吉米的母亲逃离大院，最终被杀害。而以双螺旋模型发现者命名的沃森–克里克学院设施完善，学院开发的假岩石能在雨季除湿、旱季放水，是一棵摇钱树；学生们研制出无需添加激素就能在两周内成熟并提供鸡肉的“鸡肉球”（ChickieNob），其专利权能为开发者带来丰厚的报酬。主人公秧鸡后来进入势力更加庞大的雷吉文–埃森思大院，研制出能满足人类无尽纵欲（但有使人不育的副作用）的“喜福多”（BlyssPluss），成了一部“巨大的印钞机”，高层对秧鸡奉若神明。除了以最高效率获取最大利益的所谓工具理性，能够在技术发展中起到规约与辅助作用的道德规范完全缺位，根本无人检验、论证这些科技发明与应用的长期性、社会性效果。从高等院校到生物公司，从普通学生到生物集团高层，无人不试图借生物科技产品大发其财，对物欲的追求完全压倒了任何反思和责任担当。在这样的科技乌托邦中，正如科技哲学专家所指出的：“一方面，生命科学的发展继冲破神创论之后，将其对生命

① 王国豫、刘则渊主编：《科学技术伦理的跨文化对话》，北京，科学出版社，2009年，第39页。

② Margaret Atwood, *Oryx and Crake*, London: Virago Press, 2003, p.64.

物质的控制能力推向了基因层面，有关人生意义的超验解释受到了空前的挑战；另一方面，生活在物欲横流、充满变数的现代社会中的芸芸众生，比以往任何时代都更感到精神的失落。”[①]

与此种道德底线的缺失、精神的失落相应的是社会科学、人文艺术的衰落。科技主义乌托邦发展进程中造成的科技与价值的深刻裂痕在此显现。否认科技价值属性的论者称科技的社会效应是科技的运用问题，而非中性的科技自身的问题，因此否认科技与伦理道德之间的内在关联。但加拿大学者莱斯（William Leiss，1939—　）指出，所谓科学应排除价值判断而保持中立的思想“实际上本身就蕴涵有一种价值，即事物的全部构成都可能为了人的使用目的而加以改造”，这样的科学观完全从实用主义的角度看待自然，由此“贬低了所有那些对人支配物没有帮助的东西（感觉性质，终极原因，美学价值）”[②]。这种视世界为客体、被改造物的工具化理路，造成了现代社会畸形的发展。在《羚羊与秧鸡》中，哲学、伦理学、文学、艺术等的生存空间不断遭到挤占，甚至受到蔑视被抛弃。同秧鸡所在的沃森-克里克学院形成鲜明对比的是，吉米所在的艺术与人文大学玛莎·格雷厄姆学院凋零衰败，设施老化，缺少资助，它的存在“就像是学习拉丁语或者装订图书：使人在沉思默想中自得其乐，却丧失了真正的影响力”[③]。为现实所迫，学院的科目设置也由曾经的人文教育转向了职业技术培训，比如广告行业所需的“形象表现”等，即“用迷人的浅薄辞藻去粉饰这个冰冷、坚硬、数字化了的现实世界”[④]。在已经完全被功利化的科技及工具理性统治的世界里，人文教育的缺失造成了恶性循环，使本就缺乏现实制约力的科技伦理道德思想越加乏力。人文艺术成为“现行体制的等外品”，人类现有的道德底线向膨胀着、欲图吞没一切的科技不断让步，直到最后反被自己所造出的恶果吞噬——缺乏内在价值抵抗力的秧鸡就是这种力量与恶果的双重象征。

从某种角度看，秧鸡可以说是对哈姆雷特的现代回应。秧鸡和哈姆雷特一样出身良好、年轻聪慧，是万众瞩目的骄子、“明镜”、“娇花”。他的生命轨迹与哈姆雷特相似：成长期丧父——其父因为试图揭穿荷尔史威瑟公司散播毒药的秘密而被谋害，母亲随后嫁给了代表公司势力的皮特叔

---

① 刘大椿：《科技伦理：在真与善之间》，《伦理学研究》2002年第2期。

② 王雨辰：《“控制自然”观念的历史演进及其伦理意蕴——略论威廉·莱斯的科技—生态伦理价值观》，《道德与文明》2004年第5期。

③ Margaret Atwood, *Oryx and Crake*, London: Virago Press, 2003, p.219.

④ Margaret Atwood, *Oryx and Crake*, London: Virago Press, 2003, p.221.

叔。秧鸡冷静地目睹了母亲的死亡，并制造了病毒让皮特叔叔感染身亡。哈姆雷特在迷惘之中始终未失人文主义者的本色，而秧鸡对人类生命的意义的理解则只剩下满目荒芜。当秧鸡平静地说出制药公司最好的药物是能引发久治不愈的疾病，让病人在倾其所有前治愈或死亡、令公司获得最大利润的药物时，他已经秘密地充当了人性的审判者。

秧鸡喜欢玩“大灭绝”（Extinctathon）游戏，这一游戏看似是为了测试生物爱好者的知识面而设，让参与者根据条件猜出已经灭绝了的生物物种，其实其开发者乃是在绝望地对抗整个现存体系；在游戏之外，开发者还释放出具有破坏性的异形动物试图破坏“大院”系统。此后，开发者所属组织的成员几乎都被秧鸡招入他的实验室，并研制出了隐藏在“喜福多”中的“音速超常病毒”，造成世界范围内的病毒播散和人类灭亡。秧鸡在毁灭之外构思的激进救赎方案是由他创造的新物种——头脑简单、身体强健的“秧鸡人”（Crakers）代替人类成为地球的主人。生理设计取消了“秧鸡人”进行性竞争的可能，灭绝了其可能受挫的欲望，使其永远保持童真的心理状态。然而正如吉米所说的，这种方案无非让人成了有荷尔蒙的机器人。这种方案回应了早已存在于人类理想中的渴求回到堕落之前纯真状态的原始主义倾向，同时，这一借力于科技而重构人类社会的想法也依然走向了乌托邦式的“大拒绝”与工程化，吉米预见“秧鸡人”仍然将由纯真向复杂进化，可见秧鸡这种追求道德净化并从生理上彻底重构人种、重建世界的类乌托邦构想，实际是乌托邦“清洗—重生”模式的另一种表达，并无成功的可能性。

在这样一个物化的高科技“乌托邦”中，个体生命如何安顿成了问题。秧鸡曾经的理想是为人类设立屏障，把自然和上帝关在笼中，但这个欲望放纵、道德失范、责任缺位的所谓乌托邦最终让他坠入绝望，仅存的希望也因其内在理路存在缺陷而成为空幻。小说的另一主人公吉米在参观了沃森-克里克学院后感受到“某种底线被逾越了”，但他不知道“到了什么份上算过分，走了多远算太远”[①]。从学院中展示的可自动根据情绪调节颜色的“智能墙纸”（Smart Wallpaper）、“鸡肉球”乃至“秧鸡人”等发明不难看出，拥有如此强大的活动权力与影响力的科技活动竟然失去了道德准则（且不论这一准则是普世性的还是地方性的）与底线考量。秧鸡的激进构想与行动和吉米的消极逃避与痛苦反思都隐含了作者对当代科技伦理建构的呼吁。吉米所谓的“线”即在于此——这是作者对现代科技活动

---

① Margaret Atwood, *Oryx and Crake*, London: Virago Press, 2003, p.242.

能否建制化的思考，而此伦理之“线”到底在何处、如何设定正是当代有责任心的人应该追问的——伦理应该成为科技发展的内在维度。

总之，反乌托邦小说发出了对科技道德伦理的呼吁。尽管科技伦理问题本身具有复杂性，如科技发展的迅猛与伦理的惯性之间存在冲突，是否存在普世伦理观，科技伦理的价值诉求与其执行后果是否会造成事与愿违的悖论，等等，但反乌托邦小说至少以其忧患意识和价值担当引发了读者的思考。反科技主义乌托邦小说作为文学作品，显然并不以提出具体改造方案或理论为目标，而是形象地表现出现代人试图仰赖科技征服自然、建造科技乌托邦的虚妄，描绘出乌托邦主义者试图借助科技控制自然、解放自身的努力和难以避免地堕入科技乌托邦的噩梦的两难之境，并以其批判意味警示读者。在当代，与反科技主义乌托邦小说的警醒意识相呼应的是，许多论者已经在努力探讨构建“既能够适应现代技术社会的要求、同时又能得到普遍接受的科学技术伦理准则”①的可能性。如何尽量不错失科技革新带来的巨大福利与机遇，又使人不致沦为强大的科技乌托邦中价值无所皈依的虚无个体，这正是在科技乌托邦的发展理路遭遇挫败之后，当代人确实无法回避的、需要重新选择发展方式的迫切任务。因此，尽管“技术自主论”“技术统治论”等观点可能过于悲观，却不无价值。而一些原则，如“如果技术不能规定人的目的与目标，人就必须假定他的人性与价值的先在性”，“一个可能是否定的结果比一个同样极有可能是肯定的结果具有更高的价值”②等，都颇有意义；在科技设计阶段，即在进入使用阶段之前，就应在更大范围内、更深程度上考察其可能带来的多重后果，以及实施较为实际的伦理“软着陆”③机制等，这些为人类考量科技的价值承载和责任提供了某种启示。

《羚羊与秧鸡》中有一个意味深长的隐喻，它出现在吉米的末世追忆中。吉米与秧鸡在中学时玩过一款名叫“血与玫瑰”（Blood and Roses）的交易型电脑游戏，它采用了“大富翁”（Monopoly）游戏的玩法。在游戏中，“血”的一方以人类的重大恶行为筹码，而“玫瑰”的一方则代表人

① 王国豫、刘则渊主编：《科学技术伦理的跨文化对话》，北京，科学出版社，2009年，第5页。

② 高亮华：《人文主义视野中的技术》，北京，中国社会科学出版社，1996年，第10、75页。

③ 王国豫、刘则渊主编：《科学技术伦理的跨文化对话》，北京，科学出版社，2009年，第56页。“软着陆”机制指“一种新技术与社会伦理价值体系之间的缓冲机制”。主要包括两个方面：一是“社会公众对新的或可能出现的技术所涉及的伦理价值问题进行广泛、深入、具体的讨论，对新技术在伦理上可接受的条件形成一定程度的共识”；二是“科技工作者和管理决策者尽可能客观、公平、负责任地向公众揭示新技术的潜在风险，并且自觉地用伦理价值规范伦理精神制约其研究活动。”

类文明的成果，掷骰子后，如果出现“血”，那么另一方就可以用“玫瑰”交换，以阻止恶行的发生，“血”因此可以获得一项“玫瑰”，如以《蒙娜丽莎》兑换贝尔根－贝尔森（Bergen-Belsen）纳粹集中营等。如果控制得当，“血”就能抢夺所有人类文明成果并据为己有。这个游戏的弱者是代表文明的“玫瑰”，它常常败于代表恶行的“血”之手：

> 荷马，……《神曲》，希腊雕像，高架水渠，《失乐园》，莫扎特的音乐，《莎士比亚全集》，勃朗特姐妹，托尔斯泰，珍珠清真寺，沙特尔大教堂，巴赫，伦勃朗，威尔第，乔伊斯，青霉素，济慈，特纳，心脏移植，小儿麻痹症疫苗，柏辽兹，波德莱尔，巴托克，叶芝，伍尔夫。……“特洛伊的陷落”，……迦太基的毁坏，维京海盗，十字军东征，成吉思汗，匈奴王阿提拉，屠杀清洁派，烧死女巫，阿兹特克人的灭亡，玛雅人、印加人的灭亡，宗教裁判，穿刺王弗拉德，屠杀胡格诺派，克伦威尔镇压爱尔兰，法国大革命，拿破仑战争，爱尔兰饥荒，美国南方蓄奴制，利奥波德统治刚果，……①

对于该游戏，吉米敏锐地领悟到“取胜意味着你的胜利品只是一片荒原”②，并对此心怀恐惧，而秧鸡热衷于该游戏，并认为这就是它的意义。这短短数页的游戏描写恰如整部小说乃至众多反科技乌托邦小说中关于科技主题的警喻，它用仿佛不足道的游戏形式告诫世人：人类陶醉于自身发达的技术文明，以为那便是进入乌托邦的通行证，却忽略了世间仍存在许多与文明相伴的负面力量；而凭借科技来完成向终极世界的跨越，其结果也许正是科技创造者——人类所最不愿遭遇的“荒芜”终局。对此，人类唯有运用自身的伦理洞见，切实承担起对未来的责任，方有可能使人类文明的“玫瑰”不致毁灭于重大恶行之手，避免反科技乌托邦世界的预言由悲观的幻想变成残酷的现实。

---

① Margaret Atwood, *Oryx and Crake*, London: Virago Press, 2003, p.90.

② Margaret Atwood, *Oryx and Crake*, London: Virago Press, 2003, p.90.

第六章　反“拟消费乌托邦”的抗争

多奇妙啊！
这里有多少漂亮人儿！
人类是多么美丽！啊，新奇的世界，
有如此出色的人物！

——莎士比亚：《暴风雨》[①]

在19世纪末20世纪初第一波反乌托邦文学兴起之后，反乌托邦核心主题深入展开，1932年出现了反乌托邦文学中最具当代性的一部经典：《美丽新世界》。《美丽新世界》成为20世纪英语文坛广为传播、备受关注的名作，但长久以来，学界对《美丽新世界》等作品的考察往往囿于反极权主义、反科技主义等视角，几乎忽略了其独特的当代意义：此类小说所描绘出的繁荣的“消费乌托邦”是对当代西方“丰裕社会”及其存在问题的深刻预见。美国社会学家李斯曼（David Riesman，1909—2002）认为，从20世纪40年代开始，资本主义社会出现了第二次革命，即向消费社会转型：“第一次革命在过去的400年里涤清了曾存续于人类大部分历史时期的、以家庭或家族为核心的传统生活方式。这次革命包括文艺复兴、宗教改革、反宗教改革、工业革命以及17、18、19世纪的政治革命等，而且仍在进行之中；但在最发达的国家，尤其是在美国，它正让位于另外一种形式的革命——即随着由生产时代向消费时代过渡而发生的全方位的社

① William Shakespeare, *The Annotated Shakespeare*, A. L. Rowse, ed. New York: Greenwich House, 1988, p.2440. 原文：

O wonder!
How many goodly creatures are there here!
How beauteous mankind is! O brave new world,
That has such people in't.

会变革。”[①] 当代许多社会学家、哲学家、评论家都在探讨消费革命。在文学领域，英国作家赫胥黎作为一位极为敏锐的优秀小说家，在20世纪30年代就已经把对这一趋势的忧虑融入小说作品。如果说此前的反乌托邦小说《我们》仍在描绘以生产为核心的工业化中出现的机械化与异化，那么《美丽新世界》则开始预见影响广阔而深远的消费社会前景。

在赫胥黎所设计的消费乌托邦中，在昌明的科技的辅助下，人类的物质资料极为丰盛，而对消费车轮运转的维持占据了乌托邦世界的中心地位，并全面控制了新世界人的生活。对此，作者曾在1947年回顾《美丽新世界》时说："原子能的释放标志着人类历史的一次伟大的革命，却不是影响最深远的终极革命，……这场真正革命性的革命不应该在外部世界进行，而应该在人类的灵魂和肉体上进行。"[②]《美丽新世界》对这场"灵魂和肉体的革命"的预见深刻得惊人，具有高度的前瞻性。它所渲染的"乌托邦"已经不仅仅是传统的、专制的一元化世界，而是一种富裕的、控制隐秘而更加难以撼动的一元化世界。此后，与《美丽新世界》一样对现代社会进程与方向体察入微的《华氏451度》也描绘了具有警世意味的消费乌托邦社会场景，以文学的形式呼应了左翼理论思潮，生动地演绎出反乌托邦小说的"消费乌托邦批判"这一独特维度，值得研究者细加考察。[③]

第一节 "拟消费社会"："美丽新世界"

《美丽新世界》的作者赫胥黎于1926年首次访问美国，后来则与家人长期居留在美国加利福尼亚州。该小说创作于第二次世界大战前经济萧条、失业率居高不下、欧洲前景堪忧的氛围中，作者凭借对英美社会前景独特的洞察力，创作了20世纪最富影响力的反乌托邦经典《美丽新世界》。《美丽新世界》自问世至今，一直被不同时代的广大读者及评论家反复阅读、阐释，并进入英语世界的学校教学之中，"美丽新世界"一语成了20世纪英语世界使用频仍的词汇。1999年，在现代文库（the Modern Library）评出的"20世纪百佳英文小说"（100 Best English-language

---

① David Riesman, Nathan Glazer and Reuel Denney, *The Lonely Crowd: A Study of the Changing American Character (Abridged and Revised Edition)*, New Haven and London: Yale University Press, 2001, p.6.

② Aldous Huxley, *Brave New World*, New York: Bantam Books, 1966, "Foreword" p.x.

③ 本书所引《美丽新世界》译文参考了孙法理译《美妙的新世界》，南京，译林出版社，2000年；《华氏451度》参考了竹苏敏译《华氏451》，重庆，重庆出版社，2005年。

Novels of the 20th Century）中《美丽新世界》名列第五，这至少体现出西方文学界在回顾整个20世纪文学时对该小说价值的认可。然而，为何这部描绘相当遥远的噩梦世界的小说会有如此声誉？美国社会学家波兹曼（Neil Postman，1931—2003）在《娱乐至死》（*Amusing Ourselves to Death*，1985）中道出原委："正如赫胥黎在《重访美丽新世界》里提到的，那些随时准备反抗独裁的自由意志论者和唯理论者'完全忽视了人们对于娱乐的无尽欲望'。在《一九八四年》中，人们受制于痛苦，而在《美丽新世界》中，人们由于享乐失去了自由。"[①]波兹曼尖锐地指出：借《一九八四》写出了反思权力的奥威尔担心人类毁于自己所憎恨的东西，而赫胥黎则担心人类毁于其所热爱的事物；真正可能成为现实的不是奥威尔的预言，而是赫胥黎的预言——即使人类明知消费乌托邦会带来最终的堕落，却也无力回天，而只能接受由被规约了的欲望控制却无心抗争的结局，这也许便是人们对极具现实性的消费乌托邦的最深刻忧惧。

《美丽新世界》一书受威尔斯的《像神一样的人》的直接启发，但篇首引用的是别尔嘉耶夫的话："生活正向乌托邦前进。一个新的世纪也许可能开始，那时知识分子和有教养的阶层会梦想以种种方式逃避乌托邦，返回非乌托邦的社会。"[②]鉴于别尔嘉耶夫有被布尔什维克政权流放（1922）的经历以及自由哲学思想，小说一开始被认为是对斯大林极权政治的讥讽，对此美国学者雅各比一语中的："倘若……《美丽的新世界》中有一个恶魔的话，那就是亨利·福帝，他体现了个体的让渡与机械化。"[③]福帝作为"美丽新世界"的精神象征，代表的是20世纪美国汽车大王福特以及福特式的资本主义标准化生产模式；1908年福特汽车公司生产出著名的T型汽车，作者还把这一年设定为新世界所用的纪元元年。《美丽新世界》作为反乌托邦小说，其主要针对的是现代消费乌托邦的可能前景。小说题目"美丽新世界"源自莎士比亚的《暴风雨》第五幕，乃是天真的米兰达对人类的赞美之语，而《美丽新世界》以此为题，意在反讽。与扎米亚京对英国的工业化和机械化心有余悸一样，赫胥黎也对美国社会怀有类似的复杂感受。作为英国人，赫胥黎和许多老欧洲人一样，担

---

① 〔美〕尼尔·波兹曼：《娱乐至死》，章艳译，桂林，广西师范大学出版社，2004年，"前言"第2页。

② Aldous Huxley, *Brave New World*, New York: Bantam Books, 1966, epigraph.

③ 〔美〕拉塞尔·雅各比：《不完美的图像：反乌托邦时代的乌托邦思想》，姚建彬等译，新星出版社，2007年，"译序"第3页。亨利·福帝即福特汽车公司创始人亨利·福特（Henry Ford，1863—1947），在《美丽新世界》中，福特业已取代上帝而成为人类的精神偶像，故汉译本多以"福帝"译之。

心美国踞于主导地位，认为美国低俗又充满了欢乐，“加利福尼亚州……是迄今为止这个星球上最近似于乌托邦的地方”；同时，当苏联推出第一个“五年计划”时，他则指出，“对布尔什维克理想主义者而言，‘乌托邦’与一所福特式工厂并无二致”①。

《美丽新世界》的故事发生在福帝632年（2540），此时汽车大王福特已成为人们顶礼膜拜的上帝。新世界如现代乌托邦的始祖威尔斯所愿，已成为“世界国家”，不但科技水平极高，生活极富裕，人们亦已从繁重的劳动、无谓的战争、疾病甚至衰老中解放了出来，而保持消费则是新世界日常运转的轴心。新世界利用高科技摆脱了低级落后的胎生繁衍方式，按需要用工业流水线生产不同等级的婴儿，并通过先天制造和后天操控相结合的方式，使人们从婴孩时期就认同既定的社会地位与意识形态；成年之后，则靠肉体享乐、感官电影等声色之娱和迷幻剂来消灭激情与差异，使人们进入消费—享乐的“平静的幸福”之中。在此，赫胥黎拟造了一个没有苦难、激情和罪恶的世界，人们都看似各就其位各安其命，过去业已被斩断，世界也不再向未来展开，人类的发展史终结于消费乌托邦。

在这一以消费体系为社会轴心的乌托邦中，由于科技所带动的生产力的发展，人类世界已经由此前的物质稀缺性社会进入丰盛社会，出现了法国哲学家鲍德里亚（Jean Baudrillard，1929—2007）所说的“一种由不断增长的物、服务和物质财富所构成的惊人的消费和丰盛现象”②。在早期生产力水平相对落后的时代，由于人类生产出的物质财富尚不能满足衣食住行等基本需求，“在这一个稀缺性的社会中，尽一切可能发展生产力、从而创造尽可能多的物质财富以满足人们的基本需求就成了一个最为重要和紧迫的任务”③。但在一个丰裕得近于理想的乌托邦社会中，“关于开支、享乐、非计算（‘请现在购买，以后再付款’）的主题取代了那些关于储蓄、劳动、遗产的‘清教式’主题”④。在《美丽新世界》中，基督教之所以被新世界镇压，原因便如新世界元首所斥责的，它是“低消费的伦理学和哲学”，这在消费乌托邦中是“反人类的罪行”，因为此时，随着生产力

① David Bradshaw, “Introduction”, Aldous Huxley, *Brave New World*, London: Vintage Books, 2007, p.xix, p.xxi.

② 〔法〕让·鲍德里亚：《消费社会》，刘成富、全志钢译，南京，南京大学出版社，2008年，第1页。

③ 夏莹：《消费社会理论及其方法论导论：基于早期鲍德里亚的一种批判理论建构》，北京，中国社会科学出版社，2007年，第191页。

④ 〔法〕让·鲍德里亚：《消费社会》，刘成富、全志钢译，南京，南京大学出版社，2008年，第64页。

的迅猛提高，消费业已落后于生产，在人类的基本需要完全被满足之后，大量的剩余产品成为生产与再生产之间的严重障碍，如何消耗掉这些多余产品以保证社会生产的持续性是丰裕社会的重大难题。

新世界的元首穆斯塔法·蒙德便苦恼于如何让生产与消费的机轮均衡而稳定地转动起来：

> 机器转动着，转动着，而且必须继续转动，永远转动。机器停止运转就意味着死亡。①

解决新世界“消费车轮”转动的唯一方法是扩大消费，在基本需求之外制造新的需求。当然，作为幻想型的作品同时也是当代消费之光普照之前的小说，《美丽新世界》对消费者的驯化方式与后来主流的消费社会理论并不相同。消费社会批判理论揭示出物的二重维度——物质性（功能性）维度与意义性（符号性）维度：“物的物质性维度是指物对人的现实需求的直接满足。物在此直接表现为某种功能，例如食物对于饥饿，衣服对于寒冷等，因此也可以称之为功能性维度。这一层面上的需求与满足受制于特定生产力的发展水平。但物的意义性维度指向的则是一种对价值层面的追求。物在此摆脱了它直接的功能性而以符号、意义的形式表现出来，因此也可以称之为符号性维度。”②为了保证消费机轮的顺利运转，消费社会突出了以符号化为表现形式的物的意义性维度：在一套符号体系中，在一个序列中，物通过比较而表现出一种差异化的符号价值，进而成为一种差异性的身份、地位等的象征：“人们总是把物（从广义的角度）用来当作能够突出你的符号，或是让你加入视为理想的团体，或参考一个地位更高的团体来摆脱本团体。”③即以“消费区划阶层”，而“这种区分的逻辑构成了人心理上永恒的向上的需求。这一发展的差距必然产生处于需求体系中的人的‘心理的贫困’。需求体系使得人的需求永远得不到满足”④。需求变成了一种永远指向下一个目标的无限的“欲望”，总是通过参照下一个目标来确认自身的需求，而正是这种“欲望”保护了消费，维

---

① Aldous Huxley, *Brave New World*, New York: Bantam Books, 1966, p.28.

② 夏莹：《消费社会理论及其方法论导论：基于早期鲍德里亚的一种批判理论建构》，北京，中国社会科学出版社，2007年，第192页。

③〔法〕让·鲍德里亚：《消费社会》，刘成富、全志钢译，南京，南京大学出版社，2008年，第41页。

④ 夏莹：《消费社会理论及其方法论导论：基于早期鲍德里亚的一种批判理论建构》，北京，中国社会科学出版社，2007年，第137页。

护了消费社会的稳定运行。

"美丽新世界"与消费社会在表面上非常相似，它通过欲望的刺激、需求的扩大来维持一个高消费的社会，是乌托邦/反乌托邦小说中少有的丰裕社会（多数反乌托邦小说展现的是匮乏而均等、力倡全面禁欲的世界）。新世界通过消费来控制这个乌托邦，但小说设计的新世界运转模式与后来主流的消费社会理论有着内在差异，它应该是"拟消费社会"：作为乌托邦，新世界的"消费"仍然仰赖一个总体性的庞大规划，如在一场地震造成的损失之后按计划补充相应数量的人（消费者）；在阶层差异上，新世界分为以阿尔法阶层为首的五大等级，也以不同的符号表征差异化的身份，如不同等级的儿童分别穿灰色、绿色和卡其色等不同颜色的服装，但阶层之间不存在变动的可能性，各阶层的欲望既被鼓动，又被严格限制在既定的范围内。消费的狂欢虽然看似一种解放和民主化的力量，却又显示出其内含的等级规约。总的来说，美丽新世界作为"拟消费社会"，表现出了一种荒诞却具有某种真实性的颠倒：新世界是按照消费计划来制造人以及设计人的需要与欲望的，人只是为了完成消费任务才被流水线生产出来，其存在的唯一意义便在于维持消费系统本身的运转，而这指向了消费社会中人的"异化"（alienation）。虽然列斐伏尔（Henri Lefebvre，1901—1991）曾称，作为消费主导的新型社会形态的"消费引导性官僚社会"（the bureaucratic society of controlled consumption）这一概念与文学和社会哲学没有渊源①，但事实上在文学世界中，这个概念所强调的消费社会中的消费主导、人的被控制与异化早在数十年前的《美丽新世界》等作品中已经得到精心的模拟。

第二节 "消费乌托邦"的操控方式："匿名"统治与"主体"幻觉

在《美丽新世界》中，新世界与消费社会一样，其主流的操控方式已超越了全面施行暴力惩罚的阶段，而以价值观的诱导、灌输等和平方式为主。对此，赫胥黎曾指出："毫无疑问，没有理由表明新极权主义一定会跟老极权主义相同。倚仗大棒和死刑执行队、人为的饥荒、大规模监禁和流放来统治的政府不仅是不人道的，而且是明显缺乏效率的。……一个真

① 参见 Henri Lefebvre, *Everyday Life in the Modern World*, Sacha Rabinovitch, trans. New York: Harper & Row Publishers, 1971, p.60。

正有效率的极权国家应该由大权在握的政治大亨和他们的经理人大军控制所有的奴隶。而对奴隶无需胁迫，因为他们喜欢被奴役。”①所谓有效率的、“奴隶喜欢被奴役”的方式，正是将消费、享乐至上的价值观注入人们头脑中的无形的控制，使人们认可人作为消费者方能合法地存在的基本价值观。由此，《美丽新世界》独具想象力地描写了具有科幻色彩与象征意味的条件反射、“睡眠教育”（hypnopaedia）等心理、生理的多重控制方式。下述描写极好地展现了“新世界”操作方式的冰山一角：在小说中的育婴场所“伦敦中央孵化与条件设置中心”，婴儿们被给予鲜花和书本，但一旦接触这二者便会遭到电击，在反复数百次的条件反射训练下，婴儿们便形成了不可逆的对花与书本的“本能”厌恶，而此种设计的目的正是扩大消费。孵化中心主任讲解道，一个世纪前人们曾被设计为喜爱鲜花、热爱自然，理由是为了让人们去乡村游玩促进交通消费，但不幸的是：

> 樱草花和风景都有一个严重的缺点：它们是免费的。爱好大自然无法使工厂生意兴隆。于是人们对大自然的爱被取消了——至少对低等级的人是如此——但并不取消他们花交通费的倾向。因为他们仍须到乡村去，即使憎恶也得去，那是最重要的。而问题在于要在经济方面为交通消费找出更适当的理由，而不是喜欢樱草花和风景之类的。适当的理由后来找到了。“我们设置了条件反射，让人们不喜欢乡村，”主任的结论是，“却又设置了条件让他们喜欢一切乡村运动，同时又注意让乡村运动消耗精致的运动器材，让他们既消费工业品也花交通费。所以我们才给婴儿电击。”②

大自然本身（作为前消费社会的象征）是免费的，无法形成额外的消费，因此在新世界中，它仅有的价值便是作为刺激消费的辅助物；而以电击培训“本能”象征的是“欲望”是被虚构制造出来的。除电击之外，还有其他方式，如一种具有隐喻色彩的方式，通过成千上万次“睡眠教育”（“心理催眠”）进行伦理观、价值观的灌输、谕诫等。在此不难发现，新世界对“欲望”的制造显然并不是以强制方式而是以象征性的隐蔽方式进行的，并完全融入人们的生活、生命本身之中——美丽新世界展示了消费乌托邦无形的、强大的控制力。

在消费社会里，“直接的暴力和惩罚已经不是社会控制的主流方式，

---

① Aldous Huxley, *Brave New World*, New York: Bantam Books, 1966, “Foreword” p.xii.

② Aldous Huxley, *Brave New World*, New York: Bantam Books, 1966, pp.14–15.

而以劝说、诱导等平和手段为主的文化价值观念的控制正在日益成为这个时代的主要控制方式”①。的确，尽管《美丽新世界》中的社会阶层是原始的等级制，但看上去非常和谐有序。新世界有形式上的元首，但他与常见的极权统治者相去甚远，他既不大权在握，也没有庞大的极权统治机构；新世界没有刀光剑影，亦无血腥镇压，对异端者最大的惩罚只是将其投放到荒岛上。实际上，这个消费乌托邦对人的宰制是隐形的，是被高度组织化和体系化的，这种组织化是“匿名的统治”，是人们“被控制但找不到控制的主人”的统治。②这种隐形的无组织操控也是乌托邦小说《瓦尔登湖二号》中的“造物主”弗雷泽所追求的最高目标。若要实现该目标——乌托邦中的人被“异化”却不自知而反以为乐，赫胥黎认为需要生理控制手段的全面配合——条件反射技术、人才识别科学、麻醉药和完善的优生学体系都必不可少，但身处20世纪30年代的赫胥黎无法预见到的是，不仅世纪中期出现了斯金纳所设计的实验性的行为操作理论和矫正工程，而且在第二次世界大战后，随着电子媒介的普及，现代广告对人的控制毫不逊色于生理改造。通过广告的刺激制造出欲望，把强制巧妙地掩藏于自由的幻象之下，广告是当代消费社会最具有代表性的利器。不过，新世界其实也有拟广告物——潜意识广播口号。新世界相信道德教育是不能诉诸理智的，因此绝大部分消费观都是通过不断的潜意识广播进入人们脑海中的。这些广播口号如“我的确喜欢乘飞机”“我爱新衣服”“我们总是把旧衣服扔掉，扔掉比修补好。修补越多，财富越少”“越缝越穷”“只需吞下一小片（索麻），十种烦恼都不见”“让我们现在就汇流到一起，有如您闪光的轿车（福特轿车）一样迅疾”。这些潜意识广播口号和广告一样制造并且规约着欲望，而以“我……”“我们……”开头的句式则提示了消费者的“主体”地位。但实际上，“真正决定消费过程的，不是消费者的主体需求及其日常生活实际需要，而是商品制造者和推销者的赚钱和宰制‘需求’，是商品制造者所制造出来并强加于消费者身上的‘需求’”③。正如列斐伏尔所指出的，这种消费者的主体意象不过是幻觉，消费的意识形态（ideology of consumption）已经取代消费者作为能动的人的想象，消费者乃至消费品都变得无关紧要，重要的是形成人（消费者）作为“主体”的幻觉，以此压

① 胡慧华：《符号化：当代消费社会批判的一个维度——鲍德里亚“符号政治经济学批判”研究》，北京，首都师范大学博士学位论文，2011年，第96页。

② 参见仰海峰《西方马克思主义的逻辑》，北京，北京大学出版社，2010年，第275页。

③ 高宣扬：《当代法国思想五十年》，北京，中国人民大学出版社，2005年，第431页。

抑人们可能产生的对自身异化的意识。[①]在此，消费乌托邦中人被消费异化、控制，以为这是自身自由意志的结果——由此看来，新世界的潜意识广播的确有效地完成了消费价值观的深度传播和消费意识形态的奠基。

当然，新世界的潜意识口号毕竟和广告不同。一方面，字面意义上的“潜意识广播教育”不会发生在当代社会；另一方面，新世界不会允许出现一个“被‘餍足型’消费逻辑所引导着的，也就是可怕的‘时尚’这种消费周期所牵引的焦虑不安的文化心理世界”[②]，新世界所追求的是乌托邦式的绝对“稳定”，新世界的车轮要求人们成为像“枢轴的轮子一样稳定的人，理性的人，驯服的人，安于现状的坚定的人”[③]，否则乌托邦便将崩溃。在《美丽新世界》的后半部，成长于新世界之外“保留区”的部落青年约翰以局外人的身份进入新世界，在一开始的赞赏之后，他很快便向元首抗议新世界以消费、享乐来进行操控，然而元首虽然名为领袖，实际上只是这一无主的、数字化运转的官僚体系中的螺丝钉，他无力超越这一体系。同时元首相信，非乌托邦式的“苦难、自由”所代表的差异性、多元化必定会带来不稳定，使人们回到前乌托邦时代的堕落与黑暗中。因此，尽管他对约翰等人颇为同情，但为了新世界的一统与安稳，他最终把异端们都流放出了新世界。

总之，尽管小说家不可能也并不打算通过文学作品来预测具体的未来，但《美丽新世界》对消费乌托邦噩梦的描绘与警示是极富预示性的。赫胥黎曾声称“美丽新世界”是比《一九八四》中的大洋国更具终极性的国度，此言非虚。从当代社会现实来看，极权政治的恐怖统治或许是相对短暂的，消费社会的阴影却可能久久挥之不去，也正因为如此，赫胥黎式的预言描绘才在多年后的《华氏451度》等小说中得到了延续。

第三节　“景观”乌托邦：“华氏451度”

一、虚假的“景观”乌托邦

在《美丽新世界》出版的年代，电视机尚未出现，但之后随着电子媒介的扩张，《美丽新世界》所带来的影像世界竟足以构成一个超越于社会

① 参见 Henri Lefebvre, *Everyday Life in the Modern World*, Sacha Rabinovitch, trans. New York: Harper & Row Publishers, 1971, p.56。

② 刘怀玉、伍丹：《消费主义批判：从大众神话到景观社会——以巴尔特、列斐伏尔、德波为线索》，《江西社会科学》2009年第7期。

③ Aldous Huxley, *Brave New World*, New York: Bantam Books, 1966, p.28.

本体的独立世界。对此，20年后的《华氏451度》提出了夸张但并非毫无现实基础的设想：在未来，人们大部分时间都生活在四面都是巨大电视墙的房间中，被无休止的影像世界包围。这种包围实际正是更为晚近的消费时代中最引人注目的现象之一。

《华氏451度》是美国著名科幻小说家布雷德伯利（Ray Bradbury，1920—2012）的代表作，他的主要作品（文集）还包括《火星编年史》（*The Martian Chronicles*，1950）、《绘图人》（*The Illustrated Man*，1951）、《R代表火箭》（*R Is for Rocket*，1962）等。布雷德伯利是一位多产的作家，但他在2007年被视为深具影响力的科幻小说家而获得普利策奖“特别褒扬奖”（Pulitzer Prize Special Citations and Awards），主要还是得益于《华氏451度》这部早年创作于加州大学洛杉矶分校图书馆的作品。《华氏451度》描写了未来世界中所有图书被禁绝、人们不再反思与批判的故事，也是为数不多的被主流文学界广泛接受的科幻小说。①“华氏451度”也与此前出现的“美丽新世界”“1984”等一样，成为反乌托邦小说为英语文学界贡献的具有影响力的词汇，它所意指的纸质书本的燃点（约等于233摄氏度），即“焚书”成了钳制思想自由、以消费欲望湮灭批判精神的景象的代名词。②

《华氏451度》延续了《美丽新世界》中对人们被隐性操控的考察，更演绎出了第二次世界大战后经济复苏、媒介发达、人们生活在由娱乐消费物堆积而成的世界中的情状。这种情状，这种生活在影像世界中的方式，用法国哲学家德波（Guy Debord，1931—1994）描述消费社会的“景观”（spectacles）一词来概括相当贴切。这种景观是一种视觉上的包围，在空间上无限制“布展”，代表“当代社会存在的主导性本质……一种被展现的图景性”③。这种“被展现的图景性”指的是在景观世界中“真实的世界被优于这一世界的影像的精选品所取代，然而，同时这些影像又成功

① 关于《华氏451度》的评论，参见布鲁姆（Harold Bloom）主编的*Ray Bradbury's* Fahrenheit 451（Chelsea House Publications, 2001），该书与《美丽新世界》《一九八四》等同属“Modern Critical Interpretations”系列丛书。这也从一个侧面反映了《华氏451度》作为现代文学经典的地位。

② 如轰动一时的政治纪录片《华氏911》（*Fahrenheit 9/11*, 2004），其名即源自“华氏451度”。该片通过对“911袭击”前后美国政治生活的展现，借用“华氏451度”的意涵，一语双关地指出“在这个温度（911）之下，连自由也会被焚烧”，表达其独特的政治诉求。

③〔法〕居伊·德波：《景观社会》，王昭风译，南京，南京大学出版社，2006年，“代译序”第10页。

地使自己被认为是……现实之缩影”①，多数人在“‘一种痴迷和惊诧的全神贯注状态’中沉醉地观赏着‘少数人’制造和操控的景观性演出”②。其结果便是景观的操纵者实际上操纵着整个社会，而大众则沉迷于景观而丧失了对本真生活的追求。在《华氏451度》中，这个被展现出来的具有蛊惑性的影像世界从不表现真正的苦难，它遮蔽了不完美的现实社会的本真存在，人们被视觉规训，在入迷地观看影像的同时，也心甘情愿成为消费社会中景观乌托邦的俘虏。

在《华氏451度》描写的表面安稳、快乐的未来乌托邦中，人们沉溺在电视墙提供的似幻似真的影像与娱乐生活中，厌恶大自然，很少面对面地交往，并拒绝一切令人不快的现实，连思想也随着影像一起趋于平面化、平庸化，而书籍则因为容易引发主体的自觉意识和自由思想成了绝对的禁物，疯狂飙车倒成了时尚。消防员摇身一变成了纵火员，担起查处、焚烧书籍的任务，随时准备烧掉书籍及个别冥顽不化的阅读者。消防队长毕缇曾告诫消防员蒙泰戈说：

> “并不是像宪法说的那样，人人生来自由平等；而是人人都被加工成平等的。人人都长得一样，人人都很开心，前面没有什么让他们畏缩不前的巍巍山川，他们也不用对比山川来衡量自己。所以书就是隔壁房间里一把上了膛的手枪。烧了它，取走手枪里的子弹，钳制人们的思想，谁人能知道谁会成为满腹经纶者攻击的目标。我？我一分钟都不能容忍这些。所以当房子最终变得完全防火时，世界……就不再需要消防队员的旧职责了。他们被赋予了新的使命，成为维持思想和平的监管者。人们理所当然地害怕自己会低人一等，他们就成为这种恐惧心理的焦点，成了官方审查员、法官和执行人。那就是你，蒙泰戈，那也是我。”③

而在禁绝书籍之外，往人们头脑中填充各种信息的电视墙取代了书籍，乃至构建出一个主导性的、乌托邦式的独特世界。电视墙提供的信息包括“流行歌曲的歌词、州府的名字或者去年艾奥瓦州产了多少玉米”等，这种知识爆炸式的信息填充会让人产生在思考、进步和幸福快乐的

---

① 〔法〕居伊·德波：《景观社会》，王昭风译，南京，南京大学出版社，2006年，第13页。

② 〔法〕居伊·德波：《景观社会》，王昭风译，南京，南京大学出版社，2006年，“代译序”第11页。

③ Ray Bradbury, *Fahrenheit 451*, New York: Ballantine Books, 2003, p.58.

错觉，同时必须注意的是，“不要让他们通过像哲学或社会学这种难以捉摸的东西来认识事物，那会让他们感到忧郁。在今天，任何一个能把电视墙拆开又装回去的人……都比一个企图计算、测量和换算宇宙的人要快乐”[①]。在此，作者从乌托邦痛恨书籍、热爱空虚快乐的影像世界的角度对影像乌托邦进行批判，倒并非因为他认可麦克卢汉（Marshall McLuhan，1911—1980）的“媒介即信息”，或波兹曼从思维习惯角度得出的唯有阅读才能促进理性思维与分析能力的认识。[②]在《华氏451度》中，退休英语教授费博曾说：“书籍不过是一种我们存储那些害怕遗忘的事物的容器而已。书本身根本就没有任何魔法。魔法在于书里的内容，在于它们是如何拼凑起宇宙的碎片，为我们缝制出一件完整的衣服。”[③]显然，作者并未走向媒介决定论，他所真正反思与痛惜的是书籍所代表的自由精神的沦丧，以及人们对一种具有虚假一致性的景观乌托邦的自愿妥协。

二、“真实”世界的“看客”

在《华氏451度》中，消防员蒙泰戈一直从事“焚书”这项职业，但十年来，疑问在他心中逐渐滋生，他开始在焚书时拿走一些书籍藏匿于家中。而喜爱思考的少女克拉丽丝则给了他直接的启发，让他重新审视自己的工作与整个社会。在一次焚书任务中，蒙泰戈目睹一位老妇和她的书籍、房屋一起化为灰烬，他深受刺激，准备休假，消防队长毕缇却主动向他讲述了书籍如何被电视墙和无尽的欢愉取代以及焚书的益处等。此后蒙泰戈偷偷读书，并结识了一位退休的英语教授爱书人费博，却被妻子米尔德里德向消防队举报。毕缇带队烧毁蒙泰戈家，在挑衅蒙泰戈时被打死。蒙泰戈逃跑后，全城展开了一场声势浩大的追捕，电视直播让“机器猎犬追踪蒙泰戈”成了一档大型娱乐节目，已经开始的真正战争却无人关心。蒙泰戈在费博的帮助下艰难地摆脱了追捕，逃到山区，结识了几名老学者。原来一些人为了保存书籍，想出办法分工背熟各种书籍，然后把书烧掉，他们是用背诵的方式保存书籍的人。不久战争爆发，城市被炸毁，蒙泰戈一行人怀着希望回到城市，开始世界的重建。

《华氏451度》自出版以来，一直被认为是一部反对审查制度、倡导思想自由的小说。但显然小说对现代社会生活做出了更深刻的反思，它所

---

① Ray Bradbury, *Fahrenheit 451*, New York: Ballantine Books, 2003, p.61.

② 参见〔美〕尼尔·波兹曼《娱乐至死·童年的消逝》，章艳、吴燕莛译，桂林，广西师范大学出版社，2009年，第47～54页。

③ Ray Bradbury, *Fahrenheit 451*, New York: Ballantine Books, 2003, pp.82–83.

描绘的不限于自由思想遭到明显的钳制，正如作者布雷德伯利所坚持的，他“并不担心‘自由’（审查制度），而是担心电视把人们变成愚民”①。小说中，人们在地铁上愉快地和着洁齿剂广告打拍子，这一场景极佳地展现了消费社乌托邦在提供愉悦感方面的巨大魔力，同时，小说对米尔德里德沉迷于影像世界的描绘全面渲染了广大“愚民”的日常生活状态。米尔德里德和她的朋友费尔普斯太太、波尔斯太太等正是社会中广大“愚民”的代表。她们的日常生活是以电视墙为中心展开的，各式各样的欢乐画面并不只是她们生活的一部分，而是已经构成了生活本身。她们生活在一个“视觉表象化篡位为社会本体基础的颠倒世界”②里，影像聚集出的景观世界不是“附加于现实世界的无关紧要的装饰或补充”，而成了“现实社会的非现实的核心（the very heart of this real society’s unreality）”，景观通过新闻、宣传、广告、娱乐表演等独有的形式，主导和统治了人们的现实生活。正如小说中关于“真实”的讨论，米尔德里德认为只有电视中出现的演员才是“人”，才是真实的，书所代表的多元而“不光滑”的世界反而是“不真实”的；而费博也认为电视墙的确看似是“真实”的、即时的、有维度的，“它和这个世界本身一样真实。它就要成为，或者说已经是真实的”③。影像乌托邦里的演员们被人们称为“家人”④，电视形象的光鲜度成了人们选择总统的依据，5分钟的电视短剧在米尔德里德等人眼中比实实在在的战争更值得关心——其实战争也不过是一出48小时的电视节目罢了。

更为致命的是，在这样的影像世界中，人们被彻底贯彻了被动的、静观式的“看”的行为方式，人人都变成了“景观的看客和想象者”⑤。正如费博告诫蒙泰戈的：

> “它告诉你应该想些什么，而且一股脑地塞进你脑子里。它肯定是正确的，听上去绝对正确。它如疾风一般把你推向它自己的结

---

① 参见 Amy E. Boyle Johnston, “Ray Bradbury: Fahrenheit 451 Misinterpreted”, *LA Weekly*, May 30, 2007。

② ［法］居伊·德波：《景观社会》，王昭风译，南京，南京大学出版社，2006年，“代译序”第9页。

③ Ray Bradbury, *Fahrenheit 451*, New York: Ballantine Books, 2003, p.84.

④ 电视演员被观众视为“家人”，是因为“新媒介引发了新型的社会关系，这种关系是有中介的，但是它在心理上类似于面对面的交往。观众开始感到他们‘认识’在电视上‘邂逅’的人，这与认识朋友和同事的方式是相同的，媒介使用者面对社会关系的反应就像在典型的真实的社会关系中一样”。参见刘扬《视觉景观的形而上学批判——居伊·德波景观社会文化理论述评》，《社会科学家》2009年第2期。

⑤ 仰海峰：《西方马克思主义的逻辑》，北京，北京大学出版社，2010年，第290页。

> 论”，而同时“你不能让他们闭嘴，说‘等一等’，……一旦涉足电视厅，谁又能让自己逃离那只紧紧抓住你不放的魔爪？”[①]

人们在影像世界中是单向度的接受者，丧失了反抗与批评能力，这与德波的判断一致，即景观实际上是独白式的、拒斥对话的：“景观是对人类活动的逃避，是对人类实践的重新思考和修正的躲避。”[②]在景观背后的操纵者的无形控制下，人们丧失了对本真生活的追求，“那些总是关切地静待下一件事情发生的人绝不会有任何行动”[③]。在《华氏451度》中，人们在电视墙面前几乎都极为欢乐、顺从，而对视觉画面之外的现实世界与活动则漠不关心，如米尔德里德对影像世界的沉迷便与她对现实生活中的丈夫、爆发的战争的漠然形成了鲜明对比。又如，电视上机器猎犬追捕蒙泰戈的直播引起了观众们的热切关注，但在电视直播不间断的指引下，人们既不关心蒙泰戈为什么会藏书、杀人，更不去思考焚书政策是否合理，而是用视觉紧紧跟随摄像机镜头去追踪蒙泰戈。机器猎犬在河边失去了蒙泰戈的踪迹，由于大规模搜索太费时费力，在一段时间的搜索无果之后，媒体与警察合谋，将刺死一名无辜散步者的画面当做杀掉蒙泰戈的画面呈现给观众，最终，观众足不出户地、毫不质疑地接受了影像世界给予的结论：“读书是反社会的罪行”，“反社会的罪行已经得到正法”。至此，观众乖乖地保持了自己的看客身份，臣服于布雷德伯利所谓的“仿真陈述”[④]之下。当然，在影像世界中偶尔也会有伪主动性的、“参与”的假象出现，比如米尔德里德参加了一档节目的对话，但实际上她不过是按要求照着剧本念台词而已：“我觉得很不错！”“当然同意！”米尔德里德的台词其实也象征性地表明了观众的服从意识，这些节目的设计不过是“意在获取观众对节目的官方意识形态的认可，同时又制造出观众自己也参与到了这种意识形态的制定中来的幻觉”[⑤]。

由于影像世界具有不可反抗也无需反抗的乌托邦性，小说中的人们在

---

① Ray Bradbury, *Fahrenheit 451*, New York: Ballantine Books, 2003, p.84.

② 〔法〕居伊·德波：《景观社会》，王昭风译，南京，南京大学出版社，2006年，第6页。

③ Guy Debord, *Comments on the Society of the Spectacle*, Malcolm Imrie, trans. London: Verso, 1990, p.22.

④ “仿真陈述”，其对应的英文单词“factoids”一词为诺曼·梅勒（Norman Mailer, 1923—2007）所造，此处指不可靠或不真实的信息在被不断报道和重复之下被认为是真实的信息。参见在线《牛津英语词典》，2018年7月6日访问。

⑤ M. Keith Booker, *The Dystopian Impulse in Modern Literature: Fictions as Social Criticism*, Westport, Connecticut: Greenwood Press, 1994, p.107.

现实中自觉地焚烧书籍、镇压异端。现实是“一座该死的巴比伦塔”，充满了不同的声音，唯有让各种呼喊都失声，人们才能够不受干扰地逃入美妙的影像乌托邦中。正因为如此，当蒙泰戈朗读诗人马修·阿诺德的名诗《多佛海滩》(“Dover Beach”)，引起费尔普斯太太的伤感和哭泣，即遭到波尔斯太太的咒骂。不过，虚幻的布景不可能没有裂痕与漏洞，生活在其中的人们空虚感极为强烈，米尔德里德就曾吞下大量安眠药而差点死去，饱读诗书的毕缇队长对蒙泰戈故意挑衅，颇有借蒙泰戈之手结束自己生命的意味。而众多深夜驾车狂飙伤人的行为，也是意义沦丧之后由纯粹的感官之欲刺激而出现的产物。

面对如此“看客”的沉沦，作者布雷德伯利已无法将希望寄托在被景观围困的城市居民身上，而不得不采用类似《羚羊与秧鸡》中秧鸡使用的手段——浴火重生来展开突围：城市被彻底炸毁，僻居偏远之地的“活动图书馆”们却幸存下来，人类或许能打破景观世界的迷局，将主体的创造性、自觉的内省能力重新释放出来。在小说结尾处，人类的希望也是朝向此处延伸的。不过，关于打破消费乌托邦中“看客”身份的方式，不论是《机器停转》中“地上/地下”的二元对立，《我们》中“墙外/墙内”的隔绝相峙，《美丽新世界》中“保留区/新世界”的蔑视间离，布雷德伯利感伤而富有诗意的“山区/城市”的空间划分，还是《羚羊与秧鸡》中“秧鸡人/人类”的替代方案，反乌托邦对乌托邦的批判一旦以另一个（如空间上的）乌托邦为目标，乃至转向乌托邦式的摧垮一切的激进革命，重新落入大拒绝式的思维窠臼，其前路就与乌托邦一样黯淡。布克尔认为，《华氏451度》中大规模核战争所展现的如同基督教的“天启”(the Apocalypse)，它作为一种解决当代社会的救赎方案却是有问题的。[①]如20世纪60年代德波等将日常生活艺术化的“情境主义国际”(Situationist International，1957—1972)运动黯然收场，或许这在某种程度上便代表了约翰、蒙泰戈们的可能未来。

值得补充的是，《华氏451度》还涉及有争议的“政治正确”(political correctness)问题（主要是在公众生活层面），也表达了作者对保障、完善自由权利的追求。在小说中，布雷德伯利借毕缇之口说明禁书的历史，由此批评少数派施加的压力和盲目追求“政治正确”造成的思想禁锢的后果：

---

① 参见M. Keith Booker, *Dystopian Literature: A Theory and Research Guide*, Westport, Connecticut: Greenwood Press, 1994, pp.90–91。

"有色人种不喜欢看《小黑人桑布的故事》，那就把书烧了；白人对《汤姆大叔的小屋》没什么好感，把书烧了；有人写了本关于烟草和肺癌的书，烟民们为此哭泣不已，把书烧了。……葬礼让人心情不快，还是异教徒的行为？那么就把葬礼也彻底废除了。"①

最终，烧书的号角无声无息地吹响，任何思想一旦受到非议便被消灭。对于布雷德伯利的这种认识，布克尔从现实角度提出了批评。他认为布雷德伯利对"少数派"的认识有误，忽视了当代文化产业生产和宣传的复杂模式，少数派其实很难发出自己的声音：少数派们缺乏资源，无力制作成本高昂的节目或购买节目播出时间，很容易被排除在商业文化产业体系之外。从布克尔的角度看，少数派并不是《华氏451度》中的罪魁祸首，布雷德伯利应该像阿多诺或者詹明信一样检视大众被文化产业操控的真正原因，追问大型商业利益和国家利益在这一操纵中所扮演的角色。②布克尔的批评有一定的现实依据，但《华氏451度》对"少数派"压抑争议之声的抨击不能狭隘地理解为对消费社会、景观乌托邦制造者的认同，实际上它更多的是表现一种宽泛意义上的自由精神，一种要求保持个体反思、批判权力的诉求，一种"珍视个人自由和懂得一切形式的权力和权威所蕴藏的危险"③的警惕意识。

总之，《华氏451度》通过对独特的影像乌托邦的描绘，虚构了一个由影像的布展与堆积构成的景观社会图景，这个被操纵的乌托邦表面上看是一个平息了一切争端的完满社会，实际上却遮蔽了现实生活，取消了人类的主体性与想象力、创造力，使人放弃对本真生活的追求，沦为被动的"看客"，陷入不自知的世界。作者对"拟消费乌托邦"的反抗便由此而发。《美丽新世界》《华氏451度》等反乌托邦小说描绘了"拟消费乌托邦"的噩梦，虚拟与预见了建立在高科技基础上的现代消费社会的情景，在此，人类社会已经成为一个由消费所主导、以大众传媒影像为中介的世界，成为一个人类被欲望符号系统宰制、在匿名的统治中丧失了主体性与创造力的世界。正如波兹曼所言，赫胥黎警告的深刻性在于他指出了"在一个科技发达的时代里，造成精神毁灭的敌人更可能是一个满面笑容的

① 〔美〕雷·布雷德伯利：《华氏451》，竹苏敏译，重庆，重庆出版社，2005年，第68页。
② 参见M. Keith Booker, *The Dystopian Impulse in Modern Literature: Fictions as Social Criticism*, Westport, Connecticut: Greenwood Press, 1994, p.109。
③ 〔英〕卡尔·波普尔：《猜想与反驳——科学知识的增长》，傅季重等译，上海，上海译文出版社，1986年，"序言"第3页。

人，而不是那种一眼看上去就让人心生怀疑和仇恨的人”[①]。当文化已经整体性地沦为一场滑稽戏，当消费已经成为社会的轴心、人们确认自身的唯一标准，那么消费乌托邦中的人们便不再需要极权统治者（如“老大哥”）警惕的“注视”，每个人都会为自己建造一个乐居其中的囚笼。[②]由此，此类反乌托邦小说早在20世纪前中期便对“消费乌托邦”进行了生动的预演与深刻的批判。[③]人们至今都在这座消费的全景敞视监狱（panopticon）中徘徊，“美丽新世界”等“拟消费乌托邦”的故事因此具有了鲜明的当代性和警示意义。

① ［美］尼尔·波兹曼：《娱乐至死·童年的消逝》，章艳、吴燕莛译，桂林，广西师范大学出版社，2009年，第132页。

② 事实上，在《华氏451度》出版的同年即1953年，美国图书馆协会（American Library Association）就曾发表宣言强调“阅读自由”对民主的重要性，并呼吁保护这种不断受到攻击的权利，由此可以窥见人们对丧失阅读自由等的可能性并非毫无警觉。但赫胥黎、布雷德伯利及波兹曼所尤为忧虑的并不是这种受到宪法保护的自由被外力剥夺，而是人们对这种自由以及与之相联系的独立、严肃思考、自我的价值自决等（作为自由的负担）的主动放弃。

③ 当然，还值得思考的是在消费乌托邦中，人类被激发出的欲望是否全然虚假而不具有任何正当性。如有，则其正当性的边界在何处，高度发达的媒介是否只可能成为意识形态操控的工具而非人类自主认识与介入更广阔的世界的途径，对于这一系列复杂的问题，小说并未做出进一步的理论探索。小说作者们主要是出于一种文学精英的现实关怀来进行创作的，因此，这类作品总体上都具有明确的批判倾向与警谕意味。

第七章　反“极权化乌托邦”的批判

风对月说：“我要把你吹跑，
　你在天上
　盯着我瞧
　像坐在椅上的魔妖，
老盯着我，端详我的模样——
我不愿被人监视，我要把你吹跑。”

——乔治·麦克唐纳：《风和月》[①]

《动物农场》《一九八四》《正午的黑暗》等常被不加区分地与《我们》《美丽新世界》等并列为反乌托邦小说，但其实这几部作品在题旨上有明显的差异。《我们》《美丽新世界》被称为反乌托邦小说无可厚非，二者几乎完美地体现了对乌托邦的（极端化）推想、模拟与讽刺；但相当写实的集中探讨“权力”问题的《动物农场》《一九八四》等为何也被公认为反乌托邦小说，则需要将文本内外结合起来考察。实际上，此类政治小说可谓20世纪特殊历史时代的产物：苏联的集体主义极权模式曾经焕发生命力，被视为按照理想的社会工程蓝图设计的、走向乌托邦社会最可能的方式，但斯大林时期的大清洗令人们对完美社会产生幻灭感。此类作品对极权主义国家的描绘往往都模拟了苏联、纳粹德国的政治模式与历史事件，在这种意义上，它们才被称为反乌托邦小说——批判某种乌托邦理念在实

---

① 杜承南、罗义蕴译：《英美名诗选读》（英汉对照），重庆，重庆出版社，1990年，第266～267页。原文：

Said the Wind to the Moon, “I will blow you out;
　You stare
　In the air
　Like a ghost in a chair,
Always looking what I am about—
I hate to be watched; I'll blow you out.”

践中（可能）造成的恶果。这类小说依史实而发，探讨了20世纪人类极权主义统治形式的问题，影响极大。尽管许多人相信《一九八四》的警示已经成功地使人类避免了全面遭受“一九八四”式噩梦的侵扰，尽管《美丽新世界》或许更具有未来性，但只要人类对自由、善、正义等基本价值的追求没有停止，只要历史、真相与政治、权力等之间仍存在纠缠不清的关系，这类小说仍具有不可替代的价值。

第一节 “动物农场”之谋？历史、权力与叙事在“1984”

《动物农场》与《一九八四》的作者乔治·奥威尔本名埃里克·亚瑟·布莱尔（Eric Arthur Blair），是20世纪著名的英国小说家、散文家、评论家。奥威尔的父亲在孟加拉从事文职工作，自视出身于“下层中上阶级”（lower-upper-middle class）家庭，一直对“阶级”与“不公”问题深怀关注。奥威尔曾获得奖学金而就读于伊顿公学，毕业后并未按惯例进入牛津大学或剑桥大学继续学业，而是成为一名英帝国殖民地缅甸的警察，但数年后他便放弃了这份“殖民者”工作。此后，奥威尔曾在巴黎和伦敦度过数年穷困的底层生活，又调研了英格兰北部曼切斯特等地区劳工的生活状况，创作了纪实性的《巴黎伦敦落魄记》（*Down and Out in Paris and London*，1933）、《通往维根码头之路》（*The Road to Wigan Pier*，1937）；参加反弗朗哥的西班牙内战使奥威尔卷入历史大潮，他所加入的小党派马克思主义统一工人党（P.O.U.M.）因左翼内部之争而遭到打击，这一残酷的政治教训成了他的《向加泰罗尼亚致敬》（*Homage to Catalonia*，1938）的主题。在《我为什么要写作》（“Why I Write”，1946）一文中，奥威尔表示：“西班牙内战和一九三六至一九三七年之间的其他事件决定了天平的倾斜，从此我知道了自己站在哪里。我在一九三六年以后写的每一篇严肃的作品都是直接或间接地反对极权主义和拥护民主社会主义的，当然是根据我所理解的民主社会主义。”① 在第二次世界大战中，奥威尔曾在英国广播公司（BBC）任职并从事反纳粹宣传工作。1950年奥威尔因肺病去世。他的代表作还包括小说《缅甸岁月》（*Burmese Days*，1934）、《上来透口气》（*Coming Up for Air*，1939）等。在人生道路上，奥威尔在其所处的群体中总是处于“观察者”的边缘，也处于一种具有勇气和雄心的“前进”

① 〔英〕乔治·奥威尔：《奥威尔作品三则》，董乐山译，《北京文学·中篇小说月报》2009年第4期。

和充满犹疑的“撤退”状态之中，但他始终对生活的时代有着最密切的观照，并参与其中。他是20世纪后半叶深具世界影响力的英国作家。

小说《动物农场》采用了欧洲传统的动物寓言形式，其创作早于《一九八四》，声名亦逊于后者，但裁剪得当，讽刺有力，以小巧的篇幅影射史实，展示了宏大的图景，可谓奥威尔的力作。《动物农场》讲述某天“庄园农场”（Manor Farm）里一头德高望重的猪“老上校”（Old Major）向动物们指出了其备受剥削的悲惨处境，以及人类在剥削中的寄生性，它号召动物们奋起革命，并教给它们饱含乌托邦理想的歌曲《英格兰兽》（*Beasts of England*，影射《国际歌》）。老少校去世后，农场里聪明的猪们把老少校的教导总结成“动物主义”。庄园农场场主琼斯先生（Mr Jones，影射沙皇尼古拉斯二世）整日酗酒，对手下的工人疏于管理，不给动物喂食，激起母牛暴动，动物们群起造反，赶走了琼斯，占领了农场（影射十月革命）。起义成功后，动物们震惊于琼斯住所的奢华，并一致决定保持其原样，谁也不能入住。公猪拿破仑（Napoleon，影射斯大林）、雪球（Snowball，影射托洛茨基）和尖嗓（Squealer）把“庄园农场”改名为“动物农场”（Animal Farm），把“动物主义”简化为“七诫”（Seven Commandments）。“七诫”的内容为：

1. 凡用两条腿走路的都是敌人。
2. 凡用四条腿走路或者有翅膀的都是朋友。
3. 一切动物都不许穿衣服。
4. 一切动物都不许睡床铺。
5. 一切动物都不许喝酒。
6. 一切动物都不许杀害其他动物。
7. 所有动物都是平等的。（All animals are equal.）①

“七诫”被书写在大墙上，动物们都必须学习、遵守。此后，动物们当家做主，包括鸡鸭等小动物都卖力生产。一匹强健的公马拳击手（Boxer，指工人阶级）总是主动干脏活累活；一向冷眼旁观的老驴子本杰明（Benjamin，作者自喻）在造反前后都不对任何变化发表意见，猪则成为领导阶层，只进行监管而不参加劳动。每周日动物们在大谷仓举行大集

① 〔英〕奥威尔：《动物农场》，傅惟慈译，北京，北京出版社出版集团·北京十月文艺出版社，2005年，第20页。

会，升起雪球设计的绿底兽蹄犄角旗。雪球组织动物们学习文化，但羊、鸡、鸭等难以记诵“七诫”，遂将其简化为“四条腿好，两条腿坏”。拿破仑和雪球处处针锋相对。拿破仑抱走了两条母狗生下的小狗豢养。此后，牛奶和苹果被猪独占，其他动物表示不满，但尖嗓声称，唯有享用了牛奶和苹果，猪们才有精力为大家服务，如若不然，琼斯便会复辟。

动物农场看似成功的运作鼓舞了其他农场的被压迫者们，各个农场的动物都掀起了起义的浪潮。动物农场旁的狸林农场主皮尔京顿先生（Mr Pilkington，影射英国）和狭地农场主弗里德利克先生（Mr Frederick，影射德国）不合，但都对动物造反大感恐慌，便联合琼斯一起对动物农场进行武力干涉。在雪球的英勇表现和有力指挥下，动物们击退了人类的进攻，取得了“牛棚战役”（the Battle of the Cowshed，影射苏联内战、打退欧洲十四国武装干涉）的胜利。

战后，在建设规划中，雪球和拿破仑仍互不相让，农场分裂成了两派（苏联内部的激烈斗争）。雪球绘制蓝图，主张先建风车发电，减轻动物的劳动负担（工业化），并放出鸽子鼓动其他农场起义（世界革命）；拿破仑主张先抓粮食生产，保证温饱（集体化），而且要首先武装自己（巩固本国革命）。在动物大会上，拿破仑放出已经养大的九条恶犬（影射从契卡到安全局、内务部、安全部等）赶走雪球，废除大集会，用铁的纪律代替民主讨论。“风车计划”继续进行，却被说成一开始就是拿破仑的主意，而雪球则是危险分子。艰苦的建设造成了物资短缺，拿破仑宣布与人类进行贸易，让温佩尔先生（Mr Whymper，影射西方亲苏左派人士）担任经纪人，同皮尔京顿和弗里德利克分别私下签订贸易协定（影射苏联新经济政策至斯大林模式的工业化、集体化）。动物们记得禁止与人打交道是革命成功之初的决议，但拿破仑的代言人尖嗓称从未有过这道禁令，动物们找不出什么证据，只好作罢；猪们搬进琼斯家，睡在人的床上，这违反了“七诫”的第四条，但墙上的“七诫”已被篡改为“不可睡铺床单的床”，只要睡毛毯而非床单就合法了。

经过一年艰辛的劳动，风车快建成了，却被狂风一夕刮倒，拿破仑称风车是被叛徒雪球破坏的。风车的倒塌让内外形势变得严峻。对外，拿破仑在皮尔京顿和弗里德利克之间周旋；对内，拿破仑在与弗里德利克交易时就称雪球与皮尔京顿勾结；跟皮尔京顿交易时则反之，并造谣称雪球勾结老鼠搞内部破坏。尖嗓还称，牛棚战役中表现英勇的是拿破仑而非雪球；拿破仑派恶犬屠杀了曾持异议的四口小猪、母鸡、鹅、山羊等，动物们不仅个个惶恐，更沮丧不已（担心大清洗）。此后尖嗓通知，革命既已完成,《英格兰兽》之歌已失去意义，从此禁唱。

拿破仑及其手下不断篡改"七诫"，如把"一切动物都不许杀害其他动物"改成"一切动物不许无缘无故杀害其他动物"。风车终于重建起来了，拿破仑也建立起个人崇拜及严密的专制措施，如庆贺生辰，书写《拿破仑同志》等诗歌。他还利用皮尔京顿和弗里德利克的矛盾与他们讨价还价。不料弗里德利克用假币骗购了动物农场的木材（影射《苏德互不侵犯条约》)，并很快入侵农场，皮尔京顿称动物农场自作自受。弗里德利克炸毁了风车，愤怒的动物们浴血奋战将其打败，却伤亡惨重，是为"风车战役"（影射卫国战争）。战后，拿破仑一面明令禁酒，一面暗中酿酒供自己享用。尖嗓涂改"七诫"第五条被大家发现：墙上的"不许饮酒"被改成了"不许饮酒过量"。此后，动物农场成立了共和国，拿破仑为总统。消失了几年的乌鸦摩西（Moses，影射俄罗斯东正教）返回，继续向动物们宣讲美妙的糖果山故事，并享受猪提供的啤酒津贴。辛劳一生的拳击手病重，被卖给屠宰场，但尖嗓却告诉大家说拳击手是在得到精心治疗无效后病死在医院的。

多年过去，当年参加造反的动物多已去世，革命被遗忘。动物们在艰难的生活中依然对当年老上校的旧梦怀有希望，但"七诫"的最后一条也被篡改了,"所有动物都是平等的"被改成"所有动物都是平等的，但有些动物比其他动物更平等。"（All animals are equal, but some animals are more equal than others.）农场里的猪狗生活安逸，猪们甚至穿上人的衣服，像人一样直立行走。拿破仑在农场与皮尔京顿和解欢宴（影射德黑兰会议)，皮尔京顿对农场严格的管理表示敬意，称猪和人都有共同的利益与困难（指劳工问题)。拿破仑掩埋老少校的遗骨，换掉旗帜，动物农场仍改回"庄园农场"（The Manor Farm）之名。从此，农场的动物们再也分辨不出猪与人到底谁是谁了。①

在英国的文学传统中，如斯威夫特的《格列佛游记》对英国政治时局影射一样,《动物农场》也体现为典型的政治讽喻。它浅俗直白、浓墨重彩，其情节几乎就表明了意义本身。奥威尔称不想对《动物农场》发表意见，因为如果它自己不能说明问题，那便是失败之作。小说的完整流畅无疑体现出奥威尔创作的成熟，其明晰性更显示出他作为一名正直的社会主义者的责任感：必须尽快让世人了解到苏联变质了的社会主义是如何损害

① 关于《动物农场》对苏联政局的影射等，参见李零《读〈动物农场〉》(三),《读书》2008年第9期。

革命肌体的。但在第二次世界大战末期，苏联是抗击法西斯的重要力量，是英法等国的伟大盟友，揭露式的《动物农场》不合时宜，英国很少有出版社愿意触碰此类题材。一位开始同意但最终拒绝《动物农场》的出版商写道："如果这个寓言只是单纯地描写独裁者和独裁政府，出版它并没有什么问题；但它描绘的完全是苏联的发展历程和它的两位独裁者，这就排除了其他独裁政权，而直接指向苏联。"①这样的回复不足为奇，当时就连艾略特（Thomas Stearns Eliot，1888—1965）作为编辑也拒绝了它，理由是"在当前形势下，我们不认为这是正确的政治批判立场"，"小说的观点总的来说是托洛茨基式的，不具有说服力"②。然而，历史最终证明了《动物农场》的"说服力"，《时代》周刊和《现代文库》都把它选入20世纪百佳英文小说，毫无疑问，《动物农场》是20世纪最有影响力的政治讽喻小说之一。

作为反乌托邦小说，《动物农场》《一九八四》等小说主题一致，探讨的都是20世纪困扰人类的重大事件：乌托邦实践悖论。小说以文学形式隐喻特定时期的政治事件，其特色不仅在于其政治哲学思想，亦在于它富有文学意味的形式，以及基于人性而发的情感、道德诉求。哈耶克说："在我们竭尽全力自觉地根据一些崇高的理想缔造我们的未来时，我们却在实际上不知不觉地创造出与我们一直为之奋斗的东西截然相反的结果，人们还想象得出比这更大的悲剧吗？"③确实，《动物农场》在讽刺之外也展现了老上校真诚地宣讲他的乌托邦之梦，动物们歌唱《英格兰兽》之歌，拳击手鞠躬尽瘁地工作并默念"我要更努力地工作"，沉默的本杰明为了拯救挚友拳击手而发起反抗，这一切都是极富崇高感且令人动容的。在此意义上，美国左派评论家伊格尔顿对奥威尔的批评虽然苛刻，但亦不算言之无据："奥威尔之出色，并非因为他是一位富有建设性的政治思想家，而是作为一名道德批评家。"④不过，奥威尔当然是一名富于启发性的政治思想家，这从其写作题材的选择与洞见的深刻中都体现了出来。

《动物农场》里，动物们得知一直强烈反对风车计划的拿破仑竟要建造风车，惊疑不已，拿破仑的代言人尖嗓称，建造风车本就是拿破仑的计

---

① "美国广播公司网"，2014年4月3日访问。

② "美国时代周刊网"，2012年4月3日访问。

③ 〔英〕弗里德里希·奥古斯特·哈耶克：《通往奴役之路》，王明毅等译，北京，中国社会科学出版社，1997年，第13～14页。

④ Terry Eagleton,"Reach-Me-Down Romantic: For and Against Orwell", *London Review of Books*, vol. 25, no. 12, 2003, p.9.

划，雪球只是剽窃，而所谓的反对不过是拿破仑的策略，其时三只恶犬狂吠起来，动物们只好放弃疑议，这是猪们第一次公开地修改过去。此后，历史真成了一位任人打扮的小姑娘，禁止与人打交道、做生意、使用货币等决议仿佛确实从未存在过，雪球一开始就是琼斯的奸细，而“七诫”的内容也被不断修改着，猪们可以为所欲为而不违背任何“历史”与戒律，而动物们对此无能为力。正如在此后的《一九八四》中，大洋国的真理部随着时局的变化不断销毁、重造过去的新闻出版物、历史读物等，以编造虚假的历史来保证王国永恒的正确性。此时，历史、真相与权力相互纠结，历史不过是叙事，历史必定屈从于权力，甚至所谓“历史”本身也不过是权力展现其自身特质的舞台而已。在动物农场粮食短缺期间，人类可以传播动物们相互吞食和杀戮幼兽的谣言，拿破仑也可以利用温佩尔先生来制造“粮食供应反而增加”的假象，被屠杀的母鸡则被声称死于球虫病。历史都是掌握话语权力者的书写，而真相便是掌权者论证自身合法性的必要素材。在《一九八四》中，作者使用了一个比喻：

> 每天，每时，每刻，都把过去作了修改，使之符合当前情况。……凡是与当前需要不符的任何新闻或意见，都不许保留在纪录上。全部历史都像一张不断刮干净重写的羊皮纸。①

历史就像可以刮干净重新书写的羊皮纸，仿佛它真的只存在于纸面而可以随便删改、刮掉、重写。显然，这是作者以其惯有的冷峻方式嘲弄极权国家的运行机制。历史只是羊皮纸上的字屑，荒诞如斯。从某种角度看，这也可说是乌托邦历史目的论的表征：只要目标（最后完成时写上的文字）是真理即可，相比之下，之前的手段（无数次随意的篡改）又怎么值得一提呢？事实上，苏联进行的数次莫斯科审判都是公开审判，受审者一致认罪伏法，受邀旁听的西方记者、外交使团和独立观察人士竟几乎都认为指控是正确的、判决是公正的。如果没有此后的冷战和苏联的解体，没有国际政治格局的重大变动，关于大清洗的真相是否便永远没入历史的淤泥中了呢？问题是，历史真的就是无从确证的罗生门吗？不同的历史书写之间、历史书写与在时空中发生过的某个真实事件之间都可能存在着巨大的差异，甚至面目全非，并被裁剪来为特殊的政治、经济利益

---

① 〔英〕乔治·奥威尔：《一九八四》，董乐山译，沈阳，辽宁教育出版社，1998年，第36页。

等服务。但如英国学者卡尔（Craig L. Carr）所说的："在自由的文化氛围中，人们至少清楚地知道，关于历史的书写是不会终结的，它永远向新的审视、评价敞开。"①不论人们是否能够获知真相或就历史的认识达成共识，探寻、思考、评论真相的基本权利都是受到保护的，历史书写的大门是为接近真相而敞开的；而在极权社会中，只有唯一正确的历史。《动物农场》中的尖嗓和恶犬、《一九八四》中改写新闻出版物的真理部都是这套权力机制的施行者。一方面，篡改历史巩固了统治，另一方面，既然权力必须实践其自身方才对掌权者具有价值，那么修改、标定历史的行为本身岂不正展示了权力的威力所在。《动物农场》和《一九八四》都生动地描绘了极权社会中权力是如何被滥用的，《动物农场》宏观地把握了历史风潮，《一九八四》则用显微镜去观察极权社会中的个人，共同展示了极权社会试图终结历史的特质，这种特质与乌托邦的终极性有着内在关联。然而关联固然存在，但乌托邦的终极性本来是指向绝对美好的，它是上帝天国的人间版本，为何这一设计在进入实践之后却反过来自噬其身呢？在《一九八四》《正午的黑暗》（又译作《中午的黑暗》）等作品中，作者们以政治理念小说的形式深入探讨了这一问题。

第二节　"正午的黑暗"悖论：目的—手段的代价论

《一九八四》中的故事发生在离小说出版（1949）并不遥远的将来——公元1984年。小说中，世界按地缘政治格局分别由三大极权主义国家大洋国（Oceania）、欧亚国和东亚国统治。所谓极权主义（totalitarianism），其基本含义为"由独裁领袖或统治集团的中央集权控制的、以个人从属于国家，尤其指以强制手段（例如审查和恐怖手段）严格控制生活的各个方面和国家的生产能力为基础的政权的"②，极权主义社会即在传统的专制主义基础之上，利用现代政治手段，对人类生活进行全方位监控的社会，可直译为"全面权力主义"，意在强调国家对公民生活诸方面巨细无遗的控制。《一九八四》所描绘的大洋国是世界文坛上知名的极权主义文学图景。大洋国以曾经的英格兰地区为中心，此时人们生活窘困、物资匮乏，全社会分为三个等级：核心党、外层党和占人口大多数的

① Craig L. Carr, *Orwell, Politics, and Power*, New York: The Continuum International Publishing Group, 2010, p.95.

② 〔美〕汉娜·阿伦特：《极权主义的起源》，林骧华译，北京，生活·读书·新知三联书店，2008年，"译者序"第17页。

普罗大众（proles），统治者是以"老大哥"（Big Brother）为象征的少数核心党员。正如边沁（Jeremy Bentham，1748—1832）的"全景敞视监狱"[①]所指出的，这个极权主义社会的各个领域都受到严密的监控，永不关闭的监视器"电幕"（telescreen）与隐蔽的思想警察（Thought Police）监视着人们的工作、婚姻、饮食乃至最微小的闲暇时间，久而久之，人们成了"权力的眼睛"的囚徒，在惶惑中不断地进行自我监控与修正，努力排除一切非官方思想。由此，人们不由自主地帮助"老大哥"把微观权力操控滴水不漏地渗透到社会的各个角落。当然，尽管作者并未凸显军警等国家机器的作用，但不言而喻的是，"老大哥"仍然必须依靠此类强权机构来维护其统治（因此仅从微观权力理论来剖析《一九八四》不免捉襟见肘）。"老大哥"却并不监管普罗，因为他深信普罗乃是群氓，盲目愚昧，毫无威胁，这与"依靠民众创造历史"的理论形成了强烈对比。

大洋国的政府有四大部门：真理部（Ministry of Truth），负责制造、编撰大洋国内的虚假事件与舆论等；和平部（Ministry of Peace），负责对外发动战争；友爱部（Ministry of Love），推行奴役；富裕部（Ministry of Plenty）,制造贫困。政府用词汇量很少的"新话"（Newspeak）限制人们的思考范围，用"双重思想"（doublethink）（如"战争就是和平"之类的宣传语）给人们洗脑，派思想警察刺探人们的思想，这是一个处于高度极权状态的国家的真实写照。

《一九八四》的主人公温斯顿（Winston Smith）是一名普通的真理部党员，他良知未泯，试图记录下所知的被湮没、篡改的历史真相，并与年轻的同事茱莉亚（Julia）在反抗"老大哥"的共同目标下走到一起，由此引出了他的生平遭际。小说曾拟用名《欧洲的最后一个人》（*The Last Man in Europe*），按安东尼·伯吉斯的说法，"温斯顿"暗示的是英国前首相丘吉尔（Winston Churchill，1874—1965）。小说中，温斯顿与茱莉亚把核心党员奥布莱恩（O'Brien）当作同路人，奥布莱恩却是思想警察，他伪装成地下抵抗者以诱使反抗者上钩。在获得温斯顿和茱莉亚的信任之后，奥

① 参见福柯对边沁的"全景敞视建筑"的论述。所谓"全景敞视建筑"，乃是一种四周为环形、中心有一座带有大窗户瞭望塔的建筑。其中环形建筑被分割为多个小囚室，由此通过逆光效果，瞭望塔中的监视者可以随时掌握环形建筑中所有人员的活动，而被监视者却无法得知监视者的行动，只能假设自己随时都受到监视并调整自己的行为符合规范，不断进行自我规训。全景敞视建筑能"减少行使权力的人数，同时增加受权力支配的人数"，是一种"经济"的支配技术。参见〔法〕米歇尔·福柯《规训与惩罚：监狱的诞生》，刘北成、杨远婴译，北京，生活·读书·新知三联书店，2003年，第219～256页。

布莱恩很快逮捕了他们，并对他们进行严刑逼供和非人的精神折磨。[①]在此，温斯顿与奥布莱恩关于“二加二等于四的自由”的对话极为知名，也常常被引用作为论证极权主义的例证。在奥布莱恩对温斯顿进行审讯时，因为温斯顿曾在日记中表白“所谓自由就是可以讲二加二等于四的自由”，奥布莱恩便问道，如果党说二加二不是四而是五，那么温斯顿认为如何？刚开始，温斯顿始终坚持答案就是四，然而随着酷刑的加剧、貌似严密的认知逻辑的诱导，温斯顿终于放弃了对“二加二等于四”的执着。实际上，“双重思想”并不神秘，也不似伯吉斯认为的，其源出于“唯我论”（solipsism）[②]那般复杂和形而上。极权统治祭出一套令人眼花缭乱的意识形态理论，并从肉体、理智、情感上逐步瓦解异端，其根本就是让人们对绝对权力（absolute power）绝对臣服。权力通过不断地实践，不断地作用于受控者，更激发起掌权者强烈的权欲追求。奥布莱恩声称要温斯顿发自内心地相信“老大哥”的任何说辞，但人们最终仍然能感受到指鹿为马的荒唐，归根结底，认为二加二等于几无关紧要，“老大哥”也并不在意人们对生活的困苦、自由的丧失都心知肚明。在审讯中，奥布莱恩显然满足了自己只手翻云覆雨的控制欲，他更直接地表示：

> “我们对别人的好处并没有兴趣。我们只对权力有兴趣。不论财富、奢侈、长寿或者幸福，我们都没有兴趣，只对权力，纯粹的权力有兴趣。……我们与以往的所有寡头政体都不同，……即使那些同我们相像的人，也都是些懦夫和伪君子。……他们假装，或者他们甚至相信，他们夺取权力不是出于自愿，只是为了一个有限的时期，不久就会出现一个人人都自由平等的天堂。我们可不是那样。我们很明白，没有人会为了废除权力而夺取权力。权力不是手段，权力是目的。”[③]

在此，极权主义体系激发出的疯狂权欲触目惊心。伊格尔顿认为，某些左派面对其政治学说赖以运作的范式名誉扫地，可能“玩世不恭地或是

---

① 尽管《美丽新世界》的作者赫胥黎认为新世界式的“享乐”比《一九八四》式的“恐怖”更能操纵人心，但奥威尔所描绘的肉体与精神的双重规训确实具有人类历史经验的现实性。

② Anthony Burgess, *1985*, London: Hutchinson & Co. Ltd., 1978, p.40.

③ 〔英〕乔治·奥威尔：《一九八四》，董乐山译，沈阳，辽宁教育出版社，1998年，第237页。

真诚地转向右派，悔恨他们早年的观点是幼稚的理想主义”①，激愤地摒弃对此类议题真正的反思，由此矫枉过正。确实，把奥布莱恩及“老大哥”理解为堕落的极权者可矣，若把乌托邦理想主义者也都设想为（伪善的或坦率的）权欲狂，则未免肤浅。如在《正午的黑暗》中，革命家鲁巴肖夫（Rubashov）回忆起参加第一次党代会的革命者们（包括他自己），便清楚地表达了“他们梦想掌握权力，目的是废弃权力；梦想统治人民，目的是要让他们戒掉被统治的习惯”②的高尚追求，这和《一九八四》中赤裸裸的权欲追求形成了对比。塔尔蒙认为，当掌握权力的人行动背叛自己的言论，成为毫无灵魂的国家权力机器时，并非仅仅因为他们是发出空头承诺的伪善者，这更是政治救世主义（Political Messianism）固有的本质造成的，他们同样是牺牲品。③《正午的黑暗》的作者、匈牙利裔英籍作家库斯勒显然对此不乏同情。库斯勒和奥威尔一样曾卷入西班牙内战并被囚禁，甚至和他的小说主人公鲁巴肖夫一样被判处死刑。后来他作为交换人质幸运地活了下来，数年后《正午的黑暗》的德语原稿被翻译成英文最终得以出版。在《正午的黑暗》中，革命成功后，已经成为高级官员的鲁巴肖夫因莫须有的罪名被捕入狱，在狱中的思考让他意识到权力的悖论，但这并没有让他得出乌托邦式政治追求必然会褪色的结论。鲁巴肖夫曾经富有诗意地对单纯的党员理查德说：

> “历史不知有什么顾忌和犹豫。它永恒地、不犯错误地流向前面的目标。每次转折都留下它夹带的污泥和淹死的人的尸体。历史知道自己的进程。它不会犯错误。对历史没有绝对信任的人，不配留在党的队伍的。”④

鲁巴肖夫的言论绝非作伪，但如阿伦特所言：“原以为革命家是这样一种人，他们心安理得，甚至死心塌地将自己维系在这样一个传统之上：若是缺少了自由的观念，这个传统几乎就无从谈起，更说不上有什么意义。孰料竟连他们也宁愿把自由贬为中下层人的偏见，不愿承认革命的目

① 〔英〕特里·伊格尔顿：《后现代主义的幻象》，华明译，北京，商务印书馆，2000年，第6页。
② 〔英〕阿瑟·库斯勒：《中午的黑暗》，董乐山译，北京，作家出版社，1988年，第63页。
③ 参见〔以色列〕J. L.塔尔蒙《极权主义民主的起源》，孙传钊译，长春，吉林人民出版社，2004年，“绪论”第10页。
④ 〔英〕阿瑟·库斯勒：《中午的黑暗》，董乐山译，北京，作家出版社，1988年，第46页。

的过去是而且一向就是自由。”[1]由此，反抗者对理想初衷的弃绝与乌托邦革命的两难困境相应：“革命要取得成功，就不得不以铁的制度纪律来保证革命组织的能量，但是制度对个人的压制，又直接否定了革命的目标本身。”[2]乌托邦革命家所认可的口号乃是“以怜悯和爱人类之名义，你要变得冷酷无情！”[3]在《正午的黑暗》中，尽管鲁巴肖夫同情说真话的理查德，但他感到理查德的“真话”可能妨害此后运动的开展，因此冷酷地下令将他清除。鲁巴肖夫无疑是诚挚的乌托邦主义者，他相信人们会顺着历史之流（必然之规律）运行到“正确”的目的地，尽管其中会夹杂着“尸体”，但只要能使人类获得终极的善，一切牺牲也都获得了正当性。鲁巴肖夫对信仰非常忠诚，甚至在被关押、提审、折磨并最终被判决时，他都保持了深刻的思辨能力、理想主义者的尊严和自我牺牲精神。在此意义上，温斯顿代表的是极权国家的普通反抗者，而鲁巴肖夫却是参与历史进程的上层精英，也更富有“英雄末路”的悲剧感。那么，究竟是何种缘由让历史沾满了革命者的鲜血，却并没有把他们引向理想的彼岸呢？在思想层面，上述理想的破灭、权力的悖论到底是如何发生的？

关于这个问题，《一九八四》中有一段富有深意却时常被人们忽视的对话，同样出自温斯顿与奥布莱恩。此时，奥布莱恩还伪装成反抗“老大哥”的秘密组织“兄弟会”的成员，他问温斯顿和茱莉亚准备为反抗党的统治而做些什么：

> “你们准备献出生命吗？”
> “是的。”
> “你们准备杀人吗？”
> “是的。”
> “你们准备从事破坏活动，可能造成千百个无辜百姓的死亡吗？”
> “是的。”
> “你们准备把祖国出卖给外国吗？”
> “是的。”
> “你们准备欺骗、伪造、讹诈、腐蚀儿童心灵、贩卖成瘾毒品、鼓励卖淫、传染花柳病——凡是能够引起腐化堕落和削弱党的力量

① 〔美〕汉娜·阿伦特：《论革命》，陈周旺译，南京，译林出版社，2007年，第1～2页。
② 陈周旺：《正义之善——论乌托邦的政治意义》，天津，天津人民出版社，2003年，第127页。
③ 〔美〕汉娜·阿伦特：《论革命》，陈周旺译，南京，译林出版社，2007年，第75页。

的事都准备做吗？”

“是的。”

“比如，假若把硝镪水撒在一个孩子的脸上能够促进我们的事业，你们准备这么做吗？”

“是的。”

“你们准备隐姓埋名，一辈子改行去做服务员或码头工人吗？”

“是的。”

“如果我们要你们自杀，你们准备自杀吗？”

“是的。”①

同时，温斯顿似乎从奥布莱恩的声音中听出了这样的话：“这是不可避免的，……这是我们必须毫不犹豫地该做的事。但是等到生活值得我们好好过时，我们就不干这种事了”②，由此获得了平静。然而如康德所说，当人把他人当作实现某种目的的工具时，他人就变成了物。在小说中，尽管这八个以压倒之势而来的“是的”乃是为了伟大的斗争，但温斯顿和茱莉亚与《我们》中追求激进革命的I–330相似，已经追随奥布莱恩，把前路上的一切对象都视之为物。然而，“不论对我们的利用有时是多么必要，我们都把自己认作具有绝对固有价值的人”③。人是目的，而不能是手段。但此时温斯顿与鲁巴肖夫一样，其思想中显然都已经蕴含了与乌托邦思想相通的历史目的论：现实（的人）只是一种通向将来（社会的终极目的）的手段，和将来相比仅具有一种低级的价值，因此完全可以为了将来的目标（至善）而牺牲掉它。④如果“善”不是一种本体性价值，而是完全依照功利计算出的“最大多数人的最大幸福”，那么只要能达到这一目的，用微小个体的牺牲来换取更大的幸福当然是完全合理的。正如温斯顿回答奥布莱恩的，他愿意从事可能造成千百个无辜百姓死亡的破坏活动，卖国、欺骗、伪造、讹诈、腐蚀儿童心灵、贩卖毒品、鼓励卖淫、传染性病、把强酸泼在一个孩子的脸上，只要能促进兄弟会的事业。

---

① 〔英〕乔治·奥威尔：《一九八四》，董乐山译，沈阳，辽宁教育出版社，1998年，第154～155页。

② 〔英〕乔治·奥威尔：《一九八四》，董乐山译，沈阳，辽宁教育出版社，1998年，第157页。

③ 〔美〕S. E.斯通普夫、〔美〕J.菲泽：《西方哲学史：从苏格拉底到萨特及其后》（修订第8版），匡宏、邓晓芒等译，北京，世界图书出版公司，2009年，第283页。

④ 参见谢江平《反乌托邦思想的哲学研究》，北京，中国社会科学出版社，2007年，第94页。

需要注意的是，尽管对每个个体而言，人们的确会权衡取舍，比如以眼前较小的痛苦或牺牲来换取未来较大的利益或避免较大的痛苦，但诺齐克明确回答了为何不能以此要求群体中的某些人付出某种代价，以使其他人得到较大利益或带来普遍的社会利益。诺齐克认为："并不存在拥有利益的社会实体，这种社会实体能够为了自己的利益而承受某些牺牲。存在的只是个体的人，具有他们自己个别生命的不同的个体的人。为了其他人的利益而利用其中的一个人，就是利用他而使别人得到好处，……谈论社会整体利益就把这个问题掩盖起来了。（故意地？）以这种方式利用一个人就是没有充分地考虑和尊重这个事实，即他是一个各别的人，他的生命是他拥有的唯一生命。他并没有从他的牺牲中得到某种超额利益，而且任何人都没有权利将这种牺牲强加在他身上。"[①]即个人是唯一的实体，任何个人都是独立的个体，他们分别有不同的生命，个人必须得到尊重，而不能用来作为手段，（除非自愿）他也不应被他人强迫牺牲以获得更大的社会利益。

而如果目的被视为高于一切，人可以成为物与手段，个体生命可以被其他生命凌驾，一旦这种思想进入实践中，便极难防止其借用真理、自由、解放以及其他一切伟大价值之名施行专制和奴役。《一九八四》中温斯顿没能参加到兄弟会的活动中（如果它确实存在的话），但可以预见的是，如果进行反抗"老大哥"的活动，温斯顿将会践行他的宣言。在《正午的黑暗》中，尽管鲁巴肖夫知道理查德、小洛埃等无辜正直，但还是决定了他们的死亡。小洛埃是一个码头的工人党支部书记，曾经由于组织的官僚作风吃尽苦头，却仍对革命一片赤诚；一次，"那边"的组织和全世界所有政府一样，发起了对一个侵略非洲的南欧独裁政权的抵制，但暗地里向该国提供重要的战略物资石油。鲁巴肖夫负责此次秘密交易，地点就在小洛埃所在的港口。对此，小洛埃和一个朴实的码头工人表达了同样的意见："你们'那边'的人一定要做出榜样来。全世界都望着你们。你们嘴上说什么团结、牺牲、纪律，但是你们的船队却在干破坏抵制的勾当。"[②]几天之后，交易完成，根据鲁巴肖夫的电报，小洛埃被揭发是"奸细"，三天后被迫自杀了。鲁巴肖夫在回忆中反思道："运动是不讲情面和顾忌的；它毫不在乎地朝着目标前进，把淹死者的尸体冲到航道的拐弯处。……他的良心，在它看来也没有关系。它也不关心他的脑袋里和内心

---

① 〔美〕罗伯特·诺奇克：《无政府、国家和乌托邦》，姚大志译，北京，中国社会科学出版社，2008年，第39～40页。

② 〔英〕阿瑟·库斯勒：《中午的黑暗》，董乐山译，北京，作家出版社，1988年，第78页。

里是怎样想的。……在运动里，死亡并不是一件神秘的事；它并没有什么高尚的地方：它是政治分歧的合乎逻辑的解决。”①实际上，鲁巴肖夫已经碰触到了乌托邦理想褪色成为极权统治的根由：伟大的目标可能成为滥用权力的借口，可能成为任何恶行的遮羞布，如温斯顿所说的杀人、卖国、贩毒、卖淫，亦如鲁巴肖夫曾经认同的“政治分歧合乎逻辑的”解决方式：死亡。

《正午的黑暗》在第二章开首引用了15世纪凡尔登主教的话：“在教会的存在遭到威胁时，它就可以不受道德戒律的约束。为了统一的目的，一切手段均可以使用，甚至包括诡诈、背信、暴力、贿买、监狱、死亡。”②在《极权主义民主的起源》中，塔尔蒙指出，在民主制度的流派中，有一种极权主义的民主主义（totalitarian democracy），它具有一种排他的、政治救世主义的信念。这种乌托邦式的信念要求“事物有一种预先设定的、和谐的、并具有十全十美的计划的模式。这种模式使得人们无法抵抗这种统治或控制，并且让他们永远只可能奔向那理想的终点”③。极权主义民主同自由民主主义一样承认自由的重要性，但不同之处在于后者认为人们是依靠苦难、挫折、反复的经验尝试逐步达到和谐状态，而前者认为对这种理想的社会模式进行严格详细的规定，自由才能实现。然而这种规定式的、一元化的、排他性的乌托邦可以与自由相兼容吗？塔尔蒙问道：“是所有的人行为上的协调已经实现了呢？还是敌对者已经被完全排除、清洗干净了呢？”④教条化的、排他性的乌托邦救世信念不能容忍任何异见，在面对反对派时，从险恶的现实环境出发，在行动中不择手段成了合理而别无选择的方式。有学者认为，“她（汉娜·阿伦特）说的革命，太干净，一不能沾暴力，二不能沾专制，这样的革命哪儿找？”⑤言下之意，讲求手段，一切便落入空谈。然而，手段一旦肆无忌惮，堕落便成为必然，既然存在只要有反对者的存在，自由便不会被允许存在的悖论，那么最初所谓对自由的追求便丧失了意义，正如别尔嘉耶夫所指出的，依靠恶与权力相互制衡将产生死循环⑥，当冷酷镇压变得顺理成章，其结果便如

---

① 〔英〕阿瑟·库斯勒：《中午的黑暗》，董乐山译，北京，作家出版社，1988年，第79页。
② 〔英〕阿瑟·库斯勒：《中午的黑暗》，董乐山译，北京，作家出版社，1988年，第102页。
③ 〔以〕J. F. 塔尔蒙：《极权主义民主的起源》，孙传钊译，长春，吉林人民出版社，2004年，第2页。
④ 〔以〕J. F. 塔尔蒙：《极权主义民主的起源》，孙传钊译，长春，吉林人民出版社，2004年，第4页。
⑤ 李零：《读〈动物农场〉》（三），《读书》2008年第9期。
⑥ 参见〔俄〕H. A.别尔嘉耶夫《精神王国与恺撒王国》，安启念、周靖波译，杭州，浙江人民出版社，2000年，第50页。

《正午的黑暗》中引用的法国革命者圣-约斯特的话："无人能毫无内疚地进行统治。"①

因此，"为了使善可能到来才作恶"成为欺人之说，貌似合理的理论在实践中发生了奇特的颠倒。"极权主义民主很快就演变为一种高压政治和中央集权的政治模式，并不是因为它反对18世纪自由个人主义的价值，而是因为它最初对这些价值有过于完美的追求态度。"②这种完美的追求态度即乌托邦式的一劳永逸、囊括和解决一切的、排他的虚妄信念，它与自由是难以相容的。塔尔蒙指出，尽管这两个理想（自由与乌托邦）植根于人类的本能——即对拯救、自由的爱和渴望，但想同时满足这两者，必然导致暴政，"产生于人类最不朽的冲动将腐化为暴政的武器"③。

最终，让渡了宝贵权利、做出了牺牲并期待着美好许诺兑现的人们蓦然发现竟走入了历史的最黑暗处。《一九八四》中奥布莱恩宣称根本不关心普通人的利益，其所言非虚，大洋国肮脏衰败，人们住在陋室中，填不饱肚子，穿着破烂，社会甚至比五十年前还落后，而这一切竟都是刻意为之的结果。实际上，正是"老大哥"将绝大多数人置于贫苦、无知的境地，也正是"老大哥"用物质特权来维护等级差异，用损耗式的战争来消耗物资、保持其紧俏的状态，乃至通过宣传从未发生过的战争来获取权力、凝聚人心。而最为可怕的真相则是，统治世界的三大国家即威尔斯所期望的"世界国家"，实际上都心照不宣地尊奉着同一种哲学，在各自领土上实行着同样的极权统治，世界之大，人类却已无处可逃。被统治者业已丧失人之为人的基本权利与尊严，甚至连"最后的人"温斯顿和爱人茱莉亚也互相出卖——爱情作为人性的象征和可能支撑人类抗争到底的心灵支柱崩塌了，人在精神上彻底沉沦了。极权统治者则不断攫取非凡的权力，追逐自身的私利，奥布莱恩的权力只展示了腐化的冰山一角。总之，所谓美好的目标在尚未实现之前，已经由于手段的不可控而与自身发生了根本性的分裂；理想的乌托邦描摹的都是虚幻的天堂，制造的却是真实的地狱。

---

① 〔英〕阿瑟·库斯勒：《中午的黑暗》，董乐山译，北京，作家出版社，1988年，第1页。

② 〔以〕J. F. 塔尔蒙：《极权主义民主的起源》，孙传钊译，长春，吉林人民出版社，2004年，第274页。

③ 〔以〕J. F. 塔尔蒙：《极权主义民主的起源》，孙传钊译，长春，吉林人民出版社，2004年，第278页。

第八章　反“利他主义乌托邦”的“罢工”

就只管不住我的意志和你自身。
　尽你在灵霄殿上传令把人类毁灭。
　尽你叫凶恶的精灵，在黑暗里，
　作践所有我心爱的东西：
　尽你用极刑来发泄仇恨，
　……
　我诅咒你！但愿苦难人的诅咒
　像悔恨般抓紧你这虐待他的仇敌。

——雪莱：《解放了的普罗密修斯》①

集体化、均一化，要求“利他”的乌托邦是为人们提供了有效的终极性解决方案还是抹杀了人性的真实存在？怎样才是一个正义而不压抑的社会？俄裔美国犹太作家安·兰德（又译作安因·兰德）严肃地思考并热切地回应了这一问题。安·兰德本名艾丽莎·日诺夫耶夫娜·罗森鲍姆（Alisa Zinov'yevna Rosenbaum），出生于一个富裕的俄国犹太家庭，成长于

---

① 〔英〕雪莱：《解放了的普罗密修斯》，邵洵美译，北京，人民文学出版社，1987年，第15页。原文见下：

　O'er all things but thyself I gave thee power,
And my own will. Be thy swift mischiefs sent
　To blast mankind, from yon ethereal tower.
Let thy malignant spirit move
In darkness over those I love:
On me and mine I imprecate
The utmost torture of thy hate;
…
I curse thee! let a sufferer's curse
Clasp thee, his torturer, like remorse。

（Percy Bysshe Shelley, *Shelley's* Prometheus Unbound, Lawrence John Zillman, ed. Seattle: University of Washington Press, 1959, pp.147–148.）

20世纪初期俄罗斯文学的“白银时代”。兰德在圣彼得堡大学（Petrograd State University，现圣彼得堡国立大学）求学时主修历史，并致力于哲学研究，深受亚里士多德、柏拉图、尼采等的影响。兰德在青年时期前往美国并定居，30年代曾在好莱坞担任编剧，后因出版小说《源泉》（*The Fountainhead*，1943）声名鹊起。此后声誉日隆，兰德曾在美国各地多次宣讲；她的追随者众多，并成立了“安·兰德学会”（Ayn Rand Institute）。兰德主要在公众领域而非学院内发挥其影响力，是20世纪美国著名的畅销书作家。她的“客观主义哲学”（objectivism philosophy）论著如《致新知识分子》（*For the New Intellectual*，1961）、《自私的美德》（*The Virtue of Selfishness*，1964），以及这种哲学思想的文学表达如《源泉》《阿特拉斯耸耸肩》等都风靡一时，至今仍然拥有大量的读者。兰德作为无神论者，一反基督教传统中的利他主义伦理观，极力倡导利己主义及自由资本主义经济。她曾简明扼要地概括过客观主义哲学：“1. 形而上学：客观现实；2. 认识论：理性；3. 伦理学：个人利益；4. 政治：资本主义。”①由此形成了独特的思想体系。通过对自身思想的文学演绎，兰德展现了以个人主义、利己主义对抗乌托邦的独特认识。

第一节 “我”与“我们”：个人的“颂歌”

兰德的《颂歌》②篇幅短小，但其对集体主义极权社会图景的描绘，以及强烈的尊崇个人、抗拒集体主义的思想，在20世纪的反乌托邦小说创作大潮中不乏特点。《颂歌》之名源自“献给人类自我的颂歌”③，这部作品作为一篇政治寓言，明显针对苏联的特殊历史情境。小说的故事背景设定在某个集体主义极权世界里，在这个世界独立思考、书写甚至独处都是犯罪。个体只能是与集体中其他任何人同一、均质的个体。个人没有任何自主权，亦无姓名，只用一个口号加数字的代号来识别。人们并不知道曾有单数的“我”（I）这个词的存在，因为在颠覆性的“伟大的新生”（the Great Rebirth）——集体主义意识形态统治世界之后，过去的一切历史都被抹去了，连提及它都是犯罪。现在人们都用复数的“我们”“你们”

① 〔美〕安·兰德：《通往明天的唯一道路：安·兰德专栏集粹》，章艳译，桂林，广西师范大学出版社，2004年，第1页。

② 《颂歌》2007年由华夏出版社引入，译名为《一个人》，本书则使用直译式的《颂歌》为题。本书引文主要采用《一个人》的译文。

③ 〔美〕安·兰德：《通往明天的唯一道路：安·兰德专栏集粹》，章艳译，桂林，广西师范大学出版社，2004年，第181页。

来指称自己和单数的他人（数字代号、以“我们”自称等情节设计可能受到了其前辈扎米亚京的《我们》的影响）。乌托邦遵循“世界联合会”（World Council）的箴言，众人皆为一体，集体的意志便是唯一的、永恒的意志。所谓代表了集体意志的联合会则是至高无上的机构，其信条为：

> “我即众人，众人即我。无有个人，‘我们’为大，个体极微甚小，此为真理，永世不变。”①

和许多乌托邦理想相似，这里不允许爱情、婚姻和家庭这类形式存在，因为那会不可避免地产生偏私。人类接受联合会根据优生学指定的、临时的对象繁育后代，儿童也都是由集体共同抚养长大的。个体如流水线上一成不变的产品，其全部人生历程从居住方式到成长环境、终身职业、繁育对象、人生归宿（40岁即被迁入“无用者之家”）等，都由各个联合会调节控制；绝大多数人也都任由联合会摆布，个体生命既了无生机，又轻如蝼蚁。同时，早在人类烧毁已有的一切文明成果、发起“伟大的新生”之际，世界就发生了急剧的退化。自那之后，以集体化教条为“圣经”的各联合会操纵了世界，人们认为创造是个体性的，因此是罪恶的，所以各联合会都无独创和进取之心，造成全社会不断衰落。在作者看来，正是由于对“我们”的崇拜、对均一化的追求，“所有的思想、科学、智慧都在这片土地上萎谢了”②。到了主人公“平等7-2521”的时代，人类的思维水平与未经启蒙的中世纪时期相差无几，连蜡烛和玻璃都成了新的伟大发明。这是一个精神蒙昧、物质匮乏的黑暗时代。

《颂歌》渲染了乌托邦社会场景，小说所设计的国度物质水平相当低下，与小说潜在的回应对象、柏拉图的《理想国》更为接近，此外，也符合作者与波普尔近似的表述，即认为这是一种作为统一体的“部落文化”，在其中“人不过是随时可以牺牲的细胞”③。小说的统治机构缺乏现代管理技术与能力，其控制力与《美丽新世界》中用流水线、感官电影、索麻等构建出的高科技操控网络相比差距极大，而就连新世界政权都存在着被颠覆的风险，《颂歌》中落后的联合会竟能长久地维持运行，令人难以置信。当然，这种原始简洁的风貌，却有效地渲染出了思想长期受钳制的惊人后

---

① 〔美〕安·兰德：《一个人》，童音译，北京，华夏出版社，2007年，第4页。
② 〔美〕安·兰德：《一个人》，童音译，北京，华夏出版社，2007年，第88页。
③ 〔美〕爱因·兰德：《什么是资本主义》，见〔英〕F. A. 哈耶克、〔美〕罗伯特·诺齐克等《知识分子为什么反对市场》，秋风编，长春，吉林人民出版社，2003年，第201页。

果。在《颂歌》中，由于人类长期被奴化而造成广泛的压抑、驯顺、懒惰与愚昧，联合会的极权统治者根本不必如《一九八四》中奥布莱恩那样费尽心力地说服异端相信二加二并不等于四——人类几乎完全丧失了怀疑精神与创造能力，在不断退化中将如艾略特所说的那样，在轻飘飘的“噗”的一声中走向终点。当然，和绝大多数反乌托邦小说一样，即使在如此极端的境况下，《颂歌》这部小说仍把希望寄托在某些可能的觉醒者身上，主人公“平等7–2521”便是带有强烈理想色彩的个人主义英雄。天赋出众的“平等7–2521”忍受着职业联合会所分配的、难以发挥其才能的扫街者工作，同时凭借自身的顽强意志、不断向前的创造本性，努力追求知识与理性，在长达数年艰苦的秘密科研活动后，“平等7–2521”终于寻回人类久已失传的电力，并发明了电灯。然而，当“平等7–2521”希望将发明传播开来造福人类时，“学者之家”中所谓的科学家们根本无法接受他的天才及创造力，他们从平均主义思想出发质问“平等7–2521”：“你们（即“你”）怎么敢认为自己拥有比你们的兄弟们（brothers）更了不起的聪明智慧？！职业委员会已经裁定你们成为一个扫街者，你们怎么敢认为自己能做出比打扫街道更有利于人的事情？！”[①]实际上，正如小说中的“稳定8–1164”所言，这些科学家都有过各种奇思妙想，但遭到其他成员们投票反对，他们就必须放弃自己的新奇创见，所有人都保持着整齐划一的“平等”状态，其结果便是社会的腐化、停滞与倒退。

显然，兰德认为个人具有根本性的价值，个人具有自我选择、行动与承担责任的自由，与抽象的集体化紧密相连的平均主义意识形态对个体造成了极大的戕害。兰德借“平等7–2521”之口进行了毫不留情的评判：“‘我们’……（是）酷刑和无法戳穿的谎言的源头。……这个字眼就像是倾倒在人类头顶之上的石灰，其中还加入了石头使其更加坚硬，它能把一切位置低于自己的东西压碎，黑和白永远消失在灰中。在那样的世界里，堕落者偷来良人的美德，懦弱者盗用强者的力量，蠢人夺取圣人的智慧。”[②]

当然，在塑造这个颓败黑暗的世界时，号称“把人看做英雄一样的存在”的兰德没有放弃希望，《颂歌》是以反抗者昂扬乐观的期望结束的。在小说结尾，与《华氏451度》中的蒙泰戈相似，“平等7–2521”逃入据说无人能够生还的大森林。他并不孤单，与其相爱的“自由5–3000”

① 〔美〕安·兰德《一个人》，童音译，北京，华夏出版社，2007年，第53页。引文有改动。

② 〔美〕安·兰德：《一个人》，童音译，北京，华夏出版社，2007年，第80页。

追随而来，两人如亚当与夏娃般生活定居。在旧书中，"平等7–2521"终于找到他追寻已久的"我"这个神圣的词语，并发出了个人主义式的"独立宣言"：

> "我既不是别人想要到达的终点间的过程，也不是供人利用的工具，不是供他们驱使的奴隶，不是包扎他们伤口的绷带，不是他们祭坛上的牺牲。"
>
> "我是一个个体。……我不是兄弟们的敌人也不是他们的朋友，我将只和那些值得我付出友谊的人做朋友。而要赢得我的爱，我的兄弟们要做比让自己出生更多的事。我不会再无理由地献出自己的爱了，不把我的爱给任何一个偶然路过的人，只给那些希望拥有我的爱的人。我会带着爱去尊重人，但尊重要靠自己去赢得。"①

关于"个人主义"的本体性意义，兰德此后在其《客观主义伦理学》中如此阐述："每一个生命体的存在是他目的本身，而不是其他目的或他人利益的手段，正如生命是以其自身为目的的一样。所以，人必须为了自己的缘故而生存下去，既不能为了他人而牺牲自己，也不能为了自己而牺牲他人。为自己而生存意味着达到他自己的幸福是人类最高的道德目的。"②《颂歌》中"平等7–2521"的思考与宣言就是兰德思想的文学演绎。一旦否定"个人"作为价值的根本落脚点这一立场，其结果便如"平等7–2521"所言，"他（个人）放弃了自己已经拥有的一切，跌落到比最初的受奴役更变本加厉的地步"；对"我们"的崇拜让"所有的思想、科学、智慧都在这片土地上萎谢了"③。兰德认为，剥夺个人的权利就是寻求"死亡"。最终"平等7–2521"将自己命名为不惜牺牲自己为人类盗取天火的"普罗米修斯"，将"自由5–3000"命名为大地之母"盖亚"。他展望了拯救人类于水火，重新建立起自由、幸福的新世界的前景。《颂歌》出版于20世纪30年代，正是苏联的思想主张流行于包括美国在内的各国的"红色十年"（The Red Decade）。在这种独特的历史情境下，罗斯福新政的许多措施都使兰德看到了经济管制的前景，而曾在苏联有过切身体验的兰德

---

① 〔美〕安·兰德：《一个人》，童音译，北京，华夏出版社，2007年，第79～80页。引文有改动。

② 〔美〕爱因·兰德：《新个体主义伦理观——爱因·兰德文选》，秦裕译，上海，上海三联书店，1993年，第23页。

③ 参见〔美〕安·兰德：《一个人》，童音译，北京，华夏出版社，2007年，第87～88页。

不愿美国重蹈覆辙，因此让“普罗米修斯”发出以“我”对抗“我们”的豪言壮语，以对抗这种政治风潮，支持自由资本主义。《颂歌》以一个乐观昂扬的展望结束，也预示了此后更为详细地探讨两种观念斗争的宏大之作《源泉》《阿特拉斯耸耸肩》等的出现。

第二节　创造与掠夺：“阿特拉斯耸耸肩”

20世纪50年代末，在洋溢着奔放自由气息的《颂歌》出版20年后，兰德在她的集大成之作《阿特拉斯耸耸肩》中延续了“平等7-2521”逃入深山、计划召唤同伴进行反抗的情节。《阿特拉斯耸耸肩》的背景不再模糊，故事发生在现代美国，小说以工商业界的经济活动为主线，演绎了在利他主义和计划经济逼迫之下，个人主义精英们的逃亡与消极反抗。小说独出心裁的“精英罢工”情节也使《阿特拉斯耸耸肩》成为反乌托邦小说中最具挑战意味的一部。

《阿特拉斯耸耸肩》同多部反乌托邦小说一样，曾入选“现代文库”的“20世纪百佳英文小说”，位列“读者榜单”（Reader's List）之首。①《阿特拉斯耸耸肩》也被安·兰德学会称为可以全面展现安·兰德思想的小说。该小说的故事主线围绕大型经济活动展开，哲理意味浓厚，人物众多，情节复杂，并追问了一些古老的根本问题，如怎样的生活才是善与幸福的生活，何种社会是理想社会等。从反乌托邦角度看，《阿特拉斯耸耸肩》与常见的反乌托邦小说有差异，它并不全方位地展示社会生活的各个方面，而是以文学作品中不常见的“商人”主角作为正面角色，以经济和商业活动作为基本线索，并将作者所理解的乌托邦—反乌托邦对立思想进行集中的具象的演绎，彰显了以个人主义、利己主义对抗集体化乌托邦的基本思想。

《阿特拉斯耸耸肩》的原标题是《罢工》（*The Strike*），后来改为更富于象征意味的“阿特拉斯耸耸肩”：古希腊神话中的阿特拉斯是普罗米修斯的兄弟，他单膝跪地，只身承托起苍天。在小说中，阿特拉斯代表着推动世界进步的创造者们，那么，这些创造者为何要“耸肩”（大罢工）？

---

① 《阿特拉斯耸耸肩》在美英等国影响很大，已多次再版，售出近千万册。参见钱继伟《一个小说家的经济学想象力》，《经济资料译丛》2014年第4期。2009年《经济学人》（*The Economist*）杂志还探讨了亚马逊网站上《阿特拉斯耸耸肩》的销售量和经济波动的关系：2007年金融危机后，每每遇到政府大幅度干预，小说销量便明显上升。参见“Atlas Felt a Sense of Déjà Vu”, *The Economist*, February 26, 2009。

这样的"耸肩"又会对世界产生怎样的影响?《阿特拉斯耸耸肩》展现的不是常见的极权者、独裁政权对民众的奴役，而是个人主义精英们抛弃主流社会将造成怎样的乱局，借此阐明兰德的伦理观及与之相关的政治观、经济观。其伦理观即:"人必须为了自己的缘故而生存下去，既不能为了他人而牺牲自己，也不能为了自己而牺牲他人。为自己而生存意味着达到他自己的幸福是人类最高的道德目的。"[①]小说人物呈二元对立之态——理性利己主义[②]、倡导自由经济和个人主义、具有创造性的个人英雄(the creators)与毫无创造力、借利他之名掠夺前者的寄生者(the looters and the moochers)相对抗，这便是作者反乌托邦思想的形象化表达。

小说主要以美国商界(铁路业)精英达格妮·塔格特、汉克·里尔登、约翰·高尔特、弗朗西斯科·德安孔尼亚等"创造者"与其对立面，如达格妮的哥哥詹姆斯·塔格特、伯伊勒、莫奇、费雷斯等"掠夺者"之间的矛盾为主线。塔格特兄妹是美国大型运输公司塔格特的继承人和经营者。达格妮、里尔登、丹·康维、达纳格等企业家力求通过改进技术、公平竞争、自由交易来发展生产、获取财富，却被指责为冷酷贪婪;詹姆斯、伯伊勒等竞争乏力，为转嫁危机而联合国家科学院、华盛顿政客等，以社会公平和大众利益作为旗号通过了《反狗咬狗决议》(*The Anti-dog-eat-dog Rule*)、《机会均等法》(*The Equalization of Opportunity Bill*)等，借用不断扩张的政府职能来干预经济，为己牟利。此前已有众多的企业家、艺术家、哲学家、医生，甚至能干的工人、有信誉的承包商等在合法权益受到损害后，在高尔特、德安孔尼亚等组织下悄悄实行了"罢工"。高尔特、德安孔尼亚等师从名师学习物理学和哲学，并在实践中建立了自己的社会和哲学理论。他们组织创造者躲入其建立的秘密山谷——一个类似无政府的理想共同体中，创造者们的重要价值也由罢工造成的严重后果显露出来。

社会舆论仍不断批判自由经济，政府实行的计划经济对自由贸易产生

---

① 〔美〕爱因·兰德:《新个体主义伦理观——爱因·兰德文选》，秦裕译，上海，上海三联书店，1993年，第23页。

② 安·兰德的"客观理性主义伦理学"认为:"行动者必须总成为行动受益者，人必须为自己的理性私利而行动。但是，他这样做的权利来自于他作为人的天性，来自于道德价值在人类生活中的功能——因此，这种权利只适用于这样的背景，即道德原则是一种理性的规范，能够得到客观的展示和证实，并且阐明并决定什么是真正的私利。这种权利不是一张'随心所欲'的许可证，不适用于利他主义者设想的'自私的'恶棍形象，也不适用于任何被非理性的情绪、感情、冲动、希望和奇想激发的人。"参见〔美〕安·兰德等《自私的德性》，焦晓菊译，北京，华夏出版社，2007年，导言第4页。

了严重打击，经济形势日益恶化，运输业、工业、农业企业都连锁反应似的倒闭，造成物资短缺的后果，由此政府又进一步加强对经济的管制，实行全盘计划经济，国家事务由莫奇等人组成联合理事会管理，此后又实行军事化管制，导致暴乱席卷全国。最终，主流社会的理念全面否认精英们的价值，达格妮和里尔登也终于加入罢工者行列。此时，美国总统准备对全国人民发表演说以鼓舞士气，广播中却传来了高尔特的长篇演讲，他说明了罢工的理由，并全面阐述了个人主义理论。对困境束手无策的总统绑架了高尔特——正像“理想国”要求护卫者履行对大众的职责一样，高尔特也被要求带领众人拯救国家，总统希望他能帮助振兴经济，又宣布将实施虚假的“约翰·高尔特计划”。高尔特拒绝了总统，最终被山谷中的朋友们救出，并和他们商讨在乱局之后重建美国社会。

《阿特拉斯耸耸肩》分为三大部分，其标题可直译为“不盾律”（Non-Contradiction）、“排中律”（Either-Or）、“同一律”（A Is A）。[①]小说在最核心的“高尔特演讲”中对此进行了具体推论与阐述，显示了作者对亚里士多德的形式逻辑的借用[②]，展现出一种理念色彩，被称为包着糖衣的“宣传手册”[③]。此外，创作于20世纪50年代的《阿特拉斯耸耸肩》中呈现的私人所有的大型资本密集型企业是19世纪晚期的经典商业模式，其社会氛围接近20世纪30年代的萧条时期，但社会风俗和技术水平与作者创作的时期相当，而政府干预和政治腐败的情形则与此后的70年代相似。[④]从某种意义上说，小说既涉及理念推导，又关涉20世纪的宏大历史和广阔的经济与社会生活场景，却从小处着眼，由个人的生活历程细致展开。

作为小说主线之一，里尔登的家庭与事业发展的故事具体体现了兰德以“生命”存续为基础的个人主义理想价值：唯有“生命”才能让“价值”成为可能，人类需要伦理学的引导，以确认价值和规范[⑤]，认为利他

① 2007年重庆出版社版汉译本标题为“毫不冲突”“模棱两可”“昭然若揭”，参见〔美〕安·兰德《阿特拉斯耸耸肩》，杨格译，重庆，重庆出版社，2007年。

② 安·兰德曾表示，“考虑到迄今为止每一项使我们走向文明的成就，我们拥有的每一种理性价值……或直接或间接地都接受了他（亚里士多德）的认识论原理，我们将不得不说：再没有任何人能比他对我们的贡献更大的了。”参见〔美〕安·兰德《致新知识分子》，冯涛译，北京，新星出版社，2005年，第20页。

③ Max E. Fletcher, “Harriet Martineau and Ayn Rand: Economics in the Guise of Fiction”, *The American Journal of Economics and Sociology,* no. 4, 1974，p.368.

④ 参见Edward W. Younkins, “*Atlas Shrugged:* Ayn Rand’s Philosophical and Literary Masterpiece”, *Ayn Rand’s* Atlas Shrugged: *A Philosophical and Literary Companion*, Edward W. Younkins, ed. Aldershot, Hampshire: Ashgate Publishing Ltd., 2007, p.10。

⑤ 参见〔美〕爱因·兰德：《新个体主义伦理观——爱因·兰德文选》，秦裕译，上海，上海三联书店，1993年，第6、17页。

主义价值观是虚伪的、反生命的。里尔登白手起家，并把全部身心投入其热爱的钢铁事业中，经过十年的艰苦研发，终于研制成新型的“里尔登合金”（Rearden Metal）。然而里尔登的追求却没能得到妻子莉莉安的理解——尽管莉莉安从不追求物质上的奢华，里尔登潜心研制成功并献给她的合金手链却被拿去和达格妮交换了钻石手链；而里尔登的母亲不断向里尔登索要爱，弟弟则一边向他要钱，一边伪善地指责他追逐私利。里尔登的家人责备他在感情上自私，却无人真正在乎他所追求的创造、革新和贡献。里尔登内心鄙视不劳而获和无缘无故的爱：“他们（家人——引者注）声称出于某些不知道的原因而爱他，却忽略了他希望自己被爱的那些地方。”[①]第一部分第二章的标题“锁链”（“The Chain”）除实指合金手链外，还暗示“利他主义”的精神锁链迫使里尔登维持与家庭中的情感劫掠者们的关系。[②]事实上，与里尔登志同道合的达格妮、德安孔尼亚等人无须向他示好，仅凭自身的智慧、正直和能力便赢得了里尔登的信任和尊重。里尔登体现出的正是兰德的个人主义理想价值——“理智、目的和自尊”[③]：只有有自尊的理性的利己者，才具备坚定、不妥协、不背弃的价值，才有能力爱。

在家庭生活之外，里尔登的经济、社会活动也体现了里尔登与广受颂扬的罗宾汉式“劫富济贫”精神相反的观念。小说第一部分第七章“剥削者与被剥削者”（“The Exploiters and the Exploited”）便一反大众心中“商人吸血”的刻板印象，指出商人是真正创造价值的人，绝非剥削者，相反，他们才是被打着“利他主义”旗号的掠夺者压榨的对象。性能优越的“里尔登合金”发明之初，业界对这种合金的安全性不断质疑，舆论称里尔登只顾满足自己的贪念，生产的产品将会危及人们的生活。国家科学院也违心地对“里尔登合金”表示质疑，但真正的原因是科学院背后的同类企业恐惧它的竞争力。科学院的代表以公众利益相威逼利诱，劝说里尔登放弃市场竞争、出售合金：“首先，你下的赌注有很大风险，你是在对抗公众的反对意见，你对里尔登合金的投资很可能血本无归。再说，我们能够消除你的风险和责任，而且是以很高的利润方式，是立刻到手的利润，这比

① 〔美〕安·兰德：《阿特拉斯耸耸肩》，杨格译，重庆，重庆出版社，2007年，第35页。

② 参见Fred Seddon,“Various Levels of Meaning in the Chapter Titles of *Atlas Shrugged*”, *Ayn Rand's* Atlas Shrugged: *A Philosophical and Literary Companion*, Edward W. Younkins, ed. Aldershot, Hampshire: Ashgate Publishing Ltd., 2007, p.47。

③ 〔美〕爱因·兰德：《新个体主义伦理观——爱因·兰德文选》，秦裕译，上海，上海三联书店，1993年，第20页。

你今后二十年销售预期的利润大得多。”[①] 里尔登的拒绝则体现了利己的个人主义的反抗，他的回答颇为直率：

“因为那是我的，你明白这个词的意思吗？”[②]

因此，兰德所谓的“理性利己主义”并不是指个人疯狂地追逐私利，相反，它强调的是人应以个体有机“生命”本身作为终极价值标准，以意志力和理性为行动准则，不受无理的欲望的支配；人应追求独立、正直、诚实、公正的“合理性美德”和创造性，并以利己为原则；人要尊重个人权益，个人不能成为他人实现目的的手段。诺齐克认为兰德的立场是“‘约束的利己主义’，即受不违反特定条件（即其他人的权利）约束的利己主义”[③]。兰德要求最大化自身利益，其实是将他人的利益融入个人的价值体系与层次中，个人按自我认定的价值高低序列进行判断取舍，因此，一些通常被认为是“无私”的行为，如对朋友的救助等，也被兰德纳入“自私”的范围。为何对他人的爱也被称为是自私的？兰德实际上继承的是17世纪霍布斯（Thomas Hobbes，1588—1679）以来的伦理利己主义，认为人的自发行为都是为了某种对自己的益处，并把各种通常认为是“利他主义”的行为都重新解释为私利，把利己伦理同社会和谐的要求调和起来。[④] 兰德显然并不反对人与人之间的仁爱与善意，按她在《危难境遇中的伦理学》中所举的例子，丈夫为治疗心爱的妻子花费巨额财产，这并不是自我牺牲和利他，而是在他的价值等级中，妻子远比金钱重要，他不过是理性地选择了对他的幸福而言至关重要的事物。如果要求丈夫放弃治疗生病的妻子而去拯救另外10名陌生的女性（从功利角度看，所救助的数量显然更大），这才是利他主义的。又如，在面对溺水的陌生人时，如果救助他人对自己的危险小，则救助行为具有道德适当性；如果风险极大，那么这种救助是不道德的，不应获得道义上的支持。在兰德看来，丈夫为心爱的妻子付出并不是“无私”，救助溺水的陌生人也不应是一种常规，

---

① 〔美〕安·兰德：《阿特拉斯耸耸肩》，杨格译，重庆，重庆出版社，2007年，第166页。

② 〔美〕安·兰德：《阿特拉斯耸耸肩》，杨格译，重庆，重庆出版社，2007年，第167页。

③ 〔美〕罗伯特·诺齐克：《苏格拉底的困惑》，郭建玲、程郁华译，北京，新星出版社，第315页。

④ 参见〔英〕史蒂文·卢克斯《个人主义》，阎克文译，南京，江苏人民出版社，2001年，第93～94页。

强迫人追求利他行为是无理性且不道德的。[①]

与此一致，《阿特拉斯耸耸肩》中里尔登拒绝高价出售合金、为保护达格妮而放弃饱含他心血的合金专利权，高尔特为救助达格妮而不惜牺牲自己，都是出于利己的真诚，而不是践踏自己的尊严或背弃个人的价值观；而莉莉安等人则要求里尔登以牺牲自我（如放弃对事业的追求）、违背其原则的方式来贡献爱，这不可能带来真诚的道德，而是非理性的索求，是“精神上的掠夺”。兰德反对的其实是一种无条件、无差等的利他主义。

小说中，“里尔登合金”通过达格妮的铁路等得到了证明，政府却通过《机会均等法》将里尔登合金“公平”地分配给同行，业界借此瓜分新型合金成果，大赚其钱。在里尔登与德安孔尼亚的对话中，两人谈到“寄生者”因为无能而成为统治者和消费者，“创造者”却因其天才和努力走上“无私利他”的祭坛——被认为不该得到财富、尊重和感谢。后来，里尔登将部分合金卖给好友矿主达纳格，却因贪婪的罪名被告上法庭。法官认为他们对里尔登的审问是基于最高原则——全体利益。对此，里尔登宣称自己就是为自己的利益工作，而“对于我能够做得比大多数人更出色这样的事实——实际上我的劳动比我邻居的更有价值，更多的人愿意付钱给我——我拒绝认为这是一种罪恶。我拒绝因为我的能力而道歉”，“我不想把别人的福祉作为我可以生存的通行证，也不认为他们的利益是可以霸占我的财产或毁掉我的生活的理由。……你没有权利得到大众的利益——任何人都不能用牺牲他人的方式谋求自己的利益”[②]。里尔登的法庭抗辩说明，“在限定的范围内（私权利领域内），应该允许个人遵循自己的而不是别人的价值和偏好，而且，在这些领域内，个人的目标体系应该至高无上而不屈从于他人的指令”[③]。而以抽象的社会之名剥夺个人权利，不可能成就善，反而可能会“把社会置于道德法律之上，成为一种全能的、专制的统治”[④]，将个人降低，变成为了他人的目的而被牺牲掉的工具。兰德再次借里尔登之口指出了扼杀“个人”的后果：

“你一旦侵犯了一个人的权利，你也就侵犯了所有人的，一群

---

① 参见〔美〕爱因·兰德《新个体主义伦理观——爱因·兰德文选》，秦裕译，上海，上海三联书店，1993年，第40～41页。

② 〔美〕安·兰德：《阿特拉斯耸耸肩》，杨格译，重庆，重庆出版社，2007年，第444页。

③ 〔英〕哈耶克：《通往奴役之路》（修订版），王明毅等译，北京，中国社会科学出版社，1997年，第62页。

④ 〔美〕爱因·兰德：《新个体主义伦理观——爱因·兰德文选》，秦裕译，上海，上海三联书店，1993年，第87页。

权利无存的生灵注定会走向灭亡。……这是一切掠夺者在无人可抢之后的必然下场。……我要挑战的并不是你们的某项政策，而是你们的道义的前提。”①

《阿特拉斯耸耸肩》创作的时期正是第二次世界大战之后主张国家干预的“凯恩斯主义”（Keynesianism）盛行、传统自由放任学说备受质疑的年代，兰德受到著名的自由市场拥护者黑兹利特（Henry Hazlitt，1894—1993）和米塞斯（Ludwig von Mises，1881—1973）影响（但兰德和米塞斯关系不睦，也表示并不赞赏哈耶克等人），认可“通过互利互惠的交易，私有财产和价格系统与成千上万个体的经济行为自然地协调一致”，“对价格系统的干涉将造成资源配置的扭曲”，“征税有碍生产”等观点。②正如哈耶克所言：全面集中计划的方式原始、笨拙、适用范围狭小，难以适应现代条件下劳动分工的复杂性；由于人们的价值序列、计划目标之间的冲突，能够有效实现全盘计划调节而又不存在无所不知的独裁者的方案是不可能存在的③，在自由市场体系中，人们自发自主地追求其目标的实现。在兰德看来，里尔登所挑战的道义前提之“恶”，在于它对个体权利和生命价值的破坏，为空洞的“善”的口号进行筹划，通过政治手段把不可行的“博爱”计划强加于人。具有乌托邦倾向的管理者沉溺于其政治和经济计划，不管人类的现实生活境况，只顾宽泛的公共目标，不顾相应的条件、代价和手段。④

与之相对的是作者基于古典自由主义的自由放任市场的经济观，她借德安孔尼亚之口说：“金钱是交换的工具，如果没有了生产出来的商品和生产出商品的人，它就无法存在。人们如果希望彼此打交道，就必须用贸易的方式，用价值换取价值。”⑤因此，追求个人利益、自由竞争、公平交易就是作者所认可的基本原则，小说选择“商人”作为主人公也应是基于对这种原则的演绎：

---

① 〔美〕安·兰德：《阿特拉斯耸耸肩》，杨格译，重庆，重庆出版社，2007年，第444页。

② 参见Peter J. Boettke, “The Economics of *Atlas Shrugged*”, *Ayn Rand's* Atlas Shrugged*: A Philosophical and Literary Companion*, Edward W. Younkins, ed. Aldershot, Hampshire: Ashgate Publishing Ltd., 2007, p.189。

③ 参见〔英〕哈耶克《通往奴役之路》（修订版），王明毅等译，北京，中国社会科学出版社，1997年，第53～58页。

④ 参见〔美〕爱因·兰德《新个体主义伦理观——爱因·兰德文选》，秦裕译，上海，上海三联书店，1993年，第79～80页。

⑤ 〔美〕安·兰德：《阿特拉斯耸耸肩》，杨格译，重庆，重庆出版社，2007年，第378～379页。

“代表着对人类表示敬重的道德象征便是商人。我们这些依靠价值而非掠夺去生活的人们，从物质和精神两个方面来说，都是商人。商人的一切都是他自己挣来的，他既不白给，也不白拿。对于自己没能做到的事，商人不要求得到报偿，他也同样不希望别人喜欢他的缺点。”①

因此，在小说结尾处，高尔特“划出了一个美元的符号”②，便是一种“具有巨大意识形态意义的象征性口号，表达了包含在天赋权利学说、自由企业的信念和美国之梦中的不同时代的所有理想”③。

同时，《阿特拉斯耸耸肩》借微观的经济案例揭示了其中之“恶”。在小说的回溯中，高尔特曾工作的“20世纪发动机公司”一度拥有6 000名工人，在老厂长去世后开始推行抑制竞争、按需获酬的新章程，即根据大家投票确定“需要”和“能力”，要求最能干的工人奉献最多，最“需要”的人获利更多，因此人们不再为这个“大家庭”尽力，许多人开始装傻充愣，偷奸耍滑，贪杯享乐，却又“恨人家穿新衣服，恨人家的妻子有帽子戴，恨他们全家出去玩，恨他们重新粉刷房子”④。在这样的政策下，不仅生产效率降低，而且在信息不对称的情况下，人人都认为他人可能存在投机行为，因此互相监视，陷入信任危机。⑤在人们自我放纵和互相敌视之下，公司最终破产了。

在缺乏有效激励机制的情况下，企业和社会丧失了革新的内在动力，失去了生命力。小说中，政府颁布的“10–289法令”取消了一切自由竞争、专利、版权，关闭了科研机构，按计划进行生产、分配，不允许辞职和解雇，众多企业破产倒闭，整个经济滑向僵死的边缘；在作为重要线索的“里尔登合金”事件中，其危害更是得到凸显。里尔登合金的发明本来应该给里尔登带来声望与激励，并为整个工业生产带来巨大收益，但在《机会均等法》的调控下，里尔登受罚，其专利权被收归国有，合金被公平分配，结果便是市场上有了里尔登合金制成的羽毛球拍，但重要的工业设备如采掘机、铁轨等的合金需求却得不到满足，合金根本无法发挥其应有的作用，而这只是各领域中的诸多类似事件之一。小说假设经济的发展依赖政府对

---

① 〔美〕安·兰德：《阿特拉斯耸耸肩》，杨格译，重庆，重庆出版社，2007年，第938页。
② 〔美〕安·兰德：《阿特拉斯耸耸肩》，杨格译，重庆，重庆出版社，2007年，第1069页。
③ 〔英〕史蒂文·卢克斯：《个人主义》，阎克文译，南京，江苏人民出版社，2001年，第24页。
④ 〔美〕安·兰德：《阿特拉斯耸耸肩》，杨格译，重庆，重庆出版社，2007年，第613页。
⑤ 参见钱继伟《一个小说家的经济学想象力》，《经济资料译丛》2014年第4期。

创造者的剥削和掠夺，一旦创造者们罢工，掠夺终止，便会出现经济停滞、社会崩溃的局面，最终人们将不得不放弃这种经济模式。由此出发，达格妮和里尔登也退出了主流社会，呼应高尔特的“阿特拉斯”大罢工。

此外，除了在道德观上对人性的禁锢、在价值观上对精英的压抑，以及经济上的灾难性后果，小说还反思了“群己权界”问题——政府职权设计上的重大难题。1890年，费边社的代表韦伯（Sidney Webb，1859—1947）曾在列表中对比得出结论：“最好的政府是能安全和成功地管理最多的政府”①，并以此反对个人主义。相反，兰德秉持一种类似古典“守夜人”国家（night-watchman state）的观念，认为：政府作为公民的代理人，其服务范围需明确限定（不是全能者），它唯一能垄断的是武力使用的权力，其主要职责是裁决纠纷、维护法律；在税收方面，政府也不能以任意的决断来扩大其服务范围②；“个体在法律上具有做他所愿意的任何行动（只要不去伤害其他人）的权利”，即在私人领域，不禁止即自由。“而政府的官员是受其职能的法规所限制的。除了在法律上禁止的行为之外，个体可以做任何他想做的事；而对政府官员来说，除了法律允许的之外，他不能做其他任何的事”，“除非是公民为了某种特殊的目的而赋予它（政府）权利之外，它没有任何其他权利”。③即在政府职权领域，法无授权即禁止。在《阿特拉斯耸耸肩》中，高尔特阐明了他的政府理念：“政府的正确职能仅限于：作为警察，保护你不受罪犯的侵犯；作为军队，保护你不受外敌的入侵；作为法庭，用客观的法律和理性的规则去平息纠纷。但是一个对善意的人首先用强，对缴械的受害者暴力镇压的政府，就是意在灭绝道德的恶魔的机器。”④也就是说，兰德认为超出了一种小政府乃至最小政府的职权之外，政权便有暴政之虞；如她所述：“在这里，我们很快地发现了这样一种颠倒：政府可以做它想要做的任何事情，而公民只有得到同意才可以去做。”⑤这种认识反映了兰德对“大政府”可能造成的对个人权利的侵犯与强迫、滥用武力和官僚体制的高度警觉（但她同样明确反对无政府主义）。事实上，对政府及其公权力范围扩张的警惕至今依然

① 〔英〕史蒂文·卢克斯：《个人主义》，阎克文译，南京，江苏人民出版社，2001年，第32～33页。

② 参见〔美〕爱因·兰德《新个体主义伦理观——爱因·兰德文选》，秦裕译，上海，上海三联书店，1993年，第124页。

③ 〔美〕爱因·兰德：《新个体主义伦理观——爱因·兰德文选》，秦裕译，上海，上海三联书店，1993年，第110～112页。

④ 〔美〕安·兰德：《阿特拉斯耸耸肩》，杨格译，重庆，重庆出版社，2007年，第973页。

⑤ 〔美〕爱因·兰德：《新个体主义伦理观——爱因·兰德文选》，秦裕译，上海，上海三联书店，1993年，第118页。

是诸多西方文学与影视作品的主题。

当然，安·兰德忽略了许多复杂的现实难题。兰德在对平等划一、集体化、强制性的利他主义加以批判的同时，表现出对自由与平等的关系理解简单化、对理性理想化。兰德的论述和小说演绎中隐含了这样的优先性：个体的理性判断、自我的价值序列优于对规则的服从、外部的价值等级。但她对理性的全知全能性过于依赖，而很少考虑对理性本身的纠偏；而且，人类社会的法则并非她设想的那样浑然天成而有明确的“客观”可依。正如有学者评论的，兰德的“理性”是没有“锚”的，当然，这或许可以理解为她强调的理性的“客观实在”层面已包含规则正当性的意涵。①但无论如何，兰德所推演设计的“理性英雄”形象多少是有些虚幻的。

又如，兰德观念中的理性的个人之间不会产生真正的矛盾，不需要“集体”观念加以协和等，现实情况却并非如此。兰德否认最大限度的自由放任可能带来强者吞噬弱者的后果。虽然兰德塑造的里尔登、达格妮、高尔特等都表现得霁月光风，但他们确实可能不甘于只呼应清教徒式的“天命召唤”，从而无法保持一种韦伯意义上的理性资本主义精神，可能会自我膨胀和放纵，抛弃规则，成为贪婪强悍的吞噬者。兰德认为理性的人之间的利益不存在冲突，表现出对矛盾的忽略和回避，如诺齐克所言：“也许你想象出一个道德和谐的大同世界，在这个世界里，没有不可调和的义务冲突、应当冲突，在这个世界里，如果你应当做某事，我不应当用武力阻止你。但至今没有一个无可置疑的论证为我们提供这样一种世界图景。……客观的应当冲突是可能的。”②因此，个体努力实现自身的“客观的价值”的同时，也应接受有助于“协调”的规则，这些规则对维持生命、增进幸福是必需的。③否则，精英群体和谐相处的“高尔特峡谷”并无任何实现的可能。此外，诺齐克还曾批评兰德对政府职能的论述粗疏，回避了政府的（财富等）再分配职能等重要内容。④

《颂歌》《阿特拉斯耸耸肩》等是具有浪漫色彩的理念小说，以普罗米修斯、阿特拉斯等希腊神话人物为原型，使人物从被加害者变成了富有魅力的英雄。当时即有评论者指出：“她笔下那些戏剧性的商人实际上就是

① 参见朱海就《理性与道德：协调的视角》，《学术界》2017年第8期。

② 〔美〕罗伯特·诺齐克：《苏格拉底的困惑》，郭建玲、程郁华译，北京，新星出版社，2006年，第313页。

③ 参见朱海就《理性与道德：协调的视角》，《学术界》2017年第8期。

④ 参见〔美〕罗伯特·诺齐克《苏格拉底的困惑》，郭建玲、程郁华译，北京，新星出版社，2006年，第304～305页。

尼采式的超人，因此糜烂的左派就是尼采所谓的‘末人’，而两种人都被扭曲得不成样子。”①

上述这些作品也许颇难为真正的政治实践释疑，但其理念出发点、故事构想和人物设计极富有魅力，或许“浪漫现实主义者”（Romantic Realist）之称正可说明她的独特风格和价值。兰德曾经的学生及恋人布兰登（Nathaniel Branden）解释，兰德的“浪漫”之处源于“她的作品总是关注价值观，关注人类生活中关键的、抽象与普遍的事物，充满了对人作为英雄般的存在的预期”，而“现实主义”则在于她的价值观倾向于从现实出发承认人类的本性，其所处理的问题在当代具有至关重要的基础性价值。②《安·兰德传：生平与思想》认为，如果忽视兰德和托洛茨基、曼德尔施塔姆产生于同一思想苗圃，就很难理解她对理想国的热爱。③这种热爱之情充盈在作品中，便如《阿特拉斯耸耸肩》中音乐家哈利以神话中法厄同（Phaëton）的故事改编的歌剧一样天马行空：太阳神之子法厄同偷了父亲的日轮战车，企图在天空中驾驭太阳，但他并没有如神话中那样死去，而是成功了。④

总之，兰德的小说代表了由哲学理论推导而出的一类作品。兰德所设想的理想世界蕴含的前提包括“优秀的制度有自我展示、最终胜利的内在趋势”，“可以通过斩断社会习俗、庸人愚昧、先在环境的手段，由少数天才付诸实施”。⑤兰德认为绝对均等、自我牺牲的乌托邦教条作为一种极端利他主义⑥，既非真正的美德，也不可能实现；对于家庭产业曾被政府直接没收充公的兰德来说，苏联的苦役营、纳粹德国的毒气室和森严的柏林墙都是这类模式的恶果，如果“人的生命和工作属于政府，属于社会，属于集体，属于帮派，属于种族，属于国家，政府可以为了它认可的任何

---

① 刘仲敬：《安·兰德传：生平与思想》，北京，商务印书馆，2015年，第150页。

② 参见Jeff Riggenbach, "*Atlas Shrugged* as a Science Fiction Novel", *Ayn Rand's* Atlas Shrugged*: A Philosophical and Literary Companion*, Edward W. Younkins, ed. Aldershot, Hampshire: Ashgate Publishing Ltd., 2007, p.137.

③ 参见刘仲敬《安·兰德传：生平与思想》，北京，商务印书馆，2015年，第5页。

④ 参见〔美〕安·兰德：《阿特拉斯耸耸肩》，杨格译，重庆，重庆出版社，2007年，第62页。

⑤ 刘仲敬：《安·兰德传：生平与思想》，北京，商务印书馆，2015年，第30页。

⑥ 英国学者奥尼尔（J. Oneill）指出，极端利他主义“不仅指为他人利益着想，而且指为了他人的利益而牺牲自己的利益”，而此种社会并非理想社会，“一个人人打算为了他人的利益而牺牲自己利益的社会，是一个很少有利益会得到满足的社会，恰像一艘挤满了极端的乙种利他主义者的救生艇，人人都要跳下去，以拯救他人的生命一样，……乙种（极端）利他主义既不是个人也不是社会的美德。”参见J. 奥尼尔《利他主义、利己主义和市场》，《现代外国哲学社会科学文摘》1993年第4期。

民族和集体的利益而任意处置每个人”①，那么个人最终难免成为“公共利益”的祭品，《颂歌》中的“平等7–2521”，《阿特拉斯耸耸肩》中的达格妮、里尔登等人便是众多牺牲者的代表。

安・兰德以激进的个人主义反对利他主义的乌托邦，被称为“极权主义最猛烈的批判者，经典资本主义最露骨的辩护者，以自私为美德伦理的最热烈的倡导者”，（包括她长期生活于其中的美国社会的）“现存权力秩序的激进批判者”②。她也凭借对个人权利的极端张扬，以激进右翼的姿态，打破了通常“批判知识分子一定是左派”的传统，成为冷战之后一代美国人的文化偶像——“安・兰德学会”致力于传播其思想，沙龙中的熟客、美联储前主席格林斯潘也深受其影响。安・兰德的创作对美国公众产生过重要影响，甚至已经成为一种象征性符号，影响力至今不衰。当然，兰德小说的主要贡献仍在于对乌托邦的“破”，而非有所“立”——即使有着独特理论体系的兰德作品也不能免于此种处境，这或许也是反乌托邦小说内在的批判特性使然。

---

① 〔美〕安・兰德：《通往明天的唯一道路：安・兰德专栏集粹》，章艳译，桂林，广西师范大学出版社，2004年，第4页。

② 周礼：《安・兰德思想研究》，上海，华东师范大学硕士学位论文，2007年，第8页。

第九章　反“均一化乌托邦”的突围

“什么是真正的好？”
　我沉思着问道。

法庭说，秩序；
　学校说，知识；
聪明人说，真理；
　傻子说，玩耍；
姑娘说，爱情；
　小伙子说，美貌；
梦想家说，自由；
　哲人说，家庭；
战士说，荣誉；
　预言者说，公平；——

我的心忧伤地说，
　“答案不在这里。”

——约翰·博伊尔·奥赖利：《什么是好》[①]

① 杜承南、罗义蕴译：《英美名诗选读》（英汉对照），重庆，重庆出版社，1990年，第344～345页。原文：

"What is the real good?"
　I asked in musing mood.

Order, said the law court;
　Knowledge, said the school;
Truth, said the wise man;
　Pleasure, said the fool;
Love, said the maiden;
　Beauty, said the page;

乌托邦小说时常把“乌托邦”设计为一个将抽象的集体、普遍性的主体凌驾于个别“自我”之上，有着强烈的平均主义追求的世界。许多反乌托邦小说都描绘了乌托邦试图用集体化的模式、均一化的方式、强制性的手段来“黏和”社会中的“原子化”个体。反乌托邦小说揭示出，由于现实中资源总体的有限、匮乏（即难以得到绝对满足）以及较强者与较弱者之间的客观差异，一旦进入乌托邦实践，由于无法将所有相对较弱者都提升到较强者的位置，乌托邦的社会构想便只能采用削弱较强者的方式来维持运转，来实现关于“公平、正义”——结果平等的许诺。如英国作家哈特利的《表面的公正》便描绘了“新英国”为消除貌丑者对貌美者的嫉妒，迫使大多数女性都整容为同一模样的奇特故事；又如美国儿童作家洛伊丝·洛利的《传授者》也同样从集体化平均主义设计的对立面出发，展现乌托邦进入实践后可能出现的对个体权利的侵害等弊病，并讲述了个体逃亡与抗争的故事。这样一种均一的集体化乌托邦遭到了反乌托邦小说对其合理性的深刻质疑。

第一节 “普罗克拉斯提之床”的公正：“表面的公正”

英国小说家哈特利有代表作《优斯塔斯与希尔达》三部曲（*Eustace and Hilda* trilogy，1944—1947）、《信使》（*The Go-Between*，1953）等，他时常被评论家拿来与亨利·詹姆斯比较，亦有研究者指出他继承了霍桑（Nathaniel Hawthorne，1804—1864）对道德主题、“自我孤立的个体”（self-isolated individual）的关注，以及“罗曼司”形式；其风格的形成在20世纪四五十年代并非时尚所趋。[①]而发表于60年代的《表面的公正》展现出与哈特利惯常在较小格局中创作写实小说颇为不同的视野，焦点设定在战争后重生的一个新国家，但仍然凸显了基本主题：个人艰难辨识“上帝的

Freedom, said the dreamer;
  Home, said the sage;
Fame, said the soldier,
  Equity, the seer ; —

Spake my heart full sadly,
  “The answer is not here.”

① 参见Howard W. Schneider, “Peter Bien, *L. P. Hartley*”, *Critique: Studies in Contemporary Fiction*, no. 1, 1964, p.136, p.134。

安排"与日益令人感到压抑的"社会要求"的区别。[①]布克尔认为，小说表现了哈特利对自己所处时代的讽刺，因此从某种意义上来看，《表面的公正》与他的写实性小说一样，都表现了"个体与社会要求的冲突"。[②]

《表面的公正》曾被《发条橙》的作者伯吉斯选入其《1939年以来的99部最佳英语小说》(*Ninety-nine Novels: The Best in English since 1939: A Personal Choice*)，它由一个独特的构想展开故事，集中探索了乌托邦中的"均一性"压抑这一主题。小说讲述了在几乎毁灭了世界的第三次世界大战即核战争之后，躲入地下洞穴的幸存者在广播声音的鼓动下，重新回到地面生活，并创建"新英国"，接受广播中从不露面的"亲爱的独裁者"(Darling Dictator)的专制统治。出于对骚乱、战争的极度恐惧，这一新国度用集体抚养幼儿、无孔不入又无法关闭的广播、镇静剂、意识形态灌输和自我贬抑（以历史上的罪人的名字为名）等手段控制人们。其所追求的核心价值是"好意（E）"——"平等"(Equality)与正义，力求消灭的则是"恶意（E）"——"嫉妒"(Envy)。独裁者规定关于其他国家的想象必须是正面的，人们还要掌握每日变化的对各个国家的"饰词"，如"美丽的/丰饶的/……比利时"，"欢快的/尽责的/……丹麦"等。新英国践行"平等的公正"的方式也颇为离奇：人生而有美丑之分，为了修正这种可能带来显著后果的"不平等"，政府鼓励女性整容为同一模样，4/5的女性都是中等的贝塔式面孔——这也是小说题目"表面/面貌（facial）的公正"的双关所在。为了克服不均等和嫉妒，独裁者还在传统的家庭（夫妻）模式之外设计了"协约丈夫"(Hygienic Husband)这类新的婚姻角色。当然，不仅外表，人们的思想、行为也被要求同一化，"个性"通常被视为威胁而遭严厉压制。然而，这一"平等"并不彻底，除独裁者外，该国度还存在一个特权集团即独裁者的巡检官，巡检官们对占人口多数的贝塔、伽玛阶层拥有生杀予夺的权力。

《表面的公正》在常见的"乌托邦"背景之外，从独特的女性角度出发，围绕"面貌"这一典型的天赋之资展开思考。主人公"吉尔97"(Jael 97)是一个美貌超凡的女性，因此招来了其他女性不满。吉尔资质特异，却未能入选社会上层，由此成了"落选的阿尔法"，沦为主流价值观中的"反社会者"，备受排挤。苦闷的吉尔参加了一次巴士旅行活动，

① 参见Harvey Curtis Webster, "The Novel of L. P. Hartley ", *Critique: Studies in Contemporary Fiction*, no. 2, 1961, p.40。

② 参见M. Keith Booker, *Dystopian Literature: A Theory and Research Guide*, Westport, Connecticut: Greenwood Press, 1994, p.168。

却遭遇了车祸。由于新英国反对民众乘坐汽车，因此正按照1/6的比例随机制造交通事故。究其原因，独裁者对汽车在历史上曾引发的严重问题进行了控诉,其中蕴含了对“消费”症结的描述：

> （它）是对“好意”的公然践踏，对“恶意”的放肆张扬。……每辆车都是其主人的身份徽章，向所有买不起同级别车辆甚至根本买不起车的邻居们炫耀着。①

吉尔在入院做手术时，面容被修改为贝塔式，变得与大部分女性毫无差别。痊愈后的吉尔深感愤怒，建立起反政府的秘密组织，试图揭开神秘独裁者的身份，她掀起了一场暴乱，独裁者竟然宣布退位，社会混乱加剧。此时吉尔才发现，一名曾对她很友善的老妇竟然就是独裁者本人，濒死的独裁者要求吉尔继承她的身份并恢复秩序。最终，吉尔放弃了抗争，准备通过广播重建独裁政权。

在《表面的公正》中，最令人惊惧的一幕便是吉尔发现自己已经被悄然改头换面，这引发了她对该国集体“均一”原则的强烈愤恨。在此，这种“结果均等”便不免造成如《颂歌》曾描述的颓败景象。吉尔天生美貌，但在结果均等的观念下，她不仅无权通过这一天赋之资获得任何利益，还不得不在重重压制之下削足适履，这正是希腊神话中的“普罗克拉斯提之床”（Procrustean bed）的现代版本。神话中，强盗普罗克拉斯提开设的黑店内有一长一短两张铁床，当旅客投宿时，他便将高个者强行置于短床上，并砍去其身体比床长出的部分，又将矮个者强行拉长至与长床相等，结果旅客们都被折磨死，这是一则关于把一切事物强行纳入单一模式的古老寓言。如果把现实世界中的更优者视为神话中的长者，较差者视为神话中的短者，那么更易达成的方式就是让长者适应短床。如诺齐克在探讨“机会均等”（甚至还不是“结果均等”）时所说，有两种可能提供平等的方式：“一种是直接使机会更好者的状况变得更坏，另一种是使机会更差者的状况变得更好。后者需要使用资源，所以它也包含了使某些人的状况变得更坏：拿走这些人的持有以便改善他人的状况。”②即，在现实中，由于没有使所有机会较差者凭空得到全面补偿的奇迹存在，那么削短长者似乎是一条最现实、有效的举措。在《表面的公正》所模拟的公正社

---

① L. P. Hartley, *Facial Justice*, London: Hamish Hamilton, 1960, p.48.

② 〔美〕罗伯特·诺奇克：《无政府、国家和乌托邦》，姚大志译，北京，中国社会科学出版社，2008年，第282～283页。

会中，“结果均等”使短者成为“普罗克拉斯提之床”的标准长度，成为强行压抑、惩罚任何超出者以保持社会稳定的利器。如此，独裁者对吉尔这类美貌者的毁灭便不难理解——她的“面貌”所挑战的是没有“恶意”（嫉妒）的世界，是“好意”（平等）即乌托邦的安身立命之本。与之相似的还有对语言天赋的处理等：

> “他们想把语言规制化。”维恩莱特医生说：“这样就不会有任何人比别人更擅长写作了。只有非常简单的词语才会被保留，因为不认识一些难懂的词会令人们十分难堪。”①

那么，如吉尔这类天资优越的人是否应该被剥夺资质，以防止其利用天资比常人获得更多（或更容易地获得）？天资共有论是否合理？罗尔斯（John Bordley Rawls，1921—2002）认为，人的天资（natural assets）是任意的，不是道德上应得的，自然天资应该被视为一种社会的共同资产，而非拥有者的个人资产，为照顾“最少受惠者”的最大利益，应按集体的整体利益进行调节分配。②对此，罗尔斯的哈佛同事诺齐克进行了反驳。如果借由诺齐克的理论来考察吉尔的故事，可做如下理解：如果吉尔拥有美貌（无论这种美貌是不是她应得的），她拥有美貌并未侵犯任何他人的权利或资格，而且通过一种没有侵犯任何人的权利或资格的方式，吉尔拥有了比别的女性更多的爱慕者，那么拥有美貌的吉尔对更多的爱慕者就是有资格的。③简言之，吉尔对她天生的美貌是有资格的，而如果人们对某种东西是有资格的，那么对来自它的任何东西都是有资格的，所以即使吉尔所拥有的爱慕者来自偶然的天赋资质，这也是她“应得的”（deserved），至少是有资格的（are entitled to）。

按诺齐克的主张，如果人们对某些东西是有资格的，那么他们就应该拥有，而且这压倒了关于该事物的任何“平等”的根据与要求④，这也是其理论中极为重要的立足点。《表面的公正》中的吉尔有权拥有更多的爱慕者，任何他人或政府无权为了拉平她与容貌较逊色的女性被选择（择

---

① L. P. Hartley, *Facial Justice*, London: Hamish Hamilton, 1960, p.207.

② 参见〔美〕约翰·罗尔斯《正义论》，何怀宏、何包钢、廖申白译，北京，中国社会科学出版社，1988年，第101～104页。

③ 参见〔美〕罗伯特·诺奇克《无政府、国家和乌托邦》，姚大志译，北京，中国社会科学出版社，2008年，第270页。

④ 参见〔美〕罗伯特·诺奇克《无政府、国家和乌托邦》，姚大志译，北京，中国社会科学出版社，2008年，第271页。

偶）的机会差，而迫使吉尔放弃她的美貌——这是她的正当权利，即使这一资质产生于一种天赋的偶然。诺齐克用归谬法质问道：“如果从任意的东西所产生的东西不具有任何道德意义，那么任何一个特定个人的存在也都不具有道德意义，因为从道德的观点看，众多精子使一个卵子受精（据我们所知）完全是任意的。……成功的这个精子并不比失败的数百万个精子是更应得的。我们是否应该按照罗尔斯的标准所判定的那样，希望这个过程更公平，希望这个过程中的所有‘不平等’都加以矫正？”[①]也就是说，人类是否希望所有人在任何方面都始终保持一致，答案显然是否定的。按照诺齐克的观点，我们不能强迫人们放弃其持有，不能逾越他人的权利以资助机会较少者。

实际上，《表面的公正》以理念小说的形式，对乌托邦固有的“均一化”理想提出了质疑：为了消除较弱者的“嫉妒”，或者说为了达到“平等的公正”，褫夺如吉尔这样某方面优异者的才能与机会，是否具有独裁者所宣称那样的合理性？“如果人们的天资和才能不能被套上缰绳来为别人服务，那么是不是要做一些事情来消除这些卓越的天资和才能，或者禁止它们服务于这个人自己的利益或者他选择的其他人的利益？”[②]尽管小说中的独裁者在统治手段上显得相对温和，强制措施较少，甚至邀请民众进行批评，但为了“黄金时代”的真正来临，她仍然选择依靠均一化的“公正”来维护乌托邦。《表面的公正》否认了乌托邦的这一“公正”，因为乌托邦将个性、特异本身视为不同、不均甚至战乱的源头，强制削平个体的特性与优异者的能力，个人的自主性也被彻底否定，其结果是缺乏差异的乌托邦变得毫无生机与潜能。由此，民众不仅没有感受到乌托邦“公正”的优越性，反而最终陷入了退化、衰落——或落入寡头或独裁者之手，或陷入无政府式的混乱。而小说对反抗者甚至是对如吉尔一样的暴力反抗者的同情，则显现出反乌托邦小说对此类将绝对“均一”奉为“公正”的乌托邦的极力抗拒。

第二节　逃离一元社会：“传授者”突围

《表面的公正》出版多年后，对均一化乌托邦模式的反思已经融入当

---

① 〔美〕罗伯特·诺奇克：《无政府、国家和乌托邦》，姚大志译，北京，中国社会科学出版社，2008年，第271页。

② 〔美〕罗伯特·诺奇克：《无政府、国家和乌托邦》，姚大志译，北京，中国社会科学出版社，2008年，第275页。

代欧美世界的主流意识之中，甚至成为儿童文学的题材。美国儿童文学作家洛伊丝·洛利出生于夏威夷火奴鲁鲁，幼年时遭遇了第二次世界大战的战火。她自20世纪70年代开始成为杂志的自由撰稿人和小说家，分别于1990年和1994年获得纽伯瑞儿童文学奖（John Newbery Medal）[①]。她的获奖小说《传授者》便描绘了一个令人压抑的一元化封闭乌托邦社区。尽管作者洛利表示该小说并非政治宣言[②]，其灵感来自她父亲的记忆丧失——其父甚至忘记了亲生女儿、洛利的姐妹的名字，经提醒他才想起女儿已经在28岁时去世了，洛利因此开始构思一本关于记忆全面丧失和记忆管理的小说，但这类反乌托邦主题的故事显然与作者的政治思考不无关涉。学者哈布勒（Angela E. Hubler）评述洛利这样的声明如同詹明信所论的“政治无意识”（political unconscious），《传授者》本身的思想背景其实乃是冷战的恐怖和极权主义的威胁。[③]洛利的说明或许意在表明其创作并非由理念出发而影射政治，这一故事却明显蕴含了作者对古典乌托邦主题的反思，因此在儿童故事的外衣下具有政治哲学的形而上意味。事实上，尽管《传授者》的乌托邦背景在反乌托邦小说中并无绝对的原创性，情节设计却能够吸引青少年读者。在小说出版的次年，“为了美国儿童能继续保持对个人自由的珍视，美国图书协会授予了洛利的《传授者》纽伯瑞奖，……保证其在畅销书排行榜上和学校中占有一席之地”[④]。

《传授者》的乌托邦社区看起来美好质朴。作者曾表示，她在设计社区时把一切令人害怕和不喜欢的东西都消灭了：暴力、贫穷、歧视和不公等。不难发现，社区制度仿造了柏拉图《理想国》的设计。这里实现了早期乌托邦的构想，一切都处于严格而有效的控制之下：人们的生活、工作都由公正无私的社区长老委员会（Committee of Elders）安排妥当，长老会根据每个人的智力、秉性、身体条件等进行夫妻配对，婴儿则由职业的生育员（Birthmother）孕育，出生后由长老会分配到各个家庭中养育。每

---

① 纽伯瑞奖是为纪念英国出版商纽伯瑞而创设的儿童文学奖项，是世界上第一个儿童文学奖，颇具影响力。

② 参见 Angela E. Hubler, “Utopia and Anti-Utopia: Lois Lowry’s and Suzanne Collin’s Dystopian Fiction”, *Against the Current*, vol. 29, 2014, p.24。

③ 参见 Angela E. Hubler, “Utopia and Anti-Utopia: Lois Lowry’s and Suzanne Collin’s Dystopian Fiction”, *Against the Current*, vol. 29, 2014, p.24。

④ Angela E. Hubler, “Utopia and Anti-Utopia: Lois Lowry’s and Suzanne Collin’s Dystopian Fiction”, *Against the Current*, vol. 29, 2014, p.23.

个家庭都由一对夫妻和一双儿女四人组成。儿童经过各项学习和实践活动，在12岁时参加仪式，接受长老会分配的职业，终身不再变更。值得注意的是，该社区虽然保留了家庭这一形式，但为了防止家庭成员间的彼此偏爱而造成社会分化和不公，需要使用药物来抑制个人的情感。夫妻之间既无爱情也没有性欲，当然也就不存在偏私——没有血缘的父母子女之间相互监视，一个家庭在完成养育子女的任务之后便告解散。长老会拥有全面的管制权，人们必须按照手册行事，遵守繁杂的规定（如不应称赞他人的成功，不应指出他人与众不同之处，9岁之前不能骑自行车等），虽然这是一个温和的乌托邦，但人们若三次严重违反规定，就会被“释放”（release）。

《传授者》是从青少年的成长视角来展现乌托邦世界的。随着小主人公乔纳斯长大与觉醒，读者开始了解到乌托邦社区的真相。乌托邦的良好秩序是以消灭人类的历史、情感以及个人的选择权等为代价的。最具有超现实色彩的是，社区将所有回忆、感情等集中在一位经过挑选、培训而出的“记忆传授者”（the Giver/Receiver of Memory）①身上。“传授者”在社区中身居高位（most honored）②——事实上，拥有记忆代表着拥有智慧，长老会通常会就重大事项征询“传授者”的意见。③尽管所有人的全部生活都处在监控之下，接受训练的“传授者”却是不能被监视的。因此，关于社区中已被消灭的个体间的温情与爱、痛苦、恐惧等感情，以及天然的雪花、斜坡、色彩等的“记忆”，在“传授者”的头脑中得以容载。每任“传授者”的重任就是保持这些记忆，防止它们回流到大众的头脑中——智慧似乎不应被所有人拥有，唯有如此，才能避免乌托邦震荡、解体的风险。

少年乔纳斯天资聪颖，既不过于勇武，又不过于软弱，经过考察，他在12岁时被选为社区的“传授者”继承人，接受前任的单独训练，学习一些他闻所未闻的事物，如自然的雪花、人造的雪橇车、倾斜的坡地、家庭中的祖父母等，同时在头脑中体验丰富的感受和剧烈的情绪变化，如从高空摔下的剧痛、碧湖泛舟的愉悦等——这些都是社区用药物抑制的情绪。乔纳斯接受的特殊培训构成了《传授者》的主体。“传授者”作为社区稳定的终极维护者，其实就是柏拉图“理想国”意义上的城邦“护卫者”。护卫者是理想城邦培育出的优秀统治者（阶层）。在《理想国》中，

① “记忆传授者”既是“赐予者”，同时也是需要从上一代“赐予者”处接受记忆的，因此常被称为“receiver”（接受者），故结合两者译为“记忆传授者”。

② 参见Lois Lowry, *The Giver*, New York: Dell Laurel-Leaf, 2002, p.61。

③ 参见Lois Lowry, *The Giver*, New York: Dell Laurel-Leaf, 2002, p.111。

苏格拉底告诉格劳孔，需对年轻人“劳筋骨，苦心志”，“看他们受不受外界的引诱，是不是能泰然无动于衷，守身如玉，做一个自己的好的护卫者，是不是能护卫自己已受的文化修养，维持那些心灵状态在他身上的谐和与真正的节奏（这样的人对国家对自己是最有用的）”。[①]护卫者应同时具有爱好智慧、刚烈、敏捷、有力这些品质[②]，且不能拥有土地、房屋、私产、金银等，否则便有“从人民的盟友蜕变为人民的敌人和暴君”[③]之虞。

护卫者不仅是理想城邦的“智者”与“英雄”，更是洞察政治生活真相后依然“坚持原则孜孜不倦为他们所认为的国家利益服务”[④]的人。在《理想国》著名的“洞穴喻”中，被囚禁在洞穴里的人们只能面壁，仅能看到火光照射在物体上投到墙上的阴影。苏格拉底表示，如果某人突然被解除桎梏，转头环视、走动，看到火光，并走出洞穴，他会感觉痛苦，因为过去惯常看到的全是假象，他一时无法正视真实。[⑤]《传授者》中乔纳斯在接受训练后了解到社区的历史与真相时的情景正如这一境况。乔纳斯对培训产生了抗拒情绪，他不想拥有“传授者”的记忆与荣誉、智慧与痛苦，却又不得不继续接受这样的训练，正如护卫者们接受长期的艰苦训练与考验一样。乔纳斯知道了人们为维护乌托邦付出的代价。这些代价不仅包含对多元生活的选择，还有对生命的扼杀，所谓的“释放”其实是为了维护社区人口绝对平衡而进行的合法谋杀。这一切显然不仅仅涉及道德层面的不快，而且随之产生了政治责任方面的重负。然而，离开了洞穴、看到世界真相的人“会宁愿忍受任何苦楚也不愿再过囚徒生活”，“不愿意做那些琐碎俗事，他们的心灵永远渴望逗留在高处的真实之境”。[⑥]当然，城邦要求护卫者在看到善的生活之后，重新回到洞穴囚徒之中从事管理工作，因为城邦“造就这样的人，其目的就在于让他们不致各行其是，把他

① 〔古希腊〕柏拉图：《理想国》，郭斌和、张竹明译，北京，商务印书馆，1986年，第127页。

② 参见〔古希腊〕柏拉图《理想国》，郭斌和、张竹明译，北京，商务印书馆，1986年，第69页。

③ 〔古希腊〕柏拉图：《理想国》，郭斌和、张竹明译，北京，商务印书馆，1986年，第131页。

④ 〔古希腊〕柏拉图：《理想国》，郭斌和、张竹明译，北京，商务印书馆，1986年，第126页。

⑤ 参见〔古希腊〕柏拉图《理想国》，郭斌和、张竹明译，北京，商务印书馆，1986年，第272～274页。

⑥ 〔古希腊〕柏拉图：《理想国》，郭斌和、张竹明译，北京，商务印书馆，1986年，第276页。

们团结成为一个不可分的城邦公民集体”①。护卫者虽然认为对真理的沉思远优于从事政治，但他们要报答城邦的教育和培育之恩，而且他们显然也不会愿意由德性较差的人代替自己统治城邦，因此“护卫者是那些从苦功中避往永福岛的英雄，但同时也是那些返回城邦政治的精灵”②。《理想国》认为护卫者必须实现城邦的普遍正义和幸福，“拒绝是不可能的。因为我们是在向正义的人提出正义的要求。……他们担任公职一定是把它当作一种义不容辞的事情看待的”③。但在小说中，乔纳斯已经变得记忆丰富、情感多样，无法接受社区的政治管控模式。更重要的是，他并不将乌托邦社区的“护卫者”之职视为一种义不容辞的责任，他所希求的是人们拥有自己的完整记忆、判断，并自主承担起负担。④最终，即使被警告说“人们将不堪其重，不胜其痛”⑤，乔纳斯还是选择离开社区，并使他所保有的记忆回流到社区大众头脑之中。乔纳斯因为理念的根本差异并未完成“护卫者”的培训，没有通过考验，他并非理想意义上的城邦守护者。

在乌托邦中，理想社会追求的是“朴素”（一元）。因为复杂的音乐会产生放纵，复杂的食品会产生疾病，朴质的音乐文艺教育才会产生内心的节制，朴质的体育锻炼造就身体的健康。⑥在乌托邦社区中，缤纷的色彩和蜿蜒的斜坡被抹去了。在培训中，乔纳斯曾和现任“传授者”探讨各种颜色消失的问题——人们已经无法看到五颜六色的斑斓之美，因为社区创建者早已选择了同一化之路。当乔纳斯为人们丧失了选择权而鸣不平时，“传授者”以婴儿选择彩色玩具为例教导乔纳斯说：

> “他可能做出错误的选择。”
>
> “嗯”，乔纳斯沉默了一会儿，“我明白你的意思了，一个新生婴儿选什么颜色的玩具无关紧要，但以后这个问题就很重要了，我们不敢让人们自己进行选择。”
>
> “因为不安全。”传授者提示道。

---

① 〔古希腊〕柏拉图：《理想国》，郭斌和、张竹明译，北京，商务印书馆，1986年，第279页。

② 〔美〕大卫·奥康纳：《重书柏拉图戏剧中的诗人角色》，见〔美〕G. R. F. 费拉里编《柏拉图〈理想国〉剑桥指南》，陈高华等译，北京，北京大学出版社，2013年，第83页。

③ 〔古希腊〕柏拉图：《理想国》，郭斌和、张竹明译，北京，商务印书馆，1986年，第280页。

④ 参见Lois Lowry, *The Giver*, New York: Dell Laurel-Leaf, 2002, p.155。

⑤ Lois Lowry, *The Giver*, New York: Dell Laurel-Leaf, 2002, p.113.

⑥ 参见〔古希腊〕柏拉图《理想国》，郭斌和、张竹明译，北京，商务印书馆，1986年，第113页。

> “绝对不安全，”乔纳斯很肯定地回答，“假如让人们自己去选择配偶，而他们却选错了，那会有怎样的后果？或者让人们自己选择自己的工作又会怎样？”乔纳斯继续假设道，同时几乎要嘲笑起这种荒谬的想法了。①

然而，何以确定单色与直线是有益的，而多彩与曲径则无价值？理想城邦的观念认为，城邦成员之间越相似，他们组成的社会越和谐美好。《理想国》中的城邦只有三类人，金属神话将人分级，包括属金的护卫者、属银的辅助者（战士）和铜铁式的农民及其他技工②，即使对现代自由主义者相对较有吸引力的亚里士多德也只能容忍一个城邦中存在六种人。③实际上，各类乌托邦所设计的身份类型都很少，往往正是出于较少类型能产生更多和谐的考虑。社区一切事务都由长老会的精英们独断，这并不仅仅基于政治精英主义，其根本的思想基础乃是真理和价值一元论。④但自由主义论者推翻了传统的观念，在他们看来，“一个进步而富有的社会，应该由许许多多类型与条件的人构成，旧有限制阶级数目的那种分类法应该永远过去了。未来的特征是许许多多属不同群体与条件的人共同过着社会和谐的生活”⑤。

伯林认为，理性主义一元论是建立在假设之上的，即对于任何真正的问题，应该存在一个且唯一的正确答案，同时一个问题的理性解决不会与另一个问题的真正解决相冲突，即这些理性的解决方案必定（至少）是能够彼此相容的，并最终形成和谐的整体。⑥但问题在于，在人类意见分歧巨大的一些终极价值领域，并不存在一种唯一的终极答案。刻意追求一元式的解答，不免造成强制与霸权。⑦在《传授者》中，就曾有人对长老

---

① Lois Lowry, *The Giver*, New York: Dell Laurel-Leaf, 2002, pp.98–99.

② 参见〔古希腊〕柏拉图《理想国》，郭斌和、张竹明译，北京，商务印书馆，1986年，第128页。

③ 参见〔英〕约翰·麦克里兰《西方政治思想史》，彭淮栋译，北京，中信出版社，2014年，第442～443页。

④ 参见谢江平《反乌托邦思想的哲学研究》，北京，中国社会科学出版社，2007年，第165页。

⑤ 〔英〕约翰·麦克里兰：《西方政治思想史》，彭淮栋译，北京，中信出版社，2014年，第442～443页。

⑥ 参见〔英〕以赛亚·伯林《自由论》，胡传胜译，南京，译林出版社，2003年，第216页；〔英〕以赛亚·伯林《扭曲的人性之材》，岳秀坤译，南京，译林出版社，2009年，第28页。

⑦ 参见谢江平《反乌托邦思想的哲学研究》，北京，中国社会科学出版社，2007年，第186页。

会分配的职业十分不满：他原本希望成为工程师，却被分配为环卫工人，然而长老会的分配方案是不容置疑的，因此他只好跳河逃走，一去不复还[①]；而乔纳斯之前的“传授者”候选人罗斯玛丽也由于无法承受这一身份而极其痛苦，只能选择走向死亡。不论候选人被考察后认定为金银还是铜铁，这种方式都可能遭遇来自个人天性的抗拒。

当然，乌托邦社区的信念在于，“人们遭受不幸与死亡，但是他们却到达了那种若非我强制性地——但创造性地——入侵其生命他们无论如何也达不到的高度”[②]，并由此造成了所谓本真的“高级价值”（一元）向非本真的“低级价值”（多元）的压迫。在《传授者》中，社区统治者们以一体化为基础，从一个丰富多元、开放的（也可能带来罪恶的）世界中退缩回来，造就了一个小国寡民、封闭、简朴、专制的模范城邦。乌托邦人为了这样的“幸福”生活，磨灭了个性，服从巨细无遗、恒久不变的社区法规。这种乌托邦是一个“封闭的部落社会”，一种“朴素的一元论”社会。在这样的世界中，既有的规范与禁忌被视为与自然规律一样具有超然的神圣性质，人们认为触犯部落禁忌和违背自然规律有同样悲惨的下场。[③]神圣的禁忌“规定和支配着社会生活的一切方面，它不会给社会生活留下任何空白，人们对生活根本就没有选择的可能性，因此，人们对社会的批判反思也是不可能的”[④]。由此，《传授者》的社区实际上只是美好世界的幻象，是禁忌丛生、无法展开自我反思、也不可能向前发展的“终结性”国度。乌托邦人清理了复杂的记忆，排除了多种情感的扰乱，消去了茫然若失的不安定感，卸掉了那些“既不能托付给上帝，亦不能交给自然，也不能转交于社会，且不能转给历史”[⑤]的个人责任，由统治精英代为承担个体的自由意志之“重负”，这样的“朴素的一元论”社会模式与自由主义理念难以相容，在后者看来，“政治秩序合法化的唯一有效途径就是诉诸理性：唯有理性的考量具有促使那些打算服从的人们去接受政治权威的力量”[⑥]。而这种乌托邦模式显然否弃了人的自我决定能力，是不合理的。因此，无论社区长老会等具有何种悲悯的救世情怀，背后都隐含着

---

① 参见 Lois Lowry, *The Giver*, New York: Dell Laurel-Leaf, 2002, p.47。

② 〔英〕以赛亚·伯林：《自由论》，胡传胜译，南京，译林出版社，2003年，第222页。

③ 参见〔英〕卡尔·波普尔《开放社会及其敌人》，陆衡等译，北京，中国社会科学出版社，1999年，第122～123页。

④ 谢江平：《反乌托邦思想的哲学研究》，北京，中国社会科学出版社，2007年，第107页。

⑤ 〔英〕卡尔·波普尔：《开放社会及其敌人》，陆衡等译，北京，中国社会科学出版社，1999年，第143页。

⑥ 〔英〕马尔科姆·斯科菲尔德：《高贵的谎言》，见〔美〕G. R. F. 费拉里编《柏拉图〈理想国〉剑桥指南》，陈高华等译，北京，北京大学出版社，2013年，第129页。

难以消除的强制色彩。如小说中的老年人、未分配到特定家庭的婴儿、违规者等都会被“释放”——与经典反乌托邦小说《美丽新世界》的设计相同，“释放”被认为是保持人口均衡、社会稳定的必要手段。直到小说尾声处，读者才通过乔纳斯之眼看到所谓“释放”其实是被秘密执行“安乐死”，而每天都有人被如此“释放”。人们看似逃离了一重深重的负担，却不得不面对另一重恐怖。

《传授者》中，乔纳斯由于目睹了父亲按社区规定杀死了一对双胞胎婴儿中体重较轻的一个，对社区产生了强烈的道德排斥感。事实上，“传授者”的前任候选人就是因为对乌托邦的幻想破灭而选择结束自己生命的，她正是现任“传授者”本人的女儿——这也促使“传授者”最终支持乔纳斯逃离社区、令人们恢复记忆的行动。在小说结尾，“对于吃过知识之树（果实）的人来说，天堂已不复存在”[①]，乔纳斯带着一直寄住在他家、即将被“释放”的婴儿逃出了社区。在此，《传授者》也延续了主人公“觉悟”（disillusion）—“逃亡”的常见主题。[②]从《我们》《美丽新世界》《颂歌》《一九八四》到《华氏451度》《发条橙》《使女的故事》等，主人公无不经历一种对现实境况真正有所洞察、幡然醒悟的心灵历程，并试图找寻“乌托邦”之外的新的生机：

> 乔纳斯到了河的另一边，他稍事停留，默然回望。此时，他曾经全身心拥抱的社区被留在了身后，正在甜睡之中。在那里，待到黎明，乔纳斯曾经熟悉的有序的、驯顺的生活将会继续——没有不可预知，没有不便，没有异常；也没有色彩，没有痛苦，没有过去——只是他已不在其中。他再次坚定地踩下了自行车的脚镫子，继续顺着道路前行。[③]

乔纳斯在逃亡之路上体验到了以前从未感受过的饥饿、困苦，但他认识到，如果委身于封闭的乌托邦，自己将永远怀有对情感、色彩和爱的渴求而无法得到满足。逃离社区是乔纳斯作为“个体的人”第一次真正的自主选择，他并未成为城邦的护卫者，而更像带来纷乱思想、不符合德性、

---

① 〔英〕卡尔·波普尔：《开放社会及其敌人》，陆衡等译，北京，中国社会科学出版社，1999年，第381页。

② 参见Mary Ellen Snodgrass, ed. *Encyclopedia of Utopian Literature*, Santa Barbara, California: ABC-CLIO, 1995, p.170。

③ Lois Lowry, *The Giver*, New York: Dell Laurel-Leaf, 2002, p.165.

无法描绘出“诸神与英雄的真正本性”[①]、将被城邦流放的“诗人”。洛利在演讲中表示，解读小说的模糊结尾并无一定之规，这取决于每个人自己的信仰和希望。[②]小说的扉页寄语：“献给所有孩子们，我们未来重任的担负者。”乔纳斯在逃离之路上的坚忍不拔暗示了人类在走向开放的前景之下可能会感到孤独、困苦。

在反乌托邦小说的视野中，乌托邦追求集体化、均一化，并强制差异化的个体放弃差异，而对此充满抗拒的反乌托邦小说则认为，乌托邦假设的人类幸福除非是共同平等分享，否则便不是真正的幸福，这种看似“公平”“正义”的“平均主义”理念虽然极具吸引力，却不应强迫个体为这种追求献身，不应剥夺个体独有的个性、自由权、选择权等。反乌托邦小说描绘了乌托邦由崇高的“公正”理想而造成的等级之差——乌托邦人所共赴的终极伟业由于权力的集中、毫无制约与监督，在进行中往往被特殊的权力机构与阶层利用来寻求自身利益。在《表面的公正》中，独裁者和以麦克为代表的巡检官阶层对其他阶层有予取予求的控制权，麦克对吉尔97的帮助便显示出权威；《传授者》中，社区委员会能够决定个人的终身职业，其实展现的是个别权威的专断意志，揭示出乌托邦由虚幻的均一化追求造成的事实上的公权力滥用、等级之差异。在此，普通个体的基本权利无法得到保障，个性受到压制，社会运转成本高昂、效率低下，更遑论如瓦尔登湖二号社区设想的那种个体自我实现、社会生产力高度解放、艺术蓬勃发展的景象了。总之，此类探讨平等与正义、集体同一等问题的反乌托邦小说通过理念推理、独具匠心的想象，表明了乌托邦看似可欲却不可取之处，由此与其他众多反乌托邦小说一起，共同构成了对乌邦托悖论的持续性探索。

---

① 〔古希腊〕柏拉图：《理想国》，郭斌和、张竹明译，北京，商务印书馆，1986年，第72页。

② 参见Mary Ellen Snodgrass, ed. *Encyclopedia of Utopian Literature*, Santa Barbara, California: ABC-CLIO, 1995, p.233。

第十章　反乌托邦小说的“自由意志”担当

你们没有力量控制我，这我觉察到了，
你们永远不能占有我，这我心里明白。
我做过的事情已经做下，我在内心忍受着一种痛苦，
从你们那儿，它得不到任何益处。我的不朽的灵魂
为了它的或善或恶的思想而向自己报复——
这是它自己罪孽与终结的根源——
这也是它自己的空间和时间。

——拜伦：《曼弗雷德》[①]

“自由”与“向善”是否并不在人类价值坐标系的同一方向？人类是否应该被剥夺作恶的能力，以造就一个没有“恶”的乌托邦世界？公元4世纪末奥古斯丁曾着力论述的“自由意志”问题，20世纪著名心理学家斯金纳曾认为已经解决的“决定论”问题，到60年代再次在英国小说家安东尼·伯吉斯的《发条橙》和《饥渴的种子》中引发回响。其中，《发条橙》因被美国导演库布里克（Stanley Kubrick，1928—1999）改编为同名电影（1971）而声名大噪。此后该书被“现代文库”评为“20世纪百佳英

---

① 〔英〕拜伦：《曼弗雷德·该隐》，曹元勇译，北京，华夏出版社，2007年，第115页。原文：

Thou hast no power upon me, *that* I feel;
Thou never shalt possess me, *that* I know:
What I have done is done; I bear within
A torture which could nothing gain from thine:
The mind which is immortal makes itself
Requital for its good or evil thoughts—
Is its own origin of ill and end—
And its own place and time—

（Lord Byron, *Manfred: A Dramatic Poem*, Philadelphia: M. Thomas, printed by J. Maxwell, 1817, p.68.）

文小说”，且同时进入“评委会榜单”和由读者评选的“读者榜单”，亦被《时代》周刊列入1923年以来的“百佳英文小说”（*Time*'s 100 Best English-language Novels，2005）。《发条橙》与《饥渴的种子》这两部同期出版的小说分别由现实社会的暴力犯罪、人口爆炸问题入手，从人物的个体际遇、目睹的历史洪流等不同层面，围绕同一基本理念加以展开——作者对现代社会如何面对“自由意志”、乌托邦式的解决方案及其可能性后果进行了探索与思考。

第一节 “发条橙”：“二阶意愿”与道德责任

《发条橙》与《饥渴的种子》的作者伯吉斯本名约翰·安东尼·伯吉斯·威尔森（John Anthony Burgess Wilson），是英国当代著名的小说家、作曲家和文学评论家。伯吉斯出身于天主教家庭，但后来否弃了这一信仰。伯吉斯毕业于曼切斯特大学英语语言文学专业，在第二次世界大战期间曾在军中服役，战后在伯明翰大学等处教书，20世纪50年代后期在马来西亚从事教育工作，一度被误诊为患有绝症。回到英国后，伯吉斯成了职业作家，其代表作还包括“马来三部曲”（Malayan Trilogy，1956—1959）、《M/F》（*M/F*，1971）等。《发条橙》的故事并不具有特殊的未来幻想意味，而更像伯吉斯的思想试验场。故事背景设定在并不遥远的模糊未来，这既显现出对60年代西方社会观念变革、青年叛逆潮流的文学预演，更是借具体的“暴力犯罪”问题探讨根本性的自由意志、决定论与道德责任之间的关系。《发条橙》开篇不久便表明，此时社会舆论关注“现代青年”的犯罪问题，而小说主人公、15岁的少年亚历克斯正是一个青少年团伙的魁首。他的经历被饶有意味地分成了三部分。

在小说第一部分（前7章）中，亚历克斯带领一群少年混迹街头，轻则吸食毒品、打架斗殴、劫掠商店、诱奸少女，重则帮派火拼、入室抢劫、轮奸乃至杀人。然而，小说虽带有“社会问题”小说的表象，却并不掩饰关于“罪与罚”的形而上之思的本质。在小说中，新闻播出的内容是暴力犯罪、抢劫银行、工人罢工以及立体声电视的展示、商业宣传、太空旅行等，亚历克斯的暴力犯罪虽然与外界环境有所呼应，但从个体角度看，行为与外因的关联较弱。小说除了曾数语讽刺成年人的世界“充满了战争、炸弹和胡话”，整体展现的社会环境如同一张虚化了大部分时代特征的普通幕布。亚历克斯的父母是最为普通的中产阶级，善良平庸。小说排除了亚历克斯作恶的各种外部宰制因素，明显弱化了意识形态、家庭境况、遗传因素等对主人公的可能影响，使主人公明确拥有“自由意志”——即有着开放的未来可能性（open alternatives），能够决断自我意愿。在《发条橙》的一开篇，亚历克斯和同伙少年在夜色中碰到一位羸弱的老教授从公共图书馆出来，他们拔出了他的假牙并不断踩踏，扯掉他的外套殴打他，抢走了老教授的钱财和信件。对亚历克斯而言，在其所处的状况及现实条件下，他殴打老教授或不殴打老教授都是完全可能的，这种意愿和行动源自亚历克斯的“自我”本身。《发条橙》借这个空虚浮夸、作恶自矜的少年，将读者引向对“恶”之渊源的思考。

实际上，《发条橙》的第一部分正与奥古斯丁《论自由意志》开篇关于上帝是否是恶的原因的论辩相应。奥古斯丁认为，“任何人若藉自由意志犯罪便遭神圣惩罚，这一事实表明自由意志之赐予人，是为了让人能正当地生活”①，上帝赐予人自由意志，但人之作恶不可归咎于上帝，恶乃是人对上帝赐予的自由意志的滥用。至少在小说的第一部分，亚历克斯是自由的，而非环境或他者胁迫下的受害者，他显然有机会与能力按别的方式行动——即不作恶；然而，他选择了放肆地使用暴力残害他人，即奥古斯丁所谓的“滥用自由意志”。

在随后的第二部分中，亚历克斯因失手杀人被判入狱14年，情节走向也就此急转直下。在这一时期，政府为遏制犯罪风潮而进行强力管控，开始实验性地用“路德维哥技术”（Ludovico Technique）改造犯人，亚历克斯成为这一技术的实验对象。该技术采用“厌恶疗法”（aversion therapy），迫使实验对象观看邪恶暴行，同时对其进行药物注射引发剧烈的生理不适感，通过反复强化，将恶行与不适感建立起联系。此后，实验对象为了避免不适感，便再无力将恶念转化为行动。显然，这与20世纪中期以斯金纳为代表的行为主义心理学家提出的行为工程非常相似：人绝对是环境的产物，环境与条件决定人，人在反复的强化训练之下，必定按照该工程所设想的方向塑造其行为方式。小说描写道：

> “我（亚历克斯）浑身流汗，肚子疼痛，口渴难忍，格利佛（脑袋）在嘭嘭嘭跳动；……我不得不继续观看着那些动作，耳中灌入这面孔发出的恐怖嚎叫。我知道这不可能是真实的，但无济于事。我看到剃刀先是挖出一只眼睛，然后划往面颊，接着哗哗哗地

① 〔古罗马〕奥古斯丁：《论自由意志——奥古斯丁对话录二篇》，成官泯译，上海，上海人民出版社，2010年，第100页。

> 乱割，鲜血喷溅到了摄影镜头上，我拼命喘息却无法呕吐。其后钳子把所有的牙齿都拧了下来，尖叫和流血令人震颤。此时，只听见布罗兹基大夫非常满意的声音：'妙，妙，妙。'"①

不难想象，设计与实施路德维哥技术的布罗兹基大夫应是决定论与行为主义理念的信奉者。这一技术的运用被作为一劳永逸根治人性痼疾的伟大善举，而这与政府迅速减少犯罪人数、保持稳定的政绩追求不谋而合。在条件控制之下，亚历克斯身心被制约，一旦作恶便产生极度不适的生理反应。当他看似无意作恶时，亚历克斯便被作为改造成功的案例释放出狱。经过一番改造，亚历克斯丧失了自由意志和选择权，成了一只"把机械论道德观应用到甘甜多汁的活的机体上去"的"发条橙"。这也是小说题目喻指之意。出狱后，亚历克斯遇到了被他欺侮的老教授，并遭到了报复性殴打，又被已经变成警察的旧日同伙折磨、毒打，亚历克斯无法还手，他受困于路德维哥技术造成的痛苦生理反应。虽然亚历克斯不再有暴行，但监狱教诲牧师早在亚历克斯改造前便察觉了此种"向善"的虚假性，他问道：

> "上帝想要什么呢？上帝是想要善呢，还是想要向善的选择？从某方面来看，一个人选择了恶，也要比被迫接受善更好吧？"②

事实上，亚历克斯确实是主动地拒绝了作恶的行为，为何这种被行为主义者视为伟大之举的成果却被诟病为"虚假"？如果这是虚假的，什么才是真实的？学者法兰克福（Harry G. Frankfurt）提出了一种"二阶欲望"（second-order desires）理论。他指出，人在通常的"一阶欲望"即想做/不想做某件事情的欲望之上，还有一种反思性地自我评价的能力，即保持或摆脱前述的"一阶欲望"的欲望与意愿③——"二阶意愿"（second-order volitions），缺少这种自我反思的人可被视为"随波逐流者"（wanton）。他们对自己的欲望与意志缺乏思考，并不考虑自己是否真的愿意被那些欲望驱使。相反，如一个力求摆脱药物依赖（成瘾）的人，他在"服药"和"戒药"这两种冲突的一阶欲望中真正认同的是"戒药"这一意愿，由此

---

① Anthony Burgess, *A Clockwork Orange*, London: Penguin Books, 2011, p.78.

② Anthony Burgess, *A Clockwork Orange*, London: Penguin Books, 2011, p.71.

③ 参见Harry G. Frankfurt, "Freedom of the Will and the Concept of a Person ", *Free will*, Gary Watson, ed. Oxford: Oxford University Press, 2003, pp.322–336。

形成了自己的二阶意愿，那么这样的二阶意愿的内容才是他内在的自由意志的表示。从此角度看，亚历克斯的“恶”始终是真实的。在第一阶段，亚历克斯以充分的自由意志放纵作恶：这一本能驱动着他，他对暴力犯罪之恶有着充分的认知，并始终对其充满渴望。他在聆听巴赫的《勃兰登堡协奏曲》、贝多芬的《第九交响曲》等时产生的心灵升华成了犯罪带来的强烈快感的印证方式。而在被改造为“发条橙”后，当亚历克斯遇到老教授，他想到的是当初“假牙嘎吱捣碎踏烂，布拉提（裤子）扯掉了，书撕破了。……现在，鼻涕横流的臭老头们如潮水般扑过来，伸出虚弱的手，张开尖利的爪子，喊叫着、喘息着试图抓住我，……这样的暴力已经使我觉得恶心感在拐角处窥探蠢动，试图咆哮着现身”[①]。他内心的恶念表明，其向“善”是虚假的。亚历克斯如同一名试图戒除“恶瘾”的人，在作恶与不作恶的欲念冲突之中，其条件反射虽然产生了排斥恶的念头，但他真正的二阶意愿却希望能够摆脱这种一阶的生理反应，以便充分施展暴力。在二阶意愿之中，亚历克斯不存在善意。因此，亚历克斯的向善不仅并非出于自由选择，而且事实上其内心也并未倾向于善，所以他的不作恶是不真实的。

与此同时，这种“向善”的虚假性还体现在与自由意志相关的道德责任上。如果说自由意志曾经使亚历克斯锒铛入狱，承担起罪责，那么可以如此理解，当人们听说一个年轻人攻击、劫掠他人并将其殴打致死的案例，一开始对他的态度必定是充满愤恨的，但如果人们逐渐了解到他那变态扭曲的人格的成因——父母的忽视、被欺凌的童年、遭受性虐待等，强烈的憎恶之情便会部分地转移到虐待他的人身上。[②]因为如果他完完全全是其所处的条件和环境的产物，那么本人便无相应的责任；如果相反，其本人虽然受到一系列外部因素影响，但他对自己的行为具有根本的决定性，必须承担相应的道德责任（moral responsibility）。在《发条橙》中，伯吉斯试图说明的正是，由于道德责任、价值与选择权、自主性的关联，被彻底改造后的亚历克斯虽然对其行为有因果责任（causal responsibility），但无论行善、作恶，其道德责任均被消除了——他并不是善行的真正发动者。

实际上，对人性永不完满的承认以及对可能带来“恶”的“自由意志”的肯定乃是小说的主题：“应承认自由意志——没有它无人能正当生活——是一神圣的善的赠予。你当谴责那些误用这善的人，而不当说上帝

---

① Anthony Burgess, *A Clockwork Orange*, London: Penguin Books, 2011, pp.107–108.

② 参见 Robert Kane, *A Contemporary Introduction to Free Will*, New York: Oxford University Press, 2005, pp.4–5。

本不该将它赐予我们。”[①] 如果人并无可选择的其他可能性，没有关于可选择行为的知识，没有进行选择的意志能力，便无所谓自由意志，而道德责任是以是否有自由意志为条件的，非自由的选择不具有道德意义，即如果“恶”不是一种可能性，那么“善”就是无意义的。因此，如斯金纳笔下《瓦尔登湖二号》所歌颂的乌托邦世界中人不知“恶”“嫉妒”为何物的高尚品质，实际上只是一种假象。《发条橙》展示出，被剥夺了作恶能力的人绝非社会楷模，他实际上根本无力为自己的行为承担责任。如果人们仍然希求一个人类为自身承担相应道德责任的世界，那么自由意志便不应被如此否认：

当人无法做选择的时候，他就不再是人了。[②]

同时，自由意志问题不仅关涉人的道德责任，还与人对希望、未来的认知有密切联系。生活的希望在于人们相信可以按照自己的理想来实现某些目的，未来对人而言并不是确定的（hope for an unfixed future）。洪德里克（Ted Honderich，1933—　）指出，一个封闭的、决定性的世界和一个开放的、非决定性的世界极为不同。生活在开放的世界中，人们相信可以通过自己的努力克服条件限制，去开创未来，因为可能性确实存在。[③] 而从反思决定论理念造就乌托邦的立场出发，《发条橙》表明：一个善恶兼具即拥有“生活希望”（life-hopes）和“开放性未来”（open future）的世界，胜过乌托邦实验室用试管将“恶”抽空、欲望完全被操控的瓦尔登湖二号乌托邦。

最终，亚历克斯在跳楼自杀后侥幸活命，并恢复了作恶的能力。小说的最后一章即第二十一章的开头又出现了那句经典的独白：“下面玩什么花样好呢？”但《发条橙》终结于亚历克斯终于发自内心地厌倦了作恶的生活，想皈依于安稳与平静，走完成长之路。这样戛然而止的结尾并未充分展现伯吉斯对“自由”难题的挖掘，对此作者在篇幅和视野都更为宏大的《饥渴的种子》中进行了延伸性的探索。伯吉斯曾在《再吮发条橙》中表示：“只能行善，或者只能行恶的人……实际上仅仅是发条玩具，由

① 〔古罗马〕奥古斯丁：《论自由意志——奥古斯丁对话录二篇》，成官泯译，上海，上海人民出版社，2010年，第134页。

② Anthony Burgess, *A Clockwork Orange*, London: Penguin Books, 2011, p.115.

③ 参见 Robert Kane, *The Significance of Free Will*, New York: Oxford University Press, 1998, p.87。

着上帝、魔鬼或无所不能的国家（它日益取代了前两者）来摆弄。”① 在伯吉斯看来，在现代社会，正是“无所不能的国家”（政府）在不同时期对“自由意志”和“人性”（罪性）的不同理解和采用的措施促使人类社会发生阶段性更迭。

第二节 “饥渴的种子”：循环理论与社会控制

在《发条橙》中，执政者对“自由意志”的否弃及对个体的操纵主要体现在青少年的成长历程中，实际上，这样的理念更为广泛、深刻地影响整个社会与历史。当代人类政治理念的主要实践者即政府对“自由意志”的认知也可能在很大程度上影响人类的生活，而政府在面对困境时的抉择更能反映其真正的政治理念。在《发条橙》中，“自由意志”问题及奥古斯丁与其论敌贝拉基（Pelagius，360—418）之间的关系并未直接显露，但在《饥渴的种子》中，作者借人物之口以“奥古斯丁式”“贝拉基式”为时代命名，标注出人类历史演进呈现阶段性循环模式。

与《发条橙》以“暴力犯罪”为题材相似，《饥渴的种子》选择了“人口问题”作为小说的引入点。《饥渴的种子》由英格兰民谣《放荡的种子》（*The Wanton Seed*）而来。该民谣通过“播种”来喻指男女两性活动，而在小说中意指人类强大的繁殖冲动。在《饥渴的种子》中，由于未来世界人口剧增，全球各国政府为了抑制人口增速，开始严格控制生育活动，甚至出现了与此前社会主流相反的主张，提出“同性恋才成其为人”（It's Sapiens to Be Homo）——借“Homo sapiens/人”和“Homosexual/同性恋”二词形成双关的文字游戏，积极鼓励同性恋。同时，家族人口兴盛者和异性恋者在职业与社会生活中备受歧视，乃至不得不伪装自己的性取向。小说主人公中学历史教师崔斯特瑞姆·福克斯（Tristram Foxe）和其妻碧翠丝-乔安娜（Beatrice-Joanna）因儿子的病亡痛苦不堪，但他们已无生育配额。此后，充满母性的碧翠丝-乔安娜意外怀孕，又因为与福克斯兄弟俩的感情纠葛，便离开了不敢违抗生育禁令的丈夫，逃至偏远的农场，秘密生下了一对双胞胎，崔斯特瑞姆则在社会动荡中开始了寻妻之旅。

这部与《发条橙》一样具有“概念小说”色彩的作品也将人口爆炸、粮食减产等背景条件简化、神秘化，并在开篇即让崔斯特瑞姆在现代史课程中点出了所谓的“贝拉基阶段”（Pelagian phase）、“中间阶段”与“奥

① 〔英〕安东尼·伯吉斯：《发条橙》，王之光译，南京，译林出版社，2011年，引言第4页。

古斯丁阶段”(Augustinian phase)以及三阶段循环论。贝拉基是公元4—5世纪初的一名不列颠僧侣，曾因与奥古斯丁论战被列为异端。所谓“贝拉基阶段”(偏向善的乌托邦)指以否认原罪的“贝拉基主义”为指导思想的社会制度设计理念。贝拉基主张人选择善恶的能力即“自由意志”乃是人性的尊严与价值所在，同时认为：“亚当所犯的罪只能由他自己来负责，他的子孙不应当因此而遭受苦难”；“罪既然是由于自由意志所致，罪的解除也同样应该取决于自由意志，一个人得救的关键在于他自己的道德努力。”①小说中，崔斯特瑞姆亲身经历了他论述过的各个时期，并不断观察重大的转折性事件，思考政府的控制强度及背后的动因：政府政策的不断转向正取决于其时执政者对当下阶段人性和自由意志的理解与判断。崔斯特瑞姆一开始处于“贝拉基阶段”的末期，他指出，“贝拉基阶段”意味着否认原罪，认为人有能力完成自我拯救，而且也想要达至完美，政府相信人的“可完满性”(perfectibility)，民众也愿意和统治者进行合作。②这种对人性相对乐观的认识使“贝拉基阶段”表现为一个较为自由而宽容的统治时期，政府把自己视为民众的向导，人之善良本性使得强制手段显得并无必要。③

《饥渴的种子》表示，“贝拉基主义”乃是自由主义、共产主义理论的基石，其对原罪的拒绝以及对人类可能达到的完美境界的期望使依此而造的“贝拉基社会”具有空想色彩。在这样的社会中，政府认为人如果不遵从法律规范，并非由于人类本性的问题，而不过是一种缺陷，人最终仍可能被带上走向“完满”乌托邦的通衢大道。④小说认为，这一理念将诱发对自由的滥用。实际上，《发条橙》中亚历克斯生活的背景也应处于“贝拉基阶段”末期。小说显示，自由意志的放纵、犯罪的猖獗和随之而来的政府以生化技术降低犯罪率的管控，正是从(左翼)自由的“贝拉基阶段”向(右翼)保守的“奥古斯丁阶段”转向的标志。与之相类似，在《饥渴的种子》中，此前放任人口增长而带来的严峻生存局面迫使各地区联盟政府开始采用强制措施控制生育，“全世界开始向自己宣战”。崔斯特瑞姆所在的英语联盟区(English-Speaking Union)甚至成立了“节育部”(Ministry of Infertility)，这就与小说题目中彰显的人类“繁育冲动”

① 赵林：《罪恶与自由意志——奥古斯丁“原罪”理论辨析》，《世界哲学》2006年第3期。

② 参见Anthony Burgess, *The Wanting Seed*, London: W. W. Norton & Company, 1996, p.10, p.17。

③ 参见M. Keith Booker, *Dystopian Literature: A Theory and Research Guide*, Westport: Greenwood Press, 1994, p.93。

④ 参见Anthony Burgess, *The Wanting Seed*, London: W. W. Norton & Company, 1996, p.18。

（paternity lust）发生了巨大冲突，女主人公碧翠丝－乔安娜便对此心怀怨愤。正是由于亚历克斯、碧翠丝－乔安娜这类或隐或显的抗拒者普遍存在，政府才发觉人类远不如想象中那般良善、完美，开始对人性和社会困境感到失望，于是采用强制措施迫使人类向善。

在《饥渴的种子》中，各区域政府的高压与世界范围内的饥荒引发了社会反弹，在一段时期内造成了无政府的混乱，英语联盟区甚至出现了击杀无辜路人、聚众大开食人宴等骇人听闻的情况。这样的世界不可持久，如小说开篇的人类史纲所示，此时人们对“自由”状态中的“人性”业已绝望，对骚乱的应激方式使政局从“中间阶段”不可避免地滑向了（军）政府进行极权控制的“奥古斯丁阶段”——“贝拉基爱警察，奥古斯丁拥军队。”[①]这也是人类社会现实中曾无数次重复出现的局面。伯吉斯对“奥古斯丁阶段”的理解重在晚年奥古斯丁与贝拉基相悖的观点——对人类原罪的强调以及赏罚预定的“救赎论”思想。小说指出，“奥古斯丁主义者都是悲观的，……他看到的罪恶越多，对原罪存在的确信越深”[②]，奥古斯丁“坚持人类与生俱来的罪性，认为人需要借由神圣的上帝获得救赎。这是保守主义和其他自由放任主义及非进步论的（laissez-faire and non-progressive）政治信仰的根基”[③]。而在《饥渴的种子》中，“中间阶段”出现的对人类罪之本性的认知以及对混乱时局的警惕，最终造就了恐怖统治的思路与秘密屠杀的举措：政府制造莫须有的“战争”，通过征兵陷阱，诱骗落入其手的人相互残杀至全部死亡，死者的尸体还被制成罐头供人食用。

小说中，熟读历史的崔斯特瑞姆通过敏锐的观察和大胆的行动，侥幸逃离了位于爱尔兰的虚假“战场”，避免成为炮灰的命运，并历经跋涉回到伦敦。小说暗示，当高压控制达到顶点、政府膨胀成为“利维坦”式的极权专制政府时，事情又将发生变化。经历过“中间阶段”的混乱恐怖，“奥古斯丁阶段”的统治者和普通民众原本对人性的评价跌至最低点。但在现实之中，人们又逐渐感受到，人性或许并非如奥古斯丁设想的那样罪恶，除了为恶一无是处，于是又重新开始对人性及人类之间的合作有了信心，这就是“贝拉基阶段”再次萌芽之日。[④]在《饥渴的种子》结尾，崔斯特瑞姆与已经回心转意的碧翠丝－乔安娜重逢似乎正是新一轮阶段性循环的开端。

---

① Anthony Burgess, *The Wanting Seed*, London: W. W. Norton & Company, 1996, p.187.
② Anthony Burgess, *The Wanting Seed*, London: W. W. Norton & Company, 1996, p.11.
③ Anthony Burgess, *The Wanting Seed*, London: W. W. Norton & Company, 1996, p.10.
④ 参见 Anthony Burgess, *The Wanting Seed*, London: W.W. Norton & Company, 1996, p.23。

第三节　伯吉斯：原罪观与社会工程

不难发现，伯吉斯在小说创作中对“乌托邦”所必须克服的原罪问题极为重视。伯吉斯出身英国宗教体系中非主流的天主教家庭，正如他本人所表达的，他对“道德”“罪恶”问题的思考不像意大利或法国教徒那样随意，而是更加真诚与执着。[①]“贝拉基阶段”和“奥古斯丁阶段”显然是他思考后的产物。作为《饥渴的种子》的预演，小说《发条橙》的英国版和美国诺顿版结尾非常不同（库布里克的电影版取自美国诺顿版），并引起了富有意味的争议。美国诺顿版小说结束于第二十章，即亚历克斯自杀幸存后又恢复了作恶能力，重新回到了小说的起点；而英国版的第二十一章则如前所述，亚历克斯在友人生活状态的启示下，发自内心地想皈依于平静，自然地出现了成长的蜕变。有评论者认为，美国诺顿版小说结尾显示出《发条橙》对“小说应关注主人公道德进步”的理念的拒绝，这是一个奥古斯丁式的结尾：亚历克斯的罪未能被救赎，而英国版的结局则显示出亚历克斯在并未感受到任何“神圣恩典”（intervention of divine grace）的情况下，依然挖掘了自身的善，是一个贝拉基式的结果。[②]

然而，无论是《发条橙》还是《饥渴的种子》，在对人类前景的反思中，乌托邦始终显得遥不可及。首先，循环或退化史观本身就是人类走向乌托邦的重大障碍。如古希腊赫西俄德的《工作与时日》就把人类历史分为五个阶段，人类社会从欢乐美好的“黄金时代”开始退化，经历了白银、青铜、英雄时代，直至黑铁时代，作者心向往之的乌托邦是早已消失的历史。此外，古典时期的《荷马史诗》、维吉尔的《牧歌》之四、奥维德的《变形记》等中出现的乐土都指向遥远的过去，这种乌托邦难以通达。[③]在这样的观念之下，人类关于完美世界的设想始终缺乏向前的时间向度，无法进入现实之中。《饥渴的种子》中三阶段的震荡循环也同样显示，人类由自由走向放纵，由放纵而遭管控，因高度管控的崩溃而终将重归自由，而人类并没有可以逸出三阶段的机制，只能停滞于此，乃至退化。小说实际上否弃了人类升入乌托邦的通道。

其次，虽然基督教关于千年王国、末日审判后的新天新地的设计展现了线性向前的时间意识，但对“它世界”的关注和对“现世”的不同认

① 参见 Andrew Biswell, *The Real Life of Anthony Burgess,* London: Picador, 2005, p.267。
② 参见 Andrew Biswell, *The Real Life of Anthony Burgess,* London: Picador, 2005, pp.248–249。
③ 参见 Krishan Kumar, *Utopia and Anti-Utopia in Modern Times*, London: Basil Blackwell, 1987, pp. 3–4。

知、原罪观与对原罪的拒斥依然使两者产生了重大分歧。[①]在伯吉斯的小说中，正是对“贝拉基阶段”出现的“滥用自由意志”及对奥古斯丁“原罪说”的引入，使得理想中的乌托邦天堂难以落实。原罪指人不像上帝一样全知全能，而只是有限地存在，人不可能如上帝一般完全。《发条橙》中罪行肆虐、毫无安全感的社会环境，《饥渴的种子》中人类自身造成的资源匮乏和生存绝境，似乎都是人不可能“完全”的表征。在“永恒之城”罗马陷落（410）之后，奥古斯丁在《上帝之城》中区分了“地上之城”和“上帝之城”，提出试图在人间此世建立一个完美的世界是愚蠢而僭妄的。在此意义上，乌托邦是与基督教思想对立的，后者认为由于人类绝对的局限性，所以无法建立起人间天国。从主流上看，基督教确实激发又抑制了乌托邦的冲动。[②]

此外，值得注意的是，伯吉斯的小说虽然同样包含了对“贝拉基阶段”和“奥古斯丁阶段”阴暗面的描绘，但小说对以“决定论”与“规律”为基础的“社会工程”的抗拒仍是隐在的主题。《发条橙》运用大量篇幅来描绘亚历克斯在政府的改造工程控制之下因丧失人的基本能力而感到创痛。《饥渴的种子》以碧翠丝-乔安娜本能（而非观念）冲破生育管控为主线，说明了自由意志虽然可能带来放纵之虞，但取消它更不可取。如果尊奉如瓦尔登湖二号社区那样的决定论——行为工程理念来实践乌托邦，便可能带来求善之毁。正如波普尔对乌托邦“社会工程”的批评：这样的工程追求的是一种整体主义的改造，与他所主张的渐进方式相反。社会工程师强调全面改造和彻底重建，因此，为了消除一切潜在的意外因素对整体工程的破坏，必须对社会实行全面的操控，极权主义由此产生。[③]最终，正如《发条橙》中追求完全消除罪恶又同时制造罪恶、《饥渴的种子》中延续人类的存在又对人类进行屠杀所显示的，这样的工程不再是为人建造的新世界，而成了对人进行全面“组织化”、使人削足适履的虚妄工程。

在这样的工程之中，所谓“自由意志”的价值遭到了绝对否定。就个体的生存境况而言，自由意志不仅与前述的道德责任、开放性有关，也与人作为个体的独特性、尊严感相关。学者罗伯特·凯恩（Robert Kane）指出，康德强调，理性的存在者按照自己的意志行动才具有自主性，因为理

---

① 参见Krishan Kumar, *Utopia and Anti-Utopia in Modern Times*, London: Basil Blackwell, 1987, p.10, p.28。

② 参见Krishan Kumar, *Utopia and Anti-Utopia in Modern Times*, London: Basil Blackwell, 1987, p.22。

③ 参见谢江平《反乌托邦思想的哲学研究》，北京，中国社会科学出版社，2007年，第106页。

性的存在者本身是他们目的的原创者，是这些目的和行动的终极源泉，他们因此应该被理解为目的本身。[①] 如果人的一切行动都是被决定的，人就丧失了个性，“自主性”极为重要：人的重要性至少有一部分在于人相信他的一些行动是自己的独特产物。人类希望成为自己生活的设计者，能够对自己的生活进行管理和把握——人们对个性和人格有一种不可抑制的渴求，而对自由意志的信仰就是这种渴求的一种表现形式。[②] 在诺齐克看来，当我们能够自由地行动时，我们的行动才具有原创性的价值——我们面对艰难处境时所表现出来的那种诚实和勇气来自我们自己的意志——因此才有了尊严。[③]《发条橙》告诉人们，“上发条”无法保证“橙”的活性，一种工程模式的操控方式并不可取；《饥渴的种子》则表明，社会重大变局的内驱力是对人性认知的反思性映射。而任何模式的乌托邦——宗教式的天堂、高科技的乐园或协作性的社群，如果一切非乌托邦的想法和行为都被排除，人类不能是自己的道德和命运的主人，不能是自我目标和行动的支配者，那么人类的自主性、原创性和尊严感也就被一起排除在乌托邦之外了。其实，不论是《发条橙》还是《饥渴的种子》，都是对人类社会动荡发展的状况的文学化演绎，以具象之“恶”回溯至抽象的“决定论”、自由意志、本体性的原罪观问题，并试图从自由—虚无、原罪—谦卑、极权—稳定、革命—混乱中重塑价值。在此意义上，伯吉斯以同期的两部作品，由自由意志、原罪、循环史观、社会工程等角度展开描述，共同回应了人类社会中古老的乌托邦理想与现实的乌托邦实践难题，并表达出对乌托邦的深刻反思与拒绝。

---

① 参见Robert Kane, *The Significance of Free Will*, New York: Oxford University Press, 1998, p.87。

② 参见徐向东《人类自由问题》，见徐向东编《自由意志与道德责任》，南京，江苏人民出版社，2006年，第13～14页。

③ 参见徐向东《人类自由问题》，见徐向东编《自由意志与道德责任》，南京，江苏人民出版社，2006年，第14页。

第十一章　反乌托邦小说的“风险社会”思考

我遇到过一位来自古老国土的旅客，
他说：一双巨大的石足，没有身躯，
矗立在沙漠……近旁的黄沙半露着
一副破碎残缺的面孔，它眉峰紧蹙，
嘴唇起皱，号令万方睥睨一切的神色，
表明雕刻师对这类情欲曾深有感受，
却由于留痕在这了无生命的物体上，
竟比孕育它们的心，仿造它们的手，
都存活得更加长久。

——雪莱：《奥西曼迭斯》①

当人类从封闭走向开放，从传统走向现代，面对一个充满了竞争、纷扰且必须独自承担责任的世界时，是否会感到手足无措乃至惶恐不安，甚至选择回到追忆中的美好世界——乌托邦之中？加拿大女作家玛格丽特·阿特伍德写于20世纪后半叶的反乌托邦小说《使女的故事》便演绎了对重返传统世界的思考，并发起了对原教旨主义乌托邦毁灭自由与人性的批判。当然，它还是反乌托邦小说中少有的从女性视角出发，糅合了对两性关系深刻审视的作品。尽管目前学界对《使女的故事》的关注焦点多

---

① 〔英〕雪莱：《雪莱诗选》（英汉对照），江枫译，北京，外语教学与研究出版社，2011年，第98～99页。原文：

I MET a traveller from an antique land
Who said: Two vast and trunkless legs of stone
Stand in the desert … Near them, on the sand,
Half sunk, a shattered visage lies, whose frown
And wrinkled lip, and sneer of cold command,
Tell that its sculptor well those passions read
Which yet survive, stamped on these lifeless things,
The hand that mocked them, and the heart that fed.

集中于幻想色彩、生态意识和女性问题上[1]，但值得注意的是，小说描绘的基列国的创建是为了解决现代社会中的精神危机问题，试图从混乱与自由中重整价值，重新“创造一个更美好的社会”[2]，由此走上否弃现代社会的“原始”乌托邦之路。

在现代社会，当人类意识到自身作为个体而独立存在，感受到自我与世界的分离，并认为人与人处于一种相互“谋侵”的“自然状态”时，即处在人性的自然激情——爱欲、竞争、猜疑不断膨胀扩张，所有原初权利、潜在危险都涌动着的情境之中，便感到孤立无助、惶惑不安，乃至希望回到一个由绝对权威统治的安稳国度。对权威的渴望不只体现在历史上的宗教鼎盛期，也同样在现代社会中震荡回响。尽管现代社会常将摆脱前现代社会对个体的束缚视为巨大进步，但人内心对安全的渴求、与世界相连的愿望，以及对有风险的现代社会的惶恐回避，使一种“依赖”状态仍被不断探索与实践。如20世纪80年代的西方世界在经历了六七十年代泥沙俱下的激进革命之后，面对一个如此“自由”而又“自然”的状态，又开始向“保守”社会回归。然而，人类向绝对权威的皈依究竟意味着什么？“自由”与“风险”确实是人类的重负，但至于令人借助乌托邦将其排除在外吗？

第一节　从“自然状态”走向“逃避自由”

阿特伍德是加拿大具有世界声誉的当代作家。她在20世纪60年代分别就读于多伦多大学、哈佛大学等，曾在不列颠哥伦比亚大学等高校任教。阿特伍德的代表作有《使女的故事》、《猫眼》（*Cat's Eye*，1988）、《盲刺客》（*The Blind Assassin*，2000）、《别名格雷斯》（*Alias Grace*，1996）、《羚羊与秧鸡》等，曾获得过加拿大总督奖（Governor General's Awards，1985）、克拉克奖（Arthur C. Clarke Award，1987）、布克奖（Booker Prize，2000）、卡夫卡奖（Franz Kafka Prize，2017）等诸多文学奖项。

20世纪80年代，阿特伍德的《使女的故事》曾引起巨大反响，该书可谓探索现代社会心理中“自由”“孤独”“风险”等重要问题的有趣范例。小说中，21世纪初的美国由于环境恶化、社会混乱，人口生育率极

---

① 参见 Coral Ann Howells, *Margaret Atwood*, Hampshire and London: Macmillan Press Ltd., 1996, p.127。

② 〔加拿大〕玛格丽特·阿特伍德：《使女的故事》，陈小慰译，南京，译林出版社，2008年，第220页。

低，非正常婴儿与正常婴儿的比例甚至高达4∶1。在此背景下，基督教原教旨主义者推翻了时任政府，建立了以基督教教义为宗旨、以极权统治为方式、以军事管制为手段的基列国（Gilead）乌托邦。这是一个政教合一的等级制教权国家，所有异端都遭到杀戮，尸体被悬挂在围墙上展示，惩罚方式从技术化规训重新回到了中世纪式的肉刑恐吓。小说主要是从有一定生育能力、在基列国担负繁育使命的使女奥芙瑞德的视角展开的。

《使女的故事》虚设的世界发人深省，而目前学界对它的关注焦点主要集中于小说对两性关系、女权问题、生态意识的反思上。然而，揭开从女性主角看到的两性冲突、环境恶化的表象，基列国得以建立的根基究竟何在，其自身蕴含的巨大矛盾又在何处，这是值得深入探索的问题。启蒙理性者认为，现代社会中的理性是现代人可以信托的原则，“在打倒以往政治或宗教统治者的权力斗争中的胜利越大，人对大自然的主宰越成功，数百万个人的经济越独立，人就越相信一个理性世界，越相信人的理性本质”[①]。所以《使女的故事》令读者惊异于基列国对具有神秘色彩的中世纪格调的回归，然而，小说开场便极有意味地通过主人公奥芙瑞德的回忆展示了基列国建立前的世界：

> 如某种残留影像一般，闻到一股刺鼻的汗味、混杂着口香糖的甜味和观看比赛的女生用的香水味。先是电影上才能见到的穿呢裙的女生，然后是穿超短裙的，接着是穿裤子的，再后来就是戴一只耳环、剪刺猬头并染成绿色的。……隐约的鼓点，悲苦的低泣，棉纸做的花环，硬纸板的魔鬼面具，还有一个旋转的反射镜球，在舞者身上洒下片片雪花般柔软的亮光。……声音已经关小，惟有画面在血脉偾张、蠢蠢欲动的肉体前闪现。[②]

在这样的社会中，“男女关系可以随意尝试，随便得很，就像穿衣，不合适的尽可以一扔了之”[③]。在基列国创建者看来，基列国之前的世俗化“现代社会”并非如通常所认为的是由中产阶级为主体构成的平庸稳定的秩序社会，而是一个如原始丛林般欲望横流、放纵无序的混乱世界，危险

① 〔美〕埃里希·弗罗姆：《逃避自由》，刘林海译，北京，国际文化出版公司，2007年，第10页。

② 〔加拿大〕玛格丽特·阿特伍德：《使女的故事》，陈小慰译，南京，译林出版社，2008年，第3～4页。

③ Margaret Atwood, *The Handmaid's Tale*, New York: Anchor Books, 1998, p.51.

无处不在，不断有“关于在壕沟里或林子里或废弃的出租屋内的冰箱里发现尸体的报道——多数是女的，偶尔也有男的，最可怕的是有时还有孩子——他们穿着衣服或一丝不挂，有的遭人强奸有的没有，但无一例外都死于非命”[①]。一般认为，社会中人的行为在某种程度上是可以预测的。然而基列国创建者认为，现代社会是从森严的等级社会蜕变而成的、难以预测的“自然状态”（the state of nature）世界。如霍布斯所言，在这样的世界中，由于“没有共同的权力使众人敬畏”[②]，人与人之间缺乏有力约束而处在相互敌对的“自然状态”之下：人类的自然能力是大致平等的，相互侵害的效果也相当，结果便是人人皆无法自保——一个人无论多么强壮，都无法完全防范其他人（共谋）的侵袭。在人人相疑的压力之下，“没有谁能预测别人会有什么行为，……（并且）每个人知道，如果生命遭到威胁，他有权利对别人做一切行为”[③]。正是由于“自然状态”下人与人之间强烈敌意和猜忌的存在，安全成了每个人的首要考虑。如奥芙瑞德追述的，在基列国建立之前，“总有一些地方人们不愿涉足，每天得小心翼翼，仔细锁紧门窗，拉上窗帘，不敢熄灯，以防万一”[④]。然而人又天生具有社会性，不可能完全相互孤立，在此情况下，人们为了自保与自利，支配他人似乎成了“自然状态”中所有人的意图，然而实际上又无人能够支配其他所有人。于是，人与人在共处中再无快乐，唯有人人相困，男性、女性、老人、儿童，无人是绝对安全的，“所有人对所有人的战争”成为人类社会生活的日常景象。

在小说中，现代社会“所有人对所有人的战争”主要被演绎为男女两性之战。在基列国建国前，女性心知肚明的规矩便是：“不要给陌生人开门，哪怕他自称是警察。让他把身份证从门缝下塞进来。不要在路当中停车帮助佯装遇上了麻烦的开车人。别把上锁的车门打开，只管朝前开。要是听到有人朝你吹口哨，随他去，不要理他。夜里不要独自一人上自助洗衣房。”[⑤]在这样的局面下，不时有爆炸事件发生，堕胎诊所、音像店被

① 〔加拿大〕玛格丽特·阿特伍德：《使女的故事》，陈小慰译，南京，译林出版社，2008年，第236页。

② 〔英〕霍布斯：《利维坦》（一），刘胜军、胡婷婷译，北京，中国社会科学出版社，2007年，第197页。

③ 〔英〕约翰·麦克里兰：《西方政治思想史》，彭淮栋译，北京，中信出版社，2014年，第200页。

④ 〔加拿大〕玛格丽特·阿特伍德：《使女的故事》，陈小慰译，南京，译林出版社，2008年，第236页。

⑤ 〔加拿大〕玛格丽特·阿特伍德：《使女的故事》，陈小慰译，南京，译林出版社，2008年，第26页。

炸，女性认为自己争取的是“晚间活动的自由”“选择的自由”“生育意愿的自由”[①]，但基于对现代社会中“自然状态”的理解，基列国认为这显示了人们“在过去的日子是如何毫无安全感”[②]。在这样的“自然状态”下，人人为敌，安全感问题便成为社会与政治生活中极为重要的命题。

因此在基列国眼中，当人类社会朝现代社会转化时，就退入霍布斯假想的“自然状态”、令人恐惧的原初世界——每个人都是潜在的敌人，也因之相互疏远与对立。个人高度“原子化”，做任何事情“都依赖自己的努力，而非他的传统社会地位的安全保护”[③]。然而现代社会所倡导的“个人主义标志的不是由于个体的复兴而开始世界的自我创造。相反，它伴随着一种朝生活方式制度化、标准化发展的趋势。解传统化的个体变得依赖于劳动市场”[④]。也就是说个人不得不作为个体进行选择规划，却又高度依赖社会化条件和制度（教育、消费、法规等），并未真正获得解放。所以，由于“整个人类个体化进程所依赖的经济、社会和政治条件没能为……个体化实现提供基础，人们同时又失去了为他提供安全的那些纽带，这种滞后便使自由成为一个难以忍受的负担”[⑤]。如此一来，人类虽然获得了更多个体意义上的自由（但并未完全自由），却又（被迫）切断了曾给他安全感的那些束缚：“世界已变得无边无际，同时又富有威胁性。由于人失去他在封闭社会里的固定位置，所以也找不到生活的意义所在。……他孤立无助，倍受各方威胁。……天堂永远失去了，个人茕茕孑立，直面世界，仿佛一个陌生者置身于无边无际而又危险重重的世界里。”[⑥]

面对如此境况，人必然会想方设法缓解、抑制这种孤独与焦虑。而作为现代社会的反叛与对抗者，基列国显然已经觉察到，个体产生了渴望自保与相互联系的迫切追求。对此，现代社会并没有给予其足够的安全感，至少没有对不安全感给予足够的抚慰。在某些方面，现代社会中主体的不安全感确实比前现代社会更高。[⑦]最终，自我保护、避免孤立的心理决定

---

① Margaret Atwood, *The Handmaid's Tale*, New York: Anchor Books, 1998, pp.119–120.

② Margaret Atwood, *The Handmaid's Tale*, New York: Anchor Books, 1998, p.119.

③〔美〕埃里希·弗罗姆：《逃避自由》，刘林海译，北京，国际文化出版公司，2007年，第44页。

④ Ulrich Beck, *Risk Society: Towards a New Modernity*, Mark Ritter, trans. London: SAGE Publications Ltd., 1992, p.90.

⑤〔美〕埃里希·弗罗姆：《逃避自由》，刘林海译，北京，国际文化出版公司，2007年，第28页。

⑥〔美〕埃里希·弗罗姆：《逃避自由》，刘林海译，北京，国际文化出版公司，2007年，第46页。

⑦ 参见Anthony Giddens, *The Consequences of Modernity*, Cambridge: Polity Press, 1990, p.105。

了社会政治的路向与权力的底色，走向基列国的历史进程发生了。

从表面上看，基列国这样的原教旨主义乌托邦得以创建，诱因是人口问题。但从根本上说，是人类为了克服现代社会中的精神危机，解决权威缺席、统一的精神归所丧失、多元价值观剧烈冲突的难题而进行的实践。基列国的理念是力图避免人与人之间的恒久战争，满足人类对安全与纽带的渴求，消除焦虑与孤立对心灵的侵蚀，因此人们终于通过“无形的社会契约”，将权力让渡给作为绝对权威者的基列国：“出脱（人人为战）这个困局之道，不是聚集众意制定法律，而是大家同意挑选一个制定并执行法律的人。挑选一人（或一批人），赋予他或他们最高主权，授予他或他们行事。”也就是人们将保护自己的权利交给别人，订立契约，“次级政治权力之创生；借霍布斯的话说，剑从此交到主权者手中”。[①]由此，在洞察了人类心灵深处的愿望之后，基列国建立起了霍布斯意义上的绝对权威者——“利维坦”。

在《使女的故事》中，基列国对现代社会的颠覆是通过政变由上至下完成的。基列国创建者冻结宪法、枪杀总统、扫平国会、让军队进入紧急状态，并把这些事件归咎于伊斯兰教的狂热信徒。必须注意的是，在霍布斯的设计中，主权者具有绝对超越性和对权力的垄断性。“主权者根本不是缔结社会契约的一方。主权者不是依照条件而产生的，它必须绝对，而且不容分割。主权者绝对不必向其臣民负责，他的法律就是他们应该服从的命令。”[②]绝对权威者超越于“社会契约”之外，契约一旦达成，权力不可赎回，绝对权威者便不受其限制，它将直接荡平一切挑战者。当基列国逐步获得权力之后，军警会向任何游行的人群开枪，邮局、地铁被炸，个人电子信息被检索，并展开入户搜索。最终，一个以绝对权威者为宗的教权国家被建立起来，人们让渡自身的权利，并获得相应的回报，即关于“安全”的承诺以及对“安全感”“内在相连”的心理慰藉。

第二节　应对“风险社会”的原教旨主义方案

基列国是现代化进程的负面作用激发出的一个恶果。小说中，基列国对现代社会的批评与控诉主要在于，现代社会的工业化基底与放纵索求的

---

① 〔英〕约翰·麦克里兰：《西方政治思想史》，彭淮栋译，北京，中信出版社，2014年，第202页。

② 〔英〕约翰·麦克里兰：《西方政治思想史》，彭淮栋译，北京，中信出版社，2014年，第202页。

观念造成环境的极度恶化，带来了人类种族繁衍的存亡难题。在某种程度上，风险问题和安全感问题一起，“重塑了工业社会的内在社会结构及其基本生活行为的确定性”①，基列国的乌托邦构想应运而生。

可以看到，与20世纪前半叶相比，西方社会已经不再仅仅为“面包”而斗争，第二次世界大战后两个十年几乎不间断的繁荣造就了富裕社会，日常生存需求已经“失去了它作为一个超越于其他一切事务之上的首要问题的紧迫性”②。与日常基本物质需求已经得到满足的现实情况相应，《使女的故事》与众多具有悲观倾向的未来小说相似，也未提及日常物质生活受到的影响，而是着力探索现代社会心理与观念的关键作用：“有关财富的源泉已经被不断增长的‘有害副作用’所‘玷污’（polluted）的认识在扩散着。……在现代化进程中，有越来越多的破坏力量正被释放而出，……这两方面都助长了一种逐渐增加的对现代化的批判，它醒目地但又有争议地决定着公众议题。”③

现代社会与基列国所追求的理想社会的重大不同之处在于，随着工业化与全球化日益全面加深，现代社会越来越表现为一个基列国无法接受的“风险社会”（risk society）。这种风险并非指对个人的、具体的、局部的风险，而是系统性、全球化的风险。所谓的风险社会有全球性的特点，也有其现代起因，它与中世纪表面上类似的东西有本质区别。风险是现代化的风险，是工业化过度生产的产物，而且随着全球化的深化而系统性地加剧。“风险可以被定义为处理由现代化自身引发的危险和不安全感的系统性方式。风险与早期的危险相对，它是与现代化以及由现代化引发的、令人犹疑的全球化的威胁性力量相关的后果。”④从生态环境角度来看，《使女的故事》对高度工业化的现代风险社会的既成影响是如此描绘的：

> 空气中曾经布满化学物质、辐射线和放射物体，河水里充斥着有毒成分，所有这些都不是一两年就能清除干净的。那时，这些有毒物质悄悄侵入女人们的身体，在她们的脂肪细胞层里安营扎

① Ulrich Beck, *Risk Society: Towards a New Modernity*, Mark Ritter, trans. London: SAGE Publications Ltd., 1992, p.87.

② Ulrich Beck, *Risk Society: Towards a New Modernity*, Mark Ritter, trans. London: SAGE Publications Ltd., 1992, p.20.

③ Ulrich Beck, *Risk Society: Towards a New Modernity*, Mark Ritter, trans. London: SAGE Publications Ltd., 1992, p.20.

④ Ulrich Beck, *Risk Society: Towards a New Modernity*,Mark Ritter, trans. London: SAGE Publications Ltd., 1992, p.21.

> 寨。……一个生命的摇篮，由大大小小的骨头组成；里面充满有害物、变异的蛋白质、像玻璃一样粗糙的劣质晶体。女人们服用各种各样的药片、药丸，男人们给树木喷杀虫剂，牛再去吃草，所有那些经过添色加彩的粪便统统流入江河。更不用提接连不断的地震期间，沿圣安德列亚斯断层一带的核电厂爆炸事件。①

在现代社会中，风险正变得越来越引人注目，冲击着人类的感官：空气中的化学污染、水源中的有毒成分、核电厂的爆炸危害、被杀虫剂浸润的树木、被污染的动物和被腐蚀的人体……面对空气、水源、食物的污染，人们已经不再认为许多似乎天生的恶疾真的就是天然疾病。在《使女的故事》中，极端的后果被设想为人类的生育与繁衍遭遇了巨大的困境，新生儿中的正常婴儿极少，多数婴儿或面部畸形，或有两个身体、手脚长蹼，或身体上有大洞、缺胳膊少腿，十分可怖。

如果考察作为风险社会的现代社会可以看出，虽然不同阶级承担的风险强弱不同，但总的来说，风险的特殊力量在于在其所影响的范围内，人们所受的影响是平等的。②从某种意义上来说，《使女的故事》所关注的焦点既不是男女两性问题也不是社会等级问题，而是宏观地考察人类面对潜在危险时的应对方式。"阶级社会的驱动力可以概括为一句'我饿！'，另一方面，风险社会的内驱力则可以表达为'我怕！'焦虑的共同性代替了需求的共同性。"③由于社会必将通过对风险的认知与评估来应对风险，便逐渐产生了一种对抗风险的政治力量。

在《使女的故事》中，面对这种越来越显而易见的未来风险，基列国采用了走向"原教旨主义乌托邦"的解决方式，即提倡回到基督教《圣经》和经文本身，将这些经文、教义运用到社会、政治、经济生活中④，

① 〔加拿大〕玛格丽特·阿特伍德：《使女的故事》，陈小慰译，南京，译林出版社，2008年，第116～117页。

② 参见 Ulrich Beck, *Risk Society: Towards a New Modernity*, Mark Ritter, trans. London: SAGE Publications Ltd., 1992, p.38。

③ Ulrich Beck, *Risk Society: Towards a New Modernity*, Mark Ritter, trans. London: SAGE Publications Ltd., 1992, p.49.

④ 参见〔英〕安东尼·吉登斯《失控的世界》，周红云译，南昌，江西人民出版社，2001年，第46页。"原教旨主义"是自20世纪60年代之后逐渐流行的新词，它指的其实并不是人们所相信的事物本身（传统、宗教），而是人们为什么相信它或者他们如何为其辩护。"原教旨主义运动"的一则实例是1979年伊朗在"伊斯兰革命"后建立政教合一政权。该政权"因为追求建立一个严厉的、经文至上的社会而被指是向中世纪的回归，但另一些人则认为这是抑制社会道德堕落——放纵酗酒、嗑药、滥交等的方法"。参见 Malcolm Foster, *Maxnotes for* The Handmaid's Tale, Piscataway: Research & Education Association, 2014, p.3。

以此来化解现代生活中的危机。小说对这一内容的呈现既来自作者在哈佛大学求学时对17世纪清教历史的研究，也源自对所处的20世纪80年代西方社会运动的观察与思考。[①]在美国（也是小说背景国），与20世纪六七十年代兴起的女权运动相应的便是原教旨主义运动（fundamentalist movement），宗教原教旨主义组织（如“道德多数派”“基督联盟”等）开始在美国各级政治机构寻求更强的势力和更鲜明的政治表达。[②]《使女的故事》中，基列国所进行的关于人类环境灾难的说教表达了此类团体对现代社会发展方式和风险的极度抗拒。在小说中，人类灾难体现为核电站事故、化学与生物战备物资及有毒废料堆泄漏，梅毒泛滥、艾滋病蔓延，死胎、流产、遗传畸形普遍。人们发出追问：“我们能否对自然（包括我们自己）继续进行开发？‘进步’‘繁荣’‘经济增长’或者‘科学理性’这样的概念是否仍然正确？”甚至引发了关于现代性道路在根本上是否正确的论争。[③]

于是，小说中出现了如20世纪80年代保守主义乃至原教旨主义回归一般的潮流，而其激进的解决方式是拒绝风险，也拒绝对话。虽然实际上人类此时需要的是“建设性对话的制度空间”，是关于风险社会的“灾害与风险的不同观点的支持者们之间的理性探讨”[④]，但人们“对科学产生敌对态度，甚至进一步对其他的理性思想也采取敌视的态度”[⑤]。正是出于对现代社会路向和风险的警惕，基列国的原教旨主义展现出深刻的颠覆性：它并不仅代表现代工业社会中自其诞生以来始终萦绕人心的原始主义复古情调，或人们对工业化破坏性后果的不满情绪，而且也预言工业社会整体毁灭的末日审判式景象：警钟一旦敲响，警戒便不会消除，除非发生完全的逆现代化进程。在小说创作的80年代，环保运动的目的和主题逐渐脱离具体的状况和个别要求（建立森林保护区、保护某个物种等），而成为一种对工业化本身状况和前提的一般性抗拒。需要注意的东西不再是可以追溯到原因的可见威胁（石油渗漏、工业废料对河流的污染等），而

---

① 参见 Coral Ann Howells, *Margaret Atwood*, Second Edition, Hampshire: Palgrave Macmillan, 2005, p.97。

② 参见 Malcolm Foster, *Maxnotes for* The Handmaid's Tale, Piscataway: Research & Education Association, 2014, pp.3–4。

③ 参见 Ulrich Beck, *Risk Society: Towards a New Modernity*, Mark Ritter, trans. London: SAGE Publications Ltd., 1992, p.40。

④〔荷〕沃特·阿赫特贝格：《民主、正义与风险社会：生态民主政治的风险与意义》，周战超编译，《马克思主义与现实》2003年第3期。

⑤〔英〕安东尼·吉登斯：《失控的世界》，周红云译，南昌，江西人民出版社，2001年，第31页。

是越来越多地针对通常不可见和无形的非具体的工业化趋势本身。[①]在最极端的情况下，科技似乎已经不再被理解为人类社会前进的助力，而显得面目可憎、难以捉摸，于是全社会在“危境”中被推到了一起，成立了一个自我设限的联盟：“风险社会的乌托邦具有特别的消极性和防御性。基本上，人们不再希冀获得‘好的’东西，而是关心如何预防最坏的东西；‘自我限制’作为目标出现了。阶级社会的梦想是人人都需要而且应该分享蛋糕，风险社会的乌托邦则是每一个人都应该免受毒害。”[②]科技被视为一场无法负担的（高损失、高回报的）赌博，而人类放弃了这样的赌博：正是在高风险面前，控制（风险）的欲望最容易使人失望和沮丧，也最可能让人采取不恰当的手段。“对控制的期望已经成为现代西方社会的一种狂热。……我们一直将注意力转向一个错误的方向来寻求解决我们焦虑和不安的方案。”[③]毫无疑问，读者在基列国中不会看到任何科学研究和开发——似乎只要单方面不碰触科技就可以排除一切风险了。

因此，社会上爆炸式增长的风险意识造成了深刻的政治影响，即对现代西方体制的全面挑战，它包含了一种使极权主义合法化的倾向，使现代社会陷入两难的困境中，或者“在面对系统地产生的危险时失败，或者借助威权和压迫性的‘支持力量’而破坏根本性的民主原则”[④]。基列国正是借对现代社会系统性毁灭图景的渲染，用政教合一的体制改变了民主制的游戏规则，试图以此规避所有不可回避的潜在风险。基列国建成后，尽管房屋宏伟典雅，草坪干净整洁，社会看似有序，但其巨大的“副作用”也显而易见：绝对权威者化身为极权的教权国家，接管了人的一切活动，甚至连“性”也不再具有任何隐私性，而成为事关人类“繁衍”的公共管理领域的一项，任何带有个人化色彩、不指向生育的情与欲都不被接受，奥芙瑞德表示，挑动情欲、唤起快感不再是必不可少的，就像“吊带袜”，是一种毫无必要的轻浮消遣。按照基列国的风化控制逻辑，在微弱的繁衍希望中，如果仍然不将自身全然交付给利维坦，那么最可能的结局就是人类种族的灭绝。所以当“使女”与大主教为了繁育后代而进行“受精仪

---

① 参见 Ulrich Beck, *Risk Society: Towards a New Modernity*, Mark Ritter, trans. London: SAGE Publications Ltd., 1992, p.162。

② Ulrich Beck, *Risk Society: Towards a New Modernity*, Mark Ritter, trans. London: SAGE Publications Ltd., 1992, p.49。

③ 〔澳〕休・麦凯:《欲望心理学：看人看到骨头里》，王莹译，北京，中国友谊出版公司，2013年，第189页。

④ Ulrich Beck, *Risk Society: Towards a New Modernity*, Mark Ritter, trans. London: SAGE Publications Ltd., 1992, p.80.

式”时，性行为本身绝无消遣享乐意味，不仅“使女”明白自己只是“长了腿的子宫”，处于社会高位和有性别优势的大主教亦明白自身的功用：“这是正经事，大主教也是在履行职责。”①总之，在基列国中，“人”唯有作为利维坦所控制的资源才具有价值，社会因此付出了发展全面停滞的代价——不再有大学、医生、律师，社会死气沉沉，街道如同博物馆一样静止死板，乌托邦的整体风险看似得到了抑制，基列国人不必再面对一个令人忧心忡忡的现代工业化风险社会。

第三节　风险转嫁下的“替罪羊”及其反抗

不难理解，正是出于对20世纪中后期“自由”景象蕴含的“自然”倾向反弹、对高度“风险意识”出现的回应，《使女的故事》中基列国才创造了一个试图重整秩序的稳固社会。以作者阿特伍德所在的加拿大为例，20世纪六七十年代，年轻一代要求开拓、变革，“人们几乎要摆脱每一种传统的束缚”②，加拿大和美国等西方国家一道进入“自由主义”时代，但时至80年代，由于通胀攀升、失业增加，“自由社会”引发老年化和单亲（尤其是单身母亲）家庭激增的严重问题，“福利”保障难以为继等种种原因，乐观的自由主义转变为了保守主义。③而对于为何将背景设定为美国，阿特伍德表示，美国比加拿大左右摇摆得更剧烈，更有可能出现极端的情况。④因此可以理解作者颇有针对性地设计的基列国与现代“自由”社会极为不同，人们原本处于一种对所有“邻居”的全面恐惧之中，而此后这种全面的恐惧转变为“一种非常特定化的恐惧，也就是害怕横死于主权者的司法之剑底下”⑤。与其在一种人人相害的境况中挣扎，不如将其转换为一种有形的可以确定的“恐惧”。在政教合一的基列国中，绝对权威者“利维坦”奉行基督教原教旨主义，对《圣经》不断诵读、引用，以其字面意思作为法律与规范，并采用公共领域极度膨胀的极权主义模式来进行统治。简言之，“人们主动创造了一个自己无法控制的主权者，

---

① Margaret Atwood, *The Handmaid's Tale*, New York: Anchor Books, 1998, p.95.

② 李节传编著：《加拿大通史》，上海，上海社会科学出版社，2014年，第329页。

③ 参见李节传编著《加拿大通史》，上海，上海社会科学出版社，2014年，第347～348页。

④ 参见Coral Ann Howells, *Margaret Atwood*, Second Edition, Hampshire: Palgrave Macmillan, 2005, p.96。

⑤〔英〕约翰·麦克里兰：《西方政治思想史》，彭淮栋译，北京，中信出版社，2014年，第229页。

而创造的目的就是通过服从它的统治，实现自我保存”[①]。

同时，由于现代社会的反思性（reflexivity），“风险”问题也是社会化地组织起来的知识带来的结果。[②]如贝克（Ulrich Beck, 1944—2015）所论，对风险的感知源于知识和规范，能够轻易地放大和缩小，也可以通过“解释转移”（interpretative diversions）来解决被激起的不安全感和恐惧，到其他方向去寻找象征性的地方、人和物即“替罪羊”来克服恐惧[③]，因此，总有某些人群被视为“替罪羊”的人选。在《使女的故事》中，“替罪羊”乃是此时正在进行男女平权运动、争取更多社会权力的女性群体——“威胁的无形性和人们面对威胁增长时的无助，助长了激烈狂热的反应和政治趋势，使社会成见（stereotypes）及其受害群体成了社会无法直面无形威胁时的‘避雷针’”[④]——风险社会成了替罪羊社会（scapegoat society）。在基列国建立的过程中，女性被错置的冲突变成“无辜”的“罪人”：女性的经济、地位、受教育水平与职业能力的显著提高被和社会“不稳定性”联系在一起。小说以既成的基列国视角回溯了这一时期发生的剧烈斗争：女性为追求解放而奋不顾身，“为了争取到男人下厨房削萝卜，有多少女人的生命，有多少女人的身体，被坦克碾成了肉泥？”[⑤]女性在斗争中形成了过激的女权意识，认为除了制造婴儿的那一点点价值，男人无用，她们也因此遭遇了强力的反弹，两性关系进一步恶化，双方相互争斗乃至彼此隔绝。基列国建立时，为了达成抑制焦虑、消除风险的许诺，将女性从工作领域驱逐出去，使其成为男性的附庸——如所有女性的银行账户被冻结，法律规定女性不能拥有财产，将两性按照等级排列，女性分为夫人（上层妇女）、使女、嬷嬷、经济太太（贫困妇女）和荡妇（妓女）等，而女性不再拥有曾在现代社会中获得的众多基本权利——基列国宣称：“（现代社会）那些年代实在反常，大主教说。不过是历史的偶然罢了。我们所做的是使一切回归自然常态。”[⑥]如此一来，“替罪羊”被祭出之后，基列国似乎比现代社会安稳平静多了。

而在现实中，20世纪后半叶西方世界（除新移民外）的整体生育率

---

① 王利：《国家与正义：利维坦释义》，上海，上海人民出版社，2008年，第37页。

② 参见 Anthony Giddens, *The Consequences of Modernity*, Cambridge: Polity Press, 1990, p.110。

③ 参见 Ulrich Beck, *Risk Society: Towards a New Modernity*, Mark Ritter, trans. London: SAGE Publications Ltd., 1992, p.75。

④ Ulrich Beck, *Risk Society: Towards a New Modernity*, Mark Ritter, trans. London: SAGE Publications Ltd., 1992, p.75.

⑤ 〔加拿大〕玛格丽特·阿特伍德：《使女的故事》，陈小慰译，南京，译林出版社，2008年，第126页。

⑥ Margaret Atwood, *The Handmaid's Tale*, New York: Anchor Books, 1998, p.220.

及其人口在世界人口中的比例明显下降引起了高度关注。现实投射到作品中，除了将风险转嫁在特定的群体身上，基列国政权也依赖于一个关于人口繁衍的神话——选择具有生育能力的“使女”充当繁育工具，剥夺其姓名，冠之以男性主人的姓氏，为上层生育后代。尽管任何异端被遏止，如出逃的“使女”等都遭到酷刑折磨、杀戮，但奥芙瑞德所属的大主教家的教导嬷嬷丽迪亚宣称：

> 比起拿走的，我们给予女人的东西要多得多。想想她们过去所经受的烦恼。难道你忘了那些供单身男女幽会的酒吧间，那些学校时代与陌生男孩初次见面所遭遇的轻薄无礼？还有人肉市场。难道你忘了在不同女人之间，在那些轻而易举就能得到男人和得不到男人的女人之间存在着多么可怕的鸿沟吗？一些人不惜孤注一掷，靠绝食来减肥，要不就是在乳房里塞满硅胶把它弄得硕大无朋，把鼻子切掉按上假鼻子。想想人类遭受的种种苦难。①

教导嬷嬷从女性之间的婚恋竞争出发，来说明个体间处于敌对的、高度竞争状态下的现代社会有多么残酷。基列国从“婚姻市场”的角度论说，从“绝食”“乳房”“硅胶”“假鼻子”等外貌资本的疯狂角逐与“人肉市场”的逐利，来指出极端自由放任竞争的可怕。那么，“如何来节制这些永远在动的、追求自利的市场人？霍布斯有他的答案，这答案就是绝对的主权者”②。正如丽迪亚嬷嬷表示的：“自由有两种，……一种是随心所欲，另一种是无忧无虑。在无政府的动乱时代，人们随心所欲、任意妄为。如今你们则得以免受危险，不再担惊受怕。可别小看这种自由。”③“自然状态”似乎让我们推演出了霍布斯意义上的“利维坦”的必要性与必然性。事实上，在霍布斯之后，“自然状态”已经成为人类政治生活图景中极为恐怖、必须加以排斥与克服的假想状态。显然，对基列国而言，最大的难题并非个体权利问题，而是“自然”世界中人与人之间敌对状态的可能性、现代工业社会整体吞噬自身的高度风险。以此而论，基列国建成之后，人们似乎如同中世纪人一样并不孤单，亦不焦虑，他/

---

① 〔加拿大〕玛格丽特·阿特伍德：《使女的故事》，陈小慰译，南京，译林出版社，2008年，第229页。

② 〔英〕约翰·麦克里兰：《西方政治思想史》，彭淮栋译，北京，中信出版社，2014年，第232页。

③ 〔加拿大〕玛格丽特·阿特伍德：《使女的故事》，陈小慰译，南京，译林出版社，2008年，第27页。

她的社会身份与等级地位业已确定，“主教”就是“主教”，“使女”就是“使女”，几乎不可更改。社会等级给人以明确的安全感、归属感，人们扎根于一个有机整体中，无需怀疑生命的意义。[①]等级地位的归因是出身的固定，而并非个人通过参与开放式的工作而取得的成就。人们在预期个人和社会的未来前景时都感到十分安稳，如奥芙瑞德所说的，“早已经体会到这深院高墙中的安全”[②]，亦如丽迪亚嬷嬷所言，她们会心甘情愿地接受自己的职责，因为她们不会渴望自己不可能拥有的东西。[③]这样的“自由”与渴望不仅指女性的自主权等一般自由，当然也包括在基列国利维坦统治下所没有的基本权利，即现代意义上的个人自由与权利。

当然，基列国所谓“不再担惊受怕”的“自由”实际上并非自由，而是以自由和发展换来的高压统治与低风险。在“受精仪式”中，奥芙瑞德觉得“我成了一朵云，凝聚在一个中心物体的周围。这个物体外表像一根长矛，尖利、真实，比我本人更多几分真实”[④]。在此，男性性器官的隐喻并不代表战战兢兢的大主教本人，也并非奥芙瑞德被迫接受的性关系，甚至也并不象征“男权”，“中心物体”象征着绝对权威者——“利维坦”本身就是合法性的来源，其所设定的任务便是最高的伦理义务。

然而在基列国之中，仍不断有人表达出对基列世界的怀疑和对现代社会生活的留恋。正如奥芙瑞德表达自己“渴望被珍视，以别的方式而不是以现在这种方式”[⑤]，并最终选择了冒险出逃；人类自视为目的，而不希望被看作工具和资源。交付了权力的现代人开始困惑自己何以要无条件地服从绝对权威者，自己善尽政治义务的道德意义何在，人们也许会因为“害怕在主权者手中死于非命而服从主权者，但他们绝不会觉得‘应该’服从他”[⑥]。在基列国的反抗者之中，奥芙瑞德的好友莫伊拉尤其引人注目。作为女同性恋者，莫伊拉在前基列国的“替罪羊”斗争中代表着女性一方最激进的一翼：她一只耳朵挂着耳环，指甲涂得金澄发亮，穿工装裤，跷二郎腿，抽着烟，向家庭妇女推销性感服饰。基列国建立之后，莫伊拉被关进感化中心，曾数次逃跑又被抓回来遭受酷刑拷打，但她仍然不断出逃，

① 参见〔美〕弗罗姆《逃避自由》，刘林海译，北京，国际文化出版公司，2007年，第29页。

② Margaret Atwood, *The Handmaid's Tale*, New York: Anchor Books, 1998, p.133.

③ 参见 Margaret Atwood, *The Handmaid's Tale*, New York: Anchor Books, 1998, p.117。

④ 〔加拿大〕玛格丽特·阿特伍德：《使女的故事》，陈小慰译，南京，译林出版社，2008年，第78页。

⑤ Margaret Atwood, *The Handmaid's Tale*, New York: Anchor Books, 1998, p.97.

⑥ 〔英〕约翰·麦克里兰：《西方政治思想史》，彭淮栋译，北京，中信出版社，2014年，第222页。

虽然在逃亡中被迫成为一名妓女，但她的反叛精神未曾减弱：“就像一台没有完全封闭的电梯，她让我们晕眩。我们早已忘记了自由的滋味，……在大气层以上的高处，人会支离破碎，会被蒸发，因为那里没有气压能将人体各部分紧紧聚拢相连。”[①]然而，莫伊拉并不只代表女权运动，而成为普罗大众对抗强权的象征。小说中关于她像电梯一样升往高处、虽获得自由却因缺乏高压而面临分崩离析的意象，展现了基列国的精神内核：在所有大众之上，有一个绝对而超越的“利维坦”，它具有不可抗拒性，“当它具有强制履行契约的充分权利与巨大力量时，信约就是有保障的，而这恰恰需要存在对某种强制力量的畏惧心理”[②]。但仅仅依靠恐惧来维持权威同样难以为继——正如《使女的故事》所展示的，基列国中既有“五月花”等地下反抗组织，也有随时可能反戈的天使军内部成员。在此情况下，基列国耗费了巨大的资源以维持暴力机关，用以维护政权的军警和执法机关占据了大部分资源，以保证基列国人因畏惧惩罚而服从。基列国成了一个低效的国家，虽然小说中并未言明这一原教旨主义国度最终崩解的缘由，但这或许为读者提供了一条线索。

需要补充和强调的是，《使女的故事》绝非仅仅是对生态环境状况的一般预期，也并不只是关于男女两性斗争的故事，而是将两性同样置于“现代社会”的宏观背景下加以认识与剖析。在前基列国时期，追求缓和不安与孤独感的愿望不仅存在于男性心中，也同样植根于女性内心。对很多人而言，传统观念下家庭是价值的堡垒，逃离婚姻和家庭是过度的个人主义，必须在制度上通过支持家庭来加以反对。[③]许多（遭遇了挫折的）女性希望回到传统的家庭模式，小说中不断说教的丽迪亚嬷嬷便是其中的典型；此外，即使如奥芙瑞德的母亲那样“刚硬勇猛、斗气十足”的女权运动者，其斗争也仅限于对男女两性之间不平等关系的义愤，而未曾认识到现代社会中如“自然状态”一般的“自由”、高风险的未来前景对人类心理、情感需求的巨大冲击，无法理解由于现代女性的“个体化”发展给家庭关系带来的压力——女性脱离了传统的物质生活基石即“婚姻”的

---

① Margaret Atwood, *The Handmaid's Tale*, New York: Anchor Books, 1998, p.133.

② 王利：《国家与正义：利维坦释义》，上海，上海人民出版社，2008年，第39页。显然，如果权威本身使人信服，“人民如果具备政治义务的自觉，秩序的维持比较低廉。我如果觉得我应该服从，国家就不必多耗得之不易的资源来确保我服从”。参见〔英〕约翰·麦克里兰《西方政治思想史》，彭淮栋译，北京，中信出版社，2014年，第222页。

③ 参见 Ulrich Beck, *Risk Society: Towards a New Modernity*, Mark Ritter, trans. London: SAGE Publications Ltd., 1992, p.120。

供养，使家庭纽带和供养结构受到“个体化”的压力[①]，所以她也无法预见极度压抑女性的基列国将会成为她极力反抗的现代社会的后继者。实际上，基列国建成之后，不论是地位低下的“使女”奥芙瑞德、养尊处优的主教夫人赛丽娜，还是心中恋旧的主教大人、与奥芙瑞德共谋出逃的侍卫尼克，都同样深受其害。两性都未获得其原本期望的幸福，但也不应互相推诿其责。这一视点也是《使女的故事》描述两性问题时立场呈现出一定模糊色彩的原因。

总之，在这样的境况中，如弗洛姆所言，人们面临两种选择：或者逃避自由带来的重负，重新建立依赖和臣服关系；或者继续前进，力争实现以人的个性为基础的自由。“始发纽带一旦切断，便无法重续。乐园一旦失去，便无法返回。”[②]展望未来，现代社会尽管内蕴着不可回避的“风险”，却不应该被消极地对待，从而成为复古怀乡病的牺牲品。“积极的冒险精神正是一个充满活力的经济和充满创新的社会中最积极的因素。……毕竟，‘风险’（risk）一词的词根在古葡萄牙语中的意思是‘敢于’。”[③]而基列国作为一个以现世的世俗目的为目标，又带有中世纪政教合一特色的原教旨主义乌托邦，其原始、残暴而低效的风险控制手段远非现代社会的理想替代物。现代人从传统的社会形态与义务中脱离之后，应能洞见到未来不可逆转的开放性[④]，尽管在此过程中，不安全感可能如影随形，但“解决个体化的人与世界的惟一可能的创造性方案是：人积极地与他人发生联系，以及人自发地活动——爱与劳动，借此而不是借始发纽带，把作为自由独立的个体的人重新与世界联系起来”[⑤]。这一面向现代社会的最终立场也是《使女的故事》成为阿特伍德作品中最具深度、最得反乌托邦精髓的小说之一的原因。

《使女的故事》通过记述“使女”奥芙瑞德的个人录音（书写文字被禁止），展现了在基列国的统治下饱含恐惧、压抑的人心，充满猜忌、利用与仇恨的人际关系，以及看不到未来的绝望情绪。实际上，基列国已经数年都没有一名健康的婴儿诞生了。对此，阿特伍德的描绘具有象征意

---

① 参见 Ulrich Beck, *Risk Society: Towards a New Modernity*, Mark Ritter, trans. London: SAGE Publications Ltd., 1992, p.129。

② 〔美〕弗罗姆：《逃避自由》，刘林海译，北京，国际文化出版公司，2007年，第6、28页。

③ 〔英〕安东尼·吉登斯：《失控的世界》，周红云译，南昌，江西人民出版社，2001年，第32页。

④ 参见贝克、邓正来、沈国麟《风险社会与中国——与德国社会学家乌尔里希·贝克的对话》，《社会学研究》2010年第5期。

⑤ 〔美〕弗罗姆：《逃避自由》，刘林海译，北京，国际文化出版公司，2007年，第28页。

味。正如奥芙弗瑞德所说的，问题在于人们之间缺乏“爱”，由此不难理解，恐惧与仇恨的人性产物只可能是畸形的、不可持续的。最终，基列国乌托邦成了过去。在小说最后一部分中，奥芙瑞德的录音成了公元2195年关于“基列研究专题研讨会”的学术研究对象，在一种相对自由的文化氛围中，历史仿佛又重新回到了20世纪晚期。不论男性研究者是否真的将“使女的故事”庸俗化、琐碎化，并夺取对故事的阐释权，作者至少为当代读者点燃了在基列国的黑暗世界之外的某种光亮：如果人类能够真正接受劝诫，那么仍有可能避免这种乌托邦情景出现。

总的来说，《使女的故事》中的基列国的理念与激进的乌托邦方向有异，却也不乏内在的共通之处。而作为一部颇为独特的反乌托邦小说，《使女的故事》是对20世纪70年代以来时代思潮的回应，是对人类应对多元文化、价值冲突与震荡时采取极端保守化应激策略的出色的文学描绘。

第十二章　反乌托邦小说的“后人类”瞻望

啊，伫立在上帝圣火中的圣徒们，
正如墙上嵌金的壁画中的一样，
走出圣火来吧，自旋锥中降临，
来教导我灵魂练习唱歌。
耗尽我的心吧；它思欲成病，
紧附在一只垂死的肉体身上，
迷失了本性；请把我收敛进
那永垂不朽的技艺之中。

一旦超脱自然，我将绝不再择取
任何自然物做我外在的身形。

——叶芝：《驶向拜占庭》①

① 王佐良主编：《英国诗选》，上海，上海译文出版社，1988年，第570～571页。原文：

O sages standing in God's holy fire
As in the gold mosaic of a wall,
Come from the holy fire, perne in a gyre,
And be the singing-masters of my soul.
Consume my heart away; sick with desire
And fastened to a dying animal
It knows not what it is; and gather me
Into the artifice of eternity.

Once out of nature I shall never take
My bodily form from any natural thing.

（W. B. Yeats, *The Collected Poems of W. B. Yeats*, A New Edition, Richard J. Finneran, ed. New York: Macmillan Publishing Company, 1989, pp.193–194.）

第一节　反乌托邦的科幻前景："后人类"与"赛博格"

如果说19世纪末至20世纪初的威尔斯为（反）乌托邦提供了"现代"的模型，那么时至百年后的又一个世纪之交，人类的反乌托邦想象又在何种新的历史语境之中展开？当传统人文主义（humanism）中的理性（能力）、人类中心性甚至肉体作为基本的生命形式都遭到当代思潮和科技浪潮挑战，人类的终极理想——乌托邦及其挑战者——反乌托邦将去往何处？当代所谓"后人类"（post human）的状况与语境并非一种理论悬设，而是一些重大变革前夜的真实境况。"后人类主义"（posthumanism）的背景正是人类从生态角度对自身作为压迫性的至高生命形式加以质疑的时代，一个技术改造升级、生命形式杂合并产生了新认知的时代。[①]由于人文主义的主体被拆除了，"很多团体正在竞相决定什么将被当做人类的后继者/后人类"[②]。因此，"后人类状况"思考的其实是在（不那么遥远的）未来"我们共同参照系的基本单元应该是什么"[③]，它显示了一种对人类自身及未来的重新设想。

20世纪70年代以来，西方世界出现的大规模石油危机、经济萧条、环境恶化等，对人们的资源、环境观念造成了冲击，专注于全球性系统问题研究的"罗马俱乐部"（Club of Rome）发布了《增长的极限》（*The Limits to Growth*，1972）报告，报告对"资源有限性"带有悲观色彩的预言发人深省，引发高度关注。自进入工业社会以来，"自然"长期被视为一种（工业）生产系统，人类则是这一系统的控制者，而生态之思则体现出对占据统治地位的工业文明理念的抗拒。生态主义者认为，人生而被禁锢在工业化生活方式中，唯有对工业社会进行全面细致的生态化重组，人类才可能看到不一样的未来。[④]人们已经意识到，"自然"并非可以完全"人文化"、无度索求和任意操控之的生产"资源"。

与此同时，当代人类科技依然在持续迅猛发展，如"制造（智能）人"这类原本长期停留在纯粹虚构中的幻想也开始显露出现实性，并激发了人类对"人""生命"本体性的思考和强烈的危机意识。自20世纪

---

① 参见Pramod K. Nayar, *Posthumanism*, Cambridge: Polity Press, 2014, p.3。

② 〔美〕凯瑟琳·海勒：《我们何以成为后人类：文学、信息科学和控制论中的虚拟身体》，刘宇清译，北京，北京大学出版社，2017年，第331页。

③ 〔意〕罗西·布拉伊多蒂：《后人类》，宋根成译，郑州，河南大学出版社，2016年，"导论"第2页。

④ 参见Krishan Kumar, *Utopia and Anti-Utopia in Modern Times*, London: Basil Blackwell, 1987, p.415。

中期人类进入计算机时代以来，以著名的控制系统研讨会“梅西会议”（Macy Conference，1946—1953）为标志，维纳（Norbert Wiener，1894—1964）、冯·诺依曼（John von Neumann，1903—1957）、图灵（Alan Turing，1912—1954）、香农（Claude Shannon，1916—2001）、莫拉维克（Hans Moravec，1948— ）等人推动的“控制论”（cybernetics）、信息技术等真正改变了人类对“人”（与“机器”）的理解：人在本质上是处理“信息”的实体。此外，生物学的研究视角也在第二次世界大战前后发生了重大变化。从主要指向生理、个体、有机体，探索性与心智的“心理生物学”（psychobiology），转变为指向系统、种群、模控机器（cybernetic machine），研究基因传播和生存机器（survival machine）的“社会生物学”（sociobiology）。[①]到20世纪末期，一种有机生物与人造机器混合、有形肉体与无形信息结合，以无性的“制造/复制”方式脱离了有机生殖形式的“赛博格”（cyborg）[②]成为一种“凝缩的意象，结合想象与物质现实，……结构着历史转型的一切可能性”[③]。

诺贝尔经济学奖和图灵奖获得者西蒙（Herbert Simon，1916—2001）在达特茅斯会议上预言，具有人类思维水平的机器的出现指日可待。[④]尽管此后他的预言并未实现，但计算机与信息技术的发展不乏突破。20世纪90年代以来，深蓝（Deep Blue）、沃特森（Watson）、阿尔法狗（AlphaGo）分别在国际象棋比赛、智力问答竞赛、围棋比赛中战胜了一流的人类对

---

① 参见〔美〕唐娜·哈洛威《猿猴、赛伯格和女人：重新发明自然》，张君玫译，台北，群学出版有限公司，2010年，第80页。

② “赛博格”即“模控的有机体”（cybernetic organism）的缩写，1960年由医学研究人员提出。他们希望对人类进行强化，即预见了一种半人半机械、能在极端环境下生存的新型生物。参见〔美〕约翰·马尔科夫《与机器人共舞：人工智能时代的大未来》，郭雪译，杭州，浙江人民出版社，2015年，第159页。赛博格是“第二次世界大战后的混种实体，其组成首先包括了我们自己和其他的有机造物，以我们未经选择的‘高科技’伪装，化身为资讯系统、文本，以及功效学上可控的劳动的、欲望的与再生产的系统。赛博格的第二个基本成分是机器，同样也是伪装成传播系统、文本，以及自身运转的、根据工效学设计的装置”。简言之，从“控制论”出发，赛博格是有机体与无机物（机器）的结合，形成一种所谓的“C3I编码”：由指挥—控制—沟通—智慧（command-control-communication-intelligence）造就的“模控的有机体”。〔美〕唐娜·哈洛威：《猿猴、赛伯格和女人：重新发明自然》，张君玫译，台北，群学出版有限公司，2010年，“导言”第8页、第244～245页。“赛博格”一词自20世纪晚期以来广泛流传，成为“后人类”论题中的核心词汇。

③ 〔美〕唐娜·哈洛威：《猿猴、赛伯格和女人：重新发明自然》，张君玫译，台北，群学出版有限公司，2010年，第245页。

④ 参见Keith Frankish and William M. Ramsey eds., *The Cambridge Handbook of Artificial Intelligence*, Cambridge: Cambridge University Press, 2014, p.58。

手，在公众舆论中引发巨大反响。2013年美国开启的“大脑”（BRAIN）计划则可能呈现思想实验、科幻文学曾无数次设想的一种场景：探索人类大脑的运转方式，同时记录人脑中上百万个神经元的活动，目标之一便是打造一个人脑与计算机之间的双向接口[①]——一种曾在人类的思想实验、科幻文学中被无数次设想的技术。21世纪初的观察者甚至认为，在短期内，人工智能和机器人对世界带来的影响就可能远超此前数十年间计算机与互联网带来的世界性变革。[②]著名的预言还包括以库兹韦尔（Ray Kurzweil，1948— ）等为代表的未来学家倡导的“奇点”（singularity）理论：人工智能将在21世纪中期跨越其临界点。这些极具未来感的探索投射在文学领域，便在文学传统的基础上形成了融合人造肢体、基因改造、机器人制造、网络全接入等的“智能增强”（IA，即Intelligence Augmentation或Intelligence Amplification）和“人工智能”（AI，即Artificial Intelligence）主题的“赛博格”小说。这些小说在纷繁的新科技元素外衣之下，蕴含了对人类身体、社会结构以及“人间天堂”是否就此实现等问题的探索。

此外，20世纪六七十年代，受到女性主义、非殖民地化、反种族主义、反核武器运动等社会运动和青年文化的推动，新的政治和社会理论及认识论逐渐成形。[③]在政治、经济、文化生活中处于边缘的弱势群体对“中心”的强力批判动摇了男性中心、殖民主义、人文主义、种族主义、科学主义等观念，促进了文学作品中各种新生因素的涌现。如：伴随着数次女性平权运动的浪潮，性别问题被设置为关注度最高的议题之一；而这一时期科幻类作品的繁荣也离不开诸多女性作者从性别视角出发所进行的探索。这些“女性主义科幻作品”（feminist science fiction）往往从两性关系、女性权利等入手，借助“人造（智能）人”等科幻题材，探讨（女）人如何抗拒高科技的“恶世界”，如何反抗支配者得到解放而走向（自我认知和创造的）新纪元。这些故事的主角是现实中的“他者”，因此作品也表现出对“差异”的宽容乃至追求。

---

① 参见〔美〕约翰·马尔科夫《与机器人共舞：人工智能时代的大未来》，郭雪译，杭州，浙江人民出版社，2015年，第27页；“Obama's brain project”，“英国广播公司网”，2014年2月18日访问。

② 参见〔美〕约翰·马尔科夫《与机器人共舞：人工智能时代的大未来》，郭雪译，杭州，浙江人民出版社，2015年，“前言”第XIV页。

③ 参见〔意〕罗西·布拉伊多蒂《后人类》，宋根成译，郑州，河南大学出版社，2016年，第23页。

正是在这样复杂多元的背景下，研究者哈拉维（又译作哈洛威，Donna J. Haraway，1944— ）在其著名的《赛博格宣言》（“A Cyborg Manifesto”，1984）中宣称将抛弃基于西方科学与政治传统的“神话”——这些“神话”包含着“进步”的传统、为了生存而把自然当成资源取用的传统、种族歧视、男性主导的资本主义，以及从他者的反射而进行自我再生产的传统等。她提出放弃“弗兰肯斯坦”所追求的“伊甸园”重建[①]，即放弃西方传统中设想的标准化、完美的“人”及其乌托邦。

不难发现，许多参与后人类理论探讨的学者往往借助后现代主义的诸多理论，挑战传统的“人”之标准，尤其注意揭示其对差异性的排斥。[②]从“后人类”的角度视之，人文主义具有以普世性裹藏其建构性的特点——它只是一种历史造物，在建构中充满了对“差异”和“他者”的拒斥，却自视为恒久不易之典范——乌托邦就是这种思想的经典造物，而“后人类”需要从其束缚中破茧而出。研究者布拉伊多蒂（Rosi Braidotti，1954— ）指出：“人文主义的人……是一个规范性的约定，这并没有让他具有先天否定性，只是高度的调节性，因此成为隔离和歧视行为的手段。人的标准代表了正态、常态和规范性，它通过将作为人的具体模式转化为一个一般化的标准来发挥作用，这样就获取了作为人的超验价值。”[③]布拉伊多蒂的出发点便是人文主义的（女/男）人之死：“因为它标志着启蒙运动的一些前提的衰落，即通过自我管理和目的论规定的对理性和旨在实现所谓‘人’的完善的世俗科学理性的应用，来实现人类的进步。”[④]因此，后人类主义意味着对支配性的、一体的、自主的“人”的消解，在此基础上，它还提示，人类始终在与多样的生命形式及机器（multiple forms of life and machines）共同进化。[⑤]如研究者海耶斯（Katherine Hayles）所言，如果把自由（人文主义）主体形态者称为“人”，那么其继任者则“通过

---

① 参见〔美〕唐娜·哈洛威《猿猴、赛伯格和女人：重新发明自然》，张君玫译，台北，群学出版有限公司，2010年，第245、247页。

② 如沃尔夫（Cary Wolfe，1959— ）的“后人类主义”的主要理论资源便来自福柯、德里达和卢曼（Niklas Luhmann，1927—1998），即“解构”和“系统”的融合。参见 Cary Wolfe, *What Is Posthumanism*, Minneapolis: University of Minnesota Press, 2010, “Introduction”, p.xx。

③〔意〕罗西·布拉伊多蒂：《后人类》，宋根成译，郑州，河南大学出版社，2016年，第36页。

④〔意〕罗西·布拉伊多蒂：《后人类》，宋根成译，郑州，河南大学出版社，2016年，第53页。

⑤ 参见 Pramod K. Nayar, *Posthumanism*, Cambridge: Polity Press, 2014, p.2。

协作的自动机制来形成自我”，而成为“后人类”集体中的一员。①不难理解，在这样的对未来之“人”的想象中建构出来的乌托邦/恶托邦世界与20世纪早期的“美丽新世界”不会相同。其中最重要的是，“人”自身在发生变化，传统也被改变了，乌托邦引为援军的自然人性（如《美丽新世界》中以莎士比亚为象征）不再具有天然的合法性。

对于“何以为人”这一重大问题，20世纪晚近的反乌托邦文学多选择“科幻”这一形式展开创作，显现出其包容性与前瞻性。如科幻研究者苏恩文所强调的，科幻小说是替换掉现实经验环境，对故事的整体时空背景加以虚设重置，以建构一个“拟换性”（alternative）世界，形成陌生化、新奇化效果的小说。②这类小说具有一种“关于它世界的可能性演绎”的基质，因此自然蕴含了“乌托邦/恶托邦”的内嵌模式：乌托邦/恶托邦作为一种反照当下、指向未来的时空联结体模型，承担起了借助虚构形式架设“完美/黑暗世界”框架的作用。其情节演绎以科技（发展）为背景或推力，实现了由“不可能世界”向“可能世界”的转变，而这一转变既可能关涉乌托邦的达成问题，也可能揭示乌托邦沉沦的必然性（反乌托邦）。在科幻作品中，人们（作者与人物）往往会自然地展现出超越当下自身的（非人化）冲动，因此“成为一种强大的类型，并无意中成为批判的后人类主义（critical posthumanism）盟友，……它提供了一种始终安全的虚构空间。在这个空间中，人们可以释放‘成为后人类’的欲望与焦虑”③。由此，科幻小说中的“人”不再局限于身心二元、性别二元、有机体或机器的分裂，而尝试一种流动性的组合式、“多孔渗透”④的新模式。

第二节　女性世系与他者联盟：恶托邦与乌托邦

女性作家以幻想形式书写乌托邦/恶托邦故事有其传统。20世纪初，女作家吉尔曼创作了具有重要影响的女性主义乌托邦小说经典《她乡》。小说描绘了没有婚姻、家庭制度，由女性组成的单一性别社会，实际上批判了男权社会。20世纪七八十年代以来，女性作家的反乌托邦创作更加引人

① 参见〔美〕凯瑟琳·海勒《我们何以成为后人类：文学、信息科学和控制论中的虚拟身体》，刘宇清译，北京，北京大学出版社，2017年，第8页。

② 参见〔加〕达科·苏恩文《科幻小说变形记：科幻小说的诗学和文学类型史》，丁素萍、李靖民、李静滢译，舒伟译审，合肥，安徽文艺出版社，2011年，第4、13、71页。

③ Stefan Herbrechter, *Posthumanism: A Critical Analysis*, London: Bloomsbury, 2013, p.130.

④ Pramod K. Nayar, *Posthumanism*, Cambridge: Polity Press, 2014, p.30.

注目，形成了一股创作潮流。在这类作品中，无论是故事背景、情节设定、叙述声音还是具体的权力关系，女性几乎都取代男性而成为主体与主导者。由于作者往往将女性在现实中遭受的压迫作为主要的写作素材，并试图设计一种对女性更友好、公正的社会，因此其模式往往是批判现实的。

如果说20世纪60年代以来的科幻“新浪潮”（New Wave）运动的核心要义是人文思考，那么这一时期的女性作家则开辟了广泛的政治性议题，涵括性别、种族与阶级等论题。女性主义运动质疑西方传统中关于“理想社会”的抽象、概念化理念——如自由、契约、均一等，认为这些理念实际上忽视或贬损了女性的自由与权益，其所强调的普世性和抽象性贬低了具体的女性经验，造成了对女性的压迫，如：认为女性无法拥有如男性一样的理性、美德、责任感和自主性，女性被描绘为一种“不完满的人”（less than fully human）①，这些都遭到了女性主义者的强力反驳。当然，女性主义运动中的几种主要思想流派，如自由主义、马克思主义、社会主义和激进主义理论流派等，对“女性”及相关的“性别”“母职”等关键词的理解颇有差异②，这些思想和差异也都富有意味地体现在了众多女性科幻作者笔下。

这一阶段的代表性作家包括勒古恩、拉斯（Joanna Russ，1937—2011）、皮尔斯、卡特（Angela Carter，1940—1992）、莱辛（Doris Lessing，1919—2013）、阿特伍德等。她们的代表作有《黑暗的左手》（*The Left Hand of Darkness*，1969）、《被剥夺者》、《女男人》（*The Female Man*，1975）、《时间边缘的女子》（*Woman on the Edge of Time*，1976）、《他，她和它》、《新夏娃的激情》（*The Passion of New Eve*，1977）、《三四五区间的联姻》（*The Marriage Between Zones Three, Four and Five*，1980）、《使女的故事》等。这些作品多表现了在科幻世界——更高科技水平甚至非人类社会的（恶）世界中的女性经验、女性意识与女性命运。对此，女性生物学博士哈拉维曾言，她在探讨女性生物学家及其著作时并不认为她们以女性旨趣污染了科学论述，或是以天生的洞见涤净了科学研究。她研讨的主旨是探究当人将科学打造成为公共神话（public myth）时，女性在其中的角色及责任：科学故事作为一种当代“神话故事”，它对社会生活中的意

① 参见Judith A. Little, ed. *Feminist Philosophy and Science Fiction: Utopias and Dystopias*, New York: Prometheus Books, 2007, pp. 26–27。

② 参见 Judith A. Little, ed. *Feminist Philosophy and Science Fiction: Utopias and Dystopias*, New York: Prometheus Books, 2007, pp. 27–29。

义构建极具影响力，而女性一直想参与其中。[①]那么，曾经被认为是科学和理性的“他者”的“(巫)女人”以何种方式建构“自然”“科学”与“乌托邦/恶托邦”，又如何具体借助类型文学模式来展示未来可能性呢？

一、谱写女性“世系”

在这一潮流中，美国犹太裔女作家玛吉·皮尔斯无疑是其中重要的作家。皮尔斯在20世纪50年代就读于密歇根大学和西北大学，获硕士学位，曾教授创意写作课程；此后她积极地参与了六七十年代的民主和反战运动，是著名的女性主义作家、活动家。皮尔斯在70年代出版的《时间边缘的女子》一直居于最知名的女性乌托邦小说之列。尽管《时间边缘的女子》是她最受瞩目的小说，但就作品意境的宏阔、设计的前瞻性及想象的丰富性而言，皮尔斯在女权运动落潮后的90年代出版的小说《他，她和它》(又名*Body of Glass*)显现出更深刻的预见性。如果说“人文主义危机意味着现代人文主义主体的结构性他者在后现代时代卷土重来，……伟大解放运动是由崛起的‘他者们’推动的”[②]，那么获得了1993年的亚瑟·克拉克奖(Arthur C. Clark Prize)的《他，她和它》便从数个当代最重要的“他者”视角出发，将线索交错融合，在已经越加醒目的“后人类”境况下展开综合性的思考。

故事发生在2059年。2017年的核战争几乎毁灭了世界，石油产区成为无人区；战后，Y-S(Yakamura-Stichen)等巨型跨国公司占据残留的宜居飞地(enclaves)，形成了“马提斯”(Multis)并掌控人类世界。马提斯之外，还有如“提克瓦”(Tikva)一类依靠技术出口等保持相对独立的自治区“自由邦”(free towns)，以及依附于马提斯、环境恶劣的普罗大众居所“格落浦”(Glop)。除了“以色列地”(Eretz Israel)这种处于黑域(Black Zone)的隐匿社区，各个地区与小邦都被电脑网络连接。可以看到，小说所拟造的“第二世界”延续了威尔斯、赫胥黎的反乌托邦传统设计又有所更新，包括如下元素：战争的威胁、生态的毁灭、美式商业资本(与日式财团模式结合)的跨国公司霸权、宜居地之外大面积的贫困和广泛的饥荒、猖獗的犯罪甚至器官盗猎等。而资源消耗巨大的大型科技资本公司直接取代了原始的独裁者国家，成为并不显而易见的“首脑”的

---

① 参见〔美〕唐娜·哈洛威《猿猴、赛伯格和女人：重新发明自然》，张君玫译，台北，群学出版有限公司，2010年，第176、178页。

② 〔意〕罗西·布拉伊多蒂：《后人类》，宋根成译，郑州，河南大学出版社，2016年，第53页。

“恶”之化身。在此背景下，《他，她和它》重点考察了这一社会结构中可能的弹性空间——具有政治号召力的（女性）性别议题。

小说中，来自犹太自由邦提克瓦（意为“希望”）的青年女性希娜（Shira）是在跨国公司Y–S飞地工作的科技移民，负责开发人类与大型人工智能体的交互界面。希娜与丈夫思想颇有分歧，在离婚后她失去了儿子的监护权。在Y–S公司的阴谋下，希娜被诱使回到出生地、她的外祖母女科学家玛尔卡（Malkah）所在的提克瓦。提克瓦的科学家艾维拉姆（Avram）多年以来一直秘密进行超级智能机器人的研制，与他熟识的希娜回归后也参与其中。终于，艾维拉姆、玛尔卡和希娜等人共同完善了智能人研发技术，创造出有自我意识的强大机器人尧德（Yod）。艾维拉姆希望尧德成为守卫提克瓦的战争机器，尧德却与希娜相爱，产生了自主追求，成为提克瓦的公民。后来，艾维拉姆向垂涎智能人已久的Y–S妥协，将尧德交给了Y–S，尧德自毁并设计炸死了艾维拉姆。最终，希娜偶然发现了制造尧德的具体数据，却选择放弃再造智能人。

作为一名活跃的女权运动参与者与写作实践者，皮尔斯的创作显然植根于20世纪60年代的运动浪潮和理论思考。皮尔斯公开表示《他，她和它》的创作受到了哈拉维的《赛博格宣言》影响[①]；莫兰也认为皮尔斯倾向于一种社会主义–女性主义（socialist-feminist）观点[②]，即与哈拉维相近的立场。该小说的确如莫兰所说，在弥尔顿的“普罗米修斯”、玛丽·雪莱的“弗兰肯斯坦的怪物”及恰佩克、阿西莫夫、迪克（Philip K. Dick，1928—1982）等的创作之外，将一些新元素引入西方的“被造反抗者”（rebellious created being）传统之中[③]，但从根本上来说，《他，她和它》的价值并不在于延续传统，而在于更新传统。《他，她和它》对业已全球化的资本力量、生态风险加以细描，对被视为男性领域的科技与女性的结合所可能孕育的变革潜能进行了展望。

女性主义理论家伊利格瑞（Luce Irigaray，1931—　）认为，在两性中，男性被设定为模板、法度，“‘一个小女孩因而即是一个小男人’。……一个劣势的小男人，一个力比多更受压抑的小男人，一个升华本能方面

① 参见Neil Badmington, ed. *Posthumanism: Readers in Cultural Criticism*, Basingstoke, Hampshire: Macmillan, 2000, p.86; M.Keith Booker, *Dystopian Literature: A Theory and Research Guide*, Westport Connecticut: Greenwood Press, 1994, p. 221。

② 参见Tom Moylan, *Scraps of the Untainted Sky: Science Fiction, Utopia, Dystopia*, Boulder, Colorado: Westview Press, 2000, p.266。

③ 参见Tom Moylan, *Scraps of the Untainted Sky: Science Fiction, Utopia, Dystopia*, Boulder, Colorado: Westview Press, 2000, p.267。

能力依然较弱的小男人”[①]，女性成为一个次级的男性。而所谓“性征”（sexuality）其实主要指向“男性性征”的实践史。[②]无论是纪实还是虚构的作品，以父系谱系书写历史，将女性纳入男性的家系中，则巩固了男性作为“人之标准”的地位，女性作为“他者”在“人”之历史中被边缘化。与这种男性中心主义传统相对，《他，她和它》在历史地探索“人”时，其主要男性人物却仅是一对关系不睦的父子：冷漠的科学家艾维拉姆被智能人尧德视为父亲，他却将尧德当作工具，最终在出卖尧德后被炸死；其子加迪（Gadi）是一名心智不成熟的二流艺术家，一旦遭遇身心强健的女性便丧失了主导力，虚无倾向也使加迪缺乏延续血脉的可能性。与这样的男性形象相反，小说着重书写了女主角家族三代女性的传奇故事，并用大篇幅追述了其先祖、16世纪布拉格犹太人的历史。16世纪家族传说（影射现实）—外祖母玛尔卡—母亲丽瓦（Riva）—希娜，这样以女性成员构建的家族谱系形成了厚重的历史感。因此，《他，她和它》抗拒以白人男性作为普世性基准线，也与分离性的女性社区构想不同，它以母系血缘重写人类谱系，力图促使女性历史融入“人之故事”之中。

在《他，她和它》中，希娜虽然是一名专业人士，但其实颇接近于传统的家庭型女性，其故事基本围绕婚恋和家庭展开。希娜放弃了缺乏关心与理解的婚姻，而真正制约希娜的心理因素在于她与初恋情人加迪的分手：具有科研天赋的希娜备受马提斯的青睐，获得了众多一流大学邀约，而自诩艺术天分高超的加迪却一事无成。加迪刻意让希娜目睹自己与他人的亲密行为，迫使其分手。在此，皮尔斯一方面暗示了这种由跨国公司赞助的“大学准入机制”只遵循资本的逻辑，将人视为纯粹的“人力资源”，并完全否弃了艺术的价值，另一方面则表明在高压社会的淘汰性竞争面前，女性实力的上升可能使两性的位置发生颠倒，原本处于支配地位的男性将落入劣势，性背叛实际显示的是报复与支配的企图。希娜遭受了巨大的情感创伤，而此后她所生活的Y-S则将“性”明确地等级化和商品化[③]，唯有在提克瓦与尧德相恋后，希娜才疗治了创伤。也就是说，只有逃离了资本的压迫，让一种“新人”加入两性关系中，这种性别对立的支配（与伤害）模式才富有意味地终结了。

---

① 〔法〕露西·伊利格瑞:《他者女人的窥镜》，屈雅君等译，郑州，河南大学出版社，2016年，第29页。

② 参见〔法〕露西·伊利格瑞《他者女人的窥镜》，屈雅君等译，郑州，河南大学出版社，2016年，第19页。

③ 参见Marge Piercy, *He, She and It*, New York: Ballantine Books, 1991, p.329。

希娜的母亲丽瓦、外祖母玛尔卡的故事则与其极为不同。在创作《他，她和它》时，作者已对当年的女权运动有一种回溯和反思。相比年轻的希娜，上辈人显然更具六七十年代运动参与者的神采。希娜的母亲丽瓦是一名“信息海盗”（information pirate），她盗取马提斯的各种机密（商业）信息如制药配方等，并将之免费公开，试图以此造福大众。丽瓦具有攻击性，是现实中60年代反主流的黑客文化——追求科技探索与推行免费软件、知识共享等——的精神产物。她认为，“信息不应该成为商品。……信息和技术、政治偏见塑造了我们的现实观”[①]。当然，母职并非丽瓦的强项，危险的地下工作和逃亡生活使她在希娜的成长过程中缺席，两人并不亲密。希娜由外祖母玛尔卡抚养长大，后者是小说的核心人物，也是“赛博朋克”[②]类型小说中的女性英雄。玛尔卡不仅制造了保护提克瓦的安全局域网络，还通过讲述布拉格拉比马哈拉尔（Maharal）创造的抵御神圣罗马帝国皇帝清剿的人造巨人——“魔像”（Golem）约瑟夫（Joseph）的故事启发尧德，完成了对尧德的“人化”启蒙。玛尔卡显然与传统的“标准”人类形象极为不同，作为年老、孀居的犹太女性科学家，她体现了被“标准”祛除的丰富内容：“非阳刚之气的、非正常的、非年轻的、非健康的、残疾的、畸形的或改良的民族。”[③]带着这样的形象标签，玛尔卡却成为一位具有高度才智与探索意识的女性，她在事业、婚姻、性与个体发展等方面的探索是全方位、持续性的，也显现出追求绝对自由的倾向。

因此，“三个女人，代表了三代女性”[④]。虽然这一家族三代女性的故事有作者自身家庭关系的影子[⑤]，但作者明确表达了书写和保持女性谱系的愿望。

二、结成“他者”联盟

那么，这一（女）“人”之谱系的前景如何？不难理解，作为女权运

① Marge Piercy, *He, She and It*, New York: Ballantine Books, 1991,pp.193–194.

② “赛博朋克”（cyberpunk）即“控制论”（cybernetics）与“朋克”（punk）的结合词。作为20世纪80年代之后流行的一种科幻小说类型，赛博朋克主要以信息技术、网络空间等为题材，探索高科技社会中（边缘）人群的生存与反抗，代表作如威廉·吉布森（William Ford Gibson ,1948— ）的《神经漫游者》（*Neomancer*，1984）等。

③ 〔意〕罗西·布拉伊多蒂：《后人类》，宋根成译，郑州，河南大学出版社，2016年，第98页。

④ 参见Marge Piercy, *He, She and It*, New York: Ballantine Books, 1991, p.190。

⑤ Bonnie Lyons, “An Interview with Marge Piercy ”, *Contemporary Literature*, vol. 48, no. 3, 2007, p.327.

动的活跃参与者、女性乌托邦小说兴起的重要人物，皮尔斯认为1965年到1978年比2000年之后更加开放、更富活力。她表示，那时人们在各式各样的环境之中展开关于性关系、性角色的无穷实验，你可以睡在地上，也可以完全不睡，人与人之间不断地进行着交流、探讨。[①]《他，她和它》的创作也是有高度实验性的，这主要体现在玛尔卡的“双性同体”方案，即对尧德的设计上。在玛尔卡参与前，由艾维拉姆主导设计的完美“（智能）人模板”是强健、智慧的白人男性。但艾维拉姆的造物不够智能，又非常暴力，如同弗兰肯斯坦的怪物一样，只能感受到“恐惧”，甚至还杀害了实验室工作人员。直到艾维拉姆邀请他曾经的恋人玛尔卡加入实验室，造“人”才得以成功。显然，尧德的成功有赖于玛尔卡从女性视角进行改造：希娜认为尧德温柔的秉性、光滑的肌体、敏感的个性等都更接近于女性，其实正是女设计师在“造人”时放弃了一元化的模型，加入了女性特征，最终完成创造生命的壮举。由此，小说不仅构建了女性世系，更强调了这一世系在当代社会最具影响力的（通常被认为是男性主导的）科技研发领域具有创造力。这一富有象征意味的设计方案如布拉伊多蒂所强调的，改变的是以达·芬奇（Leonardo di ser Piero da Vinci, 1452—1519）的“维特鲁威人”（Vitruvian Man）为代表的、在20世纪六七十年代被解构的“人”之理念[②]，是从性别维度对“人”的修改，这样的新方案抛弃了传统乌托邦所确定的“人”之标准，以修正那种“贬低性的他异性导致（的）对他者的结构性无知，不了解通过作为他者的那些人被排除在人性属性的主要范畴分水线之外”[③]，实际上是试图用双性融合的方式，抗拒“性（工具）化”和性别歧视的产生。

将女性加入“人”的历史和标准之中，毫无疑问地会改变“人”的单一面貌。然而值得注意的是，“性别”并非唯一的亚系统，女性自身也是占据人口半数的庞大多元群体，其中的性取向、族裔、阶层等差异化现象不言而喻。在这诸多亚系统的交叉中，如果将某些女性经验强行推到“人”的所有方面，如生态女权主义主张的反科技的、诗意化的“母神崇拜”，或激进女同性恋女权主义者所追求的女性在一种女同性恋连续体

---

① 参见Bonnie Lyons, “An Interview with Marge Piercy”, *Contemporary Literature*, vol. 48, no. 3, 2007, p.343。

② 参见〔意〕罗西·布拉伊多蒂《后人类》，宋根成译，郑州，河南大学出版社，2016年，第32页。

③ 〔意〕罗西·布拉伊多蒂：《后人类》，宋根成译，郑州，河南大学出版社，2016年，第39页。

(lesbian continuum)中生活的“女性认同”[①]，那么对一般性的平等权利的追求就可能演变为哈贝马斯所忧虑的那种诉求，即在没有“中介”、未经广泛商讨的情况下，把某些专门的知识或经验移入日常生活的私人和公共领域当中的诉求，这将破坏生活世界语境的完整性。即，仅仅针对某一种有效性要求的知识与经验，如果从自身特定的范围中破门而出，转而追求成为针对整个日常生活实践的有效范围，那么生活世界交往基础的平衡就会被打破。[②]这种前后覆盖式的修正难免造成一种分离与隔绝的后果。

哈拉维曾分析“女性主义科幻小说”，并主张建构跨种族、性别与阶级的新型松散联合，追求“在离散中生存”。[③]实际上，皮尔斯的《时间边缘的女子》中的绝对对立、暴力抗争与《我们》中的狂暴抗争相似，但在《他，她和它》绘制的意识形态地图上，玛尔卡等与父权制之下被管制的“儿子”(尧德、加迪)结成了对抗艾维拉姆的联盟，小众精英城邦提克瓦与格落浦的底层大众结成了对抗马提斯的联盟，犹太人自治区与种族混杂者结盟，善良的智能人与谦和的人类结盟。“联盟”是一种象征，其意义在于尝试交往与商讨，在分歧中认同、在区隔中聚合，走向可能的和平，这是解决传统之“人”消解后可能出现的政治失能的方法。在此意义上，皮尔斯创作变化的价值不仅在于从极端女权(分离)主义、和乌托邦一样强调全面重建的激进方案中回撤，更在于从传统式的、包含具体指令的“女性”原则与要求中脱出，在多元互动的身份中遵循一种一般而抽象的交往原则[④]，使联合男女性、混合族裔性、结合阶层性等成为可能。如通过阅读《他，她和它》这类小说，女性便有可能对“女性经验”进行想象性的共同建构，在这样的交流与想象之中，一个离散的少数族裔女性才有可能进入民族主义的、女性主义的、女人主义的(womanist)、后现代

① 参见欧翔英《西方当代女权主义乌托邦小说研究》，成都，四川大学出版社，2010年，第46、43页。

② 参见〔德〕于尔根·哈贝马斯《现代性的哲学话语》，曹卫东等译，南京，译林出版社，2008年，第342页。

③ 参见〔美〕唐娜·哈洛威《猿猴、赛伯格和女人：重新发明自然》，张君玫译，台北，群学出版有限公司，2010年，第279、275页。哈拉维不赞成追求绝对多元和差异的女性主义，认为不能将“女性经验”视为不证自明之物，放任其无限多元，女性通过斗争追求特定的复杂性、差异性的行动不是一种“对每个她自身无尽差异的心理学式的自由派诉求”，否则便会造成政治上的无从挑战和失能。她认为，女性作为群体的经验才是真正有效的，性别经验需要合作性运作才能建立起来。参见〔美〕唐娜·哈洛威《猿猴、赛伯格和女人：重新发明自然》，张君玫译，台北，群学出版有限公司，2010年，第181～182页。

④ 参见〔德〕于尔根·哈贝马斯《现代性的哲学话语》，曹卫东等译，南京，译林出版社，2008年，第346～347页。

主义的、黑人的、多元文化的、白人的、第一世界的、第三世界的以及其他的政治地点[①]——这是真正有可能走向联合而非分离的主张。

第三节 划界与融合："人"与人造智能体

一、维持"边界"

在当代，不论是在科幻语境或现实生活中，这确实都是一个开始走向有机体（人类等）与机器（智能体）混合的赛博格时代。拜德明顿（Neil Badmington）指出，希娜对尧德的接受和与之爱恋表明，所谓"不自然之事"（the unnatural）已经变得平常，所谓"自然"（nature）的定义已经被改变了，因此《他，她和它》真正体现了"后人类主义"。[②]可以说，相对于早期的女性主义小说，《他，她和它》在女性议题之中融入丰富的、多主题的想象，它不仅仅止步于探索"女性为何"，还追问了什么是种族、什么是智能人、人与人之造物之间的关系如何、人之乌托邦可能性何在等问题，小说以人造智能人的发展和前景为线，广泛地涉及自我意识、网络生存、智能体的未来等议题，展现了玛尔卡、希娜与尧德——"女性"与"人造人"的相互塑造，这也是莫兰未曾强调的新题材领域与新联盟集合。

从性别视角看，关于人之"标准"的探讨与斗争规模庞大、旷日持久，现实中平权运动浪潮席卷，人们也逐渐达成了一些新共识。那么，这样的共识是否可以移植到对人与人造智能体之间关系的设定中？尽管是一个"尚未完成"的"他者"，人造智能体或许是"后人类"语境下关乎"人"之转向的最重大的问题。虽然随着现实中人工智能的快速发展，这一问题的前景看似近在眼前，但事实上依然缺乏可参照的实例，似乎唯有蕴含反乌托邦意味的科幻作品能够为人们提供诸多具象化的内容——实际上，20世纪后半叶人工智能界的重要人物多受到这类作品的影响。除了早期经典《弗兰肯斯坦》《万能机器人》，科幻"黄金时代"（20世纪40—60年代）"三巨头"阿西莫夫、海因莱因（Robert A. Heinlein，1907—1988）、克拉克（Arthur C. Clarke，1917—2008）的作品，20世纪六七十年代的迪克、八九十年代的吉布森的作品，以及流行的"星球大战"（Star Wars）、

① 参见〔美〕唐娜·哈洛威《猿猴、赛伯格和女人：重新发明自然》，张君玫译，台北，群学出版有限公司，2010年，第190页。

② 参见Neil Badmington, ed. *Posthumanism: Readers in Cultural Criticism*, Basingstoke, Hampshire: Macmillan, 2000, p.96。

“星际迷航”（Star Trek）等系列，都产生了超越一般文学作品的深广影响。《地狱边缘》（*Limbo*，1952）这类具有明显身体性和主体性探索意味的作品，也和《美丽新世界》《一九八四》一起被视为“20世纪最伟大的反乌托邦小说”①。计算机技术领域的重要专家卡普兰（Jerry Kaplan，1952— ）就表示，他曾着迷于克拉克的《2001：太空漫游》（*2001: A Space Odyssey, 1968*）中的超级智能计算机HAL 9000，由此走上了研发之路②；HAL 9000代表着人类创造力的顶峰，卡普兰的目标就是创造出HAL 9000。③著名计算机学家、图灵奖获得者迪科斯彻（Edsger Dijkstra，1930—2002）则借科幻进行展望，表示相信未来是和平繁荣的“星际迷航”探索，而非机器人灭绝人类的“终结者”世界。④在人造智能体的发展过程中，文学想象成为重要术语、形象、背景与事例的借鉴资源。

小说《他，她和它》重述了犹太传说中流传已久的人造“魔像”故事⑤，在叙述中提及16世纪伟大科学家开普勒、布鲁诺等人，暗示了文艺复兴中人类自然观念的改变、现代科学的发端乃至“现代社会”的开启——一种对时人而言具有颠覆性意义的境况的到来，这与小说所面对的“后人类”处境是相似的。小说的一大主题就是展现人工智能体如何“越界”而成为“人”的关键环节——在传统上，人类需要保持人与非人（智能体、其他生物等）的明确边界。从科幻小说中诸多极具异端色彩的生物形象（如寄生在人体内的“异形”，Alien）可以看出，人类如果被“非人的他者”侵染，带来的将是巨大的灾祸和恐怖——这些故事讲述的是一种跨越界限的战争。

人们曾经认为，工业革命之后，人类作为“人类世”（Anthropocene）中唯一伟大的生命体，与人造智能体之间存在根本的区别。关于区分二

---

① 〔美〕凯瑟琳·海勒：《我们何以成为后人类：文学、信息科学和控制论中的虚拟身体》，刘宇清译，北京，北京大学出版社，2017年，第149页。

② 参见〔美〕杰瑞·卡普兰《人工智能时代》，李盼译，杭州，浙江人民出版社，2016年，“前言”第XXII页。

③ 参见〔美〕约翰·马尔科夫《与机器人共舞：人工智能时代的大未来》，郭雪译，杭州，浙江人民出版社，2015年，第131页。

④ 参见〔荷〕艾兹格·迪科斯彻《欢迎来到未来》，见〔美〕杰瑞·卡普兰《人工智能时代》，李盼译，杭州，浙江人民出版社，2016年，第15页。

⑤ 魔像的传说由来已久，可以追溯到犹太教早期。在《摩西五经》里，魔像是上帝眼中未完成的人类，后来又意指由泥土等物质做成的人形生物。犹太长老赋予魔像生命，使其成为活的、顺从的生物。参见〔美〕约翰·马尔科夫《与机器人共舞：人工智能时代的大未来》，郭雪译，杭州，浙江人民出版社，2015年，第207～208页。许多研究者都曾借助该传说来阐释对人与人造生命关系的理解，如N. 维纳的《上帝与魔像》（*God & Golem, Inc.*, 1964）就借用其探讨机器学习、人际关系等问题。

者的标准意见来自各个领域，机器人领域著名专家、卡内基-梅隆大学教授莫拉维克从图灵的视角出发，总结了关于“机器能思考”（类似于人工智能体是否是“类人生命体”）的反对观点。（1）神学角度：机器没有灵魂；意识角度：机器没有内心体验；能力角度：机器缺乏和蔼、快乐、道德感、创造力等。（2）数学角度：计算机的机械推理有局限性；生物角度：计算机固定规模的步骤与生物神经元响应不同；输出设备角度：计算机只能完成人类编程所要求之事。（3）超感观角度：人类可能对未来有所预见，机器的决策中则无；局限性角度：机器人无法从人类处获得应对所有情况的指导；利益角度：人类害怕自己的至高地位会被取代。[①]《他，她和它》便体现了不少前述的观点，尽管小说具有物种平等的倾向，但这些否定性的观点仍然被融入小说的重要情节之中，尤其是关于人造智能体只能按照设定的程序行事、只会进行功利计算、缺乏道德感与共情能力等的认知与观点。在小说的主线之一希娜的夺子行动中，为了从前夫乔希手中夺回儿子，希娜与尧德偷偷潜入了Y-S，尧德为了阻止乔希报警，冷静地杀死了他。事后，希娜非常不满，而从尧德的反应来看，其行动只是根据希娜设定的目标所进行的纯粹功利性计算。尧德虽然能够明白各种道德概念，却无法与人类七情六欲相匹配。这其实也显示了人们对人工智能体的一种基本认知：如当代美国哲学家赛尔（John Searle，1932—　）的“中文密室”[②]所揭示的，人工智能体是一种没有自主意识更没有同情心的“输入—输出”机器。因此，它虽然有类人的外形，但它并不是人，也不能真正威胁人类的优越性。著名数学家、“控制论”创始人之一维纳在《人有人的用处》（*The Human Use of Human Beings*，1950）中指出，机器是僵化的，“如果我们让这样的机器来决定我们的行动，那我们就该倒霉

---

① 参见〔美〕汉斯·莫拉维克《机器人》，马小军、时培涛译，上海，上海科学技术出版社，2001年，第73～74页。

② 中文密室（Chinese Room）是赛尔于20世纪80年代初提出的一个思想实验。其实验过程为：将一个只会说英语的人关入一个封闭房间，房间里有一本用英文写成的从形式上说明中文句法和文法组合规则的手册，以及一大堆中文符号。房外的人不断从门缝向房内递进用中文写成的问题，房内的人便参照手头资料，将中文符号组合成对问题的解答，并将答案递出房间。如此，尽管房中人对中文一窍不通，却可以让房外的人误以为他精通中文。在上面的过程中，房外人所扮演的角色相当于程序员，房中人相当于计算机，而手册则相当于计算机程序。正如房中人不可能通过手册理解中文一样，计算机也不可能通过程序获得理解力。

了”[①]；机器被认为有害，通常是因为它们太死板、太僵化、不灵活。[②]小说中，尧德的制造者、典型的“疯狂科学家”艾维拉姆便持这一观念，他认为尧德与机械武器之间没有区别，还对其怀有隐含的憎恶。显然，这样的理解保证了人与机器之间的边界，在一定程度上缓解了人类的忧虑。

这种边界区划如拜德明顿在讨论据小说所改编的科幻电影《魔豆入侵》（*Invasion of the Body Snatcher*，1956）时所评论的，展现了一种人与非人（inhuman）的二元对立，体现在四个基本原则上：首先，确信人与非人之间有绝对差异；其次，这种差异是等级式的；再次，吁求一种不可复制、独一无二的人类本质；最后，维持人与他者（aliens）之间的可对照性。[③]显然，人类恐惧的正是“大量介于‘人’和他的他者们之间的壁垒就会坍塌下来，以一个瀑布效应的方式打开意想不到的视角”[④]。人类不断观察着自己创造出的智能体，担忧它释放出巨大的破坏性。小说《他，她和它》中，在2040年曾出现“反人工智能运动”，机器人被销毁[⑤]，此后智能体被广泛运用于生活与工作之中，代替人类从事清洁扫除等重复性的辛劳工作，但不允许被制造成人形，智能体的面貌以猿猴之类“次等”生物或无法移动的“智能屋”形象出现，私造高级智能体的惩罚乃是死刑。这其中的考量并不新奇，早在19世纪晚期巴特勒的《埃瑞璜》中的《机器之书》便提到，出于对工业文明的非人化、机械化的恐惧，一个曾高度发达的社会完全放弃了机器装置。然而，在现实科技不断突进的境况之下，随着人类对人造智能体展开广泛的讨论，人们深刻地认识到维持“界限”的内在困境。

二、创造“生命”

今日之科幻就是明日可能的现实。在当下，面对“创造”与“生命”这样的根本性问题，许多科研实践已经处于人类必须运用自身智慧去严格审视和进行判断的新阶段。人造智能体如果呈现出的不再是性化、种族化、阶级化的形象，而是一种高度集成的、可变的集合体，“假如这台机

① 〔美〕N. 维纳：《人有人的用处——控制论和社会》，陈步译，北京，商务印书馆，1978年，第152页。

② 参见〔美〕凯瑟琳·海勒：《我们何以成为后人类：文学、信息科学和控制论中的虚拟身体》，刘宇清译，北京，北京大学出版社，2017年，第138页。

③ 参见Neil Badmington, *Alien Chic: Posthumanism and the Other Within*, London: Routledge, 2004, p.137。

④ 〔意〕罗西·布拉伊多蒂：《后人类》，宋根成译，郑州，河南大学出版社，2016年，第95页。

⑤ 参见Marge Piercy, *He, She and It*, New York: Ballantine Books, 1991, p.48。

器既可以自组织，又同时是跨性别者，那么旧的人类有机身体就需要被安置到别处了。……技术调节的参照点既不是有机/无机的、雄性/异性的，也不是白人的”①，那将意味着什么？人工智能体如果可以广泛地通过“人”之准入测试（如图灵测试），“人和机器就是两个不同面孔的兄弟”②了吗？原有的“人”之标准与边界失效了，新的标准又如何设置？

伴随着控制论、信息论的理论浪潮以及人造智能体技术的发展，人们开始意识到人类主体的界线是可变的。一方面，有如助听器之于聋哑人，声音合成器之于语言障碍者，心脏起搏器、人造肌体等之于患者，机器与人虽然有无机物/有机体的区隔，却处于同一“系统”之中；而所谓“人”，甚至可以是选择性地用连字符加以拼接（如人类—机器）的复合生物（hyphenated creatures）③，那么，这种复合体的边界在何处被消弭，又在何处被显现？“人类有机体是个中间存在，被插入到并和各种可能性来源和力量联系起来。”④那么，是否可能给这种复合体划定一个标准，以判断有机体与无机物融合到何种程度便不再是人？与之相伴的问题还包括，这是一条终将放弃人类自由意志与能动性的退化道路吗？与此同时，随着计算机的计算处理速度、内存等出现指数级增长，成本相对地大幅度下降，包含海量数据的互联网蓬勃发展，人造智能体显现出超越人类智能的可能性。诚如“莫拉维克悖论”（Moravec’s paradox）指出的，对人类与机器人而言，某些行动的难易程度正好相反：在进化历程中，在很长的发展时期里人类都不擅长算术运算，但对机器而言，计算能力易于推理能力，也比感知和行动能力更容易。⑤如玛尔卡对尧德的教导和性启蒙、希娜让尧德欣赏名诗《一朵红红的玫瑰》（*A Red-Red Rose*）并触摸玫瑰花（被刺）⑥，都是在创造的后期阶段艰难地培养其感知力。因此人类似乎不必对智能体强大的运算能力过于恐惧，相比较推理能力、感知和行动能力等，计算能力强并不是智能体能够超越人类的

---

① 〔意〕罗西·布拉伊多蒂：《后人类》，宋根成译，郑州，河南大学出版社，2016年，第142页。

② 〔美〕凯瑟琳·海勒：《我们何以成为后人类：文学、信息科学和控制论中的虚拟身体》，刘宇清译，北京，北京大学出版社，2017年，第66页。

③ 参见〔美〕凯瑟琳·海勒《我们何以成为后人类：文学、信息科学和控制论中的虚拟身体》，刘宇清译，北京，北京大学出版社，2017年，第111～112、152～154页。

④ 〔意〕罗西·布拉伊多蒂：《后人类》，宋根成译，郑州，河南大学出版社，2016年，第206页。

⑤ 参见〔美〕汉斯·莫拉维克：《机器人》，马小军、时培涛译，上海，上海科学技术出版社，2001年，第22～23页。

⑥ 参见 Marge Piercy, *He, She and It*, New York: Ballantine Books, 1991, pp.87–90。

衡量标准。但是，随着时间的推移，一旦智能体通过“深度学习”发展出直觉力并按此行动，能够无须人类专家一点点地编撰和供给知识或告知如何解决问题[①]，它开始超过人类的理解能力，人无法明了其内部工作方式，如埃吕尔所指出的，它对人而言就变得封闭了。如尧德展示出玛尔卡和艾维拉姆从未预见到的产生新行为的能力[②]，这是否意味着人类打开了造物之门，人造智能体成了一种“非人的生命形式”？当此时，人类已经如玛丽·雪莱谴责的那般向“造物主”僭越了吗？

对此，控制论第二次浪潮中的重要人物，智利生物学家马图拉纳（Humberto Maturana，1928—　）表示肯定。马图拉纳和合作者瓦雷拉（Francisco Varela，1946—2001）提出的“自创生”（autopoiesis）系统理论认为生命系统以自我生产为目标，生命系统就是在不断地生产其自身的系统，它是环形、循环、自指的。马图拉纳表示，其理论绝不阻止人造的机器变成自创生的系统，他批判了一种界定生命的方式，即生命形式不能或不该由人来制造：“担心如果生命系统不仅可以被复制，甚至可以由人来设计，那么对任何生命的敬畏就会消失。这完全是扯淡。”[③]也许如众多科幻小说所展示的，到某个时刻，人造体确实拥有了高超的智能甚至“生命”。在支持智能体作为平等生命形式的学说中，智能体如果能够进行自主的道德判断并依此行事，它就是道德行动者（moral agent）。[④]在《他，她和它》中，与尧德互为镜像的“魔像”约瑟夫在执行任务时杀死了无辜的人，他一直祈祷被原谅、被接受，祈祷能获得关爱[⑤]，而尧德虽然在某些事件中显得机械、淡漠，但他不仅产生了热烈的爱情，还最终发起并完成了最高程度的道德判断和行动：自杀与杀（主）人——难道尧德的高度智能和强烈情感（爱情与复仇）不能被视为“生命”而获得认可吗？

《他，她和它》描写了三条主线情节：希娜离开恶托邦Y-S前往提克瓦，和尧德重返Y-S踏上夺子旅程，尧德、希娜和玛尔卡等的意识接入“赛博空间”（cyberspace，即网络世界）后去战斗。在后两段情节中，尧德既在人类社会中展现出超凡的体能，又指导希娜等人适应赛博空间，显示出其在网络世界中人类无法企及的巨大优势。可见，智能体一旦广泛介

① 参见〔美〕杰瑞·卡普兰《人工智能时代》，李盼译，杭州，浙江人民出版社，2016年，第27页，第30～31页。

② 参见 Marge Piercy, *He, She and It*, New York: Ballantine Books, 1991, p.387。

③ 转引自〔美〕凯瑟琳·海勒《我们何以成为后人类：文学、信息科学和控制论中的虚拟身体》，刘宇清译，北京，北京大学出版社，2017年，第185～186页。

④ 参见 Pramod K. Nayar, *Posthumanism*, Cambridge: Polity Press, 2014, p.112。

⑤ 参见 Marge Piercy, *He, She and It*, New York: Ballantine Books, 1991, p.265。

入人类的工业生产、商业活动、日常生活、军事行动等诸领域，其发展既是对人类能力边界的新一轮巨大拓展，又会淘汰人类的众多技术、智力型工种，编织起监控的"天网"，将使曾自诩"智慧上像一个天神""宇宙的精华！万物的灵长"的人类感到自身变得如同一种粗劣的简单生物。如此一来，人造智能体王国不断扩张，似乎将成为"存在巨链"上横亘在人与上帝之间的下一颗明星。令人吃惊却毫无疑问的是，人造智能体还能创造自身，产生自己的时间线与历史：代际的过去与未来。机器可能不再代表僵化，而是会引出一场由电力驱动的现代"寒武纪生命大爆发"①。卡普兰指出："生命"在今天专指（有机）生物，但在未来则需扩展到特定的电子和机械实体（人工智能体）上；人与这些实体之间并不是人与车（非生命）的关系，而更接近人与马（生命）之间的关系。②

（尧德：）"它们（小猫）害怕我。"

（希娜：）"你是个大块头，它们不认识你，闻不出你的味道。"

（尧德：）"我不是哺乳动物。你有生物纽带，而我没有。……你是家族成员，我不是。"

（希娜：）"这让你很困扰。"

（尧德：）"这让我感觉到疏远。你属于大地，而我不属于它。"

（希娜：）"别瞎想。你和我一样是大地的一部分。我们是由一样的分子、一样的化合物和一样的元素构成的。"③

也就是说，人造智能体侵入并混淆了所谓"人"的界限，迫使人类重新思考与设计"人"与"生命"的未来方案。对秉承物种平等理念（包括动物、植物等）的后人类主义研究者而言，其基本的工作便是对"生命"定义的更新④，对所谓"机器"作为生命形式的认定也应是题中之义。布拉伊多蒂认为，后人类"变成了一个被扩展的关系型自我。后人类的关系能力并不局限我们人类，而是包括所有非拟人化的元素"⑤。但问题在于，

---

① 参见〔美〕杰瑞·卡普兰《人工智能时代》，李盼译，杭州，浙江人民出版社，2016年，第47页。寒武纪生命大爆发（Cambrian Explosion）指在约5.4亿年前的寒武纪时代，绝大多数无脊椎动物集中在其中2000多万年这样相对短的时间内出现的现象。

② 参见〔美〕杰瑞·卡普兰《人工智能时代》，李盼译，杭州，浙江人民出版社，2016年，第195页。

③ Marge Piercy, *He, She and It*, New York: Ballantine Books, 1991, p.185.

④ 参见 Pramod K. Nayar, *Posthumanism*, Cambridge: Polity Press, 2014, p.4。

⑤〔意〕罗西·布拉伊多蒂：《后人类》，宋根成译，郑州，河南大学出版社，2016年，第86页。

在此前漫长的工业革命时期，诸多观念也曾变化，各类习俗也曾变迁，许多工种也曾被淘汰，社会结构也曾改变，但无人会认为火车（的智能性）对人类种群造成了根本性的威胁，而人造智能体的出现或许意味着对人类社会的结构性改变、对“人”的生存方式的巨大冲击，以及人类在这一星球上建立起的他我等级秩序的一夕剧变，令人类担忧“人类世”的终结——众多读者从人工智能科幻故事中读出的便是恐怖和灭亡。

三、在“AI”与“IA”之间

与对新生命形式的高度接纳态度不同，人类的另一思路仍然对“人”给予了最大的关注，即以各种方式对人类进行“增强”。相对人们早已耳熟能详的AI（人工智能），IA（智能增强）概念较为陌生，后者是对人类自身能力的加强。如果说AI追求的是创造一个全新之物整体性地模仿人类进而替代人类去工作，IA则强调利用计算机或生物技术扩展、加强人类的能力，重在对人类进行身心改造，寻求人机交互共生。在计算机和人工智能研发界及人文学术界，关于AI与IA存在长期的论争，二者之间的分歧一直延续至今。在研发界，从“人工智能”概念的提出者麦卡锡（John McCarthy，1927—2011）到谷歌机器人帝国最初的构架师鲁宾（Andy Rubin，1962—　），从鼠标发明者恩格尔巴特（Douglas Engelbart，1925—2013）到苹果Siri的主要设计者格鲁伯（Tom Gruber，1959—　）等，形成了两种有竞争性的设计路径。[①]在学术界，IA发展的争议主要在伦理道德方面——智能和肌体改善或增强是否会带来人类道德的进步？[②] AI和IA都是人类借以自我理解的镜像，激发人类对自身进行深入思考；而文学作品也以预言和寓言的形式，探索了这两种不同的潮流走向。

一般来说，AI在文学传统中更为主流。科幻小说通常展示的是广阔的AI式前景，却又似乎潜在地认为AI如果受人控制，将成为奴隶般的次级生命，而不可能是人类的朋友或伙伴，如迪克的《仿生人会梦见电子羊吗？》（*Do Androids Dream of Electric Sheep?* 1968）便是典型的例子。由于人类的这种潜在的忧虑，AI在众多具有科幻特色的反乌托邦小说中占据了一席之地。在《他，她和它》中，人类塑造着AI的自我意识：玛尔卡给尧德讲述智者创造“魔像”的故事，这与她创造尧德的事件本身完全

---

① 参见〔美〕约翰·马尔科夫《与机器人共舞：人工智能时代的大未来》，郭雪译，杭州，浙江人民出版社，2015年，“前言”第Ⅺ页，第163～165页。

② 参见 Pramod K. Nayar, *Posthumanism*, Cambridge: Polity Press, 2014, p.7。

平行，无疑形成了一种自我指涉与揭示，使尧德理解了自身的被创造，获得了作者认为被压迫者（如女性、人造人）应有的内在独立。但在尧德身处的人类社会中，即使在反抗资本主义、维护社区安全——即最具正当性的提克瓦保卫战中，尧德扮演的角色也始终是被艾维拉姆驱使的奴隶。“Yod”之名在希伯来文中为“第十号”的意思，“十人”是正式礼拜仪式所需的人数。[①]然而在践行自由、民主的精英城邦提克瓦，当尧德想以他自视的“犹太人”身份加入礼拜仪式、摆脱与艾维拉姆的主奴关系时，引发了巨大的非议——尽管有玛尔卡这样的德高望重者支持，尧德也未能获得公民资格，并被主人作为牺牲品送给了Y-S。提克瓦管理委员会的讨论（以及乔瑟夫故事中关于其身份和命运的争论）蕴含了复杂的法律问题，人们的意见分歧巨大。[②]可以设想，如应希娜的要求行事的尧德在行动中自主决策并杀死了阻挠他完成任务的乔希，这一行动的责任应由谁承担？人工智能体可以/应当成为“法律人”吗？虽然小说呈现了悲剧性的结果，但毫无疑问，在女性、犹太人之外，又一个未被接受的他者被皮尔斯纳入视野，一种新的（类人）生命模式被引入关于“人”之标准的探讨中。如果赋权不可避免，那么将如何进行？智能体与（传统生物的或赛博格的）人究竟是何种关系？在人类社会中的位置又如何？[③]

虽然一些后人类研究者赞成一种新型的生物公民权以及对新生命形式的政治赋权[④]，但许多人担忧的是如果人与智能体并非主奴关系，智能

---

① 参见Elissa Gurman, “The Holy and the Powerful Light that Shines Through History: Tradition and Technology in Marge Piercy’s *He, She and It* ”, *Science Fiction Studies*, vol. 38, no. 3, 2011, p.469。

② 参见Marge Piercy, *He, She and It*, New York: Ballantine Books, 1991, pp.374–376, p.404。

③ 目前关于人工智能的法律设想多基于阿西莫夫的机器人伦理守则：第零条，机器人不得伤害人类整体，或因不作为使人类整体受到伤害；第一条，机器人不得伤害人类，或因不作为而使人类受到伤害；第二条，除非违背第一法则，机器人必须服从人类的命令；第三条，在不违背第一及第二法则的情况下，机器人必须保护自己。一部分当代计算机伦理学的设计者努力用“自上而下”的方式创造人造“道德行为体”，至今仍难以达成共识；而另一些人则尝试“自下而上”的策略，通过向机器展示足够多的案例来获得答案，即通过把道德问题和由已知案例组成的目录在相似前提下相关联来解决问题。两种方案均在起步阶段。参见〔美〕杰瑞·卡普兰《人工智能时代》，李盼译，杭州，浙江人民出版社，2016年，第81页。2016年，英国标准协会（British Standards Institute）发布了《机器人与机器系统的伦理设计与应用指南》(BS 8611: 2016 *Robots and Robotic Devices. Guide to the Ethical Design and Application of Robots and Robotic Systems*)，主要是为与机器和智能体相关的潜在伦理问题等提供参考。这一指南的开篇与阿西莫夫的机器人三原则相似，是业界首个相关的公开标准，代表了对机器智能体行为是否可靠的高度关注。参见“工业设业杂志网”，2017年8月11日访问。

④ 参见Pramod K. Nayar, *Posthumanism*, Cambridge: Polity Press, 2014, p.72。

体因为拥有能力超过了人类极限，它不会成为忠诚的伙伴，而可能成为人类的竞争对手、敌人甚至人类社会的毁灭者。一种近在眼前已经开始发生的情况便是，智能体代表其所有者赚钱（金融运算、代理投资等），却造成灾难[①]，还会形成强大的马太效应，使少数人获得巨大财富而绝大部分人被抛弃。[②]莫拉维克预言了人工智能体发展的三个阶段：初期（2000年）—中期（2050年）—长期（2100年以后）。他虽然对变化持乐观态度，却也指出若对智能体缺乏管制，放任其发展，人类会像南美有袋动物遭遇北美胎盘哺乳动物那样命运悲惨；人可能退出工作领域，被机器豢养。[③]因此，尽管《他，她和它》中的AI故事带有一种浪漫的感伤情调，但创造智能体仍然显得像是一种错误，小说最终的结局是希娜虽然深爱尧德，且有极佳的机会将其复活，却选择了放弃重造智能人。

在小说《他，她和它》中，马提斯之外的地表残留辐射引发化学污染使人类不敢在安全范围之外活动，人类的自然生育能力丧失殆尽，如希娜一样自然地生下健康婴孩者既被认为是值得颂扬的，又在某种程度上被视为“原始”。[④]因此研究者戈曼（Elissa Gurman）在论证小说的保守性时指出，皮尔斯强调和颂扬了女性生育之力，即人创造生命的能力；希娜选择放弃复制尧德，代表的是生育（reproduction）胜过了复制（replication）[⑤]，希娜将传统的“人”之特性赋予了尧德，即他应该是一个独一无二的、不可也不应被复制的生命体。但戈曼显然忽视了小说在其他方面的考量。在现有的社会结构和伦理之下，人工智能体既无自主权，也无世俗权利，将心怀怨愤地充当其创造者的奴隶。尧德炸死艾维拉姆的行为便全然违背了阿西莫夫的机器人伦理，而呼应了从《弗兰肯斯坦》到《莫罗博士岛》的

---

① 如2010年5月6日下午，道琼斯工业平均指数相比开盘时莫名其妙地暴跌了1000多点（几乎发生在几分钟内），超过1万亿美元的资产蒸发，引起了全世界的震惊。经调查，真正的“肇事者”正是合法的高频交易，即一些代表各自所有者买卖股票的计算机程序在相互竞争中失控：在安全警报后瞬间发生了电子银行挤兑，计算机依据专有算法进行疯狂交易，系统报告落后了，错误信息加剧了连环相撞，产生了灾难性后果。参见〔美〕杰瑞·卡普兰《人工智能时代》，李盼译，杭州，浙江人民出版社，2016年，第60～61页。

② 参见〔美〕杰瑞·卡普兰《人工智能时代》，李盼译，杭州，浙江人民出版社，2016年，第90页。

③ 参见〔美〕汉斯·莫拉维克《机器人》，马小军、时培涛译，上海，上海科学技术出版社，2001年，第134页。

④ 参见Marge Piercy, *He, She and It*, New York: Ballantine Books, 1991, p.116。

⑤ 参见Elissa Gurman, "'The Holy and the Powerful Light that Shines Through History': Tradition and Technology in Marge Piercy's *He, She and It*", *Science Fiction Studies*, vol. 38, no. 3, 2011, pp.465–466。

创造者与被创造者共同毁灭的故事。

> “弗兰肯斯坦是谁？”尧德问道。
>
> “他制造了一个怪物”，加迪说：“就像我父亲一样。”
>
> “一个怪物？”
>
> ……
>
> “一点都不像”，希娜坚定地说：“加迪是在激怒你，尧德。别在意。”
>
> ……
>
> “我（尧德）看了《弗兰肯斯坦》。……那个怪物试着和人类交往，他尝试和人一起生活，但他十分暴力——我也是这样。他只会带来仇恨和伤害。”①

因此，在AI与IA的不同道路对比下，对人造人尧德的放弃和对智能增强人尼妮（Nili）的赞美、对网络世界的大胆想象和细腻描绘，显示出作者对IA模式的偏好。在IA的设计中，人类大脑或身体通过改造而得到强化。海耶斯从控制论发展史出发把握了AI与IA的某些特性：“人工智能（AI）的目标是要在机器内部建立可以与人类（智能）相提并论的（机器）智能。人类是衡量标准”；而IA形式则暗含人类机器—信息化可能性：“在人工生命的范式中，机器变成了用来理解人类的模型。由此，人类就被转塑成后人类。”②与海耶斯的犹疑态度不同，在皮尔斯笔下，经过身体增强改造的尼妮受到了肯定。玛尔卡表示：“尧德是个错误，你（尼妮）才代表正途。半人半机器要好过制造奴隶式的机器人。”③玛尔卡处于肌体衰老的生命晚期，她将强化模式视为未来的理想模式，强化人社区便成了她的朝圣之所。毫无疑问，理想的IA设计将带来更丰富的人类体验、人类主体性的极大扩展和延伸。有学者认为，IA保留了传统人本主义的人类独特性、实在性（即人类中心性），将技术仅视为对人类现有特质的增强，拒绝了人类与其他多种生命形式的融通。④

更进一步，皮尔斯还发扬了《神经漫游者》的赛博朋克设计，触发

---

① Marge Piercy, *He, She and It*, New York: Ballantine Books, 1991, pp.148–150.

② 〔美〕凯瑟琳·海勒：《我们何以成为后人类：文学、信息科学和控制论中的虚拟身体》，刘宇清译，北京，北京大学出版社，2017年，第321页。当然，这一认识与许多计算机专家及科幻作品认为的“IA更能保留人类个体的主体性”颇为不同。

③ Marge Piercy, *He, She and It*, New York: Ballantine Books, 1991, p.412.

④ 参见 Pramod K. Nayar, *Posthumanism*, Cambridge: Polity Press, 2014, p.6。

了身心二元论、“缸中之脑”（Brain in a vat）难题。[①]《他，她和它》设计了一种全接入的赛博空间：连通网络（Network）、局域网（Base）等覆盖世界范围，人脑通过仪器设备接入电脑（网络）。在地球自然面貌几乎被毁的情况下，人们乐于在网络中穿梭游荡，在头脑中感受已经不能再亲身体验的景色和事物。[②]《他，她和它》沿袭了《神经漫游者》的模式，将网络世界中的数据呈现为具象化的物体及地理面貌——数据景观（datascape）被人文化了，人类主体却又计算机化，二者结成了共生的联合，在此背景下，人类的叙事得以展开。[③]这种全接入的世界是“信息”与物质世界结合的产物，人可能在其中生存、被困或死亡（如玛尔卡差点遭受脑损伤之害）。它使人类社会与网络世界逐渐合一，实验性地考察人类脱离肉身束缚后的无穷可能性。而这样深度的人机交互正是此前的乌托邦理想与反乌托邦批判都未曾深入探讨的方向，只有在当代电脑技术不断革新、海量信息网络与全球化相伴、赛博朋克文化逐渐成形后，其探索才可能真正展开。

那么，AI与IA的未来可能性究竟指向何处？如果说人类是造物主的产物，人造智能体AI是人类的产物，人类也许认为自身是造物主的投影、完美理念模型的“缺失”，一种不完满的存在，而人造之物成为人类追求“完美之人”——“神”的恒久冲动的宣泄[④]，将始终追求对“不完满”的弥补。现实也的确如此，在过去及当下的AI设想中，无论是在智能还是在体能上，人工智能都蕴含了人类对“更快、更强、更美”等的无尽追求。而理想的IA增强像是对传统之“人”的有限升级，如IA所设想的基因改造、从人脑中提取记忆载入电脑、人体“零件”的持续更换等，也同

---

① “缸中之脑”的这一假想本身颇有历史渊源，在20世纪80年代由学者普特南（Hilary Putnam，1926—2016）具体提出。即如果一个疯狂的科学家将人脑放入装有生命维持液的缸中，让它与一台电脑相连，使之产生正常的图像与感觉等，那么此“人”就会自认为处于真实而正常的生活状态中。人如何分辨自己所生活的世界是真实的而非仅仅由一台电脑刺激而成？著名科幻系列电影《黑客帝国》（*The Matrix*，1999—2003）展示的便是此类场景。

② 参见Marge Piercy, *He, She and It*, New York: Ballantine Books, 1991, p.226。

③ 参见〔美〕凯瑟琳·海勒《我们何以成为后人类：文学、信息科学和控制论中的虚拟身体》，刘宇清译，北京，北京大学出版社，2017年，第51页。

④ 制造强力之物的“科学狂人”形象不仅代表激进的极少数，它彰显了人类愿望的一端。有研究者指出欧美技术观念中蕴含着基督教传统，包括“上帝形象”及依靠技术建立人间天国的愿望等，如Fryderyk Kwiatkowski, “‘Let Us Make ROBOT in Our Image, According to Our Likeness’: An Examination of Robots in Several Science Fiction Films Through the Christian Concept of ‘Image of God’”, *Studia Religiologica*, no. 3, 2016, pp. 219–230.事实上，《他，她和它》也涉及犹太教历史，但这些宗教因素并不是形成“完美”冲动的必需条件，这种冲动是生命持存的本能中固有之物。

样呼应了人类摆脱肉身局限的渴望、对永恒的渴望。二者的共通之处在于，都可能导向主体汪洋无际的扩张，并进入一种真正的无限性状态。这似乎预示着一种前景：不再以一种明确的从“生”到“死”、有限线段式的方式看待生命及其价值。当有限性消亡，生命形式失去了“死亡”这一最重要的参考坐标，这将是真正的机遇，还是西比尔（Sibyl）的永生困境、浮士德的不可满足？《他，她和它》抛弃了尧德模式的重负，尽管“复制”手段使生命看起来如此轻盈；在阿西莫夫的著名短篇《两百岁之人》（*The Bicentennial Man*，1976）中，主人公选择从可无限延续的机械身体改造退回到有始有终的有限生命，这反映的不正是对无限性前景最深刻的忧虑？

在当下的现实中，提出“历史的终结”的福山（Francis Fukuyama，1952— ）曾对以基因工程为代表的生物技术革命表示深切的担忧，他关于药物、遗传、寿命、尊严和技术管制等的探讨与建议可谓中肯①，但作为一名政治学家，他毕竟未能预见人工智能在当今的高速发展。或许，相比AI的无限可能，相比以新的智能体超越、取代人类，随技术增强而变化的人类自身是一种更易接受的范式。当然，它不是仅仅基于一种无条件、无限制的平权理念，而是多少具有狂欢化色彩的后人类模型——如果“后人类”发展成为一种自助餐式的自主选择，人们总要坐下来吃点什么，而不是就此离席而去。

《他，她和它》展示了经典的反乌托邦画面：自然世界的毁灭、民族国家的消失、强大的资本、森严的阶层、分裂的区域。小说中有四个世界：马提斯代表着忽视生态环境、机械刻板的现代社会，是反乌托邦小说中典型的恶世界，却并非作者重点描绘之所在；自由邦如提克瓦是小说情节的主要发生地，它保持着较高的经济水平，拥有相对的独立性，但最终无法独善其身；在肮脏混乱的格落浦寄居的居民早已没有种族之分，却不得不穿戴罩衫防止帮派侵扰；神秘的隐匿社区则仅仅出现在人物的只言片语之中。这四个世界被并置，不乏现实影射意味②，但似乎处于前后相继的历史轨道之中，透露出作者关于“乌托邦”的理念：马提斯和格落浦代表冷峻的“恶托邦”现实世界，而两者的对照则如《我们》中大一统国

① 参见弗朗西斯·福山《我们的后人类未来——生物技术革命的后果》，黄立志译，桂林，广西师范大学出版社，2017年，第167页。

② 有论者即认为这种设计蕴含了种族暗示，包括犹太人、日本人、拉丁人、非洲裔美国人等。参见 Elyce Rae Helford, “ The Future of Political Community: Race, Ethnicity, and Class Privilege in Novels by Piercy, Gomez, and Misha ”, *Utopian Studies*, vol. 12, no. 2, 2001, pp.128–131。

的大墙内外、《美丽新世界》中的新世界与保留地、《一九八四》中的大洋国主流社会与普罗大众世界，两者都不是真正的希望之地。《他，她和它》又在这种二元模式外增加了提克瓦这样小国寡民、自给自足的自治区；其形态一如古希腊城邦，象征逝去的古典理想国，其运转依赖于公共政治生活的充分发展和公民的高素质。它创造了某些奇迹——马提斯也难以制造和攻破的局域网、超级人造智能体，但在马提斯的虎视眈眈之下，其前景岌岌可危。因此，无论格落浦与提克瓦的联盟是否成功，犹太女性的隐匿社区看起来才是未来之光。虽然作者并未试图解释这样的社区何以拥有Y–S 和提克瓦都未掌握的IA技术，它成为玛尔卡的归宿地却是一种明显的象征。在20世纪反乌托邦小说的大潮流之中，对现代性危机的反思始终与之相伴。作者与其化身玛尔卡都在寻找新的资源：在对恶世界的反抗中，前途不在提克瓦代表的过去，而在于另一种未来。

可以看到，在当代的“后人类”境况中，传统人文主义衰落，“对于生活在第三个千年的人类来说，我们事实上居住在以技术中介和全球运行的自然—文化连续统一体内”[①]，“人类和拟人的他者与非拟人的、动物或‘地球’的他者一起被重新安置在一个连续统一体内”[②]。反乌托邦小说在时间线上越接近当代，在形式上便越倚重于对这种连续统一体的科技幻想。在“新浪潮”运动之后，科幻类型降低了对科技展示、科学预言及故事性的追求，转变为探索人与自身、人与科技、人与社会、人与未来关系的思索型文本。在反乌托邦书写中，女性作品的倾向与多数反乌托邦对乌托邦进行的本体性批判颇为不同。皮尔斯就曾表示，在她经历的历史中，人们在某些方面有所改善（虽然并非“进步”），而“改善”需要人们的奋力推动，否则便一无所获。[③]不难发现，“当那些被种族化/性化/殖民化的言说者‘有生以来第一次’开始，亦即宣称具有原创权威去代表他们自己”[④]时，难免以此为契机争取平等权利，她们在借助科幻形

① 〔意〕罗西·布拉伊多蒂：《后人类》，宋根成译，郑州，河南大学出版社，2016年，第119页。

② 〔意〕罗西·布拉伊多蒂：《后人类》，宋根成译，郑州，河南大学出版社，2016年，第139页。

③ 参见Bonnie Lyons, “An Interview with Marge Piercy”, *Contemprary Literature*, vol. 48, no. 3, 2007, pp.330–331。

④ 〔美〕唐娜·哈洛威：《猿猴、赛伯格和女人：重新发明自然》，张君玫译，台北，群学出版有限公司，2010年，第239页。

式进行自我探索，因此很少是完全指向解构的。[①]如果说反乌托邦小说通常聚焦于森严的恶世界和混乱的底层社会，在对两者的批判中消耗了希望之力，那么女性科幻小说家创作的《他，她和它》便加入了一种不同的理想精神。小说跨越了许多维度，在女性主体、犹太传统和人工智能等视角相融合的广阔视野中，作品提出了一种"后人类"境况的可能性，一种不同性别、年龄、阶层、种族甚至生命形态者可能再次被拉平到同一维度（"人"的维度）上的境况。它充分体现了"科幻小说中那些各式各样的乌托邦与恶托邦场景，其目标是对道德、价值和禁忌之间的'协商'进行监督，它们促进了人们对文化变迁的接受——变迁来自道德等领域的迁移（displacement）与发展。科幻是对各种症候的形象化，这些症候代表的是对被压抑的、多元的后人类可能产生的欲求和担忧"[②]。"后人类"世界正是借由这样的想象而构建出的未来世界，一个机遇巨大又危机四伏的世界。在未来，"赛博格不会认得伊甸园：他不是泥土做的，不能梦想回归尘土"[③]。这也形成了20世纪末、21世纪初反乌托邦小说的新语境和新潮流，引发了与以往非常不同的关切。而对于这样的文化与社会前景，"时已迟矣，善恶抉择之机已经迫在眉睫了"[④]。

---

① 哈拉维就反对巴特勒（Judith Butler，1956—　）的主张，认为取消（disqualify）"性"这一类分析范畴会破坏女性身为主体的概念，伤害女性的能动力。参见〔美〕唐娜·哈洛威：《猿猴、赛伯格和女人：重新发明自然》，张君玫译，台北，群学出版有限公司，2010年，第219～220页。当然，性别流动乃至消解"性化"（sexualized）观念也不乏其例，如勒奎恩的名作《黑暗的左手》中的格森星人（the Gethins）是中性的，每两个月有三四天的性活跃期，其间会随机成为男性或女性，这也成为后性别时代研讨的焦点对象。

② Stefan Herbrechter, *Posthumanism: A Critical Analysis*, London: Bloomsbury, 2013, p.118.

③ 〔美〕唐娜·哈洛威：《猿猴、赛伯格和女人：重新发明自然》，张君玫译，台北，群学出版有限公司，2010年，第247页。

④ 〔美〕N.维纳：《人有人的用处——控制论和社会》，陈步译，北京，商务印书馆，1978年，第153页。

结　语

第一节　反乌托邦小说对乌托邦的反思

20世纪西方反乌托邦小说自产生以来，便作为完美的乌托邦构想、实践人间天堂的乌托邦冲动、教条化的乌托邦工程的对立面而存在，并建构出20世纪人类对未来社会的主流想象图景。乌托邦主义者的理想与无畏精神、革除社会积弊的热情与行动，曾使其为现代社会的发展做出了切实的重要贡献。然而，激进的环境决定论所主张的人类原本完美，只因社会的腐蚀而堕落的看法并不可靠，即使人类能够清除有害的影响和罪恶的制度，也并不能使人成为圣人。[①]乌托邦将一种“无缺陷”（without fault）的“应然世界”置于有缺陷的“实然世界”之上，并期望借助高科技、心理学工程等控制手段将不可触及的乐土福地引向现实时空。但诸多现代乌托邦设计的努力带来了深重的失望，以至于人们对乌托邦的理解从乌托邦实践退入“希望精神”的精神感召力层面，并将乌托邦悬置于远离现实的“尚未存在”（not yet being）之域。20世纪文坛已经几乎不再为救赎式、总体性、工程化的乌托邦添砖加瓦了，乌托邦小说朝向反乌托邦小说嬗变。反乌托邦小说对数个世纪以来一直兴旺繁盛的乌托邦的批驳成为20世纪发人深省的文学现象。值得注意的是，反乌托邦对乌托邦模式的取代仅从乌托邦文学自身的逻辑框架出发是难以解释的。若只将反乌托邦视为乌托邦范式的衍生物、分支或余波，则无以明了反乌托邦对乌托邦的冲击，唯有对反乌托邦的思想基质、反乌托邦小说的文本内容加以深入探讨，方能理解反乌托邦对乌托邦的根本性叛逆。反乌托邦小说在对乌托邦构想与实践批判中，以乌托邦为“潜文本”，依其模式构建了与乌托邦预期的美好景象截然相反的社会画面。

反乌托邦小说关注这一画面之中个体的真实生存境况，并观察到诺齐克所言的现象：“要想同时并且持续地实现所有的社会善和政治善，这

① 参见〔美〕乔·奥·赫茨勒《乌托邦思想史》，张兆麟等译，北京，商务印书馆，1990年，第290页。

是不可能的”，“对于所有这些问题只有一种最好的综合答案，对于生活于其中的所有人只有一种最好的社会，这种想法在我看来是难以置信的”。[①]乌托邦这种非现实性乃是“一个令人遗憾的事实”。植根于人类本性中追求完美与超越的乌托邦冲动，其非现实性及在实践中的失败值得人类通过各种方式反思与探索。反乌托邦小说对人类乌托邦构想的形象化推演与展示，对20世纪乌托邦社会历史实践进程的模拟，表达了对一元的、凝定的、工程化的乌托邦的批判；它对乌托邦国度的“原罪”之恶、全面“净化”的理想模式、结束历史的终结气质以及其中个体被压抑、异端遭排斥的描绘，展现了乌托邦对自由意志的否弃，对个体的磨灭，以及它使人成为无心无力反抗的“单向度”的人的强制力。这样的乌托邦模式并未将人带往超越于现代社会、无“风险”的完美乐园，反而迫使人在不安中重新回到了恐怖森严的前现代世界。反乌托邦小说由此揭示了乌托邦模式的内在悖论：以自由与解放的理想始，由束缚与奴役的结局终；以热切而完美的追求始，由黑暗而苦涩的幻灭终。在反乌托邦小说的抨击下，乌托邦的总体性、一元化预设遭受重创。乌托邦作为基督教千年王国之后最令人向往的完美社会，其头顶的光环消散了，反而不可避免地走向均一化、压迫性乃至极权化的恶世界。

反乌托邦小说并非无源之水，它有着独特的戏仿潜文本，同时又在题材和内容上呈现出多元化的特色。反乌托邦小说所“反”者是现代乌托邦构想与实践，反乌托邦小说作者们的主要取法对象之一便是在20世纪初具有重大影响的以科技为武装、以“世界国家”为形式的威尔斯式“现代乌托邦”。这种世界性的现代高科技乌托邦形象发挥了从乌托邦向反乌托邦转变的机杼作用。由此，人们的反乌托邦想象从《乌托邦》《回顾》等的古典模式乌托邦跨入《我们》《美丽新世界》等的世界性科技反乌托邦，在更广阔宏远的舞台上思考乌托邦问题。第二次世界大战后出现的乌托邦小说《瓦尔登湖二号》则从科技之外的另一侧——社会科学角度建构乌托邦，试图利用心理学行为主义工程创造一个瓦尔登湖式的社区，展开与《美丽新世界》等反乌托邦小说的对话与交锋。

早期反乌托邦的经典之作《我们》等主要以工业化、高科技的世界性联合体乌托邦为预设靶心，并反其道而行之，开创了20世纪反乌托邦小说的多个重大命题：对乌托邦原罪的反思，集体化极权社会对个人的压

---

① 〔美〕罗伯特·诺齐克：《无政府、国家和乌托邦》，姚大志译，北京，中国社会科学出版社，2008年，第356、373页。

抑，乌托邦中的实用主义、工具理性对情感、非理性的压抑等，这些几乎都为后代反乌托邦小说所继承发扬，并奠定了反乌托邦小说在文学史上的基本地位。其后，近百年来不绝如缕的反科技主义乌托邦小说，如《机器停转》《美丽新世界》《羚羊与秧鸡》等，借鉴了科技乌托邦的科幻形式，对乌托邦在时空上得以被推至“当下”“此处”的重要助力——科技——加以反思，探讨科技乌托邦遭遇的困境、“科技天堂”可能引发的深层伦理、价值争议等问题。一些反科技乌托邦小说还描绘了人类在安全期望落空之下所考虑的自救之方，并呼吁人类运用自身的伦理洞见，避免反科技乌托邦小说的悲观想象成为残酷现实。此外，批判消费社会式乌托邦的反乌托邦小说则设想了技术发达、以消费为导向的丰裕而更加难以撼动的拟消费乌托邦。此类反乌托邦小说如《美丽新世界》《华氏451度》等出现于20世纪前中期，却独具前瞻性地预见了当代消费社会的前景。如“美丽新世界”展演了消费乌托邦制造与宰制人类的欲望以维持消费车轮的运转，从而造成了人的异化；拟消费乌托邦中被操控的“景观”布展而成的世界遮蔽了不完美的现实社会，人们在入迷地观看影像、被视觉规训的同时，也心甘情愿成为景观乌托邦的俘虏与静观的“看客”。此类拟消费乌托邦社会的反乌托邦小说也演绎出最具当下意味的消费乌托邦囚笼的独特维度。反乌托邦小说中极为知名的《动物农场》《一九八四》《正午的黑暗》等则是20世纪特殊历史时代的产物，这类小说旨在批判乌托邦理念进入政治实践后带来的恶果：曾被视为按照理想的社会工程蓝图设计建造的乌托邦却造成了人类对完美社会最深重的幻灭感。反极权主义乌托邦小说对极权主义国家的描绘展现了其中历史、真相与政治、权力等纠缠不清的关系，揭示了乌托邦实践中目的与手段的分离、为目的而牺牲手段的代价论以及目的最终却不可实现的悖论，敲响了避开“一九八四”式乌托邦的警钟。此外，集体化、利他主义、均一主义的乌托邦将集体性的共赴共享、个人的强制齐一作为幸福天堂的保障，这遭到了反乌托邦小说的强力批驳。此类作品如《颂歌》《阿特拉斯耸耸肩》《表面的公正》《传授者》等，揭露了乌托邦如“普罗克拉斯提之床”一样将差异化的个体纳入单一轨道的平均主义理念，以及这种集体至上、个体均一理念可能带来的统治机构极权化、社会退化的弊病，显示出对均一化乌托邦的抗拒和维护个体权利的强烈意识。在乌托邦实践之外，在思辨领域，《发条橙》《饥渴的种子》等小说用具有形而上意味的象征手法，反思了构建乌托邦工程的动力机制——“决定论”与“自由意志”的冲突，回应了《瓦尔登湖二号》等行为工程理论，考察了人类的道德责任，演绎了“原罪”“善恶”思考之下人类社会的阶段性循环。在通常面向未来展开的乌托邦设想中，有一类乌托邦却因现代社会的“自由”“风险”令人产生了深刻的孤独与不安全感，因此追求回归到前现代社会的稳固与森严，但小说《使女的故事》显示，原教旨主义式的利维坦国度绝非乌托邦，也不可能成为现代社会的理想替代物。科幻类型的《他，她和它》则从反乌托邦文学传统中被忽视的恶世界中的“他者”群体视角出发，思考了“生命”“人类”（及其理想与非理想世界）可能面对的发生重大变化的新境况。

总的来说，这些表现出丰富多元旨趣的反乌托邦小说实际上都针对乌托邦做出了以下反思。

第一，对乌托邦基于本体论思维方式的一元化、总体性追求的反思。在反乌托邦小说的设想中，在乌托邦的一体化“绞肉机”中，各式各样差异性的鲜活生命被机械地切割、碾碎，最后化为均质的、无生命的、难以分辨出你我的一团肉泥。乌托邦自视为某种浑然一体的、一元的终极价值的永恒占有者，因此往往以“救赎”之名发起对个体生命的压抑和对异端思想的清算。乌托邦要求人回归与现实生活分离的绝对本质，以完成从“人之实然”向“人之应然”的超拔。然而，在追寻一元、至善的乌托邦世界（实际上相对于现实的人乃是“它世界”）的过程中，异化、扭曲的方式导致了乌托邦中参差多态的个体生命的泯灭。如赫茨勒所言，乌托邦持有的是全社会的观点，只从总体的角度看待人类，却不懂得必须把人既作为集体一分子、又作为单个的人来看待。[①]或者借用奥克肖特的比喻，如果人们的政治活动是在海上行船[②]，那么乌托邦主义者为了到达目的地，竟不在乎到终点时船上是否还有人存活；实际其结果是乌托邦大船偏离了最初的航线，背弃了它曾给人类的美好期许，甚至走向了黑暗的深处——这种泯灭与背离正是众多反乌托邦小说所细致描绘与着力渲染的。在此需要补充的是，在文学创作中，尽管乌托邦的诸多缺陷早在20世纪早期“现代乌托邦”的设计者威尔斯那里就得到了明确的省思，20世纪中期的斯金纳也直面了这一难题，二者都试图对此进行抽象的调和（将乌托邦动态化、差异化），但这种痼疾始终存在于乌托邦肌体内，反乌托邦小说则持续性地对这种情状加以渲染，以更充分、深刻地揭示这些缺陷。

如果乌托邦早已经认识到其内在缺陷，却为何仍要一再重复这一设

① 参见〔美〕乔·奥·赫茨勒《乌托邦思想史》，张兆麟等译，北京，商务印书馆，1990年，第293页。

② 参见〔英〕迈克尔·欧克肖特：《政治中的理性主义》，张汝伦译，上海，上海译文出版社，2004年，第51页。

想呢？答案或许在于：除了对于总体性的偏好，乌托邦设计师们在具体的规划中不得不做出如此妥协。对乌托邦设计者来说，一元化因此也是最为简化的乌托邦是唯一可能通过人力设计出且具有一定现实性的完美社会模型。一个自由、动态、开放同时又绝无变化且永远保持稳定的社会，其实现、维护、运转的可能性有多大是任何人类社会工程师都没有把握的，而乌托邦设计师显然并不想失去对未来的绝对掌控。如果多元化乃至彼此冲突、难以化约的欲望不可能同时获得满足，那么他们便通过消灭欲望来达成乌托邦。如此看来，乌托邦设计并非全然高蹈入云的理想，而是一经现实考量便不断后退的妥协产物（此即乌托邦的“非现实性”的悖论）。因此，乌托邦文学创作通常试图以有限的现实性规划出一幅含有无限可能性的蓝图。尽管拉塞尔·雅各比认为精确规划、具有强制与极权倾向的乌托邦蓝图并非乌托邦之本，应该被摒弃[①]，但若无任何蓝图而只剩下抽象理念，乌托邦泛化到甚至包括《独立宣言》这样的文本，那么便丧失了其最初吸引人的东西，放弃了“乌托邦”的实践性而仅保留了抽象的“乌托邦精神”。因此，乌托邦设计者在论证其规划的合理性时，必须克服以有限的笔墨来表现无限的图景时产生的缺憾感。乌托邦设计者在对“无限”与自身比例关系的认知上，若非盲目乐天，则必委曲求全。因此在20世纪的乌托邦中，人们才会看到原始粗糙的平均主义思想竟能长期占有一席之地，而回归中世纪的宗教原教旨主义乌托邦亦不乏市场。从这个角度来看，反乌托邦文学的作者比乌托邦文学的作者要幸运，他们无须竭力罗列论据以说服人们抛弃其他所有可能性而认同某一种乌托邦，反乌托邦所要专心对付的事物只有一个——乌托邦模式。反乌托邦小说通过对乌托邦中个体命运、社会景象的描绘，证明了均一化模式对人的禁锢、对社会发展潜能的扼杀，论证了乌托邦世界的不合理性。

第二，对乌托邦内在教条化、强制性的深刻批判。[②]从本质上看这一点是基于作者对自由作为一种根本性价值与权利的肯定与维护。在反乌托邦小说中，乌托邦无论以何种形式存在，都实施了对个体自由的严重

---

① 参见〔美〕拉塞尔·雅各比《不完美的图像：反乌托邦时代的乌托邦思想》，姚建彬等译，北京，新星出版社，2007年，第191页。

② 自柏拉图以来，乌托邦就是一种不可动摇、不会改变、“没有比这再好的了”的完美国度。参见〔美〕乔·奥·赫茨勒《乌托邦思想史》，张兆麟等译，北京，商务印书馆，1990年，第294页。乌托邦精神的“绝对意识”包括两方面的基本内容：“一是它设定了一个终极的无限完美的未来世界作为现实世界的替代物；二是它设定了一个绝对的超人实体或力量作为达到这一终极目标的根据和保证”，因此乌托邦作为决定存在的根本性力量，具有独断性的强制力。参见贺来《现实生活世界——乌托邦精神的真实根基》，长春，吉林教育出版社，1998年，第39页。

侵害，不论（未来的/它处的）乌托邦世界物质资源是否丰裕，科技是否先进，风尚是否高雅，乌托邦中的人几乎都处于一种严密的监控以及公开或隐秘的暴力镇压中，各项基本的自由权利都遭到了剥夺，而这也正是乌托邦中的人生活苦难的根源之一。虽然乌托邦的出发点基于抽象的普遍正义，但在反乌托邦小说看来，乌托邦设想的完美和谐有序的景象最终将以完全牺牲个体的自由为代价。因此才有了“大一统王国”中虚假的“数学般精确的幸福”；同时，在对自由的舍弃中，乌托邦幻想的善与正义也沦为空谈，压倒一切的利维坦式国家中只有公共领域，群己权界无存，公共权力吞噬所有的个人空间与自由，并以强制的方式完成了对个体的整合，由此使乌托邦曾许诺的必须建立在自由基础上的个体幸福无以践行。正如洛克所言：“凡在自然状态中想夺去处在那个状态中的任何人的自由的人，必然被假设为具有夺去其他一切东西的企图，这是因为自由是其余一切的基础。”[①]被剥夺了自由意志而如机器般被操纵的“发条橙”由此产生；看似享有了极高的物质福利、纵情享乐的“美丽新世界”人无时不在枷锁之中。自由作为一项人类终极性目的，无论如何不应为了可能的完美世界而被取消掉（哪怕是代价式的），何况这种完美世界在实践演进中已经显现出独断性与教条化的特点。在无以制约的情况下，以当下的暂时牺牲换取永恒福祉的理念难免沦为恶行的遮羞布，让乌托邦呈现为“正午的黑暗”。因此，反乌托邦小说呈现的关于乌托邦的观念转变正如《美丽新世界》前言所提示的：更少的完美，更多的自由。

第三，大多数反乌托邦小说在乌托邦世界中设计了统治者与叛逆者的二元对立结构，构成了反乌托邦小说的“正/反（非）”的基本情节模式。按照功能设计对主要的反乌托邦小说进行考察，可以明显观察到如下角色和情节线索：乌托邦的统治者及统治机构，被统治者及反对者，反抗结局。乌托邦的统治者如莫罗博士、大恩主、“拿破仑”、“老大哥”、“第一号”、“亲爱的独裁者”、虚幻的影像世界（非人）等；“有头/无头”的统治（执行）机构如蒙哥马利、护卫局、猪与恶犬、思想警察、内务人民委员会、阿尔法阶层的巡检官、消防队、大机器系统（非人）、（形式上的）元首们、“消费系统”（非人）、联合会、“掠夺者”、隐形官僚体系（无政府）、委员会、各大跨国集团、各大生物制药公司等；被统治者如兽人（未分阶层），“号码们”（未分阶层），除猪与恶犬外的其他动物（未

---

① 〔英〕洛克：《政府论》（下篇），叶启芳、瞿菊农译，北京，商务印书馆，1996年，第13页。

分阶层），外围党及普罗大众（分阶层），贝塔和伽玛阶层等（分阶层），大众（未分阶层），阿尔法、贝塔、伽玛、德塔、爱扑塞隆五等级（分阶层），大众“兄弟们”（未分阶层），“创造者”，自由邦和“格落浦”大众，“杂市”大众（未分阶层）等；与统治者相对的主要“反对者”包括兽人、I–330等“靡菲”、温斯顿·史密斯等、鲁巴肖夫等、吉尔97等、蒙泰戈等、库诺等、“野蛮人”约翰等、“平等7–2521”等、高尔特等、谢维克、乔纳斯、希娜和尧德等、秧鸡等；而反抗结局则主要包括无序（少数）、失败（多数）、不明朗（多数）、成功（极少）、毁灭（少数）等多种可能性。西方反乌托邦小说横贯20世纪的发展历程，其设计上颇具共性的结构模式展现出一种与乌托邦小说相似的“理念小说”特点。

第四，反乌托邦小说作为一种文学作品，以其思想价值在20世纪的西方世界产生了重要影响，其警示意义在于面对现代社会的种种困境与渴求，人类既不可退回到前现代社会的静态封闭之域，亦不可能超拔进入乌托邦的迷幻安乐天堂。反乌托邦小说以其高度的忧患意识，不仅获得了文坛、学界内部的赞誉，也拥有了广泛、深厚的读者基础及社会影响，《美丽新世界》《一九八四》《发条橙》等更被视为20世纪世界文坛的经典之作。[①]反乌托邦思想在对同一化、绝对化的乌托邦进行批驳时，强调“人和一切存在的历史性、有限性，反对一切超时间的永恒在场的存在；强调生命、情感、直觉相对于‘理智’的优先地位，反对传统理性普遍主义的强制；强调人性与事物的多样性、差异性、异质性，反对专制主义的绝对一元论；强调个体的真实性和其不可化约性，反对任何超个人的‘实体’‘逻各斯’‘绝对精神’对个体的整体性挤压”[②]。反乌托邦小说便是与这种哲思相通的文学表达，也正是因为反乌托邦小说的发表与流传，人们在思考乌托邦问题时多了一种极具价值的参考物。

早在《一九八四》出版之初，《纽约时报书评》便评论道：“在今年及不知道多少年以后，《一九八四》都将是最具当代感的小说。这本书检视并戏剧化了艾克顿爵士（Lord Acton）有名的一句格言：‘权力使人腐化，绝对的权力使人绝对的腐化’。”[③]（后半句系误译，应为‘绝对的权力绝对使人腐化’。）此后，对于反乌托邦小说还有诸多知名评语，如“多一

① 参见本书“附录二”。

② 贺来：《现实生活世界——乌托邦精神的真实根基》，长春，吉林教育出版社，1998年，第62页。

③ 〔美〕查尔斯·麦格拉斯编：《20世纪的书：百年来的作家、观念及文学——〈纽约时报书评〉精选》，朱孟勋等译，北京，生活·读书·新知三联书店，2001年，第189页。

个人读了奥威尔，自由便多了一份保障”，“我们将死于我们所热爱的事物”（尼尔·波兹曼论《美丽新世界》），“探讨了书籍对于人类和文明的作用，揭示了自由的思想对于社会以及人类自身发展的意义”（伊哈布·哈桑评《华氏451度》）。可以说，正是由于反乌托邦小说的广泛传播，众多反乌托邦小说的读者（尤其是以英语为母语的读者）达成了某种基本的共识，即不论是向前展望的未来乌托邦或向后回顾的原始乌托邦，绝对化的乌托邦信念并不可取。无论如何，各类反乌托邦小说尽管在题旨内容与写作手法上各异其趣，但从根本上说，依然是以反思与批判精神来发挥其社会影响力的，这也是反乌托邦小说独特的旨趣与价值所在。反乌托邦小说植根于人类对自身文明的审慎与忧患意识，它对乌托邦的批判给予了现代人以深刻的警示，促使人们重新审视乌托邦思想与原则——它展示了借乌托邦预设而生成的“人间地狱”图景，撼动了乌托邦所设想的造就“人间天国”的理念，也因此成为20世纪富有深刻警世意味、独具影响力的文学现象。

第二节　反乌托邦小说的未来可能性

本书以“20世纪西方反乌托邦小说”为一个独立的研究对象，意在探查在20世纪这个反乌托邦小说集中涌现的时代，反乌托邦小说的立命之基。在与乌托邦的张力关系中，反乌托邦代表的并不是对人类解放与完善的目标的放弃，亦非对精神上的“超越”或“希望”的否定——反乌托邦显然与“失望”有关，但与“虚无”无涉。反乌托邦小说对乌托邦的演绎、批判中凸显的忧患意识表达的是对乌托邦美妙外衣之下隐在的恶的拒绝，它所反叛的是一种一劳永逸、绝对完美、凝定、一元化而缺少宽容的乌托邦理想，而非人类关于公平、正义等价值理念。反乌托邦小说对乌托邦迷梦幻象的揭露的目的在于使人类更审慎地展开对未来的构想。

在整个乌托邦/反乌托邦小说传统的巨大坐标系中，当代反乌托邦小说的发展前路或许在20世纪70年代的反乌托邦小说《被剥夺者》中有颇具代表性的体现。《被剥夺者》是美国科幻名家勒古恩的代表作之一，其副标题为《含混的乌托邦》（*An Ambiguous Utopia*），点出了当代乌托邦与反乌托邦文学传统重新交融之旨。在《被剥夺者》中，乌拉斯星球与其卫星阿纳瑞斯是两个截然不同的世界。小说以阿纳瑞斯物理学家谢维克从青少年到中年时期在两个世界的活动为主线，展现了一个“含混的”乌托邦世界。小国寡民式的阿纳瑞斯奉行起源于乌拉斯的“奥多主义”

（Odonian），追求互助、分享、自由。在该主义指引下，阿纳瑞斯人试图克服恶劣的自然条件，组建一个无私产、无罪恶的无政府乌托邦，并期望这样的乌托邦中的人际关系是友善、团结的。然而，当物资匮乏、思想僵化、官僚主义成为一种常态，道德纯化成为对个性的禁锢时，阿纳瑞斯的理念已背离当年奥多追求的自由、平等、解放的初衷。而乌拉斯则资源充足，竞争激烈，富于创造活力，但社会贫富差距巨大，森严的等级、诡诈的人心也为其蒙上了阴影。在小说的结尾处，乌拉斯甚至还发生了一场针对平民示威活动的屠杀行动。

《被剥夺者》的独特之处在于，它将乌托邦与非乌托邦世界各自的优劣之处进行直接的对照，小说的奇偶章节就在阿纳瑞斯和乌拉斯之间往返跳跃：偶数章为阿纳瑞斯，奇数章为乌拉斯。与众多反乌托邦小说的主人公一样，杰出的青年物理学家谢维克虽然珍视同胞之情，但无法与他人"分享"自己的智慧与"孤独"，因此被贬为"冷酷的知识分子""自我主义者"，受到阿纳瑞斯的平庸学者们的排挤与利用，只好只身奔赴乌拉斯。客居乌拉斯的谢维克试图在两个国度、两种理念之间找到交流的可能性。谢维克不满阿纳瑞斯，同时也逐渐意识到乌拉斯在巨大的发展优势之外，也有不合理、不完满之处，也正是这些不合理之处使人们产生了对阿纳瑞斯的理解甚至支持。小说中，勒古恩同时直面阿纳瑞斯和乌拉斯——"乌托邦"与"现实世界"，既无反乌托邦小说常见的讽刺意味，亦不悲怆、不激愤，以富有思辨色彩的方式娓娓道来，预示了反乌托邦小说可能的走向。

首先，《被剥夺者》采用了典型的科幻小说形式。科幻小说以对可能的"拟换性世界"——虚设的乌托邦/反乌托邦世界的探索而引人注目。由于乌托邦/反乌托邦内嵌的时空模式的虚构性，以及早期威尔斯的《现代乌托邦》、扎米亚京的《我们》等的深刻影响，科幻形式自20世纪以来一直是反乌托邦小说最重要的呈现形式之一。以《被剥夺者》为例，小说描绘的是非人类的外星生命及其社会生活，并发扬了60年代科幻"新浪潮"运动以来将"科幻小说"理解为"探索小说"（speculative fiction）的思路，重在进行人文思考而非科技预言。与之相似，《我们》《美丽新世界》《发条橙》《他，她和它》《羚羊与秧鸡》等小说都带有浓厚的科幻色彩，具有科学幻想与反思特点，这类作品也是百年来反乌托邦小说的主流代表。同时，即使科幻性较弱的《一九八四》《华氏451度》《表面的公正》《传授者》等，也无不具有科学幻想的外壳。科幻小说主要致力于表现人与科技之间当下及未来的关系，这与现代科技文明的高速发展关系密切。这一文学形式自20世纪中期进入黄金时代以来，借助严肃文学与通俗文学结合之势，一直保持着强劲的发展势头。对反乌托邦小说而言，乌托邦/反乌托邦理念作为一种反照当下（间离—倒置）、指向未来的时空联结体模型，与科幻小说创造一种“拟换性世界”的理念相当，二者契合度高。在当代科技日新月异，发展速度远超18、19世纪，且重大变革随时可能发生在人类社会中的背景下，人类面对这一境况如何协调、何以自处是当代人不得不直面的重要问题，因此反乌托邦小说对人类未来设想的表达很难脱离科学幻想的形式，在未来相当长一段时期内，科幻形式或许仍将是反乌托邦小说最典型的表现形式。

其次，自20世纪60—70年代以来，随着边缘、弱势的“他者”群体对各种“中心霸权”的冲击、对话语权乃至现实政治权利的追求，反乌托邦小说中也涌现出诸多新生因素。如众多女性作家作为70年代女权运动的亲历者和参与者，其反乌托邦小说创作独具特色，勒古恩、皮尔斯、阿特伍德等人的作品通常都从女性视角出发来观照恶的乌托邦世界，表达了对女性群体的特殊关注，因此既具有强烈的批判色彩，又蕴含了另类的希望。在《被剥夺者》中，“奥多主义”的开创者奥多便是女性，谢维克的老师、许多优秀的物理学家亦为女性，谢维克的妻子塔科维亚独立坚韧，更是新一代女性的模范；阿纳瑞斯在理论与实践中都奉行绝对的两性平等，这与乌拉斯中女性的屈从地位形成了鲜明的对比。《使女的故事》虽然从根本上思考的是人类试图逃避自由的重负、回到秩序森严的原始乌托邦的冲动，但其主线是由女性视角展开，并对20世纪男女两性关系与冲突进行了反思。事实上，一些反乌托邦小说不仅表现了女性主义对男权中心主义的突围，还逐渐出现了多种在传统乌托邦世界中被忽视、压抑的边缘性因素，如《他，她和它》对自“弗兰肯斯坦的怪物”以来即困扰人类的“人造智能体”问题做了探讨，作为尚未出现的“他者”，“智能体”难题也迫使人们对“人类”“生命”等的未来进行严肃的思考和展望；又如20世纪晚期作品集中呈现了与自然和谐共处的生态之思，批驳了工业化乌托邦征服一切、利用一切的妄念，在《羚羊与秧鸡》中，这一掠夺模式带来的是人类毁灭。总之，反乌托邦小说的创作将可能进一步消化、吸收20世纪下半叶以来的激进文化批判力量，并以“去中心化”“多元主义”等追求为助力，将各种新的批判因素融入文学表达之中，为反乌托邦小说提供未来的生长点。

再次，反乌托邦小说批判了乌托邦世界的局限性，同时也反观了乌托邦之外现实社会的重重积弊，并以积极的变革之态来缓释人类强大的乌托邦冲动。《被剥夺者》试图通过交流、对话等方式达成某种“视域融合”，以保留追求（非一元化乌托邦）理想社会的希望与可能性。阿纳瑞斯尽管注重“复杂性、生命力、原创自由、主动性”，然而在运转中依然无法摆脱乌托邦的固有缺陷，即教条化、集权化，从而走向致命的静态、停滞乃至倒退。作为乌托邦对立面的乌拉斯尽管富饶而有活力，但同样矛盾深重，如贫富关系高度紧张、阶级之间严重对立，两性地位差距巨大，且与阿纳瑞斯一样缺乏对异端的包容。汤姆·莫兰认为，包括勒古恩小说在内的一类作品挑战了反乌托邦对乌托邦的拒绝，保留了乌托邦冲动。①事实上，此类小说显然不再囿于“完美世界”的模式，不再塑造如瓦尔登湖二号那样的未来乌托邦社区，也不仅仅停留于抽象的“超越性”精神，而是试图通过交流、对话、互动打破人际以及对立种族、社会意识形态之间的“墙”。小说中，“墙”作为一个重要意象代表了阿纳瑞斯的自我保护、隔离，也象征着独断性。无论是阿纳瑞斯人谢维克在乌拉斯的生活经历，还是其与地球大使的真诚交流，或是准备探索阿纳瑞斯的海恩星球人凯索的执着，都显示出唯有多元之间的交往模式而非传统乌托邦的一元、封闭与强制才是未来的希望所在。

实际上，反乌托邦小说作为反思乌托邦的文学作品，其意并不在于提供具体的社会建设方案，但从20世纪西方反乌托邦小说的焦虑、批判中，读者或许可以考量是否可能改变乌托邦的总体性理想模式，以多元交流、有机生成为前提，采取一种如波普尔的“零星工程”的态度来展开对未来的规划，这样的规划“可以有或者也可以没有一个社会蓝图，他可以拥有或者也可以不拥有人类有一天将实现某种理想国家，并在人世间达到幸福与完善的希望。……零星工程将采取找寻社会上最重大最紧迫的恶行并与之斗争的方法，而不是追求其最大的终极的善，并为之奋斗的方法”②。斯诺德格拉斯在《乌托邦百科全书》中总结“乌托邦”词条时指出，没有一种单一描述（宗教的、自然的、科层的、个人的、预言式或异域奇境式的概括）适用于所有乌托邦，也没有一种定义能够囊括所有可能的完美世界。③或者探索诺齐克所设想的以自由与宽容为基本准则的“自助餐式”的乌托邦的可能性：基于人类具有差异性的基本事实，既然维特根斯坦

① 参见Tom Moylan, *Demand the Impossible: Science Fiction and the Utopian Imagination*, New York: Methuen, 1986, p.10。

② 〔英〕卡尔·波普尔：《开放社会及其敌人》，陆衡等译，北京，中国社会科学出版社，1999年，第292～293页。波普尔认为苦难与幸福之间不存在对称关系，不能相互抵消。

③ 参见Mary Ellen Snodgrass, ed. *Encyclopedia of Utopian Literature*, Santa Barbara, California: ABC-CLIO, 1995, pp.523–524.

（Ludwig Josef Johann Wittgenstein，1889—1951）、伊丽莎白·泰勒（Elizabeth Taylor，1932—2011）、伯特兰·罗素、托马斯·默顿（Thomas Merton，1915—1968）、梭罗、毕加索（Pablo Picasso，1881—1973）、爱因斯坦（Albert Einstein，1879—1955）、休·赫夫纳（Hugh Hefner，1926—2017）、苏格拉底、亨利·福特、甘地（Mohandas Karamchand Gandhi，1869—1948）、哥伦布（Cristoforo Colombo，1451—1506）、弗洛伊德（Sigmund Freud，1856—1939）、安·兰德、彼得·克鲁泡特金（Pyotr Alexeyevich Kropotkin，1842—1921）等人对完美世界的认识不可能相同，一道菜不可能同时满足所有人的胃口，那么是否有可能为各种理想提供一种同等实现机会的乌托邦框架（framework for utopia），在此框架下让人们自愿选择建立、改善或离开各种多元的共同体，最终达到某种相对的稳定？[①]

总之，反乌托邦小说具有其独特的生命力，它从未试图终结人类关于美好世界的想象，而是致力于不断廓清理想的真实面貌，防止人类误入歧途而走到理想的反面。从这个层面看，反乌托邦小说承继了乌托邦超越当下的批判精神，也延续了宽泛意义上的乌托邦文学类型的流脉。可以说，反乌托邦小说为当代人反思历史、观察现状、展望未来提供了积极的、意涵深远的启示。

---

① 参见〔美〕罗伯特·诺齐克《无政府、国家和乌托邦》，姚大志译，北京，中国社会科学出版社，2008年，第373～374页。

附　　录

附录一　20世纪前后主要的反乌托邦小说、戏剧和电影

一、狭义的反乌托邦小说

作者	书名	出版时间
〔英〕H. G. 威尔斯	《莫罗博士岛》 *The Island of Dr. Moreau*	1896
〔英〕E. M. 福斯特	《机器停转》 *The Machine Stops*	1909
〔俄〕扎米亚京	《我们》 *We*	1921
〔英〕阿道斯・赫胥黎	《美丽新世界》 *Brave New World*	1932
〔美〕安・兰德	《颂歌》 *Anthem*	1938
〔英〕阿瑟・库斯勒	《正午的黑暗》 *Darkness at Noon*	1940
〔英〕乔治・奥威尔	《动物农场》 *Animal Farm*	1945
〔英〕乔治・奥威尔	《一九八四》 *Nineteen Eighty-Four*	1949
〔美〕雷・布雷德伯利	《华氏451度》 *Fahrenheit 451*	1953
〔美〕安・兰德	《阿特拉斯耸耸肩》 *Atlas Shrugged*	1957
〔英〕L. P. 哈特利	《表面的公正》 *Facial Justice*	1960
〔英〕安东尼・伯吉斯	《发条橙》 *A Clockwork Orange*	1962
〔英〕安东尼・伯吉斯	《饥渴的种子》 *The Wanting Seed*	1962

续表

作者	书名	出版时间
〔美〕厄休拉·勒古恩	《被剥夺者》 *The Dispossessed*	1974
〔加〕玛格丽特·阿特伍德	《使女的故事》 *The Handmaid's Tale*	1985
〔美〕洛伊丝·洛利	《传授者》 *The Giver*	1993
〔加〕玛格丽特·阿特伍德	《羚羊与秧鸡》 *Oryx and Crake*	2003

二、广义的反乌托邦小说

作者	书名	出版时间
〔英〕塞缪尔·巴特勒	《埃瑞璜》 *Erewhon*	1872
〔英〕H. G. 威尔斯	《时间机器》 *The Time Machine*	1895
〔英〕H. G. 威尔斯	《隐身人》 *The Invisible Man*	1897
〔英〕H. G. 威尔斯	《迷睡者醒来》 *When the Sleeper Wakes*	1899
〔捷克〕卡雷尔·恰佩克	《为所欲为的全能者》 *The Absolute at Large*	1922
〔捷克〕卡雷尔·恰佩克	《鲵鱼之乱》 *War with the Newts*	1936
〔美〕库尔特·冯尼古特	《自动钢琴》 *Player Piano*	1952
〔美〕戈尔·维达尔	《救世主》 *Messiah*	1954
〔英〕威廉·戈尔丁	《蝇王》 *Lord of the Flies*	1954
〔美〕菲利普·迪克	《仿生人会梦见电子羊吗？》 *Do Androids Dream of Electric Sheep?*	1968
〔美〕玛吉·皮尔斯	《时间边缘的女子》 *Woman on the Edge of Time*	1976

续表

作者	书名	出版时间
〔英〕安东尼・伯吉斯	《一九八五》 *1985*	1978
〔匈牙利〕道洛什・久尔吉	《一九八五》 *1985*	1982
〔美〕玛吉・皮尔斯	《他，她和它》 *He, She and It*	1991
〔英〕P. D. 詹姆斯	《人类之子》 *The Children of Men*	1992

三、主要的反乌托邦戏剧、电影

导演/编剧	作品名	出品时间	备注
〔捷克〕卡雷尔・恰佩克	《万能机器人》 *R.U.R*	1920	
〔德〕弗里茨・朗	《大都会》 *Metropolis*	1927	
〔法〕弗朗索瓦・特吕弗	《华氏 451 度》 *Fahrenheit 451*	1966	据同名小说改编
〔美〕斯坦利・库布里克	《发条橙》 *A Clockwork Orange*	1971	据同名小说改编
〔美〕雷德利・斯科特	《银翼杀手》 *Blade Runner*	1982	据小说《仿生人会梦见电子羊吗？》改编
〔英〕特里・吉列姆	《巴西》 *Brazil*	1985	
〔墨〕阿方索・卡隆	《人类之子》 *The Children of Men*	2006	据同名小说改编
〔美〕盖瑞・罗斯/苏珊・柯林斯	《饥饿游戏》系列 *The Hunger Games*	2012—	据同名小说改编
〔美〕尼尔・伯格	《分歧者》系列 *Divergent*	2014—	据同名小说改编

附录二　入选“百佳”书目的反乌托邦小说

一、蓝登书屋现代文库（the Modern Library，a division of Random House）评选的“20世纪百佳英文小说”（100 Best English-language Novels of the 20th Century）中的反乌托邦小说及其排名

排名	作者	书名	出版时间
评委会榜单 （The Board List，1998）			
5	阿道斯·赫胥黎	《美丽新世界》	1932
8	阿瑟·库斯勒	《正午的黑暗》	1940
13	乔治·奥威尔	《一九八四》	1949
31	乔治·奥威尔	《动物农场》	1945
41	威廉·戈尔丁	《蝇王》	1954
65	安东尼·伯吉斯	《发条橙》	1962
读者榜单 （The Reader's List，1999）			
1	安·兰德	《阿特拉斯耸耸肩》	1957
6	乔治·奥威尔	《一九八四》	1949
7	安·兰德	《颂歌》	1938
18	阿道斯·赫胥黎	《美丽新世界》	1932
20	乔治·奥威尔	《动物农场》	1945
25	威廉·戈尔丁	《蝇王》	1954
55	安东尼·伯吉斯	《发条橙》	1962
共计入围	6人	8部	集中于20世纪30—60年代

二、《时代周刊》2005年评选的1923年以来的“百佳英文小说”（*Time*'s 100 Best English-language Novels）中的反乌托邦小说

书名首字母	作者	书名	出版年
A	乔治·奥威尔	《动物农场》	1945
	安东尼·伯吉斯	《发条橙》	1962
L	威廉·戈尔丁	《蝇王》	1954

续表

书名首字母	作者	书名	出版年
N	乔治·奥威尔	《一九八四》	1949
共计入围	3人	4部	集中于20世纪40—60年代

三、弗里兹伍德图书馆（The Friendswood Library）根据哈佛书店“百佳推荐书目”等选录的“20世纪英文小说一百五十佳”（150 20th-century Most Influential Fiction）中的反乌托邦小说及其排名

排名	作者	书名	出版时间
2	乔治·奥威尔	《一九八四》	1949
6	乔治·奥威尔	《动物农场》	1945
10	威廉·戈尔丁	《蝇王》	1954
12	阿道斯·赫胥黎	《美丽新世界》	1932
28	雷·布雷德伯利	《华氏451度》	1953
30	玛格丽特·阿特伍德	《使女的故事》	1985
34	安东尼·伯吉斯	《发条橙》	1962
83	阿瑟·库斯勒	《正午的黑暗》	1940
118	安·兰德	《阿特拉斯耸耸肩》	1957
共计入围	8人	9部	集中于20世纪30—60年代

参考文献

中文文献

中文论著

［1］〔德〕特奥多·阿多尔诺：《否定的辩证法》，张峰译，重庆，重庆出版社，1993年。

［2］〔美〕汉娜·阿伦特：《论革命》，陈周旺译，南京，译林出版社，2007年。

［3］〔美〕汉娜·阿伦特：《极权主义的起源》，林骧华译，北京，生活·读书·新知三联书店，2008年。

［4］〔加拿大〕玛格丽特·阿特伍德：《羚羊与秧鸡》，韦清琦、袁霞译，南京，译林出版社，2004年。

［5］〔加拿大〕玛格丽特·阿特伍德：《使女的故事》，陈小蔚译，南京，译林出版社，2008年。

［6］〔德〕约翰·凡·安德里亚：《基督城》，黄宗汉译，北京，商务印书馆，2005年。

［7］〔古罗马〕奥古斯丁：《上帝之城》，王晓朝译，北京，人民出版社，2006年。

［8］〔古罗马〕奥古斯丁：《论自由意志——奥古斯丁对话录二篇》，成官泯译，上海，上海人民出版社，2010年。

［9］〔英〕乔治·奥威尔：《一九八四》，董乐山译，沈阳，辽宁教育出版社，1998年。

［10］〔英〕奥威尔：《动物农场》，傅惟慈译，北京，北京出版社出版集团·北京十月文艺出版社，2005年。

［11］〔古罗马〕奥维德：《变形记》，杨周翰译，北京，人民文学出版社，1984年。

［12］〔英〕拜伦：《曼弗雷德·该隐》，曹元勇译，北京，华夏出版社，2007年。

［13］〔法〕让·鲍德里亚:《消费社会》，刘成富、全志钢译，南京，南京大学出版社，2008年。

［14］〔俄〕H. A. 别尔嘉耶夫:《精神王国与恺撒王国》，安启念、周靖波译，杭州，浙江人民出版社，2000年。

［15］〔英〕卡尔·波普尔:《猜想与反驳——科学知识的增长》，傅季重等译，上海，上海译文出版社，1986年。

［16］〔英〕卡尔·波普尔:《历史主义贫困论》，何林、赵平等译，北京，中国社会科学出版社，1998年。

［17］〔英〕卡尔·波普尔:《开放社会及其敌人》，陆衡等译，北京，中国社会科学出版社，1999年。

［18］〔美〕尼尔·波兹曼:《娱乐至死》，章艳译，桂林，广西师范大学出版社，2004年。

［19］〔美〕尼尔·波兹曼:《娱乐至死·童年的消逝》，章艳、吴燕莛译，桂林，广西师范大学出版社，2009年。

［20］〔英〕安东尼·伯吉斯:《发条橙》，王之光译，南京，译林出版社，2011年。

［21］〔英〕以赛亚·伯林:《自由论》，胡传胜译，南京，译林出版社，2003年。

［22］〔英〕以赛亚·伯林:《扭曲的人性之材》，岳秀坤译，南京，译林出版社，2009年。

［23］〔古希腊〕柏拉图:《理想国》，郭斌和、张竹明译，北京，商务印书馆，1986年。

［24］〔意〕罗西·布拉伊多蒂:《后人类》，宋根成译，郑州，河南大学出版社，2016年。

［25］〔美〕雷·布雷德伯利:《华氏451》，竹苏敏译，重庆，重庆出版社，2005年。

［26］陈周旺:《正义之善——论乌托邦的政治意义》，天津，天津人民出版社，2003年。

［27］〔法〕居伊·德波:《景观社会》，王昭风译，南京，南京大学出版社，2006年。

［28］〔德〕保罗·蒂里希:《政治期望》，徐钧尧译，成都，四川人民出版社，1989年。

［29］杜承南、罗义蕴译:《英美名诗选读》（英汉对照），重庆，重庆出版社，1990年。

[30]〔美〕G. R. F. 费拉里编:《柏拉图〈理想国〉剑桥指南》，陈高华等译，北京，北京大学出版社，2013年。

[31]〔法〕米歇尔·福柯:《疯癫与文明：理性时代的疯癫史》，刘北成、杨远婴译，北京，生活·读书·新知三联书店，1999年。

[32]〔美〕埃里希·弗罗姆:《逃避自由》，刘林海译，北京，国际文化出版公司，2007年。

[33] 傅俊:《玛格丽特·阿特伍德研究》，南京，译林出版社,2003年。

[34] 高亮华:《人文主义视野中的技术》，北京，中国社会科学出版社，1996年。

[35] 高宣扬:《当代法国思想五十年》，北京，中国人民大学出版社，2005年。

[36] 龚翰熊主编:《欧洲小说史》，成都，四川大学出版社，1997年。

[37] 郭本禹、修巧燕:《行为的调控——行为主义心理学(上)》，济南，山东教育出版社，2009年。

[38]〔德〕于尔根·哈贝马斯:《现代性的哲学话语》，曹卫东等译，南京，译林出版社，2008年。

[39]〔英〕詹姆士·哈林顿:《大洋国》，何新译，北京，商务印书馆，1963年。

[40]〔美〕唐娜·哈洛威:《猿猴、赛伯格和女人：重新发明自然》，张君玫译，台北，群学出版有限公司，2010年。

[41]〔英〕弗里德里希·奥古斯特·哈耶克:《通往奴役之路》，王明毅等译，北京，中国社会科学出版社，1997年。

[42]〔英〕弗里德利希·冯·哈耶克:《法律、立法与自由》，邓正来译，北京，中国大百科全书出版社，2000年。

[43]〔英〕F. A. 哈耶克:《致命的自负》，冯克利、胡晋华译，北京，中国社会科学出版社，2000年。

[44]〔英〕F. A. 哈耶克、〔美〕罗伯特·诺齐克等:《知识分子为什么反对市场》，秋风编，长春，吉林人民出版社，2003年。

[45]〔美〕凯瑟琳·海勒:《我们何以成为后人类：文学、信息科学和控制论中的虚拟身体》，刘宇清译，北京，北京大学出版社，2017年。

[46]〔古希腊〕荷马:《奥德赛》，陈中梅译，南京，译林出版社，2003年。

[47] 贺来:《现实生活世界——乌托邦精神的真实根基》，长春，吉林教育出版社，1998年。

[48]〔美〕乔·奥·赫茨勒:《乌托邦思想史》,张兆麟等译,北京,商务印书馆,1990年。

[49]〔古希腊〕赫西俄德:《工作与时日·神谱》,张竹明、蒋平译,北京,商务印书馆,1991年。

[50]〔英〕阿·勒·赫胥黎:《美妙的新世界》,孙法理译,南京,译林出版社,2000年。

[51]〔英〕霍布斯:《利维坦》,刘胜军、胡婷婷译,北京,中国社会科学出版社,2007年。

[52]〔英〕霍恩比主编:《牛津高阶英汉双解词典(第四版)》,李北达译,北京,商务印书馆,1997年。

[53]〔德〕马克斯·霍克海默、〔德〕西奥多·阿道尔诺:《启蒙辩证法》,渠敬东、曹卫东译,上海,上海人民出版社,2006年。

[54]〔英〕安东尼·吉登斯:《失控的世界》,周红云译,南昌,江西人民出版社,2001年。

[55]〔波斯〕莪默·伽亚谟:《鲁拜集》,〔英〕费慈吉拉德英译,〔法〕埃德蒙·杜拉克统,郭沫若汉译,长春,吉林出版集团有限责任公司,2009年。

[56]〔伊朗〕拉明·贾汉贝格鲁:《伯林谈话录》,杨祯钦译,南京,译林出版社,2002年。

[57]〔匈牙利〕道洛什·久尔吉:《1985》,余泽民译,上海,上海人民出版社,2012年。

[58]〔法〕埃蒂耶纳·卡贝:《伊加利亚旅行记》,李雄飞译,北京,商务印书馆,1982年。

[59]〔美〕杰瑞·卡普兰:《人工智能时代》,李盼译,杭州,浙江人民出版社,2016年。

[60]〔意〕康帕内拉:《太阳城》,陈大维等译,北京,商务印书馆,1980年。

[61]〔英〕阿瑟·库斯勒:《中午的黑暗》,董乐山译,北京,作家出版社,1988年。

[62]〔美〕爱因·兰德:《新个体主义伦理观——爱因·兰德文选》,秦裕译,上海,上海三联书店,1993年。

[63]〔美〕安·兰德:《通往明天的唯一道路:安·兰德专栏集粹》,章艳译,桂林,广西师范大学出版社,2004年。

[64]〔美〕安·兰德:《致新知识分子》,冯涛译,北京,新星出版

社，2005年。

[65]〔美〕安·兰德：《阿特拉斯耸耸肩》，杨格译，重庆，重庆出版社，2007年。

[66]〔美〕安·兰德：《一个人》，童音译，北京，华夏出版社，2007年。

[67]〔美〕安·兰德等：《自私的德性》，焦晓菊译，北京，华夏出版社，2007年。

[68]乐国安：《从行为研究到社会改造——斯金纳的新行为主义》，武汉，湖北教育出版社，1999年。

[69]〔美〕厄休拉·勒古恩：《一无所有》，陶雪蕾译，成都，四川科学技术出版社，2009年。

[70]李道编：《告别乌托邦》，兰州，甘肃人民出版社，1998年。

[71]李节传编著：《加拿大通史》，上海，上海社会科学出版社，2014年。

[72]刘仲敬：《安·兰德传：生平与思想》，北京，商务印书馆，2015年。

[73]〔英〕史蒂文·卢克斯：《个人主义》，阎克文译，南京，江苏人民出版社，2001年。

[74]〔美〕卡尔·罗杰斯：《罗杰斯著作精粹》，刘毅、钟华译，北京，中国人民大学出版社，2006年。

[75]〔英〕洛克：《政府论》，叶启芳、瞿菊农译，北京，商务印书馆，1996年。

[76]〔德〕约恩·吕森主编：《思考乌托邦》，张文涛等译，济南，山东大学出版社，2010年。

[77]〔美〕约翰·马尔科夫：《与机器人共舞：人工智能时代的大未来》，郭雪译，杭州，浙江人民出版社，2015年。

[78]〔美〕赫伯特·马尔库塞：《单向度的人》，刘继译，上海，上海译文出版社，1989年。

[79]〔美〕查尔斯·麦格拉斯编：《20世纪的书：百年来的作家、观念及文学——〈纽约时报书评〉精选》，朱孟勋等译，北京，生活·读书·新知三联书店，2001年。

[80]〔澳〕休·麦凯：《欲望心理学：看人看到骨头里》，王莹译，北京，中国友谊出版公司，2013年。

[81]〔英〕约翰·麦克里兰：《西方政治思想史》，彭淮栋译，北京，中信出版社，2014年。

[82]〔美〕卡尔·曼海姆:《意识形态与乌托邦》，黎鸣、李书崇译，北京，商务印书馆，2000年。

[83]〔英〕托马斯·莫尔:《乌托邦》，戴镏龄译，北京，商务印书馆，1982年。

[84]〔美〕汉斯·莫拉维克:《机器人》，马小军、时培涛译，上海，上海科学技术出版社，2001年。

[85]〔英〕威廉·莫里斯:《乌有乡消息》，黄嘉德、包玉珂译，北京，商务印书馆，1981年。

[86]〔美〕罗伯特·诺齐克:《苏格拉底的困惑》，郭建玲、程郁华译，北京，新星出版社，2006年。

[87]〔美〕罗伯特·诺奇克:《无政府、国家和乌托邦》，姚大志译，北京，中国社会科学出版社，2008年。

[88]〔英〕迈克尔·欧克肖特:《政治中的理性主义》，张汝伦译，上海，上海译文出版社，2004年。

[89]欧翔英:《西方当代女权主义乌托邦小说研究》，成都，四川大学出版社，2010年。

[90]〔英〕弗·培根:《新大西岛》，何新译，北京，商务印书馆，1959年。

[91]〔英〕莎士比亚等:《外国诗歌经典100篇》，屠岸等译，北京，人民文学出版社，2003年。

[92]〔美〕史基纳:《桃源二村》，苏元良译，台北，张老师文化事业有限公司，1992年。

[93]〔美〕B. F. 斯金纳:《科学与人类行为》，谭力海、王翠翔、王工斌等译，北京，华夏出版社，1989年。

[94]〔美〕罗兰·斯特龙伯格:《西方现代思想史》，刘北成、赵国新译，北京，中央编译出版社，2005年。

[95]〔美〕S. E. 斯通普夫、J. 菲泽:《西方哲学史：从苏格拉底到萨特及其后》(修订第8版)，匡宏、邓晓芒等译，北京，世界图书出版公司，2009年。

[96]〔英〕斯威夫特:《格列佛游记》(第2版)，张健译，北京，人民文学出版社，1979年。

[97]〔美〕达科·苏恩文:《科幻小说面面观》，郝琳等译，合肥，安徽文艺出版社，2011年。

[98]〔美〕亨利·戴维·梭罗:《瓦尔登湖》，徐迟译，上海，上海译

文出版社，1982年。

［99］〔以色列〕J. L. 塔尔蒙：《极权主义民主的起源》，孙传钊译，长春，吉林人民出版社，2004年。

［100］谭得伶、吴泽霖：《解冻文学和回归文学》，北京，北京师范大学出版社，2001年。

［101］汪民安、陈永国、马海良主编：《后现代性的哲学话语：从福柯到赛义德》，杭州，浙江人民出版社，2000年。

［102］王国豫、刘则渊主编：《科学技术伦理的跨文化对话》，北京，科学出版社，2009年。

［103］王利：《国家与正义：利维坦释义》，上海，上海人民出版社，2008年。

［104］王宁、顾明栋编：《诺贝尔文学奖获奖作家谈创作》，北京，北京大学出版社，1987年。

［105］王佐良主编：《英国诗选》，上海，上海译文出版社，1988年。

［106］〔美〕N. 维纳：《人有人的用处——控制论和社会》，陈步译，北京，商务印书馆，1978年。

［107］邬晓燕：《科学乌托邦主义的建构与解构》，北京，中国社会科学出版社，2013年。

［108］夏莹：《消费社会理论及其方法论导论：基于早期鲍德里亚的一种批判理论建构》，北京，中国社会科学出版社，2007年。

［109］谢江平：《反乌托邦思想的哲学研究》，北京，中国社会科学出版社，2007年。

［110］徐向东编：《自由意志与道德责任》，南京，江苏人民出版社，2006年。

［111］薛君智：《回归——苏联开禁作家五论》，北京，社会科学文献出版社，1989年。

［112］〔英〕玛丽·雪莱：《弗兰肯斯坦》，刘新民译，上海，上海译文出版社，2007年。

［113］〔英〕雪莱：《解放了的普罗密修斯》，邵洵美译，北京，人民文学出版社，1987年。

［114］〔英〕雪莱：《雪莱诗选》（英汉对照），江枫译，北京，外语教学与研究出版社，2011年。

［115］〔美〕拉塞尔·雅各比：《不完美的图像：反乌托邦时代的乌托邦思想》，姚建彬等译，北京，新星出版社，2007年。

[116]〔古希腊〕亚里士多德：《政治学》，吴彭寿译，北京，商务印书馆，1965年。

[117]仰海峰：《西方马克思主义的逻辑》，北京，北京大学出版社，2010年。

[118]〔英〕特里·伊格尔顿：《后现代主义的幻象》，华明译，北京，商务印书馆，2000年。

[119]〔法〕露西·伊利格瑞：《他者女人的窥镜》，屈雅君等译，郑州，河南大学出版社，2016年。

[120]〔俄〕叶·伊·扎米亚京：《我们》，顾亚玲、邓属平、刁绍华译，北京，作家出版社，1998年。

[121]〔俄〕叶·伊·扎米亚京：《明天——扎米亚京文学随笔》，阎洪波译，北京，东方出版社，2000年。

中文论文

[1]沃特·阿赫特贝格：《民主、正义与风险社会：生态民主政治的风险与意义》，周战超编译，《马克思主义与现实》2003年第3期。

[2]J. 奥尼尔：《利他主义、利己主义和市场》，李国海译，《现代外国哲学社会科学文摘》1993年第4期。

[3]乔治·奥威尔：《奥威尔作品三则》，董乐山译，《北京文学·中篇小说月报》2009年第4期。

[4]贝克、邓正来、沈国麟：《风险社会与中国——与德国社会学家乌尔里希·贝克的对话》，《社会学研究》2010年第5期。

[5]H. 波塞：《技术及其社会责任问题》，邓安庆译，《世界哲学》2003年第6期。

[6]郭本禹：《心理学史视域中的斯金纳乌托邦思想——以〈瓦尔登湖第二〉为例》，《南京师范大学学报》（社会科学版）2016年第1期。

[7]胡春妮：《进化理性主义与建构论理性主义之辨》，《海南大学学报》（人文社会科学版）2006年第4期。

[8]胡慧华：《符号化：当代消费社会批判的一个维度——鲍德里亚"符号政治经济学批判"研究》，北京，首都师范大学博士学位论文，2011年。

[9]李零：《读〈动物农场〉》（三），《读书》2008年第9期。

[10]李小青：《永恒的追求与探索：英国乌托邦文学的嬗变》，成都，四川大学博士学位论文，2006年。

[11]刘怀玉、伍丹：《消费主义批判：从大众神话到景观社会——以

巴尔特、列斐伏尔、德波为线索》,《江西社会科学》2009年第7期。

[12] 刘扬:《视觉景观的形而上学批判——居伊·德波景观社会文化理论述评》,《社会科学家》2009年第2期。

[13] 吕克·拉西纳:《天堂、黄金时代、太平盛世和乌托邦》,《第欧根尼》1985年第1期。

[14] 欧翔英:《乌托邦、反乌托邦、恶托邦及科幻小说》,《世界文学评论》2009年第2期。

[15] 钱继伟:《一个小说家的经济学想象力》,《经济资料译丛》2014年第4期。

[16] 王雨辰:《"控制自然"观念的历史演进及其伦理意蕴——略论威廉·莱斯的科技—生态伦理价值观》,《道德与文明》2004年第5期。

[17] 邬晓燕:《科学乌托邦主义的多维解构及其启示》,《中国人民大学学报》2007年第6期。

[18] 邬晓燕、纪磊:《科学乌托邦主义的历史合理性解读》,《科学技术与辩证》2008年第2期。

[19] 夏洞奇:《"上帝之城"与"地上之城":奥古斯丁思想中的两分倾向》,《现代哲学》2005年第3期。

[20] 杨红伟:《论乌托邦的概念及其政治意义》,武汉,武汉大学硕士学位论文,2004年。

[21] 杨巨平:《古希腊乌托邦思想的起源与演变》,《世界历史》2003年第6期。

[22] 姚建斌:《乌托邦小说:作为研究存在的艺术》,《北京师范大学学报》(社会科学版)2003年第2期。

[23] 姚建斌:《乌托邦文学论纲》,《文艺理论与批评》2004年第2期。

[24] 尹霖:《20世纪二三十年代俄罗斯反乌托邦小说探析》,北京,中国社会科学院博士学位论文,2005年。

[25] 于云玲:《文学乌托邦定义探讨》,《学习与探索》2010年第2期。

[26] 弗雷德里克·詹姆逊:《乌托邦作为方法或未来的用途》,王逢振译,《马克思主义与现实》2007年第5期。

[27] 张隆溪:《乌托邦:观念与实践》,《读书》1998年第12期。

[28] 张芸、程茜:《反讽与创作主体意识》,《东方论坛》2007年第1期。

[29] 赵林:《罪恶与自由意志》,《世界哲学》2006年第3期。

[30] 钟翔、劳旺:《维多利亚文化精神与威尔斯小说概观》,《外国文学研究》1993年第3期。

［31］周礼：《安·兰德思想研究》，上海，华东师范大学硕士学位论文，2007年。

［32］朱海就：《理性与道德：协调的视角》，《学术界》2017年第8期。

英文文献

英文论著

［1］Alexander, Peter and Roger Gill, eds. *Utopias*, London: Gerald Duckworth & Co Ltd., 1984.

［2］Atwood, Margaret. *The Handmaid's Tale*, New York: Anchor Books, 1998.

［3］———. *Oryx and Crake*, London: Virago Press, 2003.

［4］Baccolini, Raffaella and Tom Moylan, eds. *Dark Horizons: Science Fiction and the Dystopian Imagination*, New York and London: Routledge, 2003.

［5］Badmington, Neil, ed. *Posthumanism: Readers in Cultural Criticism*, Basingstoke: Macmillan, 2000.

［6］———. *Alien Chic: Posthumanism and the Other Within*, London: Routledge, 2004.

［7］Beck, Ulrich. *Risk Society: Towards a New Modernity*, trans. Mark Ritter, London: SAGE Publications Ltd., 1992.

［8］Biswell, Andrew. *The Real Life of Anthony Burgess,* London: Picador, 2005.

［9］Booker, M. Keith. *Dystopian Literature: A Theory and Research Guide*, Westport, Connecticut: Greenwood Press, 1994.

［10］———. *The Dystopian Impulse in Modern Literature: Fictions as Social Criticism*, Westport, Connecticut: Greenwood Press, 1994.

［11］Bowering, Peter. *Aldous Huxley: A Study of the Major Novels,* London: The Athlone Press, 1968.

［12］Bradbury, Ray. *Fahrenheit 451*, New York : Ballantine Books， 2003.

［13］Brown, E. J. *"Brave New World", "1984", and "We": An Essay on Anti-Utopia*, Michigan: Ardis, 1976.

［14］Burgess, Anthony. *1985*, London: Hutchinson & Co. Ltd., 1978.

［15］———.*The Wanting Seed*, London: W. W. Norton & Company, 1996.

［16］———. *A Clockwork Orange*, London: Penguin Books, 2011.

［17］Butler, Samuel. *Erewhon*, Harmondsworth, Middlesex: Penguin Books

Ltd., 1970.

[18] Byron, Lord. *Manfred: A Dramatic Poem*, Philadelphia: M. Thomas, printed by J. Maxwell, 1817.

[19] Capek, Karel. *The Absolute at Large*, London: George Allen & Unwin Ltd., 1944.

[20] Capek, Josef and Karel Capek. *R.U.R and the Insect Play*, London, New York: Oxford University Press, 1966.

[21] Carr, Craig L. *Orwell, Politics, and Power*, New York: The Continuum International Publishing Group, 2010.

[22] Claeys, Gregory. *Dystopia: A Natural History: A Study of Modern Despotism, Its Antecedents, and Its Literary Diffractions,* Oxford: Oxford University Press, 2017.

[23] Collins, Christopher. *Evgenij Zamjatin: An Interpretive Study*, The Hague: Mouton & Co. N. V., 1973.

[24] Debord, Guy. *Comments on the Society of the Spectacle*, trans. Malcolm Imrie, London: Verso, 1990.

[25] Drabble, Margaret, ed. *The Oxford Companion to English Literature*, Sixth edition, Oxford: Oxford University Press, 2000.

[26] Ellul, Jacques. *The Technological Society,* trans. John Wilkinson, London: Jonathan Cape, 1965.

[27] Foster, E. M. *The Machine Stops*, London: Penguin Group, 2011.

[28] Foster, Malcolm. *Maxnotes for* The Handmaid's Tale, Piscataway, New Jersey: Research & Education Association, 2014.

[29] Gerber, Richard. *Utopian Fantasy: A Study of English Utopian Fiction since the End of the Nineteenth Century*, London: Routledge & Kegan Paul Ltd.,1955.

[30] Giddens, Anthony. *The Consequences of Modernity*, Cambridge: Polity Press, 1990.

[31] Gottlieb, Erika. *Dystopian Fiction East and West: Universe of Terror and Trial*, Ithaca, New York: McGill-Queen's University Press, 2001.

[32] Hammond, J. R., ed. *H. G. Wells Interviews and Recollections*, London: The Macmillan Press Ltd., 1980.

[33] Hartley, L. P. *Facial Justice*, London: Hamish Hamilton, 1960.

[34] Herbrechter, Stefan. *Posthumanism: A Critical Analysis*, London:

Bloomsbury, 2013.

[35] Hillegas, Mark R. *The Future as Nightmare: H. G. Wells and the Anti-utopians,* New York: Oxford University Press, 1967.

[36] Hollis, Christopher. *A Study of George Orwell: The Man and His Works*, London: Hollis and Carter, 1956.

[37] Howells, Coral Ann. *Margaret Atwood*, Hampshire and London: Macmillan Press Ltd., 1996.

[38] ———. *Margaret Atwood*, Second Edition, Hampshire: Palgrave Macmillan, 2005.

[39] Huxley, Aldous. *Brave New World*, New York: Bantam Books, 1966.

[40] Izzo, David Garrett and Kim Kirkpatrick, eds. *Huxley's Brave New World: Essays*, North Carolina and London: McFarland & Company, 2008.

[41] Kane, Robert. *The Significance of Free Will*, New York: Oxford University Press, 1998.

[42] ———. *A Contemporary Introduction to Free Will*, New York: Oxford University Press, 2005.

[43] Kateb, George. *Utopia and Its Enemies*, London: The Free Press of Glencoe, 1963.

[44] Kumar, Krishan. *Utopia and Anti-Utopia in Modern Times*, London: Basil Blackwell, 1987.

[45] ———. *Utopianism*, Buckingham: Open University Press, 1991.

[46] Kumar, Krishan and Stephen Bann, eds. *Utopias and the Millennium*, London: Reaktion Books, 1993.

[47] Lang, Fritz. *Metropolis*, London: Lorrimer Publishing Ltd., 1973.

[48] Lefebvre, Henri. *Everyday Life in the Modern World,* trans. Sacha Rabinovitch, New York: Harper & Row Publisher, 1971.

[49] Levitas, Ruth. *The Concept of Utopia*, Hemel Hempstead: Philip Allen, 1990.

[50] Little, Judith A., ed. *Feminist Philosophy and Science Fiction: Utopias and Dystopias*, New York: Prometheus Books, 2007.

[51] Lowry, Lois. *The Giver*, New York: Dell Laurel-Leaf, 2002.

[52] Mackenzie, Norman and Jeanne Mackenzie. *The Time Traveller: The Life of H. G. Wells*, London: Weidenfeld and Nicolson, 1973.

[53] Manuel, Frank E. and Fritzie P. Manuel. *Utopian Thought in the*

Western World, Oxford: Basil Blackwell, 1979.

[54] Meyers, Jeffrey, ed. *George Orwell, the Critical Heritage*, London and Boston: Routledge & Kegan Paul Ltd., 1975.

[55] Milner, Andrew, ed. *Tenses of Imagination: Raymond Williams on Science Fiction, Utopia and Dystopia*, Oxford, Bern: Peter Lang, 2009.

[56] Moylan, Tom. *Demand the Impossible: Science Fiction and the Utopian Imagination*, New York: Methuen, 1986.

[57] ———. *Scraps of the Untainted Sky: Science Fiction, Utopia, Dystopia*, Boulder, Colorado: Westview Press, 2000.

[58] Nayar, Pramod K. *Posthumanism*, Cambridge: Polity Press, 2014.

[59] Negley, Gleen and J. Max Patrick, eds. *The Quest for Utopia: An Anthology of Imaginary Societies*, New York: Henry Schuman, 1952.

[60] Parker, Martin, ed. *Utopia and Organization*, Oxford: Blackwell Publishing, 2002.

[61] Piercy, Marge. *He, She and It*, New York: Ballantine Books, 1991.

[62] Rai, Alok. *Orwell and the Politics of Despair: A Critical Study of the Writings of George Orwell*, New York: Cambridge University Press, 1988.

[63] Raknem, Ingvald. *H.G.Wells and His Critics*, Oslo, Norway: Universitetsforlaget, 1962.

[64] Richard, D. J. *Zamyatin: A Soviet Heretic*, London: Bowes & Bowes, 1962.

[65] Riesman, David, Nathan Glazer and Reuel Denney. *The Lonely Crowd: A Study of the Changing American Character (Abridged and Revised Edition),* New Haven and London: Yale University Press, 2001.

[66] Rodden, John, ed. *The Cambridge Companion to George Orwell*, Cambridge and New York: Cambridge University Press, 2007.

[67] Shakespeare, William. *The Annotated Shakespeare*, A. L. Rowse, ed. New York: Greenwich House, 1988.

[68] Shane, Alex M. *The Life and Works of Evgenij Zamjatin*, Berkeley and Los Angeles: University of California Press, 1968.

[69] Shelley, Percy Bysshe. *Shelley's* Prometheus Unbound, Lawrence John Zillman, ed. Seattle: University of Washington Press, 1959.

[70] Sington, Pamela Neville and David Sington. *Paradise Dreamed: How Utopian Thinkers Have Changed the Modern World*, London: Bloomsbury

Publishing Ltd., 1993.

[71] Sisk, David W. *Transformations of Language in Modern Dystopias*, Westport, Connecticut: Greenwood Press, 1997.

[72] Skinner, B. F. *Walden Two*, Indianapolis: Hackett Publishing Company, Inc., 1976.

[73] Smith, Grover, ed. *Letters of Aldous Huxley*, London: Chatto & Windus, 1969.

[74] Snodgrass, Mary Ellen, ed. *Encyclopedia of Utopian Literature*, Santa Barbara, California: ABC-CLIO, 1995.

[75] Watson, Gary, ed. *Free will*, Oxford: Oxford University Press, 2003.

[76] Wells, H. G. *A Modern Utopia*, London: Thomas Nelson and Sons Ltd., undated.

[77] ———. *The World Set Free*, London: W. Collins Sons & Co. Ltd., undated.

[78] ———. *Men Like Gods*, London: Sphere Book Ltd., 1976.

[79] ———. *The Island of Dr. Moreau*, New York: Dover Publications, Inc., 1996.

[80] Wolfe, Cary. *What Is Posthumanism*, Minneapolis: University of Minnesota Press, 2010.

[81] Yeats, W. B. *Islanders & The Fisher of Men*, London: Flamingo, 1985.

[82] ———. *The Collected Poems of W. B. Yeats*, A New Edition, Richard J. Finneran, ed. New York: Macmillan Publishing Company, 1989.

[83] Younkins, Edward W., ed. *Ayn Rand's* Atlas Shrugged*: A Philosophical and Literary Companion*, Aldershot, Hampshire: Ashgate Publishing Ltd., 2007.

[84] Zamyatin, Yevgeny. *The Dragon: Fifteen Stories*, ed. and trans. Mirra Ginsburg, London: Victor Gollancz Ltd., 1972.

英文论文

[1] Beauchamp, Gorman."Technology in the Dystopian Novel", *Modern Fiction Studies*, vol. 32, no. 1, 1986.

[2] Cameron, J. M. "Critical Notice of John Passmore 'The Perfectibility of Man' ", *Canadian Journal of Philosophy*, vol. Ⅵ, 1976.

[3] Carey, Glenn O. "Samuel Butler's Theory of Evolution: A Summary ", *English Literature in Transition (1880–1920)*, no. 4, 1964.

[4] Eagleton, Terry. "Reach-Me-Down Romantic: For and Against Orwell ", *London Review of Books*, vol. 25, no. 12, 2003.

[5] Fletcher, Max E. "Harriet Martineau and Ayn Rand : Economics in the Guise of Fiction" , *The American Journal of Economics and Sociology*, No. 4, 1974.

[6] Gurman, Elissa. "The Holy and the Powerful Light that Shines Through History: Tradition and Technology in Marge Piercy's *He, She and It* ", *Science Fiction Studies*, vol. 38, no. 3, 2011.

[7] Helford, Elyce Rae. "The Future of Political Community: Race, Ethnicity, and Class Privilege in Novels by Piercy, Gomez, and Misha", *Utopian Studies*, vol. 12, no. 2, 2001.

[8] Hubler, Angela E. "Utopia and Anti-Utopia: Lois Lowry's and Suzanne Collin's Dystopian Fiction", *Against the Current*, vol. 29, 2014.

[9] Ingersoll, Earl. "Burgess' *A CLOCKWORK ORANGE* ", *Explicator*, no. 1, 1986.

[10] Johnston, Amy E. Boyle. "Ray Bradbury: *Fahrenheit 451* Misinterpreted", *LA Weekly*, May 30, 2007.

[11] Lyons, Bonnie. "An Interview with Marge Piercy ", *Contemporary Literature*, vol. 48, no. 3, 2007.

[12] McGiveron, Rafeeq O. "Huxley's *BRAVE NEW WORLD* ", *Explicator*, no. 1, 1998.

[13] Sargent, Lyman. "The Three Faces of Utopianism Revisited ", *Utopian Studies*, no. 1, 1994.

[14] Schneider, Howard W. "Peter Bien, *L. P. Hartley* ", *Critique: Studies in Contemporary Fiction*, no. 1, 1964.

[15] Stansky, Peter. "Utopia and Anti-Utopia: William Morris and George Orwell ", *History Today*, no. 2, 1983.

[16] Stevick, Philip. "The Limits of Anti-Utopia", *Criticism*, no. 3, 1964.

[17] Unnamed. "Butler's *Erewhon*", *Academy*, vol. 61, no. 1536, 1901.

[18] Unnamed. "Atlas Felt a Sense of Déjà Vu", *The Economist*, February 26, 2009.

[19] Webster, Harvey Curtis. "The Novel of L. P. Hartley ", *Critique: Studies in Contemporary Fiction*, no. 2, 1961.

[20] White, Robert J. "Butterfly and Beast in *Lord of the Flies* ", *Modern Fiction Studies*, no. 2, 1964.

索　引

后　记

对乌托邦/反乌托邦及相关问题的观照伴随了笔者的成长，本书的雏形正是笔者的博士学位论文。当时，笔者负笈英伦，恰逢欧洲深陷债务危机，游行示威不断，人们不得不重新思考福利制度的合理性；又值美国“占领华尔街”运动风起云涌，百分之一与百分之九十九的尖锐对立的口号令人触目惊心。观此动荡，岂不令人多少有些向往那一劳永逸地解决了人类问题的“美丽新世界”？然而，乌托邦本身又具有某种不可欲性。此后，随着对欧洲民族国家问题思考的深化，以及对当代“后人类”理论与人工智能体等发展的观察，笔者也在不断重新检视自己之前对此论题所作的探讨。或许，在追求美好未来的进路上，人类不得不直面现实，在具有永恒超越性的乌托邦精神之外，以渐进的方式来不断接近理想。

在本书长期的思考和写作过程中，书中的部分章节内容已发表在《四川大学学报》（第一章）、《浙江工商大学学报》（第三章）、《外语教学》（第五章）、《外国文学评论》（第六、十二章）、《复旦外国语言文学论丛》（第八章）、《外国文学研究》（第十章）、《外国文学》（第十一章）等刊物上，并得到了一些反馈。此外，笔者的诸位师友同仁乃是本书极为重要的“思想互文性”的来源主体。本书的写作获得了国家社科基金的资助。在此一并致以最诚挚的谢意。

“方其搦翰，气倍辞前，暨乎篇成，半折心始。”面对西方文学史、思想史上一个如此重要的宏大主题，笔者深感力有不逮。“意翻空而易奇，言征实而难巧”，写作的完成总是与遗憾相伴而生的。不过既已完成，便也无可奈何了，恳请方家指正。

是为记。

王一平

2019年8月18日